中国と語る講演集

莫言の文学とその精神

HALLUCINATORY REALISM

莫言［著］／林敏潔［編著］／藤井省三・林敏潔［訳］

東方書店

北海道旅行中の著者（2005年正月）

本書は、中華社会科学基金
(Chinese Foundation for the Humanities and Social Science)
の援助を受けて刊行されました。

短序――講演集日本語版続刊に寄せて

莫　言

私の二冊目の講演集がまもなく日本で出版されると聞きまして、大変嬉しく存じます。日本では私の創作の軌跡をたどってくださる読者が多くいらっしゃることに励まされておりますし、もちろん私も、日本の読者の新作に対する反応をとても気にかけております。

作家の創作は内心より発するものですが、単に作家自身の内心を書いているのではなく、読者の創作に対する期待に応えようとしてもいるのです。講演は小説と比べてさらに自由な文体でして、小説のように精巧な彫琢は施せないにしても、作家の心情を直接語っており、そのため講演からははっきりとしてわかりやすい作家の心の声を聴くことができ、講演から作家の言語的風格を理解できるのです。この新しい講演集を通じて読者の皆様が私に関するより良き理解を得られんことを希望しております。

ありがとうございます。

二〇一六年六月二〇日

目次

※本文中の〔　〕内は訳者による注である。

中国1

私と新歴史主義文学思潮

一九九八年一〇月一八日　台北図書館

中国では一九八〇年代半ばにルーツ文学派が登場しており、莫言はその代表的作家と目されている。本講演はこのルーツ文学派に関する直近の論文を引用しながら、ユーモアたっぷりに自らの文学を語る。なおここで語られる新歴史主義は、スティーヴン・グリーンブラットのニュー・ヒストリシズムとは異なる概念である。

大多数のいわゆる文学思潮とは、自分の作品がこの思潮の代表作とされている作家とは特に関係がありません。小説は作家が創作し、思潮は批評家が発明するのです。批評家が思潮を発明する過程とは袋を編む過程であります。彼らは手に各種のラベルを張った思潮袋を提げて、自分の必要に応じて作家ないしは作品を袋に詰め込んでしまい、まったく作家に意見を求めることはなく、これを「詰め込み相談なし」と称します。私はしばしば異なる評論家の異なるラベルが貼られた袋に詰め込まれているのです。リアリズムの袋あり、ロマン主義の袋あり、新感覚主義の袋あり、魔術的リアリズムの袋ありです。良い匂いで、中はたいそう居心地が良い袋もあれば、不潔な匂いで、中はたいそう居心地が悪い袋もあります。

張清華という人が二万字もの論文を書きました――『新歴史主義文学思潮十年の回顧』という題目で、中国の有名な文芸誌『鍾山』〔一九七八年創刊の文芸誌、江蘇省作家協会主宰〕の一九九八年第四号に発表したのです。これは巨大な袋であります。この袋に詰め込まれたのは、張煒〔チャン・ウェイ、ちょうい。一九五六～。山東省生まれの作家〕、蘇童〔スー・トン、そどう。一九六三～。蘇州出身の作家、代表作に『碧奴』『河岸』など〕、賈平凹〔チア・ピンワアー、かへいおう。一九五二～〕、葉兆言〔イエ・チャオイエン、ようちょうげん。一九五七～〕、格非〔コー・フェイ、かくひ。一九六四～。江蘇省出身、漢族の作家、清華大学中文系教授。代表作に「迷い舟」など、邦訳に『時間を渡る鳥たち』〕、陳忠実〔チェン・チョンシー、ちんちゅうじつ。一九四二～二〇一六。西安市白鹿原の農村出身の作家、代表作に『白鹿原』（一九九三）など〕など大勢でして、もちろん私もその一人でした。これは目下中国で割と活躍している作家を一網打尽にしたようなものです。この袋の中で、作家たちは雀のようにぶつかり合っており、特に若手の雀はこんな袋に詰め込まれてはとても耐えられません。しかし頑丈な袋の中にあってはどうにもなりません。

私は批評家をとても尊重している、私が理論的素養に欠けているから尊重しているのです。特に理論的文章を書かねばならないときには、私はよりいっそう批評家を尊重いたします。このたびの〔台湾海峡〕両岸作家会議で私に課された題目は「九〇年代文学思潮」でして、この題目を受け取ったその日から私は憂鬱になりました。手も足も出ず、いっそ北京大学中文系の院生さんのどなたかに代筆を頼もうかとまで思いつめたとき、突然この張清華論文が見つかったのです。この論文を読んだ私が有頂天となったのは、何カ月もの間悩んできた問題をついに解決できたからです。張清華論文はまさに私のために書かれたものであり、こんなでき合いの論文があるのだからもう苦しい思いなどする必要もないじゃないか――というわけで私は彼の論文から面白い部分を書き写しました。そんなの問題になんかならんよと私は思っています。彼が相談なく私を袋に詰め込んだのだから、私だって論文書き写しに相談なしというわけです。もちろん丸写しはできませんので、写しながら少し私見も加えました。

張氏は次のように考えています。「一九八〇年代後半から九〇年代後半までの、およそ一〇年の間に、現代中国文学は詩歌と小説の領域、特に小説の領域で強大にして長期的な「新歴史主義」的観点と傾向を有する文学思潮を出現させ、モダニズム的歴史学観念、実存主義と構造主義、文化人類学など新しい歴史哲学の方法がその発生の基礎となった。発展段階から見れば、それは主に三つの時期を経ている。ルーツ探究・啓蒙的歴史主義がその前奏、新歴史主義あるいは審美的歴史主義がその核心的段階、遊戯的歴史主義がその余波にしてエピローグである」。

「啓蒙的歴史主義段階とはおおよそ一九八六年以前を指しており、その最初期の源流は八〇年代初頭と七〇年代末にまで溯ることさえ可能であり、その背景は七〇年代から八〇年代にかけて人々が当時の現実社会を熟慮し批判し、そして深く歴史に没入したことに起因し、それは即ち現代的目的の援用形式と自発的拡張なのである。このため、歴史の探究と思考の現実的目的は審美的需要ではなく自覚的文化的理性なのである。この観念的表現形式としての『ルーツ文学』から見ると、その核心的なる二つの方向とは、文化的認知と文化的批判であり、魯迅ら先輩作家の努力と相似している。ルーツ文学の創作は文化改良と現実変革という強烈な功利的目的を表現しており、彼らは歴史文化に対する新たなる整理と構築を通して、民族精神と民族性とを再び振興せんと試みたのだ。この点は、韓少功〔ハン・シャオコン、かんしょうこう。一九五三〜。長沙出身の作家、代表作に「爸爸爸」、『馬橋詞典』など〕、李杭育〔リー・ハンユイ、りこういく。一九五七〜〕、阿城〔アーチョン、あじょう、本名鍾阿城。一九四九〜〕らの宣言と論議から読み取ることができる。ただし、この魅力的なユートピアは彼らの創作実践と共に実現されるということはなかった。彼ら自身も発見していた——さまざまな文化的遺物の中の原始、後進、暗愚を表現し讃美することと、民族文化を改造し、民族精神を作り直すこととは、二律背反するほどにまったく異なることなのだ。このような自己矛盾において、続いて立ち上がった一群の作家は、背負いきれない啓蒙の任務および個人史のさまざまな価値判断と理性とを放棄せざるをえなくなり、この運動を第二段階『審美的歴史主義』あるいは『新歴史主義』の時代へと連れ出した。これはアヴァンギャルド小説誕生の契機ともなった」。

張氏はこうも述べています。「この変化を完成させた代表的作家として莫言を挙げねばならない。一九八六年莫言の『赤い高粱《コーリャン》一族』シリーズが世に出て、ルーツ文学小説の文化を分析し弁別するという中心的テーマを緩和消去して、歴史をさらに審美的対象と超経験的想像領域とに変換し、歴史への見方をさらに周辺的な『家族史』と民間のいわゆる『稗官《はいかん》〔民間伝承を収集する役人〕野史《やし》〔私人による歴史〕』へと傾斜させて、民間化しており、ここに決定的意義が存在する。莫言の小説は物語の歴史的内容から民間化しているだけでなく、叙述の風格も民間化しており、それは以前の多くのルーツ文学作家の例のエリート知識人ふうの厳格な叙事形式とも区別され、それこそ「新歴史主義」小説がそのあと決起するのによき論理的前置きと創作準備となった。その意味では、莫言の『赤い高粱一族』は『新歴史主義小説の起源に直接点火したのであり、また『新歴史主義小説』の一部分でもあるのだ」。

以上は評論家の話でして、私が厚かましくも自分で自分を褒めあげているのではありません。実は、『赤い高粱一族』を書いていたときの私は、朝から晩までわけのわからぬ状態で、書き上げたからといって発表できるかどうかも自分では定かでなく、こんな小説が「新歴史主義」文学思潮の始まりになるなど、夢にも思いませんでした。もしもこの小説が将来こんな大ごとになるとわかっていたら、どんなことがあってももっとカッコイイものにしておくべきだった——もちろん、そんな下心でカッコをつけていたら、誰も相手にしてくれなかったかもしれませんが。思うに、小説家とは何だかんだ言ってもメンドリなのであり、小説とはメンドリが産む卵なのです。メンドリは卵を産むときには自分がどんな卵を産むのかわからず、卵が出て来てから、自分が産んだのが軟卵〔殻が柔らかい卵〕なのか二卵黄卵なのか、極端な例ですと北斗七星の模様が描かれた宇宙卵なのかを知るのです。卵評論家たちはこれらの卵に対して何だかんだの分析研究を行い、はなはだしきはさらに卵を産んだメンドリを研究し、メンドリの餌の成分を研究し、鶏舎の光線や温度を研究し、そのあと二卵黄思潮やら軟卵運動やらという結論を出すのでしょうが、これらのすべてはメンドリとはまったく関係ないのです。無理矢理メンドリになぜ二卵黄卵を産んだのかとか宇宙卵を産んだ原因を語らせようとすれば、メンドリは目を白黒させるばかりです。もちろん理論的教養に富むメンドリがいて滔々と二卵黄卵の生育と産卵について語り続けることもあるでしょうが、私は皆様にメンドリの産卵理論をすべて真に受けないようにお勧めします。今や多くのメンドリが産卵過程をかなり神秘的に語るその目的は、卵の価格を吊り上げるためなのですが、卵を買いに来るお婆ちゃんたちは産卵過程には関心なく、卵の質と量とに関心を寄せているだけなのです。最近私の田舎では一羽のポストモダン・メンドリが人が自分の卵を食べてしまうことに反抗して直接ひよこを産み落としましたが、これぞポストモダンの小説家が直接文学思潮を書くようなものです。つまり、どれほど深刻で、どれほど高尚で、どれほど荘厳で、どれほど美しいものでも、すべて完全に信じる必要はなく、歴史の教科書に書かれた歴史とは、大半が嘘八百であり、多少は事件の影が差していようが、原型を留めぬほどに誇張され美化されているので、本に書かれた歴史は信じることなく、むしろ野史を読み、民間口承に耳を傾ける方がよいのです。この点に関して、魯迅先生は六〇年以上前にはっきりと書いています。「野史と雑説とは自ずと誤伝を免れず、恩讐に左右されるが、過去の見方が比較的はっきりしているのは、やはりそれが正史のようにもったいぶらないからだ」(「これとあれ」『華蓋集』収録の一九二五年発表のエッセー)。

正史を信じず、御用文人の言葉を信じず、むしろ野史を信じ、むしろお偉いさんの下僕の言葉を信じること、これが「新歴史主義文学思潮」の重要な特徴であり、これに対して私はその正しさを否定できませんが、創作開始当初からこの問題をたいそうはっきりと認識していたかということになればそれは自惚れが強すぎるというものです。お偉いさんなど下僕の眼中にはなく、素晴らしい作家など作家の眼中にはないのです。旧ソ連のゴーリキーによれば作家とは人間の魂の技師(スターリンの言葉)なのですが、この言葉に中国の作家は何代にもわたりのぼせてしまい、「仏に逢うては仏を殺し、祖に逢うては祖を殺」

す〔『臨済録』示衆の言葉〕反逆児の王朔〔ワン・シュオ、おうさく。一九五八〜。北京の軍人団地で育ち、七六年高校卒業後海軍に入隊、七八年衛生員となったのち第一作「待つ」（原題「等待」）を『解放軍文芸』一一月号に発表、復員後は八四年に小説『スチュワーデス』（原題『空中小姐』）を発表して流行作家となり、多くの作品が姜文監督（『太陽の少年』、原題『陽光燦爛的日子』一九九四）らにより映画化、テレビドラマ化された〕が出て来て、ようやくこれら人間の魂の技師たちの仮面を引き裂いたのでした。

続けて張氏は「新歴史主義小説の全盛期はおおよそ一九八七〜一九九二年の間である」と述べています。張氏の考えでは、いわゆる「アヴァンギャルド小説」はその中核部および全体から見て、一つの新歴史主義運動と考えられるのであり、彼らの代表作は相当な程度まで「新歴史主義小説」なのです。彼らはルーツ探究作家と八〇年代初頭の啓蒙思想家の文化的理想と社会的責任とを放棄し、歴史を古い人間的悲歌と永劫の生存という寓話へと転化して、現代人と不断に交流し対話する生き生きとした映像と成し、現代人の「心の中の歴史」と成したのです。張氏は彼の論文で葉兆言の『状元鏡』『追月楼』、蘇童の『一九三四年の逃亡』「妻妾成群」「紅おしろい」、格非の「青黄」「オルガン」など多くの作品を列挙して自らの論点の証左としています。

張氏が言うに「おおよそ一九九二年以後、新歴史主義小説思潮はその末期、即ち『遊戯的歴史主義』へと進んだ。その主な傾向とは、歴史的客体からますます遠ざかり、文化的含蓄はますます薄っぺらくなり、娯楽性と遊戯性の傾向がますます強まり、超経験的虚構の意味あいがますます濃くなった」。張氏は、「遊戯的歴史主義」は歴史主義の究極であるばかりでなく、その墳墓でもあり、悲劇的ではあるが、物事の発展法則に符合している、と言うのです。それでも、長篇小説の分野では、新歴史主義思潮の影響は未だ消えることなく、それどころかさらに強靭な生命力を見せているのです。新歴史主義思潮の近年の代表的長篇作品には莫言の『豊乳肥臀』、陳忠実の『白鹿原』、張煒の『家族』〔一九九五年刊行の作品〕、葉兆言の『花影』〔一九九四年刊行の作品〕、『一九三七年の愛情』〔一九九六年刊行の作品〕などがあります。

「これらの作品の中では、莫言の『豊乳肥臀』が最も典型的に新歴史主義小説の観念を体現しているであろう。同作は世に送り出された当初からその「セクシータイトル」で話題を呼んだ大作で、彼の赤い高粱シリーズと同様に、歴史と人類学の復調により物語を展開しているが、以前と異なる点は、性や潜在的コンプレックス、生殖繁栄、民族性など人類学の中味はこの小説の中では感性の表層部分にすぎず、莫言が探究し回答しているものとは『歴史上いったい何が発生したのか』という問題である。彼は一冊の近現代史を一家庭の成員たちの経歴や運命に還元あるいは縮小し、歴史を民間に還元し、純粋な民間的観点から、民間の人生を描き、彼らの近世の多くの重大歴史事件における運命を描いており、莫言の自称『母と大地に捧げる』とは、まさにこの観念の曖昧な表現なのだ。叙事構造と風格から言えば、同作も典型的に西方新歴史主義理論家たちが総括し押し広めているある方法を体現しているのだ。たとえばジュディス・ニュートン〔Judith Lowder Newton, Mary P.Ryan, Judith R.Walkowitz, *Sex and Class in Women's History*, Routledge & Kegan Paul, 1983〕が描くところの例の『交叉文化モンタージュ』式の方法で、異なる意味の文化記号をわざと並置し共に貼り付けて、歴史の本来の状態と豊饒にして複雑な情景を隠喩しやすくさせた。彼らは『広告、セックスマニュアル、大衆文化、日記、政治宣言、文学、政治運動』等々の文化的符合やテクストを一緒に配置し、『交叉文化モンタージュの設計図』を構成した。『豊乳肥臀』は歴史に関する叙事を展開する際に、まさにこの貼り合わせ法、並置法を採用したのだ。彼はほかならぬ『暴力』的傾向でこの二〇世紀中国で発生したあらゆる重大歴史事件――一九〇〇年ドイツの山東東部への侵犯、日本の中国侵略、国共内戦、建国後のたび重なる政治闘争、そして改革・開放市場経済の現代社会に至るまで――のすべてを母親の上官魯氏とその子孫から構成される家族の運命の描写を通じて寄せ集めた。このような家族と個人を通じて歴史を照射する方法は感性的にして活気に満ちているだけでなく、巨大な気迫と包容力により歴史の統合性を回復してもいるのだ。同時に、叙述の過程で、作家は民間と政府、東方と西方、古代と現代というさまざまな異なる文化状況と記号とを意図的に貼り合わせて、単線的な通時的叙述本体の限界を打破し、極めて歴史的含蓄が豊かで活気に富む感性の情景を生み出し、中国近現代史の動乱激動にして大変化する色彩鮮やかな情景の隠喩的叙述を見事に実現した。一見するといささか荒唐無稽でドラマチックな叙述をかつての単線的な主流派歴史叙述、そして近年の過剰な『寓言』化傾向のフィクションと個人的体験化の歴史叙述と比べると、より鮮やかにも迫真的であり、しかも気迫が満ちて、表現力に富む。『豊乳肥臀』は総括的にして典型的意義を有する新歴史主義小説のテクストといえよう」。

張氏の説によれば、私は『赤い一族』により新歴史主義小説の創作に火を点けたのであり、また『豊乳肥臀』によりこの小説運動に輝かしい総括を行ったというのですが、これが実に私を不安にさせるのは、実情はそれほど複雑で深刻なことではないために、私にある詩人の言葉を思い出せさてしまうからなのです。「蚕が絹糸を吐くときにはシルクロードを吐き出すことになろうとは思わなかった」（詩人の艾青（アイ・チン、がいせい。一九一〇～九六）の言葉）。

中国2

中国語出版人の新たな役割と挑戦

二〇〇一年三月二九日　台北出版フェスティバル

技術革新と利潤追求との圧力を受けて苦境に立たされている出版人に対し、民間と伝統そして周縁地帯にまで帰ろう、いっそ木版印刷の時代まで後戻りして、時宜に適わぬ著作を出したっていいじゃないか、と冗談のようなエールを送っている。

ご来場の皆様、こんにちは！

最近私は文学と無関係なあるいは直接関係のない会議に呼ばれて出かけて行くことがしばしばございます。たとえばバイオ肥料普及の会議、幸福な住まい建築会議です。会議の主催者になぜ作家を会議に招くのかと尋ねますと、その人たちは基本的にこんなふうに答えます——賑やかしになるから。そこで私にもわかったことは、作家というものは、どこに行ってもせいぜい賑やかに振る舞うのがお役目なのだ、ということです。私が台北にまいりましてこの出版界の会議に参加するのも、やはり賑やかしがお役目です。数年前に、台北ではグルメと文学に関する会議が開かれ、この会議に参加した人は天下の美食を味わいつつ文学談議をなさったとのこと、それはおそらく地球上で最も美しい会議であったことでしょうが、主催者は事もあろうに私というこの世で最大の食いしん坊を忘れてしまいまして、このこと今に至るまで私にとっては残念でなりません。その大会議に参加した友人は、会議の精神に啓発されて、『完全精力手帳』という題名の才能にあふれた本を書いております。これは想像力に満ちたクッキングブックでありまして、その中には「南山猛虎」という名物料理がございます。食材はベンガル虎のペニス一本、梅干し二個、青紫蘇四枚、のり一枚、米二カップ、赤ワイン少々です。この名物料理を食べれば、元々はうどんのように軟弱な男も、食後ただちにこう叫ぶことでしょう。「今や俺は虎、断崖絶壁にうずくまりお前を待ってるぞ！」。

数年前のこと、私はある友人のお招きで、河南省鄭州市にまいりまして「対決！　赤い高粱とマクドナルド」というシンポに参加しました。赤い高粱というのは、ここでは小説でもなくまた映画でもなく、酒でもなくまた農作物でもなく、実は河南一帯で流行している羊肉麵なのです。この私の友人というのは元は大学の哲学の教師でして、彼にはごくあたりまえのことを哲学の高みへと持って行く特技がございます。彼がマクドナルドを哲学の高みにまで持ち上げたのちには、マックはもはやポテトチップスと鶏の唐揚げではなくなりまして、西側覇権主義の中国における横行となり、帝国主義の中国に対する文化侵略となるのです。このような文化侵略に抵抗するため、彼は丼の羊肉麵を赤い高粱に変えて、然るのち再び赤い高粱を民族精神と民族文化の象徴へと昇華するのです。彼は壮大な志にあふれたスローガンを提起しました――マックあるところ赤い高粱あり！　彼は惜しむことなく大金を使って、北京で一番賑やかな王府井大街のマクドナルド店の向かいに、部屋を借りてファーストフード赤い高粱を開店したのです。これは北京で一時ホットな話題になりまして、多くのメディアが、最も目立つ場所と時間帯に、赤い高粱がマックに挑戦というニュースを発表しまして、これらの記事と番組はみな強烈な民族的自負心を伴い、火薬の臭いが立ち込め、これを借りてアヘン戦争以来、中華民族が受けてきた恥辱をはらさんとばかりの雰囲気でした。メディアの大騒ぎと号令の下、赤い高粱で羊肉麺を食べることは単に食欲を満足させるだけでなく、帝国主義的文化侵略に抵抗する愛国的文化運動となりました。北京各支店の開業に伴い、数十軒のファーストフード赤い高粱が全国各地で次々と開業しました。私の友人はこのときにはすでに国内の状況などに構っていられず、視察団を率いて、世界各地へ視察に出かけ、交渉し、店舗を借り、外国で赤い高粱の支店開業を準備しました。つまり国内で我らが羊肉麺により外国のマクドナルドに抵抗するだけでなく、アジアを脱して世界に向かい、羊肉麺で我らが輝かしき文化のために栄光を勝ち取らんとしていたのです。

そのときの会議では、私は小説『赤い高粱』の作者であり映画『紅いコーリャン』の脚本家の一人でしたので、特別待遇を受けました。会議中には、他の方の席にはお茶なのですが、私には常に熱々の赤い高粱ブランドの羊肉麺が置かれていました。今でも、羊肉麺の味が口元に残っております。

そのとき、河南の作家の張宇〔チァン・ユイ、ちょうう。一九五二〜。河南省作家協会主席〕さんが例の友人にこう言いました――何が赤い高粱だ、何が飲食文化だ哲学だ、詰まるところは羊肉麺じゃないか。本当に作家を尊重するなら、知的所有権を尊重するなら、莫言さんの前の羊肉麺は片付けて、その替わりに五万元〔日本円で約百万円〕の謝礼を出すべきだ。張宇さんの話を聞いた友人は、私の意見を求めてきました。莫言さん、選択肢は二つあり、一つは五万元の謝礼だけど、今後は君はうちの「赤い高粱ユニバーサル社」とはいかなる関係もなくなる。もう一つは、最高ＶＩＰカードで、これがあれば、どこのファーストフード赤い高粱でも、羊肉麵ひと碗を無料で食べられるんだ。続けて友人は壮大な彼のプランを語り始め、世界中に一〇万軒のファーストフード赤い高粱を創業することで、その第一歩とは――およそ華人住むところ、すべて赤い高粱店あらん。その第二歩とは――およそ人類住むところ、すべて赤い高粱店あらん。ロシア宇宙ステーションのミールにだって開業するのだ。私はなんらためらうことなく最高ＶＩＰカードを選びました。このカードを持っていれば、飢えの恐れなく天下を普く回れるぞ、とそのときの私は考えたのです。しかもどの店でも創始者のように迎えてくれるわけでして、それほどの栄誉と幸福が、たかが五万元で買えるものですか。

私はこのカードを懐深くにしまいこんで北京に戻り、王府井赤い高粱店で羊肉麵を食べたところ、往復の車代が四〇元なのに、羊肉麵ひと碗は五元しかしないのです。これでは割りに合わない、虚栄心を満足させるために車に乗って羊肉麵を食べに行くわけにはいかない、と思った次第です。

まもなく、赤い高粱チェーングループは倒産し、羊肉麵を民族文化に変えようとした野心家の友人は経済犯として獄中で鎖につながれてしまいました。宇宙ステーションのミールで羊肉麵を販売しようとした天才は、ミールが落ちるより前に落ちてしまったのです。このことは今でも私の深い悲しみでありまして、もちろん五万元がなくなったということと関係もありますが、それだけではありません。

このロマンティックな精神にあふれる友人の創業過程を思い返すと、次のような結論が得られます。

一、人はどのようなときでも、可能な限り挑戦者の役割は演じないに越したことはないが、いつでも
　他人の挑戦は受けられるよう、準備しておくべし。
二、可能な限りどんな新しい役も意識的に演じないに越したことはないが、新しい役を演じたい人は
　往々にして古い役であり、新しい役になりたくない人は、知らぬ間に新しい役になっている。

私の考えでは中国語出版人は新世紀において新たな役割などは演じられず、挑戦は存在しますが、この挑戦とは中国語出版人に対するものだけでなく、全世界の各種言語の出版人に対するものなのです。私が申しておりますのは、ネットと電子出版物による伝統的な紙印刷出版物に対する挑戦でございます。しかし映像作品が書籍で読書する大量の目を奪ったもののすべての目は奪えないであろうことと同様に、現在発展途上にある電子出版方式も紙に印刷する本のすべてと取って替わるということはできないことでしょう。

思いますに、すでに始まった挑戦に対し、伝統的出版人に自己保全の最上の策は進歩を停止することでして、大幅の後退さえもありえる、線装本さらには竹簡や木の札の時代にまで後退するのです。もちろんその可能性は低いことでしょう。飛行機や汽車ができると、誰も馬に乗って長旅をしたいとは思わないのです。しかしこれが常識に反した行動であるがために、技術的後退を追求する出版人が、最前衛となる可能性が大いにあり、出版芸術家とさえなりえるのです。たとえば洪範書店社長の葉歩栄さんは、数年前に私の長篇小説『豊乳肥臀』を刊行する際に、活字組版により印刷したいという希望を曲げませんでした。活字組版はコストが高くつき、要する時間もかかり、明らかに時宜に合わないのです。しか

し葉社長はこの方針を堅持した、そのわけは何でしょうか。昨日私は葉社長にお会いして、解答を得たのです――ほかでもない、綺麗だから、というのが葉社長の答えでした。しかし昨日午後には葉社長はこうも言いました――もう支えきれない。今年から洪範も、電子組版を使うことになりました。葉社長がまず電子組版を使い、ベストセラーで大儲けした後、再び活字組版に戻り、しかも大いに宣伝をしまして、洪範は世界で唯一、活字組版で本作りをしていることをすべての読者に知らせることを希望しております。

人々が科学技術の狂った進歩に反感を示す日が必ずや訪れることを私は信じております――もちろん、目の前の利益から見れば、科学技術の進歩は人々の暮らしを非常に便利にし、人々の活動空間を大いに開拓し、人間の寿命を大いに伸ばしてくれているのですが、長期的利益から見ますと、科学技術の進歩は最終的には人類を滅亡に導くことでしょう。

科学技術の進歩はすべての価値の過速度的下落状態を出現させますが、その道理は簡単なことでして、容易に手に入るものは、当然のことながら貴重ではないのです。わが家では昔はサツマイモは豚のエサでしたが、今の都会では豚肉よりも高いのです。『紅楼夢』などの古典的名著が大変有名であるのは、当時の出版が非常に難しかったこととまったく関係がないのでしょうか。大陸では「文革」前に毎年出版された長篇小説は一〇冊もなかったのですが、印刷部数はややもすれば数百万部でした。現在の長篇小説は質量共に「文革」前を遙かに超えていますが、一〇万部刊行できればベストセラーでありまして、このことは本が多すぎることと無関係とは言えないでしょう。そして本の大量出版は、技術の進歩と密接に関係しています。数十年を溯れば、ある人が小説一冊を出版することは、素晴らしいことでしたが、今では中学生が本を出し、小学生も本を出し、一年も経たないうちに、幼稚園の子供さえ長篇小説を出版できるようになるのです。私は今ではあるメディアで犬や猫が本を出す兆しをすでに見かけておりまして、一匹の狆《ちん》が恋愛小説を書いており、出版後には、ベストセラーとなったのです。

技術革新の圧力に対し、金銭と利潤の圧力に対し、新世紀の出版人には二つの道が残されており、一つは狂ったように追いかけること、もう一つは大幅に後退することです。実は出版人が直面している問題と作家が直面している問題とは大変似ております。私の戦略とは、賑やかな場所を避けて、民間に帰り、伝統に帰り、周縁地帯に帰ることなのです。この戦略は、実は退却により前進しているのです。大多数の出版人がみな新しい潮流を追いかけているときに、数社あるいは一社の出版社がコンピューターを壊してしまい、木版印刷の時代まで後退して、時宜に適わぬ著作をもっぱら出版して下さることを、私は希望しているのです。

中国3

都市体験と作家の居場所

山東省高密の農村出身で、「透明な人参」、『赤い高粱』など農民を主人公とする小説を書き続けながら、北京に住んで久しい莫言が、都市小説について語っている。もしも都市が馬で、農村がロバというのなら、作家にとって最高の居場所とは跨っているラバの背……その心とは何であろうか？

二〇〇一年三月三〇日　台北ブックフェア「作家の夜」

今夜のこのテーマから、俄然私が思い出したのは、故郷に広く伝わるある昔話――町のシラミと村のシラミの話です。ある日二匹のシラミが通りで出会ったので、村のシラミが尋ねました――兄弟、どこに行くんだね？　町のシラミが答えました――村に行くんだ。村のシラミが尋ねました――村に行って何すんだい？　町のシラミが答えました――食いもの探しに行くんだ。村のシラミがビックリして尋ねました――町にも食いものがないのかい？　町のシラミが答えました――町の者《もん》は綾錦を着飾って、一日三度も着換えるもんだから、食うどころか、食いものを見ることさえできない。逆に町のシラミが尋ねました――兄弟は、どこに行くんだね？　村のシラミが答えました――町へ行こう、町で食いものを探そうと思うんだ。町のシラミが尋ねました――村にも食いものがないって言うのかい？　村のシラミが答えました――村の者は破れ放題の綿入れを着て、暇さえあればシラミ取り、取れないときには、焦って服に噛みつくんだ。逃げ出さなきゃ、俺の命はおしまいだ。こうして二匹のシラミは頭を抱えて大泣きし、町と村との間の道ばたでそのまま飢え死にしたとさ。

ある意味で、シラミの一生と作家の一生はよく似ていると思うのです。シラミは生涯食いものを探し、作家は生涯創作の材料となるものを探しているからです。

作家というものは、出身の違いや人生体験の差により、往々にして作風が決まります。もっともこれは多くの場合ということであって、絶対そうだというわけではありません。多くの都会出の人は、農村物の小説を書いては自由自在に成果をあげていますし、一部の農村出の作家は、都会の暮らしを描いて同様に余裕しゃくしゃくです。ただし後者が評価されることは少なく、人は都会出の作家が描く農村には共感しやすいのですが、農村出の作家が描く都市には、敵意を含む軽蔑を示すことが多いのです。何年か前のことある人が『廃都』〔一九九一年の作品。改革・開放経済体制開始当初の省都西安を舞台とする長篇小説で、現代版『金瓶梅』として話題を呼んだ〕を書いた陝西省の作家賈平凹を批判して、彼は農村出なので、農村物を書くと真に迫っているが、都市生活を描くと、辻褄が合わない、と批判しました。さらには彼が描く都市は彼が暮らしている西安にまったく似ておらず、彼が描く人物も都会人らしくなく、せいぜい都会で暮らす田舎者だとも言っておりました。最近ではある人が上海の暮らしを描いた女性作家を批判して、生まれも育ちも上海ではない彼女に、上海を描く資格があるだろうかと述べております。しかし今に至るまで都会出の作家が農村を描くことを批判する批評家を私は一人として見たことがありません。都市と農村とをめぐる差別的表現は各方面に広がっていることは明らかです。私はこれらの批評に対し否定的でして、農村出の作家が自らイメージする都市を描くことを許すべきだと思うのです。たとえ田舎から都会に出稼ぎに来た出稼ぎ兄ちゃん出稼ぎ姉ちゃんでも、彼ら自身の都市体験を持っており、しかもそれは新鮮で、都会の人には真似できない体験なのです。たとえ彼らの体験が非常に主観的であり、物事の真相とは異なるにしても、やはり容認されるべきでして、そもそも文学とは地図ではなく、科学論文でもなく、正確さと客観性とが要求されるものではないからです。非常に主観的であり、みんなの感覚とは異なる感覚を持つからこそ、文学なのだ、とさえ言えるでしょう。都会の道路はアスファルトでできていると書いたところで、なんの文学性もありませんが、もしも出稼ぎ兄ちゃんが幻覚を生じて、その幻覚のうちで都会の道路はお婆ちゃんの使い古しの臭くて長い纏《てんそく》足布のように感じたとすれば、文学性を帯びるのです。

しかし批評の世界では私のこのような問題意識は歓迎されず、私のような農村から出てきて都市に潜り込んだ作家にとっては、都市を描くことは自ら馬脚を現すようなものなのです。北京を描こうとすれば、さらに醜さは倍加します。たとえ私が描く都市が都会出の作家が描くのよりもさらに本格的であっても、私が描く北京が代々北京で暮らしてきた人が描く北京よりもなおも北京らしくとも、批評家たちは怒り狂って言うことでしょう——奴に都会を描く資格などあるものか、奴に北京を描く資格などあるものか。これらの批評家は十中八九は田舎の牛飼いの出身か牛飼いの末裔でして、乞食をバカにする人ほど乞食上がりの人という道理と同様で、農村出をバカにする人が、しばしば都市戸籍を得られた人、都会で飯の種にありついて女房子供と住み始めた人なのです。仮に、私のような作家が都市を描けないとしたら、いったい誰が都市を描く資格を持つというのでしょうか。北京を例にすれば、本当の北京人たるには、満州王朝の清朝の末裔でなくてはならず、北京で三百年も暮らすことになるのです。ただし彼らも本当に本当の北京人ではなく、彼らの前に、北京はかつて元朝の大都であったので、ジンギスカンの子孫こそが本当の北京人ということになり、北京で八百年も暮らしているのです。しかし彼らもやはり最古の北京人ではなく、最古は周口店の北京原人の子孫であり、北京で五〇万年も暮らしているのです。ただし残念なことに当時の地球には都市どころか、村さえもなく、荒野と森林があるのみでした。しかも誰が自分は北京原人の子孫であるとかないとかを証明できることでしょうか。

私には都市を描く自信がありますし、実際に書いたこともあります。この自信は、小説とは人を描き、人の感情を描き、人の運命を描くのだという基本的常識に基づくものです。現在の中国の多くの都市とはなおも繁華な村であると言うことはさておき、中国の大部分の都会人も五〇年溯ると多くが農村出であると言うこともさておき、現在都市で暮らすほとんどの人が農村と結ばれる臍の緒を完全には断ち切ってはいないと言うこともさておき、たとえ確かに古い都会人が一部にいるにしても、彼らは人間ではないのでしょうか。彼らの発想は私たちのような農村出身の作家には理解できないほど本当に複雑なのでしょうか。私は都市で暮らして二〇年、毎日多くの比較的本当の都会人と挨拶を交わしていますが、彼らの心理がハッキリとわかり、彼らの長所もわかりますし、彼らの欠点はさらによくわかるのです。もちろん都会の環境と農村の環境には区別があり、たとえば都会には高層ビルがあり、都会には一晩中消えることのない灯光があり、都会には歓楽街でのナイトライフがありますが、このような外在的物質的なものは、さらに容易に理解できるのです。農村から来た若いメイドさんは、都会で一年暮らすと、外見は彼女とファッショナブルな都市の青年とは区別しがたいのです。即ち、都会の現実的側面を反映することにおいても都市の精神面を反映することにおいても、都会で二〇年暮らした人であれば、この都市を描くことはまったく問題なくまったく可能なのです。実は二、三日暮らしただけでも書ける、書くこととはその二、三日の印象なのです。実は都会に来たことのない人だって都市を描けるのでして、その道理とは天国に入ったこともなく、地獄に落ちたこともないダンテでも『神曲』を書けたことと同じです。

もっとも私も人に嫌われたくはありません。私が都市を描くとしたら、その都市は私が創造したものであるべきです。私は阿呆みたいに北京・上海といった具体的な地名を私の小説に登場させるべきではありません。私が描く都市は唯一無二のものであり、地球上に未だかつて出現したことがなく、将来も出現するはずのないものであるべきです。そこではすべてが新鮮であるべきでして、なんで私がバーだの、ホテルだの、メインストリート、ファッション、香水などなど月並みの都市で普通に見かけるものを描かねばならないのでしょうか。私の都市では、バーでは酒を飲みません、人々がここに集まって飲むものは足湯の残り水かもしれません。もちろんそもそもバーは存在せず、〝アバ〟と呼ばれるところがあり、〝アバ〟では、足湯の残り水は一杯黄金五〇グラムで売られているのです。私の故郷のある高級官僚はいつも〝比較的〟を〝較比的〟と言いまして、〝比較的よろしい〟を〝較比的よろしい〟と言いますが、当初は人々は慣れなかったのですが、やがて、皆さん慣れてしまいました。残念なことに彼の官位はとんでもなく高いというものではなく、もしもさらなる高級官僚であったなら、〝較比的〟はて、最も使われる常用語になっていたかもしれないこの一件は私を大いに啓発してくれました。小説の『現代漢語詞典』〔中国社会科学院語言研究所詞典編輯室編で、商務印書館刊行の権威的中国語辞典〕に立項され書き手は、現実においてはまったくの臆病者かもしれませんが、創作においては、天地創造、王となって覇を唱える勇気を持つべきなのです。なんで私がすでにさんざん書かれてきた北京・上海を書かねばならないのか？　自分で一つの都市を虚構すればよいのです。私が何年も書いてきた農村は実はとっくに虚構の農村であり、わが村では高さ五〇〇メートルの超高層ビルがあり、ビルの一階ではナスを植え、一〇〇階ではキュウリを植え、三〇〇階では植物と動物との間の新種を植え、これをとりあえず〝較比〟と名づけているやもしれません。

もちろん、私の話はどれも毒が効きすぎているのですが、その真意は、作家が農村か都市かなどと悩む必要はまったくなく、直接人物にぶつかっていくべきだ、ということなのです。作家は自ら独特の人物を描くと同時に、作家自身のものである独特な環境を作り出し、登場させた人物に安全安心な環境を与えるべきなのです。私が思うにこれは実は周縁化の創作の一つである、あるいはロバでも馬でもない創作であり、ロバでも馬でもないのですからラバなのです。良い文学はすべてラバです。ラバには次世代を繁殖させる能力がない、と言う人がいますが、これは正しくありません、人々はいつも当然のようにラバには繁殖能力がないと考えまして、彼らの結婚の権利を剥脱したのですが、しかし某所の雌ラバが次世代を一匹産んだ、という記事をよく見かけます——もちろん私生児のです。もしも都市が馬で、農村がロバというのなら、私が思うに、作家にとって最高の居場所とは跨っているラバの背でして、そのためには当然、まずは馬とロバとを結婚させ、ラバを産ませなくてはならないのです。

中国4

翻訳家の功徳《くどく》は無量《むりょう》

二〇〇一年一〇月八日　北京大学世界文学研究所

北京大学世界文学研究所は、同大学外国語学院の中の大学院組織である。小学校中退の莫言は、中国の古典から現代文学までを自習し、解放軍芸術学院などでも学んだが、外国語は習得していない。それでも作家を志して以来、翻訳書により日本・欧米・韓国の文学を学んでおり、これは翻訳家への深い感謝を語る講演である。

先日、モスクワでのオリンピック申請の本会議で、あるオリンピック委員会の委員が中国のオリンピック申請代表団に対しこんな質問をしました――二〇〇八年のオリンピックで、中国には翻訳の仕事を担える外国語の人材が十分におりますか。この質問に私は大笑いするところでした。中国は別の分野ではなおも問題があるかもしれませんが、外国語の人材に関しては自信を持ってご安心下さいと言い切れます。中国にはこれほどたくさんの外国語大学と大学の外国語学部があり、社会科学院外国文学研究所があり、そして今では世界文学研究所ができているのですから。一度のオリンピックのための外国語の人材の需要は、全国総動員をかける必要はまったくなく、北京大学の教員と学生を動員すれば、需要は基本的に満たせるのではないでしょうか。もしも北京大学の外国語の人材がオリンピックの需要を満たせなければ、北京のすべての外国語の人材を動員すれば、おそらくたっぷりお釣りが出ることでしょう。世界のどの国も中国のように、これほど厖大で、これほど優秀な翻訳集団を有してはおりません。数年前にクリントン大統領が米て北大で講演した際に、中国語通訳を連れてきまして、彼はアメリカで最も優秀な中国語通訳の一人だと確信しておりますが、それでも彼の中国語は怪しい口調でありまして、文法には悪い癖があり、語彙の量は明らかに不足しておりましたが、我らが中国には流暢な英語を話せる人は大勢いるのです。私たちは大量の優秀な英語の人材を擁しているだけでなく、フランス・ドイツ・スペイン・ロシア・日本など主要な言語においても多士済々であります。多くの人が聞いたこともない小言語においても同様に専門家は少なからずおります。中国は経済においては未だ西側諸国のように発展してはおりませんが、言語においては、すでに世界第一の強国となっているのです。

翻訳家は文学に対し大きな影響力を持っておりまして、もしも翻訳家がいなければ、世界文学という概念も絵空事となってしまうのです。翻訳家の創造的仕事振りによってこそ、文学の世界性は現実のものとなるのです。翻訳家の仕事がなければ、トルストイの本もロシア人だけの本であるにすぎません。翻訳家の仕事がなければ、バルザックもフランスのバルザックであるにすぎません。同じように、翻訳家の仕事がなければ、フォークナーも英語諸国のフォークナーにすぎず、マルケスもスペイン語諸国のマルケスであるにすぎないのです。同じように、翻訳家の仕事がなければ、中国の文学作品も西側の読者に読まれることはないのです。

もしも翻訳家がいなければ、世界的な文学交流も存在しません。もしも世界的な文学交流がなければ、世界文学は現在のように豊壌多彩ではありえなかったのです。「世界に文学あり、少女豊臀《ほうでん》多し」（魯迅の旧詩「教授雑詠四首」の一連。一九三八年許広平編集の『魯迅全集』の一巻として刊行された『集外集拾遺』に収録されている。「教授雑詠四首」は四人の著名学者を風刺した文言詩で、莫言が引用した一連は、章衣萍（チャン・イーピン、しょういへい。一九〇〇〜四七）を風刺した同作第三首の四句のうちの第一、二句である。詳しくは『魯迅全集』第九巻（学習研究社、一九八五）五三六〜五四三頁の伊藤正文による訓読、翻訳、訳注を参照されたし）と言っておりまして、豊かなヒップがなければ、娘さんは完璧な娘ではなく、文学がなければ、世界は完璧な世界ではないのです。こうしてみますと、我らが世界文学研究所とはいかに重要な機関であることでしょうか。

私は一九八〇年代に書き始めた作家として、外国文学に学ぶことの重要性を自ら体験いたしました。もしも優れた翻訳家が大量の外国文学を中国語に翻訳しなかったら、私たちのような外国語がわからない作家には、外国文学が達成してきた輝かしい成果は理解できなかったことでしょう。もしも我らが翻訳家の創造的仕事がなければ、今日あるような中国の現代文学は存在しないのです。もちろん外国文学の自らに対する影響を認めず、それにより自分が並みの者とは異なることを誇示しようとする作家もいることでしょう。実はこのように偽る必要はないのです。外国文学に学んだと認めても、偉大な作家という評判が落ちることはなく、翻訳家も原稿料を半分寄こせなどと言ったりしません。魯迅は外国文学に学び、郭沫若（クオ・モールオ、かくまつじゃく。一八九二〜一九七八。四川省出身の作家で、留学・亡命により日本に長期にわたり滞在した）も学び、茅盾（マオトン、ぼうじゅん。一八九六〜一九八一。本名は沈徳鴻、字は雁冰。代表作に『蝕』三部作、『子夜』などがある。一九四九年、中国作家協会の前身の中国文学工作者協会主席に選出された〕も学び、巴金〔パーチン、はきんまたはぱきん。一九〇四～二〇〇五。中国の良心と称された作家、『家』『随想録』などの代表作が邦訳されている。一九八三年に作協主席に選出された〕、曹禺〔ツアオ・ユイ、そうぐう。一九一〇～九六。ギリシア悲劇に学んで、『雷雨』などの近代劇の名作を書いた〕も学んだのです。あのジャガイモ派の元祖である趙樹理〔チャオ・シューリー、ちょうじゅり。一九〇六～七〇。山西省の農家の出身で人民文学の代表的作家。山西省作家を「ジャガイモ派」と称することがある〕氏だって、やはり外国文学に学んだのです。そのことは彼らの偉大さをいささかも傷付けることなく、むしろまさに学んだが故に彼らは偉大な作家となったのでしょう。もちろん次のように反論する人もいることでしょう――曹雪芹〔一七一五ころ～一七六四ころ。清代の満州族の貴族〕は外国語がわからず、翻訳された外国文学を読んだりはしなかったが、彼は偉大な『紅楼夢』を書いたではないか？　私の答は、曹雪芹は天才であり、天才はもとより他人に学ぶ必要はなく、こじつければ、曹雪芹の『紅楼夢』の中の仏教思想も、実は外国文学だと言えるでしょう。

当然のことながら、一九八〇年代の外国に学ぼうブームにおいては、マイナスの現象も見られました。私自身は下手くそな模倣から巧みな学習という過程をたどりました。私どもこの世代の作家というのは文化的素養において基礎的学力に乏しかったので、外国の優秀作品が怒濤の勢いで現れたとき、確かに目が眩んでしまい、私どものほとんどがその昔、マルケスがパリでカフカを読んだときのような覚悟を決めたのです――こん畜生め、小説ってえのはこうやって書くもんなんだ！　マルケスの『百年の孤独』

の一章を読んだだけでこの本を放り出したときの私は、胸のうちでこう考えたのです――こんなふうに書くのなら、僕にもできる！　しかし私はすぐに気が付きました――こんなふうに書けたとしても、自分もこんなふうに書いていたら、永遠に芽が出ないぞ。もしもまともな作家になりたければ、自分は彼らの作品を借りて、自分の考え方を解放し、自分ならではのものを創り出さなくては。「小説ってえのはこうやって書くもんなんだ」に留まっていては、「こんなふうに書くのなら僕にもできる」へと進むことはできません。范文瀾〔ファン・ウェンラン、はんぶんらん。一八九三～一九六九。歴史学者。一九四一～六五年に出版された『中国通史簡編』全四巻は彼の代表作〕氏がその著『中国通史簡編』でこんな喩え話をしていたことを覚えております――外国文化に学ぶということは、羊肉を食べるようなもので、栄養を吸収するのであって、羊肉を自分の身体に貼り付けることではないのです。私たちが外国作家に学ぶということは、彼らを食べつくし、栄養を吸収したのち、彼らを排泄してしまうことなのです。もちろん食べるのは外国作家ではなくその作品であります。目で食べ、心で食べるのであって、口と歯で食べるのではありません。

最近私は大連にまいりまして長篇小説文体研究会に参加しましたところ、研究会では、復旦大学の陳思和〔チェン・スーホー、ちんしわ。一九五四～。復旦大学中文系教授〕氏がある問題を提起しました――中国語に翻訳された外国文学作品とは、果たして外国文学なのか、それとも中国文学なのか？　翻訳された小説の言語とは、果たして原作者の言語なのかそれとも翻訳家の言語なのか？　私どものような外国語がわからない作家は、趙徳明〔チャオ・トーミン、ちょうとくめい。一九三九～。北京大学スペイン語学科教授〕、趙振江〔チャオ・チェンチアン、ちょうしんこう。一九四〇〜。北京大学スペイン語学科教授〕、林一安〔リン・イーアン、りんいつあん。一九三六〜。スペイン語文学研究者、中国社会科学院研究員〕らの諸氏が翻訳したラテンアメリカ文学を読み、自分の小説言語も変化したのですが、私たちの言語は、ラテンアメリカ文学の影響を受けたのかそれとも趙徳明氏らの影響を受けたのでしょうか。私はためらうことなくこう答えます——私の言語は趙徳明氏らの影響を受けたのであって、ラテンアメリカ作家の影響を受けたのではない、と。それでは誰の言語がラテンアメリカ作家の影響を受けたのでしょうか。それは趙徳明氏たちなのです。

陳思和氏の判断は「文体の面から言えば、中国語に翻訳された優秀な外国小説とは、すでに中国文学の一部分である」でした。私はこの判断に同意いたします。私が思いますに、優秀な翻訳家とは、外国語の専門家であるほかに、母国語の名文家でもあるのです。この両者を結合したのが言語の大学者なのです。それは卓越した仕事振りで私たちに外国作家が語った物語を、物語る技術を、物語を通じて表現された思考を理解させてくれるだけでなく、私たちの母国語をも豊かにしてくれるのです。その仕事は実に功徳無量なのです。この意味でも、北京大学の世界文学研究所は研究するだけでなく、外国文学翻訳機関でもあり、同時に中国文学を育てる揺り籠でもあるのです。この世界文学研究所は外国文学を研究し、翻訳する機関であるだけでなく、中国の言語に新鮮なる文体をもたらす実験室でもあるのです。

すでにこう予言した人がおります——二一世紀は中国語の世紀となるであろう、と。預言者が申しますには、中国語は最も流行し、最もお洒落な言語になるというのです。私たちの中国語が絶えず外国語の栄養を吸収して自らを豊かにするだけでなく、それ以上に外国の言語が私たちの中国語から栄養を吸収して自らを豊かにしたいと望むのです。しかし目下の状況とは、中国語を使用する人の数は地球において上位を占めていますが、実際には中国語はなおも弱い言語です。私は外国に行きますと、しょっちゅう外国語がわからないため恥ずかしい思いをしてきましたが、中国語がわからない連中ときたらまったく恥ずかしいなどと思っていないことに気付いたのです。中国人は外国語を学ぶべし、しかし我々外国人は中国語がわからなくて当然、とでも言うかのようなのです。私たちは中国語がわからない外国人に対しとても友好的ですが、外国人は私たち外国語のわからない中国人に対しなんと冷たいことでしょう。当初は私はこのような不公平な現象が気にかかってなりませんでしたが、今ではわかったように思います。中国語をこのような弱い地位に貶めているのは外国人ではなく、私たち自身なのです。私たちは鎖国して、夜郎自大となり、外国に学ぶことを拒否しまして、その結果各方面において遅れてしまったのです。私が思いますに、偉大な民族というのは、よその民族に積極的に学ぶ精神を持っていなくてはならず、よその民族に学ぶには、まずは相手の言語を学ばねばなりません。これはその民族の度量であり、その民族の気魄であり、その民族の品格なのです。わが繁栄期の漢代唐代の明々白々な特徴とは外国語の人材が豊富であったことです。わが繁栄の漢代唐代の文学は外来文化の影響を吸収したあとにようやく自ら輝きを実現したのです。李白は外国語に精通していました。ある国で外国語の人材が多いということは、その国の繁栄の鮮やかなメルクマールあるいは近い将来に到来する繁栄の兆しです。これは開明性の表れであり、進歩の表れであり、発展にとっての必然にして条件であり、ある民族が強大なる自信を持っていることの表れなのです。私が思いますに、大多数の中国人が流暢に外国語を使えるようになったときにこそ、中国語は強い言語になれるのです。中国語が強い言語になったときに、中国も世界の強国になれるのです。そのときには、外国人も中国語がわからないと恥ずかしくなるのです。そのときには、私たちの文学も真の世界文学となるのです。そのときには、外国の作家で中国の作家を崇拝する人が出て来るのであり、そのときにはこんなことを言う外国の若手作家も出て来ることでしょう――私は中国作家の莫言の影響を受けました。そのようなわけで、北京大学世界文学研究所の成立とは、実に無数の庶民に関わる大事なのです。またそのようなわけで、世界文学研究所は北大のみに属しているのではありません。北大世界文学研究所は全国人民に属しているのです。さらに大きく申しますと、北大の世界文学研究所は中国に属しているだけでなく、全人類に属しているのです。

私は故郷の県長さんにこう言ったことがあります――私の半分の小説と県長の職とを交換したい、と。今でしたらこうも言えるでしょう――私のもう半分の小説と流暢な外国語一カ国語と交換したいし、もしも首尾よく交換できたなら、私は外国語に精通した県長であり、前途は大いに有望なのです。ところがその県長さんはこう答えました――あなたの小説の半分はおろか、全部の小説だって県長職とは交換できない、交換できるのはいいとこ村長ですよ。確かに、私のすべての小説でも外国語一カ国語との交換は成り立たず、せいぜい単語の数個と交換できるだけでしょう。私にもわかっています――小説は誰でも書けますが、外国語は誰でもマスターできるわけではありません。私のお爺さんがこう言ったことがあります――一九〇〇年にドイツ人が私たちの故郷に膠済鉄道を建設したときに、容姿端麗な中国人の子供たちを探してドイツ語を学ばせました。お爺さんが言うには、ドイツ語学習の開始前に、ドイツ人は中国人の子供たちの舌を変える、つまり鳥を飼育する人が鳥に言葉を教える前に鳥の舌を切るのと同じことなのです。こうして見ますと、外国語を学ぶということは、なんと難しいことでしょうか。そのようなわけで私はご来場の外国語に精通していらっしゃる皆様に最高の敬意を表するものです――皆様の舌は非常に精巧であり、皆様の頭は非常に複雑なのですから。

中国5

庶民として書く

二〇〇一年一〇月二四日　蘇州大学

「天に極楽、地に蘇杭」と称されるように、蘇州は杭州と並ぶ江南の景勝地である。その蘇州の中でも特に美しい蘇州大学キャンパスで講演した莫言は、「庶民のための執筆」という執筆態度の背後にある作家の尊大さを諌め、「庶民として書く」という自らの謙虚な文学観を披瀝している。

尊敬する先生方、親愛なる学生諸君。

こんにちは。

このように美しい環境にして、歴史悠久なる蘇州大学での講演にお招きいただきまして、大変光栄に思いますと共に、これは冒険であるとも思います。と申しますのも、ほとんどの作家は弁が立たず、私ときたら作家の中でも最も話が下手な部類に属しますので。その昔私がペンネームを莫言に決めたのは、話をするなあるいは極力話さぬようにという自戒のためでしたが、それにもかかわらずやはり途切れることなく話しております。これは私において矛盾しています。たとえば蘇州大学には遊びに来たいのですが、蘇州大学でお話はしたくないのです。蘇州大学に来てお話ししなければ、王堯〔ワン・ヤオ、おうぎょう。一九六〇～。蘇州大学文学院院長〕さんは飛行機チケット代を出しては下さらないでしょうから、私は蘇州には行きたし、チケット代自腹は御免だし、ということなのでこの席に座ってお話しせざるをえないのです。今はやむをえずして妥協すべき時代でありまして、いかなる人もやむをえず妥協しなくてはならないのです。

数日前に、私は阿来〔アーライ、あらい。一九五九～。チベット族の作家、邦訳に『空山　風と火のチベット』〕さんと余華〔ユイ・ホワ、よか。一九六〇～。漢族の作家、邦訳に『活きる』『兄弟』ほか〕さんと一緒に清華大学で格非さんの学生さんたちと丸一日の座談会に臨んだところ、午前中に第一部、午後に第二部、夜にも第三部がありました。私たちの話は少しで、ほとんどの時間は学生さんが質問して私たちが答えておりました。こういうのはとてもよい、講義のような堅苦しい真似はせず、それでいて話が噛み合い、気軽で、親しみがあり、とても誠実に相対し、お互い収穫がありました。今日もこのような方式を採用できればよろしいかと思います。私がお話ししている間に、皆さんはいつでも私の話に割り込んで、いつでもメモを出すなり、立ち上がって質問して結構です。いずれにせよ私たちはこのお芝居を演じきり、王堯さんに気持ちよく私のチケット代を払ってもらうのです。

今日のこの講演題目は、昨日まで思いつきませんでした。何を話してよいのやら、私には見当もつきませんでした。ところが昨日王堯さんが電話を下さり、必ず題目を出すように、さもないとポスターも作れないと言うのです。そこで私は「文学創作における民間資源」にしたら、と答えたのです。

「民間」というのは大きなテーマであり、最近流行の話題であります。最初に提起したのは上海の陳思和さんだったようで、その後各分野の英雄が立ち上がってこれに応じました。皆さんお考えが異なり、自説を唱えたので、それぞれご自分の民間をお持ちになりました。私は一人の小説書きとして、もちろん私自身の民間に対する考えがございます。私の考えとは理論家たちのように系統的ではなく、筋道が通っているわけでもないのですが、すべて私の文学的経験と創作とに基づき体得したものですので、皆さんのご参考になるかもしれません。正直申しまして、今日のこの講演題目は、私の発明ではなく、先週、清華大学で、阿来さんが最近『視界』に文章を書いた、題目は「小説創作における民間資源」だと言うのを聞きまして、大急ぎでこの冒頭二字を改めて、王堯さんに対しお茶を濁したのですから、阿来さんが将来これを問題にしましたら、学生諸君は私がすでに公開の場で白状していると証人になって下さい。

話題沸騰の民間問題の討論に関しては、学生諸君は文学を勉強している人なのですから、よくご存じのことでしょう。ここで私がいちいち紹介するまでもない――と申しましょうか、実は私などには紹介もできません。私が思うにいわゆる庶民として書くとは最終的にはやはり作家の創作心理の問題だと思うのです。この問題の一面はなぜ著述するのかです。かつては革命のために書く、労働者・農民・兵士のために書くことが提唱され、のちに人民のために書くへと発展していきました。人民のために書くとは、庶民のために書くことでもあります。それは問題のもう一面を引き出してきました。あなたは「庶民のために書く」のか、それとも「庶民として書く」のかと言うことです。

「庶民のために書く」とは大変謙虚大変低姿勢なスローガンに聞こえまして、人民のため牛馬となるという意志にも聞こえますが、よく考えてみますと、これはやはり実は高みから見下す態度なのです。

その根底にあるものは、作家とは「人類の魂の技師」、「人民の代弁者」、「時代の良心」であるといった尊大傲慢、自分が正しいという考えに害されているのです。それは我らがお役人が人民の公僕と言うのと同じで、大変低姿勢、大いに公僕らしく聞こえますが、現実生活の中の役人は、それと正反対であるのと同じことなのです。もしも役人になったら、本当になんでもやります、公僕になります、のでしたら、誰が役人になるものか。不正手段で官職を得ようとするものでしょうか。

そのため私はこう思うのです――いわゆる「庶民のために書く」とは実は「庶民的執筆」たりえず、やはり一種の宮廷文学に準じる執筆なのです。作家が立ち上がり自分の作品を使って庶民のために話すとき、実はすでに自分を庶民より賢い地位に置いているのです。私が思うに、真の庶民的執筆とは「庶民として書く」なのです。

もちろんいかなる作品も読者に向かって歩み出したあとは、「庶民として書く」だろうが「庶民のために書く」だろうが、客観的にあれやこれやの効果が生じ、大なり小なり読者の感情に影響しますが、「庶民として書く」者は、書いているときには、これらの問題を考慮することもなく考慮する必要もありません。彼が執筆しているときには、小説で何を暴露するか、何を鞭打つか、何を提唱するか、何を教化するかなどと考えませんので、彼が執筆しているときには、平等な気持で小説中の人物に向き合えるのです。彼は自分が読者よりも賢いなどと思わないばかりでなく、自分が自作の中の人物よりも賢いなどとも思わないのです。

「庶民として書く」者は、小説家・詩人であろうが、戯曲家であろうが、その仕事は社会の民間職人と本質的に違いがないのです。籠編みの名職人、練達の左官、名人芸の彫り物師、このような職業は作家の仕事に比して一点たりと劣るものではありません。「庶民として書く」者であればこの考えに同意するでしょうが、「庶民のために書く」者はきっとこの考えには同意しないことでしょう。民間職人の間にも継承、参考、発展があり、あれやこれやの流派もあり、さらには神秘的な家伝もあって、お互い不服に思い、同業相軽んずるところもあるのですが、彼らは永遠に自分が普通の庶民であることを忘れず、永遠に自分と庶民とを区別して、傲慢にも「人民の芸術家」を任ずることはないのです。一つの例を挙げますと、この蘇州の近くにその昔、視覚障害者の阿炳〔アーピン、あへい、本名は華彦鈞。一八九三～一九五〇〕という方がおりまして、今では彼は大いに尊敬されて、偉大な民族音楽家、偉大な二胡〔アルフー、にこ。中国の弓奏弦楽器〕演奏家となっていますが、当時の阿炳は、手に竹竿を持ち、ボロボロの服を纏っており、無錫の街頭を芸を売りながら彷徨っていたときには、自分が偉大な人物などとは思いもよらず、ましてや彼が編曲した二胡演奏曲が数十年後に中国民間音楽の古典になるなどさらに思いもよらなかったことでしょう。彼は決して自分が一般庶民よりも高貴だなどとは考えず、その思いとは、私阿炳とは卑しき者、街頭の物乞い、芸を売って露命を繋ぐ賤民、曲に感じ入った人は、銅銭の二、三枚も恵んで下さるが、曲がつまらなければ、私など相手にもしない。もしも私が大通りで引く二胡が、交通の妨げとなれば、巡査は私を足蹴りするだろう。（今の芸術家、芸能人は、マナー違反と警告されると、名刺を出して、私は誰々ですぞ、とやることでしょう）つまり、阿炳という人は自ら卑下し、自ら高貴な人などとは考えず、ことによっては良き庶民とさえも考えなかった——これこそ真の庶民の気持なのです。

このような気持で創作していたからこそ、偉大な作品が出てきたのです。このような悲しみが魂の奥深いところから発せられていたからこそ、彼の心のうずくところに触れたのです。「二泉映月〔泉の月影〕」のメロディーを思い出して下さい――それは苦しみの深淵にまで沈潜した人にして初めて書けるものです。ですから、真に偉大な作品は必ずや「庶民として書く」でなくてはならず、それは求めて得られるものではなく、鳳凰の羽、麒麟の角ほどに貴いのです。

しかしこの「庶民として書く」を本当に実行しようとすると、実はとても難しい。作家もやはり人間でして、現実生活の名利と花束に彼が魅力を感じないはずはないのです。現実生活において、「庶民のために書く」が花束と拍手を得る機会は、「庶民として書く」が花束と拍手を得る機会よりもずっと多いのです。今の世の中、私たちは他人にあああせいこうせいと言う必要はなく、最も大事なことを忘れて、たいして大事でもないことを追いかけたりせぬよう、ただ自ら注意していればよいのでしょう。つまり執筆によりいったい何を得たいのかを知り、そのあと自分の創作態度を決めればよいのです。

蒲松齢〔一六四〇～一七一五。清代の山東省淄博の文人、科挙の試験に終生及第できぬまま、幽鬼妖怪の文言小説『聊斎志異』を著した〕が執筆していた時代、曹雪芹が執筆していた時代には、出版社もなく、原稿料も印税もなく、それどころかあれやこれやの文学賞もなく、執筆は確かに寂しいことで、どうかすると笑い者にされてしまいました。その当時のもの書きの執筆動機はどちらかと言えば単純で、第一に彼の心のうちにあまりに多くのものが溜まってしまい、排出口が必要になるのです。蒲松齢などは一生涯科挙に没頭しておりまして、科挙制度の暗い内幕をすべて知りながら、心の深いところではなおもこんなものに憧れていたのです。仮に持っている小説すべてを焼いたら科挙最終試験に合格させてやる、と言ったら、彼は迷うことなく火を点けたに違いないでしょう。その後、彼は科挙への思いを断ち、大才を持ちながら不遇ということで、小説を借りて自らの才能を表現し、小説を借りて内心に溜まった怨念を排泄したのです。曹雪芹の人生はさらにドラマチックで、本当の貴族の子弟から、落ちぶれた家の哀れな子弟となったのでして、そういうときの人情の冷たさ暖かさ、その激しい変化という体験は、どれほど深刻だったでしょうか。二人は共に光り輝く大技を持っており、あまりの苦痛は排泄せねばならず、社会の下層で、一個の庶民となって、なんの利益にもならない創作を進めたのです。こうしてようやく『聊斎志異』、『紅楼夢』という偉大な古典を書き上げたのです。もちろん、彼らにも付き合いがあり、本が出ますと、付き合いの範囲で称讃を得まして、虚栄心を満たすこともできたでしょうが、このような栄誉とはあくまでも民間のものであり、名利などとは言えません。科挙制度下では、小説とはまさに野狐禅《やこぜん》であり、まともな場所に出せるようなものではなく、当時の「まともな人間」はおそらくめったに小説など書きませんでした。詩歌も同様で、詩歌を真に鑑賞していたのは妓楼の女性たちのはずです。しかしこのような状況下で、ようやく良いものが出てきたのです。もしも詩歌が八股文〔明清時代の科挙の文体〕に替わって科挙の中味になっていたら、詩歌は完全にダメになっています。もしも小説が科挙の中味になっていたら、小説も完全にダメになっています。ですからあれやこれやの賞を追っかけている作品は、たとえ願い通りに受賞しても、その作家はやはりダメになってしまうのです。受賞のことは考えていなかったのに受賞したとしたらそれは別の話であります。これこそが民間創作と非民間創作との違いだと私は思うのです。非民間の創作は、常に濃厚な功利的色彩を帯びており、民間の創作は、常に功利的色彩はどちらかと言えば少ないのです。もちろん、このような稀薄な功利性は、ときには書き手の自覚によるものではなく、運命のしからしめるところであります。即ち蒲松齢は晩年に至るまでなおも科挙のトップ合格を夢見ていましたが、目が覚めるとそれは不可能だと知るのです。曹雪芹は永遠に彼の堂々たる繁華な歳月を懐かしんでいましたが、それはもはや返らぬ夢であることも知っていましたので、その悲しみを抑えきれず、例の過去の繁栄への思いも隠しきれなかったのです。無意識は良い結果をもたらすもので、賛歌を挽歌として唱い、怨念を恋愛に書き上げれば、ほとんど傑作となるのです。

私がなおも特に強調したいのは、作家は決して自分を不似合いな位置に持ち上げてはならない、特に作品の中では、道徳的審判者とならぬことが最上なのでして、自分が登場人物よりも聡明と思わぬことであり、登場人物と共に歩むべきなのです。鄭板橋〔チョン・パンチアオ、ていばんきょう。清・乾隆年間の進士鄭燮《ていしょう》の号。県知事として農民救済の善政を敷いたが、上役と衝突して辞任し、揚州で書画を売って自活した〕は人生糊塗《こと》たるは得難しと申しましたが、作家は執筆中には、ときには本当に曖昧を装わねばならないのです。自分が正しいと思うことは、必ずしも正しくはなく、反対に自分が誤りと思うことは、必ずしも誤りではない、ということをはっきり意識すべきなのです。正誤は時間のそして歴史の観念が決定するのです。「庶民のために書く」は審判を下そうとしますが、「庶民として書く」は必ずしも審判を下しはしません。

最近エコロジー関係の新聞が砂嵐など自然生態悪化の問題に対する私の見方について文章を書いてくれと依頼してきたので、私はただちに、北方草原の砂漠化と草原の家畜頭数との関係を思い浮かべたのです。家畜頭数が多すぎる、草原は休養できず、砂漠化します。十数年前のこと中露国境に行きますと、向こうの草原の草は人の背丈の半分もあり、実に美しい花が咲き誇っており、風に吹かれた草が波打つと、ごく少数の数群の羊が好物の草を選びながら食べているのです。ところが私たちこちら側の草原は二〇センチ足らずの高さで、色も黄ばんでおり、黄癬病みの頭のようです。飢えた羊の群が掃討戦中の鬼畜のような日本軍のように駆けずり回っているのです。自然条件は同じなのに、これほど違いが大きいというのは、まったく人為的問題です。問題は、我々の方でも飼育する羊の数を減らせないのか、ということです。牧畜民たちの答は――我々だって草原がこんなになっちまうのは見たくないんだが、羊を育てにゃどうして食べていくんだ、我々が羊を育てなければ、あんたら北京の人はどうやって羊のしゃぶしゃぶ食べるんだね？　我々だって黒山羊が草原と山林を破壊しちまうことはわかっちゃいるが、あんたらもウールのマフラーやオーバーが欲しいんだろう。これは実に厄介な問題に触れるわけで、環境保護のいっぽうで、当地の庶民の暮らしや発展の問題があるのです。政府がお金を出して彼らを養うしかない。でも政府にもそんなにお金はないから、彼らは木を切り、放牧する。俺だって生きたい。皆さんが希少動物の保護、パンダの保護、東北虎の保護を呼び掛けるのは結構なことですが、実は辺境地区の数多くの庶民の暮らしがこれら希少動物よりもさらに危機にさらされているのです。多くの重病患者が家の寝床で死を待っていますが、誰がその面倒を見るのでしょうか。しかしパンダ一頭が急病になれば、ただちに最高の医者が治療に当たり、病気が治れば新聞テレビで報道されます。作家が環境保護について文章を書けば、正義にして良心的なことのように見えますが、実は彼が代表しているのは一部の人の利益にすぎないのです。このため、作家は逆方向の考えも学んで、自分が正しいと思う立場に立つべきではない、言い換えれば、自分は作家だから庶民よりも賢いと考えてはならない、と私は思うのです。「庶民のために書く」とは、作家自身の限界のため、官僚や権力者のための執筆に変わる可能性が大きいのです。しかし「庶民として書く」は、このような偏向を回避できるやもしれないのです。なぜなら作家も一人の庶民なのですから。ある意味で、「庶民のために書く」とはインテリの書き方です。これには長い伝統があります。魯迅たちから始まりまして、書いていたのは故郷のことですが、その見方はインテリ目線であったのです。魯迅は啓蒙家であり、その後は啓蒙家を演じる人はどんどん増えております。皆さん先を争って落ちこぼれを批難し、国民性の内なる病を暴露しますが、これは典型的な上からの目線です。実は、そうした啓蒙家自身の暗黒面は、他の人より少ないわけではないのです。いわゆる庶民的執筆とは自らのインテリの立場を捨て去り、庶民の考え方で考えることなのです。さもなければ、描き出される民間とは、扮飾された民間となり、それはニセモノ民間なのです。

私は思い切ってこう言ってよいだろうと思うのです——真の庶民的執筆とは「庶民として書く」、即ち自己を描く自己創作であると。ある作家が庶民的執筆を守り切れるかどうか、ときには本人でも決められないときもあるのです。一般的には、始めてまもない創作は比較的民間的なのですが、有名になると、民間的特徴を維持することは難しくなります。書き始めたばかりですと、注目されたいというなら、だいたいが変わったところがあるべきで、人に新味を感じて欲しいのなら、話す物語にしても用いる言語にしても、流行りのものとは明確に異なるところが必要です。即ち「文学的突破口とは常に周縁地帯で開かれる」のでありますが、一度突破口が開かれると、周縁は中心へと変じ、支流は主流へと変じ、神社の回りの妖怪は神社の中の正統的な神様へと変じるのです。これは逃れがたい過程とは言え、警戒心を抱く方が抱かないよりはよいのであり、警戒すればより長く自分の個性を維持し、民間的心性を維持し、庶民的立場と方法を維持できるのです。

沈従文〔シェン・ツォンウェン、しんじゅうぶん。一九〇二～八八。本名、沈岳煥。湖南省鳳凰県の生まれ。小学校卒業後、地元軍閥軍に入隊し、骨董担当の秘書を勤めた。二二年、北京で文学修業を開始し、『辺城』など辺境や都市を舞台にしたエキゾチック、ロマンティックな小説を書いたが、人民共和国建国後批判され自殺未遂、文革後には社会科学院歴史研究所に所属し、『中国古代服飾研究』(一九八一)を執筆した〕の創作を考えてみますと、彼の初期作品では、真の民間的立場と視点が保たれています。彼は岸辺の川に迫り出した建物の娼婦たちを描いたのですが、もしも知識人の立場にあれば、ひどく醜く描いたことでしょう。しかし沈従文は彼女たちに愛らしき面が大変多いと描いています。なぜなら彼のこれら娼婦に対する見方は舟の上の水夫たちの彼女たちに対する見方と同じだからなのです。彼は彼女たちを命がけで貞節を守る女性とは描きませんが、職業の範囲内での真心を描き出しているのです。彼は例のカワウソの毛皮の帽子を被った友人を描くのに、もしも知識人の立場にあれば、こいつは極悪非道の大悪党となりますが、沈従文の筆にかかるとあのような颯爽として、荒っぽく愉快な男となるのです。しかしのちに沈従文が大作家となりますと、民間的立場を守り抜くのはとても難しくなりました。彼は自分が描く人物に対し評価を与えねばならなくなり、知らず知らずと上から目線で見るようになっていたのです。

真の民間的立場と視点とを守り続けることは、言うのは易《やさ》しく行うのは難しい、とは言えやはり努力すべきなのです。「知識が増えるほど反動的となる」、これには文学の角度から見ると、多少の道理はあるのです。

私のお話はここまでとして、このあとは皆さんが質問して下さい。直接立って話しても紙に書いて出しても、結構です。

質問　周縁での創作も有名になるとすぐに教条的になるとおっしゃいましたが、それでは、莫言さんはどのようにしてご自分の周縁性を守っているのでしょうか。

莫言　この問題については、すでに繰り返し強調しましたように、常に自分が庶民であることを忘れぬようにしています——自分の仕事と大工さんとは異なるけれど、本質的には同じなのだ、と。頭を冷静に保ち、自惚れてはならず、自分が何者かを自覚すべきなのです。具体的な創作過程では、極力慣れきった方法で書くことを避けまして、それは卓球とは異なります。卓球では、相手があなたのカットボールに対処できなければ、勝利の勢いに乗って追討ちをかけますが、小説を書くのはその逆なのです。冷静な作家は、皆さん自分の課題を持っています。この課題とは私にとっては、不断に自らを越えていくことへの希望なのです。

質問　莫言さんの新作『白檀の刑』と『赤い高粱一族』との内在的関係についてお話し下さい。

莫言　二作の小説はどちらも歴史的テーマで、『赤い高粱一族』の背景は日本への抵抗、『白檀の刑』の背景はドイツへの抵抗で、物語が生まれる場所はどちらも高密東北郷で、以上が似ているところです。その意味では、『白檀の刑』は『赤い高粱一族』の姉妹編なのです。『赤い高粱一族』で私のご自慢は「僕のお爺さん」と「僕のお婆さん」という独自の視点を「発明」して、歴史と現代との間の壁をぶち抜いたことで、過去に通じる通用門を開いたとも言えるでしょう。通用ですから、とりわけやすやすと真似されました。その後、「僕のお爺さん」、「僕のお婆さん」、「僕のおばさん」、「僕の姉さん」という小説がとても多くなったのです。『赤い高粱一族』は個性発揚の精神を唱い上げており、戦争小説に別の書き方を提供しました。ただし『赤い高粱一族』は長篇として、最も残念なことは構造がないことです、それは書くときには中篇として書いたのでして、五作の中篇を書いてから、組み合わせるつもりだったのです。『白檀の刑』は構造の面で大いに工夫しました。言語の面でも努力しており、具体的に言えば我が故郷の例の茂腔《マオチアン》という軽演劇の助けを借りて、民間的な、見馴れぬ言語を鍛練しようと試みたのです。

質問　お話を拝聴して、莫言さんが作家の創作心理をとても重視していることがわかりましたので、どのようにして莫言さんが民間的心理と民間的立場を保とうとしているのか教えて下さい。

莫言　私は先ほど繰り返しこの問題を語ったばかりでして、常に警戒している必要があるということでしょう。もちろん私も、作家とは必ずや苦しく貧しくあらねばならぬとは考えません。私たちは必ずやわざわざ苦しみを味わう必要はありません。なぜなら意識的な体験と運命による導きとは別ものだからです。最も重要なことは常に自分が庶民であること、作家とは一つの職業であり、この職業は神秘的でも高貴なものでもないということを覚えていることなのです。

質問　莫言さんは『白檀の刑』ではなぜあれほど多くの残酷な刑を描いたのでしょうか。

莫言　酷刑が作られたのは、統治階級が庶民を震え上がらせるためでしたが、実は庶民はそれを自らのカーニバルにしてしまったのです。しかし酷刑は実際には庶民の堂々たる芝居となりました。執行人と受刑者とはどちらもこの独特な舞台の上の役者なのです。『白檀の刑』の執筆は故郷の芝居の影響を受けており、小説の主人公も劇団の座長でして、そのため私は書いているときに、自分が芝居を書いている、はなはだしきは芝居を見ていると感じていたのです。劇中の酷刑は、一種の虚構にすぎません。そのため私もこのような描写だからと言って恐怖を感じることはありません。そのほか私は『白檀の刑』の中で、大量の第一人称的独白を使っており、そのため私が首切り役人の趙甲の独白を書く段に至っては、私は必ずや趙甲でなくてはならず、必ずや趙甲の思考に従い筆を走らせねばならないのです。趙甲は大清朝第一の首切り役人であり、この業界では大シェフ級であり、本物の大量殺人者であり、私は彼の内面世界を描かんと試みるとき、殺人は、彼にとっては、技術をひけらかす機会であり、演技だと感じたのでした。それ故、私がこのように事細かに酷刑を描けたその原因とは、私がこれを劇と見なして書いたことにあるのです。

中国6

作家とその創造

二〇〇二年九月　山東大学文学院

山東人である莫言が、山東省のトップ校で愛嬢の管笑笑が英文科に在籍していた山東大学の教授に就任した際に行った講演である。末尾の、「魯迅は長篇小説には向かなかった、それは彼があまりに思想家であり、思考が鮮明だったから〔中略〕長篇小説は曖昧なものが必要であり、バラバラなものを持っているべきであり、他人に批判される部分を持っているべきであり」という指摘は興味深い。

司会の方から「莫言教授」と呼ばれまして、大変恐縮しておりまして、私の胸のうちでは教授の地位とはこの上なく高いもので、私どもの村であれば誰々さんちは教授だと言うのは誰々さんちは共産党の省のトップと言うのと変わりがないのです。北京の友人たちは「莫さん」と呼んでいますので、皆さんも莫言と呼んで下さい。実を申しますと、小説家としては、原稿用紙に滔々と書き続けることはなんとかこなせまして、たまに壇上に登って、二、三度創作体験について話すのもなんとかなります。しかし大学院生を指導する、塾を開いて弟子を取るとなりますと、系統的理論を話さなくてはならず、これは私にとっては非常に難しいことなのです。これも山東大学から招聘された当初に私が迷いに迷った理由です。私の故郷は山東省ですので、ここには友人が大勢おり、彼らが招聘してくれたのです――私の娘もここに「お預け」していますので（娘は山東大学英文科の学部生です）、とりあえず引き受けるとするか、子供に会いに来やすくなりますし。今年は王美春と趙学美お二人の院生さんを引き受けました――どちらも私の同郷人、濰坊の人です。私に付いたら最後、彼女たちは何も身に付かないに決まっています。これではまずいので、私は二人をしばしば鍋料理にでもお連れして、学問の足しにならないぶん、栄養の足しにしてもらい、実利を図ろうと思います。さもなければ毎年奨学金千元でも差し上げなくては、とても指導教授などにはなれません。幸い賀立華教授が影で支えて下さっているので、私ではわからない問題は、賀さんに聞いてもらいましょう。

この半年の間、私は確かにじっくり講義録を準備しようと思いましたが、あれやこれやと題材も多すぎて、自分の創作に関する考えをすべて整理するのも大変難しいことでした。作家、特に小説家にとっては、理論的知識が多すぎると、創作生産に対しマイナスの影響を与えかねず、それというのも作家がもの知りになりすぎると、理念的知識が多くなりすぎ、小説創作を圧殺あるいは変形しかねないからなのです。そして作家とは原始性や本質、自発性などを頼りに創作して、小説の多義性を増していますので、もしも理論的に成熟しすぎ、頭が明晰になりすぎると、小説は逆に単純なる一方通行になってしまうことでしょう。

今日の講義はやはり漫談方式で進めたいと思います。

第一の問題としては作家の創作態度についてお話ししましょう。

現代作家の創作開始のころには、創作心理とはみな似たようなものでして、どうかして有名になりたい、大家になりたい、あるいは自己表現したい、自分の文学に対する愛着・追求心を満足させたい、というものです。私個人について申しますと、開始当初にはこんな考え方さえ持たず、どうしても原稿料をかせいで、腕時計なんぞを買いたいというものでした。ひとたび有名になりますと、作家の創作態度には違いが生じます。目下の形勢では作家の創作態度はおそらく二種類に分けられると思います。庶民のために書く。作家には大変な高みに立って、「庶民に奉仕する」を旗印とし、「庶民の代弁者」となって、社会あるいは時代の「記録係」になろうと思う、創作において非常に強い社会意識を持つ人がおります。

この種の作家の創作態度は「庶民のために書く」と呼ぶことができるでしょう。去年蘇州大学では、私はこの種の創作態度を低く評価し、彼らの潜在意識に自分を庶民よりも上と考え、しばしば「精神的リーダー」を自任し、高みから見下ろす態度をとる、と考えました。今ではこのような見方は修正すべきです。このような態度もやはり必要でして、社会には確かに多くの暗黒面が存在しており、多くの庶民が恨んでも訴えられないのですから、この種の文学も客観的には社会に対し影響を与え、社会改良の作用を果たすのです。しかも繁栄する文学のメルクマールは文学作品の多様化ですので、こうしてこそ各層の読者の需要に対応できるのです。「庶民のために書く」小説は一般に批判性が比較的強いので、類型化しやすいものです。そのため精巧な作品作りは難しいのですが、それなりの存在価値はあります。

「庶民として書く」という創作態度の作家もおりまして、基本的に個人から出発し、個人の角度から自分を描く、これが個性化執筆と言えます。私自身はこちらの執筆を好んでおり、このような書き方で初めて個人的な、創造的な作品を書けるのです。小説というものは原始性や本質的なもの、自発的なものを描き、多義性を加え、発想の内容をさらに豊かにすることができる、と私は考えております。深刻なる体験と切実なる痛みがあり、心の奥底から発して魂に触れるのですから、それは作者自身から発しているに相違ないのです。個人の精神的苦痛と時代の精神的苦痛とが一致したとき、社会的時代的意義を同時に備えた真に偉大な作品が生まれるのです。この種の創作のマイナス面とは作家が自らのことばかりに構って、無病呻吟することです。しかし真に後世まで残る作品とは庶民として書いたものであり、自らの切実な痛みの現実を描いたものであり、内面から発したものであり、かつて彼の魂に触れた大悲大愛に違いありません。このため個性的執筆はまったく客観的立場に立つということはありえません。仮に自己から描く作家において、個性的苦痛と広範な社会の苦痛とが一致しますと、作品には時代的意義さらには社会批判の意義が付与されるのです。このような作家は幸せです。トルストイ、ドストエフスキー、カフカから、彼らの作品は自らの精神世界から出発しましたが、同時に広大な社会を反映してもいるのです。

創作は作家の内面奥深いところからの要求であり、任務を与えるようなわけにはいかず、それでは作家の魂奥深いところの苦悩が描けないのです。もしもある作家が自らの魂奥深いところの苦悩を描き、その苦悩が大多数の人の苦悩と一致すれば、彼の作品が偉大なる作品となる可能性は大いにあるのです。数年前に流行した出稼ぎ女工・男子工文学で、比較的良いものは女工・男子工さんたちが自分で書いたものでした。ただし執筆のために体験してみたところで、得られるものはわずかに技術的なものにすぎず、真の感動とは異なるのです。仮に乞食の暮らしを描くため、自分で街に出て乞食をしても、体験できるのは表面的なことだけでして、深いものは、乞食の内面奥深いところ、魂の奥深いところのものは容易なことでは体験できないのです。真に天才的な豊かな想像力を持つ作家は、体験しに行かなくともやはり大変深みのあることを書けるのであり、他人の苦悩を自らの苦悩として書く能力は作家が持続的に執筆できるかどうかを試したり量ったりするための目安となります。

一九八〇年代から現在まで、古典的大傑作と称しえる作品はほとんどなく、これは主に社会的原因によるものです。欧米の作家はアマチュアですが、中国のほとんどの作家は職業化しており、ふつう等級の高い行政職を有して、物質的に安逸な暮らしを送っており、数十年書かなくとも、相も変わらず諸国を周遊し、家をもらい、給料は上がることがあっても下がることはありません。その結果といえば、中国作家のほとんどは精神貴族となってしまい、自分の出世作（未だ精神貴族とならざる時期の作品）を越える名作はあまり書けなくなってしまいます。

もう一つの問題は傲慢さで、大作家はいないというのに、トルストイだバルザックだと自惚れる、傲慢な中国作家が多すぎるのです。作家を自称しながら、良い作品は書けず、人間性にも問題があるのです。こういう人は、欺瞞的で、恥知らずで、皆の嫌われ者なのです。中国作家の官僚化、職業化、傲慢にして功利心の肥大化は現代文学における大作欠如という状況を作り出したのです。

私が考えますに、創作とは寂しいものであるべきで、作家とは庶民からどのように見られようとも、決して高級な精神貴族などと自惚れてはならない職業なのです。王朔さんの作品が作家をからかっているのは、中国作家の傲慢さに対する風刺なのです。著名な作家にとっては平常心を保つのは難しく、社会的地位の上昇と、物質的条件の改善に伴い、作家は知らず知らずに変わってしまいます。有名になると付いてくる、名誉に地位、お金とは、魂にとっては強い腐蝕作用として働くのです。もしも作家が強い警戒心を持っているなら、庶民の心を抱き続けることができます。作家がいったん精神貴族となってしまうと、我こそはバルザック、トルストイだと自惚れて、小説や詩歌を神聖化してしまいますが、これは荒唐無稽なことであります。文学とは一つの芸術形式であり、本質的に遊びであり、もちろんその遊びの中にも厳粛神聖にして苦悩歓楽もありますが、あくまでも神聖にして犯すべからざるほどまでに至るということはない、そういう芸術形式なのです。作家はことさら凡人であり、作家の品性とその作品の品性とは完全に直結しているわけではなく、道徳的に堕落した小人物が書く作品でも傑作かもしれませんし、道徳的に完璧なお方が書く作品の方が却ってくだらないこともありえます。

今年の春、私は訪中なさった大江健三郎さんをお迎えしましたが、大江さんは農民のように朴訥としておられ、私の父に会ったときには大変丁寧で、母のお墓参りをした際には、跪いてまでおられました。日常生活に関しては何のご要望もなく、暮らし振りはたいそう質素で、どんな境遇にも安んじておられました。このような質朴さは、中国作家も学ぶに値するでしょう。

中国に大作家が現れないもう一つの原因は、功利心が強すぎることでして、正常な功利心でしたら持っていて当然のことですが、自作を完全に功利と結び付けてしまうと、良い作品は大変書きにくくなります。創作の際に雑念が多すぎるので、創作過程には必ずや俗っぽく商業化されたメディア向けのことなど複雑な要素が染み込んでいくのです。私が考えますに、小説書きは平常なる庶民の心を保つこと、つまり小説を書くために小説を書くことが最も大事でして、書き終えたのちにベストセラーになるかどうか、映画やテレビドラマの監督の関心を惹けるか、映画化ドラマ化されるかなどは、すべて脱稿以後のことなのです。自分が書いた作品が映画化ドラマ化されるというのは、もちろん結構なことですが、書く前には絶対にこんな功利的な先入観にとらわれてはなりません。蒲松齢が『聊斎志異』を書くとき、曹雪芹が『紅楼夢』を書くとき、最初はなんの功利心もなかったのです。

次の問題として小説の独創性についてお話ししましょう。

毎年雑誌各誌に大変多くの小説が発表されますが、真に独創性を持つ作品は多くはありません。マンネリ化の問題は深刻です。私の心のうちにおける良い小説とは言語、題材そして発想のすべてに独創性を持つ小説なのです。新しさこそが犬のように作家に噛みつき、作家を必死で駆けさせるのです。どれほど大きな欠点があろうと、独創性のある小説は読むに値する小説なのです。今の中国の小説は基本的に幾つかに大分類が可能です。

一．反腐敗小説

これは今流行の小説でして、最も顕彰されることの多い小説です。このような小説は映画化ドラマ化の機会が最も多いのです。

二．役人小説
主人公の多くは部長、課長あるいは村や町の共産党委員会書記でして、未だ良心を失ってはいないものの、潮流に流されてしまい、賄賂をもらいながら、庶民のために仕事もしています。このような小説を読み終えますと汚職は中国にあっては合理的だと、腐敗に対する理解と同情が生まれてしまい、皆で楽しむのは大変難しい小説だと言えるでしょう。
三．新都市恋愛小説
主人公の多くが美しきキャリアウーマン、多くがプチブルふう、多くが一戸建て住宅を持ち、多くが高級娯楽施設に出入りし、多くが不倫しており、これもまたテレビドラマのトレンドです。
四．都市頽廃小説
多くが若い作家の作品で、主人公は幽霊のような男女で、バーに入りびたり、ドラッグを飲んでいますが、これも彼らの独創ではなく、カミュたちのところから学んできたもので、彼らは余計者たちです。
五．歴史小説
この種の小説は数百年前からございまして、今時のものは主観と臆測と誇張の成分がさらに多くなっており、映画化ドラマ化されやすくもなっております。
六．農村物の小説
以上数種と重なるところもありまして、たとえば役人小説には農村を描くものもあるのですが、一九八〇年代のこの種の小説とは異なり、八〇年代の下層農民から今時の農村幹部へと主人公が変化しており、真に農民の現実を描くものは少ないのです。

七．学園小説

多くは大学生が大学生活を描き、中高生が中学・高校生活を描いており、学園をミニ社会としています。かつて学園は神聖にして犯すべからざるものでしたが、この種の小説は学園の中の暗闘や名利争い、知識人の暗黒面を暴露しています。

第三の問題として私の心のうちの良き小説についてお話ししましょう。

『聊斎志異』。まずは、文章に独創性がありまして、当時のお上ご推薦の文章は八股文のはずなのですが、この本の文語文は明らかに別種のものでして、しかもそれ以前にすでに、『西遊記』のような口語文が登場していたのですが、著者は上品で美しい文語文で小説を書いており、それは非常に独特なものです。次に、物語に独創性があり、幽霊や狐を書いております。さらに、発想も独創的で、物語の中の幽霊も狐も人間より愛しいのです。

蒲松齢がこのような小説を書くに至る大事な理由は、科挙での失敗にありまして、才人にして不遇、科挙に対する未練が小説にも滲み出ており、善行を積んだ人は、息子や孫が科挙に合格するのです。まさに科挙に未練を抱きながら失敗し続けたため、多義的で複雑な作品が作り出されたのです。蒲松齢の晩年の荒涼たる心境が凄味にあふれる美文を生み出しており、彼の創作はすべて自分自身から出発しており、未だに科挙に合格できない個人的憤怒と苦悩を漏らしておりますが、そのような苦悩は未だ不合格の広範な受験生の苦悩と一致し、自らの落魄したようすは広範な庶民と一致していたのです。こうして自分自身から出発し、個人的苦悩と時代の苦悩とがピタリと合ったのです。

『紅楼夢』は曹雪芹が一家の没落後に書いたものでして、栄華の暮らしを経たのちようやく書いたのです。これを封建制批判と読むのは誤読でして、作者は小説を通じて過去の富貴を懐古しており、未練の心境を表現しており、封建的大家族のための挽歌なのです。貴族の家庭環境を描く過程で自ずと腐敗を書いているのであって、意図して書いたものではありません。

多義性、無意識的とは偉大な作品のメルクマールの一つであります。『戦争と平和』も良い小説でして、真の歴史小説であり、真の戦争小説であり、真の歴史絵巻を繰り広げる良い小説です。人間から出発した小説こそ、真に歴史を反映できるのであり、まったくの写実的なものは却って真に歴史を再現できないのです。

『罪と罰』という小説は個性が非常に鮮明で、完全にドストエフスキーの病的な人格、半分狂った精神状態と密接に関連しています。彼は偉大な審判官であり、偉大な犯人でもある、と魯迅が言った通りです〔魯迅は「『貧しき人々』小序」（一九二六年六月発表、『集外集』収録）で「およそ人の魂の偉大なる審判者は、同時に偉大な犯人でもある」と述べている。また魯迅は日本語の文章「ドストエーフスキイのヿ〔こと〕」で「ドストエーフスキイ自分《ママ》は罪人と共に苦しみ、拷問官と共に面白がつて喜んで居るらしい」とも述べている〕。もしもこのような特異性を持ちあわせない作家であれば、絶対に『罪と罰』は書けません。作家は強迫観念を持っている可能性が大変高く、大変危険で、ニーチェになる可能性がありますが、人類の複雑なる魂を表現できるのです。この種の小説は人類の魂における秘密を探ったのです。

私は一貫して口だけうるさく自分では書けないのですが、今時の小説には、良い小説はなく、しかし悪い小説も多くはなく、ほとんどの作品はマンネリ化しており、創造性、独創性はなく、読み終えて思わず机を叩いて奇に驚くような作品は多くはないのです。今時の小説の作者は腕前は良く、言葉も美しく、流暢です。今時では明らかな長所や短所のある小説は見当たりません。その原因はすべて作家にあるわけではなく、これまでの蓄積で、小説がバリエーション過多となり、今時では天才でなければ、新しいバリエーションなど作り出せないのです。一九八〇年代には、作家として名を上げるのは容易でして、当時の作品は技術的にも、発想においても今時の小説に劣りまして、文化大革命の廃虚から再建し始めたときですから、作家は恋愛のテーマだの公安関係の暗黒面などのタブーを突破すれば名声を得られました。八〇年代の中国作家は狂ったように外国文学を読み、衝撃を受けつつお手軽に真似をしておりました。もしも外国語ができる作家であれば、事前に原作を読み、模倣すればさらに容易に名を上げたのです。

今時の作家は文学以外の多くの要素によって有名になっており、たとえば自分を飾り立てたり、家族史をでっちあげたり（自分が大人物の私生児だと称す）などです。作品中で魂奥深いところのものが顕わにされることは多くはなく、今時ではもの書き屋さんは簡単に見つかりますが、真の文学大家はなかなか見つかりません。作家によっては非文学的手段で同じく非文学的名声を得る者もおるのです。

カフカの小説。カフカは夢見る作家で、彼の小説は夢日記的小説でして、夢の世界を描き、不確定性、非論理性を帯びております。荒唐無稽さとパラドックスとを通して、この世の多くのパラドックス現象を描いており、このことは彼の個人的な精神状態成育環境とも密接な関係を有しており、カフカが父親に宛てた手紙からは、彼が何故このような小説を書けたかを説明できるのです。

『百年の孤独』は中国作家に小説が不景気なときに小説を救う方法を教えてくれました。マルケスはいささかの疑いもなくフォークナーの影響を受けており、ヨーロッパのモダニズムとラテンアメリカのこの種の神秘的伝奇とを結び合わせて、魔術的リアリズムを生み出したのです。いかなる芸術でもそれが危機に瀕したとき、その芸術を救う方法は二つしかございません。一つめは自分の民族文化の中で未だに発掘されていない部分を発掘することでして、別の角度からの既成文化の利用です。二つめは外国のものを借りることでして、外部の刺激を通じて自分の民族文化の澱みを発掘し、その後結合して、さらに作家独自の想像力を加えてようやくのこと新作品を生み出すのです。

今時のまったく新しい作品を書くのであれば、先人の痕跡がまったくないというのは不可能でして、文学的突破も周縁から突破するしかないのです。

フォークナーの小説は良い小説でして、魯迅、沈従文、張愛玲〔チャン・アイリン、ちょうあいれい。一九二一〜九六。中国の作家。一九四三年、日本占領下の上海でデビュー、上海・香港を舞台にした珠玉の恋愛小説により大戦争による文明の崩壊を描いた。一九五二年に中華人民共和国から香港に脱出、五五年アメリカに移住した。現在も「張迷《チャンミー》（張狂い）」と呼ばれる熱狂的なファンが多数いる〕の小説も良い小説です。私が考えますに、作家と文学者とは別々の概念であり、文学者とはまず自分の民族の言語的発展に貢献しなければならず、たとえば魯迅ですと、彼の雑文、短篇小説は現代人の目から見ますと、近現代中国の言語に対し重大なる貢献をしております。沈従文も文学者でして、彼は一つの文体を独創し、独特な言語を用いて独特な物語を語ったのです。張愛玲は他人が使ったことのない言語で他人が書いたことのない物語を書いたのです。個性的な言語を持てば、他人が反映したことのない現実を反映できるのであり、この二点を兼備してこそ良い小説なのです。しかしもしある作家が偉大な思想家でもあるとしても、必ずしも偉大な作品を書けるとは限りませんでして、魯迅は長篇小説には向かなかった、それは彼があまりに思想家であり、思考が鮮明だったからなのです。長篇小説は曖昧なものが必要であり、バラバラなものを持っているべきであり、他人に批判される部分を持っているべきであり、そのうちに筆のあやまりがあって当然であり、章や節によっては飛ばされてもよいのです。つまるところ、良い作品は以下の要素を備えていなくてはならないのです。言語的独創性と独自性、物語の独創性と多義性、発想の不確定性です。

中国7

文学個性化に関する愚見

人民共和国建国後の農民を知識人と比べつつ、農民の独立思考が彼らの素朴な直感によるものである、という独自の考えを披露しつつ、莫言は農民の独立思考の物質的基礎を論じている。この議論は「中国5 庶民として書く」にも通じる莫言独自の発想と言えよう。

二〇〇四年八月　深圳社会大講堂

去年『中国青年報』で読んだ葉立文〔イエ・リーウェン、ようりつぶん。一九七三〜。甘粛省出身、武漢大学教授、現代文学研究者、批評家〕さんの文章は次のように書かれていました。「大量に現代文学作品を読むと、間違って唱って踊って天下太平のカラオケ屋に飛び込んだかと思ってしまうのは、ほとんどの作品は個性がなく、テーマはどれも同じ、作風も似ているからだ。ほとんどの作品は背後を探れば、明らかな模倣対象が見つかる。この状況はまさにカラオケで唱うのと同じように、作家たちはみな誰か文壇の先輩の調子に合わせて歌を唱う習性があり、異なる点といえば、歌詞をしばしば改竄することだけ、一犬影に吠ゆれば百犬声に吠ゆの勢いで、「創作」の美名を博しているのだ」。

彼のこの喩えは、具体的で鋭く、私は長いこと考えさせられました。確かにカラオケ屋さんでは、どれほど下手くそな歌でも、拍手喝采で持ち上げてくれますし、一つどころか二つも三つもの花束だって贈ってくれます――生花だか造花だかわかりませんが。もちろん迫真の物真似もあり、声も雰囲気もよく演じている歌もあり、自分も感動し、聴衆も感動させられるものの、背後あるいは側面に必ず大画面があって、暗示しているのです――あなたはオリジナルではありません。まさに葉さんが言うように、「たとえ全人民のカラオケだとしても、それでは永遠にパヴァロッティ〔イタリアのオペラ歌手、一九三五～二〇〇七〕は育たない」というわけです。

文学の独創性に関しては、この数年喧々諤々の騒ぎが続いております。これはもちろん良いことです。作家が独創性について大騒ぎするのは、西施〔紀元前五世紀、春秋時代の越の美女〕の顰《ひそみ》にならうを良しとせず、邯鄲《かんたん》の歩み〔趙の邯鄲の人の上品な歩き方を燕の人が真似ようとして真似られず、故国の歩き方をも忘れて這って帰ったという故事、『荘子』秋水篇より〕を良しとせず、オウムの口真似を良しとしないからであります。読者が独創性を期待するのは、中古品に飽き、耳目を一新させるようなものを読みたいからなのです。批評家が独創性を提唱するのは、大先生たちの評点に値するようなテクストの登場を促すためなのです。しかしいわゆる独創とは、私の理解では、個性化であります。最近第二回中国語文学メディア大賞の授賞式でお話ししました。その中でこう発言したのです。「二〇年来、私の文学観は大きく変化してきましたが、一点だけ私が堅持してきたことがありまして、それは個性的な文章を書くこと作品の個性化であります。書き手は、必ずや人格的独立性を堅持し、潮流や流行と十分な距離を保たねばならない、と私は考えております。書き手が注目するものしかもそれが執筆の素材をなすものは、他のものとは異なり、豊かで個性的な現実を表現するものであるべきです。書き手が用いる言語は、彼自身に属し、彼と他人とを分けられる言語であるべきなのです。書き手が事物を観察する視点は、他人とは異なる視点であるべきで、ある意味で、牛の視点は、人の視点よりもさらに文学に近接しているのかもしれません。書き手は気楽に作品が描写する人や事物について評価を下すべきではなく、もしも評価するというのなら、通俗的ではない評価基準を用いるべきなのです。このように執筆の個性化を強調しますと、偏向していると思われるかもしれません。しかし偏向なくして文学はなく、私の心の中にあっては、中庸と公正とは良い書き手が保つべき執筆姿勢ではないのです。たとえ社会現実においても、中庸と公正とは、多くの状況下でも偽りの看板なのです。大勢に流されることと大勢に従うことは人類の弱点であり、特に私たちのような強制的集団訓練を受けた作者は、たとえ常には個性の大切さを忘れまいとしていても、巨大な慣性がやはり私たちを集団という激流の周縁へと押し出していき、私たちを大合唱の中の取るに足りない一つの声に化してしまうのです。合唱とは社会現実の中の最も重要な形式ですが、独自の価値を持つ歌い手は、いつも自分の声が大勢の声の中に埋没せぬことを願うものです。野心を抱く書き手は、いつも自分の作品が、他人の作品から区別されることを願うものです。ある批評家たちはすでにこのように個性を強調する執筆に対して批評していることを私は知っていますが、彼らのこのような批評は、実はまさに別種の声を出そうとする試みのための努力なのです。今日では、みなが心を一つにして称讃するような文学作品はもはや存在しない、ということを私は知っていますが、あらゆる階層の要求を満足させられる作家が存在するとは思いませんし、いかなる書き手の努力も、すべて「嚶《おう》として其れ鳴き、其の友を求むるの声あり」（『詩経』「小雅、伐木」の一句。中島みどり著『詩経』（筑摩書房、一九八三）は「ホーと鳴くのは、仲間を求める声なのだ」と解説している）。この意味から申しますと、執筆の個性化とは、まさにある程度の普遍性へと渡る橋なのです。

前回の発言の方向に沿って、最近の文学の個性化問題に関して、再び考えてみました。ある事柄は感触を得られるのですが、言葉にしようとすると、大変難しいのです。私が考えますに、文学の個性化は、二つの問題に分けて議論できるのではあるまいか、一つは作家の個性化、もう一つは作品の個性化であります。

いわゆる作家の個性化とは、もちろん倫理や主義に背いたり細かいことにこだわらないといった表面的なことではありません。髭や髪を伸ばしたり、公共の場で破壊活動をしたり、殴り合いの喧嘩をしたり、バーに入りびたり、薬物を飲む、それは不良少年の行動で、芸術とは関係ありません。ただし魏晋南北朝時代の建安七子（建安（後漢末の献帝朝の年号一九六〜二二〇）年中に魏の都に輩出した七人の詩文家）と竹林の七賢（魏晋交替の乱世に竹林に集まって飲酒清談をした七人の文人）のような人は別に論じるべきなのです。彼らが阿呆な振りをしたのは、命を守ることが目的でありまして、もちろん暗黒政治に対する芸術的抵抗とも考えられます。ある作家の個性とは、主に独立した考えと独立した人格とを表すものだと私は思うのです。まさに考えと人格が独立しているので、必ずやその作家はほとんどの状況において体制と対抗状態となるのです。彼はいかなる勢力や集団をも頼ることをしない、してはいけないのであり、彼に名利を与えてくれるかもしれない集団と勢力とに媚を売ることも常になく、自らの作品を媚を売るための手段とすることなどさらにありえません。

昨日雑誌『作家』の第五期を見たところ、李国文さんの「菜市口を過ぎて」という文章が掲載されており、「文学者は政治家の船には乗らぬのが最上で、最高級のヨットであろうとも、敬して遠ざけるのがよい。唐王朝の李白は、必ずや最初からこの道理をわかっていた。杜甫が「飲中八仙歌」で彼について「天子呼び来たれども船に上らず」（李白　一斗　詩百篇／長安の市（さかり場）のほとり　酒家に眠る／天子　呼び来たれども　船に上らず／自ら称す　臣（自分）は是れ酒中の仙）と書いている。ところがのちに、酒に酔っ払って、廬山を下りると、永王李璘の旗艦に上がってしまい、水軍を閲兵して、「君が為めに談笑して胡沙《こさ》を静めん」（松浦友久編訳『李白詩選』岩波文庫、一九九七年一月。李白は安禄山の乱に際して、玄宗の皇子の永王李璘の幕僚として、長江の中下流域を東巡したが、永王は粛宗（玄宗の次の皇帝＝永王の兄）より叛乱軍と見なされて滅された）とし、その結果、永王が敗れると、彼まで貴州への流刑とされてしまった」。李さんの文章には深刻なる悪戯という趣があり、多くの経験者の実感がこもっています。ただし李白の間抜け振りが始まったのは、おそらく楊貴妃賛歌を書いたところでして、あるいはさらに早い時期からかもしれません。別の角度からお話ししますと、あの時代に、立派な文章、立派な詩句を書く人は、多くがお役人で、文章と詩歌も本来は出世の道で、大官僚になるには理工系、という今時の風潮とは異なるわけでして、李白の献詩というのも、おそらく私たちが想像するほど下品なことではなかったのでしょう。実は数千年の文学史とは、『詩経』を除き、曹操を除き、失意の官僚による不平の歴史でありました。屈原、李白、杜甫、韓愈、柳宗元、劉禹錫、蘇軾ら、皆さん天地の果てまで飛ばされてのちにようやく後世に伝わる佳作を書けたのでありまして、官界で得意になっていたときは、ろくに書こうとも思わず、書いても凡庸な作品でした。

一人の作家に、もしも独立した考えがなければ、他人の考えを絵解きする道具にすぎません。独立した考えというのは、実は独立思考にほかなりません。正常な人であれば、みな独立思考の能力はお持ちでして、大事な点は体制の強大な圧力を受けると、独立思考の勇気を失ってしまうことです。私がネットで読んだジョン・チーヴァー〔一九一二〜八二。アメリカの作家〕の作品を分析した文章は、次のように述べています——五〇年代のアメリカ中産階級は体制に組み込まれるのを望まず、「自分の個性で自分の身分に反抗する」ことを好んだが、ジョン・チーヴァーに至り、彼の本の主人公は、「ひたすら体制から排除されることを恐れる」のです。そこで「共同的価値観念が個性の角を磨滅させ、体制順応と同時に自分の独立性を棄てた」ため、彼らの個性は最後には「現体制への畏怖と置き去りにされることをひたすら恐れる心理状態」へと変化していった、と言うのです。こうして彼らは「表面的自由は内心のズシリと重い束縛を隠しきれず、隠して他人に知られない自由を渇望するが、自分の本質と他人との差別をも嫌悪する」のですが、実は、これは中国の多くの作家の長い歳月にわたる心情を書き写したようなものです。建国後の半世紀の間、中国の作家、および中国の大多数の知識人が、他人のメガホン、イエスマンとなった理由は、体制に順応するためであり、例の「置き去りにされることをひたすら恐れる」巨大なる恐怖のためであり、自ら独立思考の権利を放棄してしまったのです。そして長期にわたる放棄は、必然的に退化をもたらし、退化の結果は迷信と無条件従属でした。自己保全のために心ならずも一畝《ほ》〔約六・七アール、一五分の一ヘクタール〕あたり五〇〇〇キロのもみ米ができると叫んだのはまだ悲劇ではなく、真の悲劇は真に一畝五〇〇〇キロのもみ米が生産できることを信じたことです。当時は、かえってたいした学のない小人物、あるいは農民の方が、素朴な直感により、「正統思想」のデタラメさを見抜けたのです。私が農村にいたとき、村でも集会がありまして、あれやこれやを批判しますが、集会が終わると、力仕事をするべき者はやはり力仕事をせねばなりません、それというのも批判集会が開かれても、食料が支給されるわけでもなく、国の食料は労働者、役人、解放軍に配給されるだけでして、農民が飢え死にしても、それは自業自得というわけです。このような国に食わしてもらっちゃいない独立性が、実は農民が独立思考できる物質的基礎なのです。私たちが当時、生産隊〔中国では一九五〇年代末から八〇年代初頭まで農村に人民公社（平均二〇〇〇〜三〇〇〇戸）が置かれ、人民公社は十数個の生産大隊に分かれ、生産大隊はさらに十数個の生産隊（平均二〇〜三〇戸）に分かれ、生産大隊にまで共産党支部が置かれて、党支部書記が大隊の実権を握っていた〕の隊長と喧嘩したとき、お決まりの文句が「この俺に何ができるんだ。やれるものなら俺の農民戸籍を外してみろ！」。口でどんなことを言おうとも、隊長はやはり農民の労働能力と労働態度により労働点数を決めるのです。今から振り返って当時の文学を検討してみますと、悪くない作品がたくさんあることは認めますが、一作として指導者の思想の絵解きでないものはなく、あの時代の大合唱から外れた声を発したものも一作として見当たりません。作家の頭は空っぽでして、これは作家の悲劇でありまた文学の悲劇でもあります。もちろん、もしも私があのような時代に書いていれば、やはりあのようにしか書けなかったのです。

ここまで話して、ある人のことを思い出します——彼は「天安門事件」後に外国に逃げ、悲憤慷慨して多くの政府批判の演説を行いましたが、自分が××委員を免職されたと聞いて、なんと大声を挙げて泣き出したのです。この大泣きは、実に限りなく曖昧なものであり、彼が本音で重視していたものは、やはり体制内での地位であり、彼の抗議は一種の甘えだったのではないでしょうか。もちろんこれはすでに独立思考の問題ではなく、独立人格の問題です。もちろん私は体制側と断固として闘えと言っているわけではありません。体制に抵抗する作家であることと、法規を遵守する公民であることとは矛盾はいたしません。あらゆる体制が、独立精神に対する制約的要素を持っているのですから、作家が体制に抵抗すると申しますのは、公然と公徳に違反するという意味ではなく、精神的な警戒であり、精神的な独立なのであります。多くの独立精神の持ち主とは、ちょうどゴミをゴミ箱に棄て、みなが割り込みする状況下でなおも規則正しく列に並ぶ人なのです。真の高貴さとは高貴なる者を前にして腰を曲げようとはしない人であり、真の勇気とは真理を固く抱き続ける人なのです。

やはりネットで見たのですが、いわゆる知識人には主に三つのマークがあり、第一に科学的思考を進められる頭脳を持ち、第二に独立した人格を持ち、第三に自らの理想のために自己を犠牲にする勇気を持つことだと言うのです。この基準で量りますと、中国作家のうちで、知識人と呼べる人は何人いることでしょうか。私は自分が知識人だと考えたことは一度もなく、中国作家の中には、知識人の称号に値する人はほとんどいないと考えています。知識のある作家はもちろん大変多いのですが、知識があるだけで、知識人なのでしょうか。『紅楼夢』の中の賈家にいる食客たちは、みな学問は深く、知識も大変広いのですが、彼らを知識人と呼べるでしょうか。彼らも創作しますが、彼らの作品は良い文学と言えるでしょうか。

以上の議論はテーマから大きく外れているかのようですが、実は外れてはおりません。個性的な作家とは、文学創作に従事する際に、独立思考の勇気と理想のために犠牲となる勇気とを持っていて、初めて下層の人民に接近でき、民衆生活の苦しみひいては世の中の苦しみをなめつくすことを理解できるのでありまして、はなはだしきは権勢と横暴に対する激しい敵意を抱きながら、自分の言葉を口に出せる、自分が言いたい話を言えるのでありまして、彼自身の言葉と彼自身が言いたい言葉も、庶民自身の言葉と庶民が言いたい言葉である可能性が高まるのです。もちろん、『紅楼夢』が語るものは必ずしも庶民が言いたい言葉ではなく、例の亡国の君主李煜《りいく》〔九三七〜九七八。唐宋両王朝の間の五代十国時代〔九〇七〜九六〇〕の南唐最後の国主で詩人として名高い。李後主と呼ばれる〕の「春花秋月何れの時か了らん《しゅんかしゅうげついずれのときかおわらん》」〔李煜「虞美人」より。下の句は「往事多少《いくばく》かを知らん」〕も庶民が言いたい話ではありません。ただし当時の李煜と曹雪芹とは一人は亡国の皇帝であり、一人は没落貴族の子弟であり、二人の考え方はすでに体制内的ではなく、二人は庶民と同じ立場に立ってはいないにしても、少なくとも賛歌を唱うことはなく、唱ったのは挽歌でした。良い文学とは、だいたいが賛歌や祝歌であることは少なく、これに対し挽歌は大変容易に古典となります。

いわゆる作品の個性化とは、自ずと作家の独立思考と独立人格を基礎として建立されます。創作テーマの個性化がなければ、作品の個性化もありません。私はだいたい次のように考えております——作品の個性化とは、まず作家風格の個性化から始まります。これは心理学と遺伝学とに関係し、いささか奥深いものがあり、運命的要素でありまして、ほとんど変えようがありません。これもまた個性的な人が多いのに、個性があれば作家になれるとは限らないことの原因であります。

次に、作品の個性化とは、作家生活の個性化を来源とするあるいは依拠とするものです。ある作家の独特な成育環境、独特な人生の境遇、独特な生存体験は、作品個性化の物質的基礎を構成しています。たとえば曹雪芹、たとえば蒲松齢、たとえば魯迅、沈従文、張愛玲、たとえばドストエフスキー、たとえばトルストイ、たとえばローレンス〔一八八五～一九三〇〕、たとえばプルースト、カフカ――おおよそ不朽の名作を残した作家は、みな常人とは異なる人生経験、あるいは運命というものを持っています。これも運命であり、あとから来るいわゆる「生活体験」は、ものの役にも立ちません。人はもちろん乞食の恰好をして、道端で物乞いをしてもよいのですが、体験できるものといえば、肉体的なものにすぎず、表面的で、外界の反応を見られるだけで、内心は深層の感覚は、体験のしようもなく、どれほど多くのボロ服を纏おうが、たとえ猛犬に足を咬まれて血だらけになろうが、心のうちで、自分の作家の身分と仮装による体験という真実を忘れることができません。

作家の後天的現実における個性化には、多くの文学創作に対し重要な要素が含まれています。たとえば暮らしの場の地理的環境、接する文化教育、成長に際し共にいる人々、これらは、すべて作家となる以前に、作家となった以後の基本的な相貌を決定します。その後の境遇や努力からも当然影響を受けるものの、変わるのは局部であって、根本ではありません。

このようにお話ししますと、落ち込む方もおられるでしょう――個性的創造の前では、一切の努力が基本的に何の役にも立たないのですから。これは確かに残酷なる現実でありまして、私たちができることと言えば、多くの変えられない要素の前で、外的事物を参照しこれに刺激されながら、可能な限り自分の個性を保存し突出させることぐらいなのです。

私が思いますに作家は最初の執筆段階では、自分に従って書くのが最上で、功利的な目的、あるいは外来の誘惑を受けて、他人に従って書くべきではないのです。ただし一途に自分に従って書いたとしても、平面上でのスケーティングにとても容易に変わりやすく、それは険しい氷の山を登ることではないのです。このような時とは、しばしば作家は文学の法則をだいたい理解し、文学の技巧を掌握し、現実に取材した原素材と小説プロットとの間の関係を承知する時であり、このため、これにより作家は作品の個性化を追求することとなり、技術的問題へと変化していきますが、これも私たちが努力できる唯一の方向なのです。

第一の方向としては、言語です。作家の言語、あるいは小説の言語とは、個性的作家あるいは個性的作品の最も顕著なメルクマールなのです。ある作家がどのような言語で書くか、これには当然多くの運命的要素がありますが、個性化追求の努力は、成熟した作家の言語に変化を生じさせます。この種の変化は外部の刺激を必要とし、そのあと私たちの個性の中にすでに存在する言語的要素を活性化させ、内と外が結合して、文体となるのです（私は一人で各種の文体を用いて執筆する可能性を信じています）。具体的に申しますと、私たちは一つに古今内外の古典から語感を探し（外国語のわからない作家にとっては、〝外〟

とは翻訳家の言語です)、一つに民間の暮らしと大衆の口語から語彙を探すのです。新しい語感と新しい語彙があれば、私たちの文体は変化を生じることでしょう。

第二の方向としては、作品中の人物の個性です。古典的作品には、ほとんど忘れがたき個性鮮やかなる人物がおりまして、実はそれこそ典型的人物なのです。典型的人物となりえる個性とは、価値ある個性でなくてはなりません。価値ある個性とは何か? 私が思いますに、俗世間の大海原にあって敢えて独立独行し、敢えて潮流に逆らい、敢えて「天下の大悪」を冒し、敢えて「自らの個性によって自らの身分に反対」して歴史により彼らが堅持したことは正しかったと証明される人、それこそが価値ある個性なのです。賈宝玉や、お喋りの李翠蓮〔原文は「快嘴李翠蓮」で、『清平山堂話本』を出典とする時代物軽喜劇で、二〇〇一年一一月に広東テレビドラマ局で放送された〕、笑ってばかりの嬰寧〔蒲松齢の怪奇小説集『聊斎志異』の一篇に「嬰寧」があり、彼女は狐の子供で常に笑い続けて魔術を使う。一九六五年に香港で『聊斎志異・嬰寧』として映画化され、一九八七年以後は中国でも繰り返しテレビドラマ化されている〕、警察局長を熊と一緒に縛って川に放り込むピエール〔トルストイ『戦争と平和』の主人公をめぐるエピソード〕、四〇代になってもなおも白粉を塗りたくる三仙姑〔趙樹理の代表作「小二黒の結婚」の登場人物で、山村の伝統的巫女〕など。このような価値ある個性はお手本的な意味も有しているのです。別の種類の価値ある個性が、歴史により悲劇的人物であると証明されているのは、その性格によるものでありまして、境遇により作り出された悲劇的人物ではございませんで、たとえばドン・キホーテ、たとえばチェーホフの小説の長官の後ろでクシャミをしたことで肝を潰して死んでしまうあの下層公務員〔一八八三年作「役人の死」の主人公を指す。沼野充義訳『新訳チェーホフ短篇集』（集英社）収録）、たとえば魯迅の阿Q、たとえばカミュの余計者、このような人物は、彼らの行動と彼らが堅持するものが、正しいかどうかにかかわらず、彼らの個性は人間的なある種の共通性を表しており、私たちは彼らの姿から私たち自身を見ることになり、彼らは認識される価値があり、そのために、このような個性も価値ある個性となるのです。

作家が現実の中で、幸運にもこのような価値ある個性と出会う可能性は大変高いのですが、このような資源はレアメタルでありまして、たちまち掘りつくされてしまうことでしょう。しかし私たちは書き続けねばならず、しかも個性ある創作を堅持せねばならず、そうなりますと、歴史の中からそして現実の暮らしの中からこのような個性を発見せねばならず、ここでの発見は、当然統合と想像とを指すのであり、当然作家が他人の現実を強大な想像力を借りて自らの現実に同化する能力を指すのであり、当然また幾ばくかの天才作家を排除するわけでもなく、一つの独自の発想を借りることによって、一人の個性ある人物を創造する可能性でもあるのです。

第三の方向は、作品の雰囲気の個性化です。ただし基本的には心で悟ることはできるが言葉では伝えられない問題です。この問題には、私たちは作為を加えることもできます——たとえばゴッホの絵画精神に通じる小説を書こうと試みるのもよく、日本の浮世絵精神に通じる小説を書こうと試みるのもよいでしょう。

最後に、文学の社会性に対する考えを話したいと思います。私がこのように個性を強調するからといって、社会性は不要と言っているわけではなく、社会性とは青天白日の下の人の影のようなもの、どうにも逃げ出すわけにはいきません。豊かな個性を書きさえすれば、社会性もその中にあるのだと思うだけなのです。

最後の最後に、個性化の誤りについてお話ししましょう。文学の個性化は、もちろん物質面から離れられませんが、さらに重要なのは精神面です。もしも珍奇さばかりを追求すると、きっと猟奇的になってしまうことでしょう。オルターナティヴなことばかりを追求すると、きっと欧米の猿真似になってしまうか個性追求自体が類型化となってしまうことでしょう。髪の毛を赤く染めた人が自分の髪染めの過程を小説に書く人を兼ねるというのは、疑いの余地もなく個性的執筆ではありますが、問題の悲しさは、髪の毛を赤く染めて髪染め過程を小説に書く人が大変多いことでして、こうなりますと、個性とは附和雷同となり、このような個性では自ずと価値を失います。個性が流行やお洒落ではなく、内心から発する要求である理由とは、人生と社会に対する独特の理解であるからなのです。

多くのことは実は変えられませんが、私たちはいつも変化を試みており、これも一種の個性なのでしょうが、良い方向であれば「九たび死すとも悔いはなし」〔屈原『離騒』〕でありますが、悪い方向であれば、それこそ迷いにとらわれて悟らずなのです。

中国8

細部と真実

二〇〇五年四月八日　中央テレビ局

テレビ番組のトークショーで自作の映画化を中心に語った四万字の長い話であるが、張芸謀監督による『赤い高粱』映画化の発端や『至福のとき』映画化の〝失敗〟、霍建起監督による「白い犬とブランコ」映画化（映画題名は『故郷の香り』）の経緯などが生き生きと語られている。

司会　「隔週論壇」も本日で一四回目となりました。非常に光栄なことにゲストは現代の著名作家の莫言さんです。莫言さんのご著書には長篇小説には『赤い高粱　正・続』、『天堂狂想歌』、『十三歩』、『酒国』、『豊乳肥臀』、『白檀の刑』、『四十一炮』など九作があり、中篇小説には「透明な人参」、『爆発』（原題『爆炸』）、『歓楽』、『三〇年前の長距離走競争』（原題『三十年前的一場次長跑比賽』）など二四作があり、短篇小説には「涸れた河」、「白い犬とブランコ」、「親指のかせ」（原題「拇指銬」）など八〇篇余りがあります。多くの作品が各言語に翻訳されて国の内外で出版されています。しかもたくさんの作品が映画化、テレビドラマ化されており、大きな反響を呼び起こしてもいます。それでは皆様、盛大な拍手をもって莫言さんのご登場をお迎えしましょう。

中央テレビ局には二度うかがったことがありますが、毎回申し訳なく思っておりまして、中央テレビ局のような神聖純潔なるスクリーンを､私のような姿で汚しているからです。それでも毎回私が来たかったのではなく、お宅の方が何度もお招き下さったのでして、申し訳なくは思いますが、お詫びする必要はないですよね。

中央テレビ局に来る前には、特に神聖な感覚を抱いておりまして、ここは万人注目の地なのですから、こちらの方たちは皆さん、千夫〔多くの人〕の指差しを受けておられるわけです。「千夫の指すところ、疾《やま》いなくして死す」ではなく、千夫の指すところ、心ここに向かわん、であります。しかしこのような神聖なる感覚はすぐに破られまして、一九九六年初頭に、私が「東方の子」という番組に来ますと、司会者は上半身は非常に厳粛な装いで、非常に威厳ある扮装でしたが、下の方はダブダブのステテコで、足にはスリッパを突っ掛けておりましたので、ああ中央テレビ局が厳粛なのは上半身だけなんだ、とわかったのです。

私が確かに感じておりますことは、作家に大まじめな報告をさせるというのはとんでもなくデタラメなことでありまして、非常にすばらしい報告をする人が、とても良い小説を書けるわけではありません。作家というのは家にこもり、一人で知恵をしぼっているべきなのです。しかし仕方なく、ご厚意は辞退しがたく、結局はやって来ました。来る前に連絡担当者の史さんに幾つかの質問を用意してもらったので、彼女が出してくれた問題に基づいてゆっくりお話ししましょう。

◆　　◆　　◆

問題の一つは、小説と映画・ドラマとの関係および私の小説を映画・ドラマに改編した経緯についてお話しするということでして、ご来場の皆さんはテレビ局の方たちなので、この問題については関心を寄せておられることでしょう。

一九八〇年代初期に新時期文学〔中国では文革終息後の文学を「新時期文学」と称する〕が始まって以来、映画と小説との改革・開放は歩調を合わせておりました。張芸謀〔チャン・イーモウ、ちょうげいぼう。一九五〇〜〕、陳凱歌〔チェン・カイコー、ちんがいか。一九五二〜〕らこれらの監督の主な作品は、基本的にすべて小説から改編されたものでした。彼らはまず一篇の小説を基礎として、この基礎の上に彼ら自身の再創造を融合させたので、映画があんなようすなのはこのためなのです。

私個人の小説と映画との関係を申しますと、皆さんは自ずと『紅いコーリャン』を連想なさることでしょう。『赤い高粱』は私の一九八六年の小説でして、『人民文学』に発表されました。張芸謀さんが私を訪ねてきたのは一九八六年の夏、夏休みの時期でした。当時私も彼のことは知っており、カメラマンとして『黄色い大地』と『大閲兵』を撮っていたので、すでに非常に有名でして、その上、呉天明監督の『古井戸』では俳優まで務めていました。当時の私は軍芸〔人民解放軍芸術学院のこと。一九六〇年創設の総合的大学で、全軍の文学芸術関係の人材養成を任務とし、「軍隊作家・芸術家の揺り籠」と称され、解放軍総政治部に属す〕におりまして休みを利用して新作を書いていたところ、廊下から大声で莫言と呼ぶ声がしたのです。出て行くと、坊主頭で、ボロボロのランニングシャツ、短パン姿、片方の靴を手に提げ、片方の靴を履いて、ヨタヨタと歩いているようすは、完璧な農民でした。彼が言うには、僕は張芸謀だ、君の『赤い高粱』を映画化したい。私はどうぞどうぞ、まったく問題なし、と言いました。彼が言うには、何か注文はないかい、要望はないかい、映画化に際しどんなことに気を付けようか。私は君に注意して欲しいことなんか何もないと言いました。そもそも僕は魯迅じゃないし、巴金じゃない、茅盾じゃない。こういう大作家の作品を改編する際のとても大事な原則は、原作に忠実ということだ。僕の作品の場合はそんなことお構いなしだ、変えたいように変えて結構。私には彼は家《うち》の人民公社の生産隊長のような感じで、私も本質的に農民ですから、私たちの合作はとても順調でした。

脚本は陳剣雨〔チェン・チエンユイ、ちんけんう。一九三八～二〇〇八。映画評論家、劇作家〕さんが執筆し、私と朱偉〔チュー・ウェイ、しゅい〕さんが加わって議論しました。書き上げると、張芸謀さんに渡しました。彼がクランクインしたとき、私はちょうど休みで高密にいましたので、監督版〔原題「導演本」〕を読むと、私たちが書いた脚本とまったく違っていたのです。ですから張芸謀さんも『紅いコーリャン』の脚本家に数えるべきです。私たちは大勢の人物、多くのシーンを書きましたので、だいたい五、六万字にはなっていたでしょうが、張芸謀さんの監督版は、物語はとてもシンプルで、人物もとても少なく、数百のシーンでした。私が思うに、小説の映画化とは実際には選択のプロセスでして、賢い監督は小説から最高のものを選び出すのであり、一冊の長篇小説には数十万字、数百のシーン、数十の人物、多ければ百人以上の人物が詰まっており、作家は多くのあれやこれやの考えを注ぎ込むのですが、映画化では、その中から必要とする一部のものしか選べないのです。その中から彼に最も共鳴を覚えさせるもの、彼を感動させる部分を選ばねばならないのです。多くの人物を合成して一人あるいは数人の人物にします。シーンも撮影の必要に応じて一部を選び、なかった場合には別に作るのです。

映画が完成しますと、私は原作者なのですが、この作品を見ると、やはり強いショックを受けまして、それはこれまで見たあらゆる映画、特に中国映画とはまったく異なると感じたからです。張さんはカメラマンの出身で、特に画面を重んじるほか、色彩も重んじまして、色彩をとても重要な要素として映画の中に溶かし込んでいました。そして赤色は私の原作小説でも非常に重要なイメージとして現れまして、私が当時小説を書いたときには、実際に高粱を一人の人物として書いており、赤い高粱は植物であるだけでなく、一つの象徴なのです。小説の中の強烈な赤は、実際に一つの理念を表現しているのです。単に「高粱」と呼べば、きっとそれほどの感染力はないでしょうが、「赤い高粱」と呼び、筆を尽くして赤色を描けば、各種各様の赤を書けば、特に強烈な雰囲気を作り出せるのです。

『紅いコーリャン』は第三八回ベルリン国際映画祭の金熊賞を受賞しまして、張芸謀さんは一気に名声を博しました。これは中国映画が国際映画祭で獲得した最初の大賞です。その後ほかの監督が国際映画祭で多くの賞を獲得しましたが、どれもこれほど強烈な結果を上げてはいません。そのとき私は山東省高密の実家にこもって小説を書いておりまして、従弟が『人民日報』を持って私のところにやって来て、受賞だ、受賞だ！と騒ぐのです。私が新聞を手に取って見ると、一面全面の記事で、見出しは「『紅いコーリャン』西へ行く」、今時ではオスカー賞を取っても『人民日報』が全面報道するようなことはないだろうと思うのです。今の目で見ますと、張芸謀の『紅いコーリャン』には粗削りなところが大変多いのですが、やはりこれにより中国映画が初めて世界に知られたわけですから、その功績を忘れてはなりません。当時のとても多くの芸術品は、小説も含めて、今から見ると玉に瑕の点がとても多いのですが、その芸術品が発揮した作用はその後の数多くの作品をもってしても替えようがないのです。

張芸謀さんは『紅いコーリャン』製作後も、私とは合作の機会が二度ありました。九〇年代の初めに、私を訪ねて来て、農村テーマの大舞台の映画を撮りたいので、脚本を書いてくれと言うのです。私は農村テーマの大舞台なら戦争と関係するものになる、と答えました。彼は戦争映画は撮りたくないと言います。私はそれなら水利工事を撮ろう、文化大革命中には水利工事が行われて、数十万の農民が一斉に動員されて、何万台もの手押しの一輪車に、何千輌もの馬車に、トラクター、お上さんに、子供もみな馳せ参じ、壮大なシーンだったと言いました。彼は今時そんなに大勢の農民は動員できないと答えました。私は君は紡織工場で働いたことがあり、僕は綿花工場で働いたことがあるんだから、二人で綿花をめぐって何か書いて見ようと言いました。私の記憶では、毎年晩秋になると、全県〔中国には全国に人口数十万規模の県が約二〇〇〇あり、県とは日本の郡に相当する行政単位〕一〇〇以上の生産大隊の綿花が、馬車で引かれ、一輪車で押されて、大部隊により、綿花加工場に送られて来るのです。購入済みの綿花は露天に置きっ放しで、見渡す限り、高さ数十メートルの綿花の山、とても迫力がありました。毎年綿花加工の季節ともなりますと、たくさんの村から、契約労働者として若い男女が選抜派遣されて来るのです。他には町の失業青年、下放《シァーファン》〔党幹部・学生が農村や工場に入り農民・労働者への奉仕の精神を養うための運動〕学生、復員軍人もおるのです。綿花加工の過程で、これらの青年自身も加工されてしまうのは、来ているのがみな多少知的な若者でなければコネのある連中なので、農村では比較的傑出した優秀な若者たちだからなのです。このような人たちが一緒にいると、半年の間に見識が高められてきます。これほど多くの人間が一緒にいれば多くの物語が生まれます。恋のさや当ても生じれば、豊かな暮らしへの憧れも生じ、一人一人がみな自分の考えを持つのです。大変多くの若い男女がここで恋愛し、家庭を作りますが、もちろん多くの悲惨な事件も生じますし、多くの労働災害も生じます。私は張芸謀さんに言いました――君は『紅いコーリャン』を撮ったばかりなのだから、『白い綿花』を撮れば、まずは色彩的に鮮やかな対照となる、赤い高粱はとても激しく、天に向かって燃え上がるけど、綿花は白色で、冷い色調で、しかも見たところ非常に柔かいが、圧縮して塊にすると、鋼鉄よりも固くなるんだ。当時の私の綿花加工場における仕事とは大籠担ぎで、綿花を作業場まで担いで行くのですが、積み上げた綿花は、繊維同士がいったんからみ合うと、牛皮のようになってしまい、剥がそうにも剥がれず、鉄の鉤で必死に引っ張らなくてはなりません。私が綿花の特殊性についてよくわかったことは、それは単独で少量のときには非常に柔らかいのですが、いったん塊になると、ゴムのように柔軟で強靭になることです。『赤い高粱』ではお爺さんとお婆さんとが高粱畑で野合し、綿花加工場の若い男女は綿花の山の上で恋をします。二人は綿花の山の中に秘密の通路を掘り、潜り込んで恋をするのです。張芸謀さんはこの話を聞くとたいそう興味を抱き、早く書いてくれ、書くときには映画脚本のことは考えなくていい、小説として書けばいい、書きたいように書くんだ、題名は『白い綿花』だと言うのです。書き終えた小説を、彼は読んだのですが、興味を示しません。上から命令が下りてきて、「文革」を背景とするテーマは映画化できなくなっていたのです。私はそれは口実だと思い、僕らで背景を置き換えて、抗日戦争期として、日本人が綿花を集めて綿を加工しようとするものの、労働者たちが工場内で破壊活動を行い、加工しない、あるいは加工して秘かに八路軍に運んでしまう。これなら面白いだろう？　しかし彼はやはり映画化しませんでした。今でも私は、これは張芸謀の失敗だったと思います――もしも彼が『赤い高粱』完成後に、ただちに『白い綿花』を撮っていれば、彼の芸術はさらに高度なものとなったことでしょう。

彼は『白い綿花』（原題「白綿花」）を断ってから数年後に、再び私のところに来て、楚漢の戦いを撮りたいと言いました。私は楚漢の歴史に多少詳しく、項羽と劉邦に深い関心を寄せていましたので、『英雄・美女・駿馬』（原題「英雄・美人・駿馬」）という脚本を書きましたが、投資側の原因でしょうか、この脚本も映画化されませんでした。その後、このテーマは香港の別の監督が映画化しています。楚漢の戦いの脚本を彼が映画化しなかったことについても、私はとても残念なことと思うのです。楚漢の戦い、項羽と劉邦に関する映画は、どれも物語としては私が書いたものほど面白くはありません。その後私はこの映画脚本を現代劇『覇王別姫』に改めまして、空軍現代劇団が上演したところ、大いに話題になって、何度も外国公演をしています。

さらに数年後、張芸謀さんの助手がやって来たときには、すでに一九九九年になっておりまして、私は中篇小説「親方は冗談がお好き」（原題「師傅越来越幽黙」、邦訳「至福のとき」）を発表し、老いたる労働者の親方がまもなく定年というときに工場が潰れてしまい、失業するという話を書いたのです。老いたる親方が突然の喪失感を覚えたのは、彼が長年の模範労働者で、長年来工場を家替わりとして、建国前には資本家の工場で少年工として働き、建国後は半分国有化された工場で、九〇年代まで働き続け、工場に対する思い入れがとても深かったからです。失業によりこの老親方が受けた打撃は経済問題だけでなく、より深刻だったのは心理的打撃でして、彼は突如自分が母なき子になった、誰も愛してはくれないと感じたのです。工場がなくなり、彼の胸のうちは非常に苦しかったのですが、どうにもなりません。そこで彼の弟子が親方のために考えてあげたやり口が、観光地区の丘の上に、オンボロバスの車体を使って、休憩所を作り、人造湖で泳いできた若い男女対象に愛の語らいと休息の場として貸し出すことでして、入場料五〇元で、中には飲物とベッドがあります。ある日、この休憩所に中年のカップルが入り、入ったあとに鍵を掛けます。この二人はそれっきり出て来ず、暗くなっても出て来ず、八時九時になってもやはり出て来ないものですから、老人がドアをノックすると、中では物音一つしません。彼はとても恐くなり、弟子を探し、彼を連れて派出所に通報します。警察が駆け付け、ドアを押すと、鍵は掛かっておらず、中は空っぽ、何もありません。実は爺さんは中年カップルが中で自殺したのでは、と考えていたのですが、ドアを開けても何もないのです。警察は怒りまして、親方は冗談がお好き、この世じゃラバやら馬やら散歩させるが、警察まで散歩させるとはな。この小説を最初に思いついたきっかけは、ラテンアメリカのある小説を読んだことで、一組の若いカップルが、狂ったように楽しんだあと、気体に変じて蒸発してしまう話です。私は軍隊にいたころ帰省した際に、農民がオンボロバスを売店に改造したのを見たことを思い出し、もしも丘の上にオンボロバスの車体があったら、どんな物語が生じるだろうか、と考えたのです。二つの瞬間的インスピレーションが衝突し融合して、このいささか荒唐無稽と申しますか神秘的中篇小説が生まれたのです。もちろん社会問題、労働者の失業問題も反映しておりました。

張芸謀さんはこの物語にとても関心を寄せたので、私は不思議に思いました――彼がこの種のテーマを面白がるはずがないからです。私は彼に尋ねました――この小説の何が面白いんだい、社会問題・労働者失業に対してか、それとも他のことが面白いのかい、と。彼が答えるには、バスの車体が面白い、オンボロバスが人気のない、荒涼とした丘にあることが面白いと言うのです。彼は私に脚本化しろと言うので、私は自分で誰かに頼んで脚本化したらと答えました。そこで彼は広西省の若い作家を探して改作してもらったのです。あれやこれやと改作するうち、脚本ができあがったときに、私が読むと自分の小説といかなる関係もなくなっていたのです。唯一私の小説と関係あるのは映画の最初の二〇分間オンボロバスが登場していたことです。

私は彼の脚本を読んで、これが映画化されたら誇張されたコントになると思いました。その後彼は趙本山〔チャオ・ペンシャン、ちょうほんざん。一九五七〜。中国東北出身の喜劇俳優〕に主演を依頼し、雷鋒〔レイ・フォン、らいほう。一九四〇〜六二。殉職した解放軍工兵運輸隊の分隊長〕に学んで善行を心がける物語としました。脚本を討議した際に私は彼に一六カ条の修整提案を出したのです。彼は脚本に目の不自由な女性を加えて、マッサージ師とし、心やさしい仲間は、お客の振りをし、彼女にマッサージを頼みます。皆さん生きている雷鋒です。私は復讐の物語も考えてあげまして、女性は目は不自由ですが、聴覚、嗅覚は鋭敏で、女性は実際に嗅覚と聴覚とを使って父の仇討ちをするのです。彼女がマッサージ師となったのは、実は父殺しの仇《かたき》を探すためなのです。張芸謀さんはこれではダメだ、ラジ映局〔ラジオ映画テレビ総局の略称〕の審査を通るはずがないと言って、一六カ条提案は、一つも採用しませんでした。撮影された映画は『至福のとき』という題名ですが、これは明らかに張芸謀さんの失敗作です。二〇〇二年に私は張芸謀さんと日本の作家の大江健三郎さんと座談会を開いたとき、この映画を話題にしました。私が作品を書くときは、普通は五万字とか一〇万字とか書いてから、気に入らないと、それを破ってしまうのだが、パソコンだと便利だ、キー一つを叩けば、消去できると言ったのです。すると張芸謀がことさら感慨深げに、小説家ってこんなに贅沢、こんなに頑固なんだ、監督には無理、半分撮って、急にその映画が面白くなくなっても、もう仕方のないことで、面白くなくともすごく面白い振りをして、自信がなくとも自信がある振りをして、歯を食いしばって映画を完成させねばならず、さもなければ数万元〔講演当時の二〇〇五年の年間平均レートは一元一三・四五円〕の投資が水の泡となってしまうと言いました。私が『至福のとき』とはそんな作品ではないか、と申しますと、彼はそうだと言いました。『至福のとき』はクランクイン当初から、彼は突然ダメだ、この映画は屑映画になる、と感じたのですが、歯を食いしばって映画を完成させました。しかも完成後は駄作と明らかにわかっているのに、なおも必死で傑作だと言い、良いところなどないのに良いところを捜さねばならないのです。私は監督というのも哀れなものだと思います。

　私は、芸術創作とは、山登りのようなもの、ときにはさらに高い山に登るため、一時的に下らなくてはならず、低い山を巻いて行くのは、さらに容易に最高地点へと続く道を選ぶためであり、『至福のとき』とはさらに高みに登るための一時的な下降なのだ、と言ったのです。彼はとても喜んで、そう言うことなら、あの映画にも価値があるんだ、と言いました。

私はその後も映画界の他の監督、たとえば周暁文〔チョウ・シアオウェン、しゅうぎょうぶん。一九五四〜〕さんと合作したことがあります。周暁文さんは『白い綿花』を読んで、特に感動し、これは私が必ず撮りたい、どうしても小説の映画版権を買いたいが、お金がないので、今日母から三千元を借りてきたというものですから、私はいたく感動して、承知したと答えたのです。その後完成せず、結局は台湾の映画会社に買いとられてしまったのです。彼らは改編して脚本を製作し、ラジ映局に送って審査を受けましたが、通りませんでした。この映画製作会社は台湾政府から台湾元で五百万元の映画助成金を受けており、もしも一年以内に映画を完成できなければ、五百万台湾元は回収されてしまうのです。この兄貴はなんと一隊を率いて陝西省に行って映画を撮ったのです。こんな撮影ですので非合法でして、大陸では上映できず、香港、台湾で上映されまして〔李幼喬監督、二〇〇〇〕、私は見ておりませんが、見た人の話では、特に下手な撮り方で、蘇有朋〔スー・ヨウポン、そゆうほう。一九七三〜。台湾の歌手、男優〕が『白い綿花』の二枚目ヒーローを演じましたが、原作小説の人物とは似ても似付かないとのこと、幸い私は見ていないのですが、見たらひどく落ち込むことでしょう。

その後はさらに霍建起〔フオ・チエンチー、かくけんき。一九五八〜〕とも合作しまして、彼が撮った映画『山の郵便配達』〔一九九八年、原題『那山那人那狗』〕は日本では興業成績がとてもよく、評判もとてもよかったのです。これは父と息子との間の情愛を描いておりまして、日本の観衆のどこかの神経に触れたのでしょうか、非常に見事な観客動員力があったのです。日本側では彼に私の小説を映画化して欲しいという期待が非常に強く、それというのも私は日本文芸界に多少は知られており、ウィン・ウィン・パートナーシップとなるわけですから、日本側が選んだのは私が八〇年代に書いた小説「白い犬とブランコ」、これはノスタルジー小説で、帰郷をテーマとしています。小説の中の「僕」は農村の人で、のちに都市に行き、再び農村に帰って、自分の昔の恋人に出会い、さまざまな感慨に耽ります。昔の恋人は、ある事故のため片眼を失明しており、耳と口の不自由な男の嫁にならざるをえませんで、三つ子の男の子を生んだものの、不幸にしてこの三人の男の子も耳と口が不自由なのです。「僕」が昔の恋人を訪ねていくと、彼女は「僕」を高粱畑の中に導き、自分はあなたに対し何も望まないが、私に口をきける子供を産ませて欲しい、と強く懇願し、小説はここで終わります。この短篇小説がラジ映局の審査を受けると、絶対ダメだと言われました。『赤い高粱』の高粱畑での恋はなんとか通りましたが、この小説はまたもや高粱畑に行って口のきける子供を生むというのですから、こんな終わり方で許されるはずがありません。小説の中のヒロインは片眼で、四人の耳と口の不自由な家族を世話しており、映画化した場合、中国人のイメージを損ねてしまうぞ、障害者がこんなに多い、こんなプロットは全部ダメなのです。

私はラジ映局の意見は正しいと思います。第一に、私たちは男女の主人公を再び高粱畑に向かわせて子供を製造させるべきではなく、この結末は必ずや変更すべきであります――たとえこの結末が小説においていかに感動的であっても。それはこの農村女性の最後の願いであり、人間性の直接的表現であります――何も望まないが、口をきける子供を産んで育てたい、三人の息子は口が不自由なので。私はあなたに対する愛はあきらめた、私は何も望まない、恨みもしない、私の目が見えなくなったことがあなたと直接関係し、しかもあなたは私と結婚しなかったけれど、良心の呵責を覚えるのなら、せめての報いに私に口をきける子供を生ませて、という小説の結末には何の問題もありませんが、映画で再びこのように撮りますと、『赤い高粱』と重複してしまいます。ですからたとえこのような結末であっても、彼を再び高粱畑に向かわせてはならないのです。耳と口の不自由な登場人物が多いのは、確かにやりにくい。ヒロインの目が失われており、スクリーンに眼帯を掛けて登場するのはいかがなものでしょうか。昔の悪役スパイがそんな姿でした。顔の障害が観衆に与える印象は確かに良くなく、女優も気が進まないことでしょう。その後、ブランコから落ちて足を怪我し、歩くときに歩行の釣合がとれないことに改められました。三人の耳と口の不自由な子供は全員お役後免となりまして、一人の口をきける小さな女の子に変えられまして、その子は口がきけるだけでなく、特別お喋り上手で、弁舌さわやか、滔々とまくしたて、ひと言ひと言が胸に突き刺さるのです。原作小説の強烈な結末が映画では非常に抒情的結末へと変更されており、耳と口の不自由な夫も魂の美しい人へと造型されて、感動的であり、先に大量の伏線を張ったのち、結びは抒情的な一幕となり、ヒロインと「僕」は川沿いに歩んで行き、夫は娘を抱いて後ろから追いかけ、追いつくと、ヒロインに手話で話しかけ、口でもアーアーと叫び続けて、激しい手振りを見せる、ヒロインは泣き出します。「僕」には手話がわからず、夫が何を言っているのか理解できませんが、最後に謎は幼い娘により解かれまして、娘は「僕」にこう言うのです——お父さんは叔父さんにあたしとお母さんを町へ連れて行ってもらいたいの……このように一挙に耳と口の不自由な夫の存在は昇華されるのです。私が試写フィルムを見たとき、監督はまったく映画を見ないで、ズーッと私を観察していました。結末に至り、私が目を拭うと、車のタイヤに何かが刺さったような音がしたのです。それは監督がフーッと息を吐いたからで、私が感動して涙を流したのを見たからなのです。

この映画は多くの栄誉を得ております。確かに良くできた映画だと思うのは、高密で生まれた物語を江西省と安徽省の省境の土地に持っていったので、雨はシトシトと降り、高粱畑は蘆の原に変わり、北方の村の土壁の家は灰色の非常に美しい安徽ふうの家に変わり、映画はとても抒情的、センチメンタルで、スクリーンは非常に美しく、一種の憂鬱美を呈しています。この映画は金鶏賞〔中国の映画賞〕の最優秀作品賞を受賞し、ほとんど同時に第一六回日本東京国際映画祭グランプリを受賞しております。

私の小説と映画との関係は基本的にこのようなものです。私が思うに小説は映画テレビ芸術の親木であるべきです。映画やテレビドラマによっては小説を改編したものではありませんが、それでも文学はやはり映画テレビの基礎なのだろうと思います。脚本家・監督がもしもある程度の文学的素養がなければ、数十作の小説を読んでいなければ、たぶん芸術的価値の高い脚本は作れず、また傑作映画を撮ることもできないのです。大勢の大監督、大勢の名優が、高い文学的素養を備えておられます。陳凱歌さんの文章は素晴らしく、彼が書いた『少年凱歌』〔台北・遠流出版、一九九一、刈間文俊訳『私の紅衛兵時代――ある映画監督の青春』一九九〇〕は、大いに文才を示す本です。張芸謀さんが読んだ小説はさらに多く、ある時期にはみながこんな冗談を話していたものです――中国に読者が一人残るとしたら、それは張芸謀。彼は絶え間なく小説を読み、小説からインスピレーションを得て、何かの小説が彼の脳内の電光を煌めかせれば、物語が出て来るのです。

今日振り返ってみますと、張芸謀さんの映画はほとんどすべて小説から改編したものです。まとめて申しますと、監督としても、脚本家としても、重厚な文学的素養が必要でして、それなしでは、遠くまでは行けないのです。

現在の映画テレビ界は、監督も俳優も含めて、映画でもテレビドラマでも、現代劇もその他の舞台芸術も含めて、誰しもが口々に良い脚本がないと騒いでおりまして、私の知人の黄梅劇団〔安徽省の地方劇〕の方も京劇界の方も、皆さんやはり良い脚本がないと心配しているのです。この二、三年、多くの作家が脚本を書き始めてもいるのですが、私が何度も申しましたように、小説書きは小説書きであって、小説を書いているときに小説がどの監督により改編されるかを考慮したり、小説が監督の注目を引くとよいとか望むことはできないのでありまして、そんなことでは往々にして良いものが書けなくなります。『白い綿花』は中篇小説として、私の小説の中では出来の悪い方でして、それは先入観にとらわれていたためなのです。

私が『白い綿花』を書いたとき、張芸謀さんは僕のために脚本を書こうとは思うな、僕が改編することは考えるな、君の小説として考えてくれ、とは言いました。しかしこれが張芸謀さんにより映画化されるということが私にはわかっており、それが小説の構想に影響したのです。書いている間にも、ここで一つ張芸謀さんのため絵になる場面を拵えてあげよう、ここで一つ台詞を考えてあげよう、ここで一場面を作ってあげようと考えてしまい、その結果書き上げた脚本は脚本ではなく、小説としても純粋な小説ではなかったのです。私が『赤い高粱』を書いたときには、映画とは何物かも知らず、誰かが映画化やらドラマ化するなどもまったく考えることなく、完全に小説として構想し、完全に小説として書き、このようにしてできあがった作品だけが良いものなのです。またこのような作品だけが、良い監督を感動させるのです。なぜなら良い監督は実は小説家による技術的な助けは必要としていないのです。作品を純正な小説に仕上げ、香高き文学性を備えてこそ、監督の感動を呼び起こせるのです。

今私は反省しています――『白い綿花』が張芸謀さんの感動を呼び起こせなかったというこの過ちは、私が作り出したものなのです。過ちは私が『白い綿花』を良い、一流の小説として書けなかったことにあり、私はこれを小説と脚本との間のどっちつかずのものに書いてしまったので、張芸謀さんの心は揺り動かされなかった、失敗の原因は私にあるのです。もしも私が張芸謀さんと協議する前に『白い綿花』を書いており、根っから誰かのために脚本を書いているとか、誰かが映画化するなどと考えずに、完全に小説の発想で書いていたら、『白い綿花』はものすごい小説になったかもしれません。もしも張芸謀さんがそんな小説を読んだなら、『赤い高粱』のあとの作品は『白い綿花』であった可能性は高く、これも私にとっては重い教訓であります。それから私は小説を書くときには小説を書き、何度も仲間の作家に、執筆時には映画やドラマのことは考えてはならないと言っております。

この十数年来、多くの作家が脚本執筆を新たな収入源として、とても不まじめな態度で書いてきました。胸のうちでこう考えているのです――小説書きこそ自分の本職、小説書きに自分のすべての力を使おう。しかし脚本は、監督に対応して書くもの、監督が満足し、プロデューサーが満足し、自分がお金をもらえれば、それで十分。あとは好きなように映画を撮りな、自分には関係ないさ。これでは良い脚本はできません。良い脚本を書くためには、最初から構想は、脚本の芸術的要請に応じていなくてはなりません。最初に脚本から出発し、映画脚本を書くのなら、監督は誰とか、プロデューサーは誰とかは、私はまったく考えません、こうしてこそ一流の脚本を生み出せるのです。お金儲けのために脚本を書くのでは、名作を書き上げるのはとても難しい。当然、ごく少数の天才作家はお金儲けから出発しても、悪くない脚本を生み出せるかもしれませんが、いかなる功利的観念もなく、脚本を完全に芸術品と考えて完成させるというのが良い態度なのです。

多くの現代劇脚本がなぜ読書に耐えうる古典へと変わったのでしょうか。それは作家が執筆する際に、おそらくどの劇団からも原稿依頼を受けていなかったからでしょう。曹禺が当時『雷雨』〔一九三三〕を書いたときには、いかなる劇団も彼に原稿を依頼していませんで、創作への衝動とインスピレーションの襲来により書いたのであり、その後古典となりました。のちに『王昭君』〔一九七八〕を書きましたが、これは国家指導者の依頼を受けたもので、人芸〔北京人民芸術劇院のこと、一九五二年成立、曹禺は初代院長、北京市政府所属〕が待ちこがれていましたが、書き終えた結果は『雷雨』や『北京人』〔一九四〇、曹禺の代表作〕とは比べものになりません――もちろん、他にも複雑な理由があるのですが。

小説が今日まで発展するには、時代と共に進み、他の芸術ジャンルに学ぶ必要がありました。映画テレビは小説を基礎とし、逆に小説も映画テレビドラマから多くのことを学んできました。私にとっても映画テレビは大変有益で、もちろん私は映画テレビのプロットをそっくりそのまま自分の小説に使ってしまうようなことはありませんが、映画テレビの多くの芸術的手法は、小説の表現方式に転用できるのです。その昔に見たアントニオーニ〔イタリアの映画監督、一九一二～二〇〇七〕の『欲望』〔中国語題名は「放大」、一九六七〕には大きな啓発を受けまして、その後私が小説『爆発』〔原題『爆炸』〕を書いたときには、その中の一場面、父親が息子にビンタを張るという一つの動作に私は三千字を費やしましたが、これは現実では絶対に不可能でして、人がビンタを張られて、それほど長々と考え続けて、三千字にもなる、これは映画のクローズアップを参考にしたのです。映画の中のクローズアップは、小説に持ち込まれると重層的な瞬間の拡大、尽きせぬ連想となるのです。映画の長回し、映画の色彩により、小説家はインスピレーションを生み出すのです。

昨日私はある美術家とお喋りしたところ、私の小説から多くのインスピレーションを得て、多くの絵を描いたと言うのです。私も同様に、多くの画家の作品からインスピレーションを得て、それを小説の作風に転用してきた、と申しました。たとえば私はその昔ゴッホの絵をたくさん見ており、あの強烈な色彩、うねりのタッチ、極めて沈痛なる雰囲気、それらすべてから啓発を受けました。私の初期の小説になぜ色彩描写がかくも多いのか、デフォルメされた感覚がかくも多いのか、なぜ強烈な言語的作風なのか。魔術的リアリズムの影響だと言う人もおりますが、実はゴッホやその他のモダニズム芸術家の絵とも関係があるのです。

良きテレビドラマ、良き映画、そして良きテレビ番組を含めて、これらは作家に多くの小説の材料を提供して、作家の創作のインスピレーションを掻き立ててくれます。現在、大多数の人が事実上テレビに縛り付けられています。最近私どもの新聞社では「保先」教育〔共産党員の先進性を保つ教育〕を行っておりまして、私は駄文を草しまして、共産党の指導は完全に党の組織を通じて伝達されているのではなく、高い割合がテレビにより伝達されている、と書きました。私たちは今テレビを見て、各種の番組を見て、党の指導は実際にはテレビ画面を通じて、一滴一滴と日常生活に注入され、私たちの脳味噌に注入されているのです。

誰でもが暮らしを営んでおり、かつては作家は不断に暮らしの中に深く入れと強調されたものです。しかし暮らしの中に深く入るには人それぞれの条件に制限があり、その制限とは経済的あるいは時間的、あるいは交通手段によるものなどです。テレビは全方位的な参入を提供します。私たちは体育競技を見る、サッカーの試合を見るとして、良い席を買えなければ、双眼鏡を覗くしかないのですが、双眼鏡でも細かいところまでは見えないかもしれません――もちろん現場の雰囲気は味わえますが。もしもテレビ中継を見れば、得られる情報は現場で見ていて得られるものよりも全面的であり、豊富であります。中央テレビ局の一〇チャンネルを見れば、ときに南極へ、ときに月へ、ミクロの世界に入ったかと思えば、マクロの世界に入って、銀河系に行き、すぐにまた「動物世界」を訪ねて、毛虫の体毛を一本ずつ見て、一輪の花がゆっくり咲くようすを見て、蜘蛛が糸を吐き出し巣を編み上げるようすを見るのです。テレビは私が参入できる現実範囲を大いに拡大してくれました。仮に小説とは現実の蓄積と言うならば、現実は私どもの創作にとり唯一の奥深い源泉と言うならば、今ではこのテレビというメディアが私たちに現実に参入し、現実を理解し、現実を確信し、現実を掌握する大変優れたルートを提供しているのです。かつては秀才は門を出ずして天下の事を知る、と申しましたが、実はこれは法螺でした。今ではテレビが秀才は門を出ずして天下の事を知るを確かに可能にしてくれているのです。

　小説を書く人は今ではテレビなしではやっていけず、あなたが得たいと願うものはほとんどすべて得られます、細部に関する正確な描写をしたくて、我が身で現実を体験しようとしても必ずしも上手くはいきません。しかしドンピシャリのテレビ番組に当たると、微に入り細にわたる結果に到達できるのです。もちろん、テレビにはまだ匂いがなく、触ることもできず、視覚的、聴覚的にほぼ迫真の印象を与えるのみでして、匂いはまだテレビを通じては体験できません。私が二〇〇一年にフランスの国立図書館で講演をした際の演題は、「小説の匂い」でした。小説が今も存在する理由とは、小説の中では大量の匂いの描写が可能であり、読者にあたかも匂いが感じられるかのように思わせることなのです。今でも録音機や録画機はありますが、未だ味覚記録機は発明されておりません。近い将来、テレビを見ているときに、テレビが画面と関係のある匂いを放出する可能性は高く、映画館でも画面と関係のある匂いを放出するかもしれません。私は去年小説を現代劇に接ぎ木した小説を書きまして、舞台美術の描写に至りましては、舞台の上に背景として川の流れを登場させ、観衆が水の匂いをかげるようにし、青蛙の描写に至っては、観衆があたり一面の蛙の鳴き声を聞けて、しかもすぐに冷たく生臭い匂いもかげるようにしました。科学技術の発展、科学の進歩に伴い、匂いとテレビが結合する可能性は高いことでしょう。テレビ画面にきれいな花が現れると、花の香りがしてくるのです。今でも小説家は小説でさまざまな匂いの描写を行えまして、匂いの連想は、小説のためになんとかそれなりの地位を確保してくれております。もしも将来科学技術が匂いの記録問題を解決したならば、小説はさらに衰退することでしょう。

実際に今や私たちも小説の読者がドンドン少なくなっており、テレビは確かに小説家の天敵であることを認めなくてはなりません。逆に申しますと、テレビは確かに小説家の友だちでもあるのです。

私たちはテレビ画面の助けを借りて自らの現実を理解し補充します。もう一つの面では、多くの潜在的小説読者がみなテレビにより連れ去られてしまい、将来小説が残る唯一の理由は言語なのです。言語芸術としての小説は、言語に依存してのみ存在できます。言語の美しさあるいは読書の楽しみ、読書の間の審美的快楽とは、画面を見たり、音を聞いたりすることで差し換えることはできません。私たちが古典的作品を繰り返し読むのは、言語自体に魅力があり、言語を読む過程で快感が生まれるからなのです。魯迅の多くの作品の、人物・物語について私たちは、大変熟知しており、作品によってはほとんど暗誦できます。しかし私たちが読み返すとき、やはりそのような快感を実感できるのです。多くの唐詩・宋詞を暗誦できますが、そんな唐詩・宋詞を読み返してもやはり快感を感じるのも、それこそ言語の魅力なのです。小説が将来も長きにわたって存在できるとしたら、必ずや言語自体の魅力によるものであり、これは非常に重要な問題、即ち文学の問題に関わっており、それは映画芸術やテレビ芸術も疎かにはできない問題、即ち言語の問題と関わっているのです。

私が解放軍芸術学院で勉強していたとき、私たちの恩師徐懐中先生が、冗談半分におっしゃいました——小説家の言語とはある意味で内分泌である。ある人の言語には実は多くの先天的なものがあり、ある人が作家となる前と、作家となった後にどのような言語で創作するか、小説の言語的風格や、詩歌の言語的風格はどのようなものかはすでに決定されているのです。これはある人の家庭、出身、成育環境そして彼がその環境で接触した人と密接な関係があります。聞く言語は読む言語よりも、作家の言語生産に対する影響はさらに大きいものがあるのです。

私は何度もお話ししているのですが、一九九九年に中国の数人の作家と一緒に、台湾の数人の作家と共に自らの童年期の読書体験を話したのですが、台湾作家はみなインテリ出身で、恵まれた家庭教育で育ち、四、五歳のときに『紅楼夢』を読み、七歳のときに『金瓶梅』を読んでおり、中国大陸の作家とは比較になりません。私たちは七歳のときでもまだ学校に上がっておらず、朝から晩までお尻丸出しで田野で魚や野鳥を捕まえていたのですが、あんまり面目が潰れてもいけないと思い、こう申しました――皆さんが目で読んでいたときに、私たちは耳で読んでおり、私たちが耳で読んだものはあなた方が目で読んものよりもずっと豊かなのです。あなた方が童年期に目で読んだ『紅楼夢』、『三国志演義』、『金瓶梅』を、私たちはそのあと読みました。しかし私たちが当時耳で読んだものはあなた方には補いようがないのです。私たちは耳で大自然の声を読んだのです――鳥の叫びを聞き、牛の咆吼を聞き、二匹の犬が噛み付き合って喧嘩するときの声を聞き、春になって恋する猫が発する声を聞き、洪水の河の滔々たる流れの声を聞き、さらに植物が成長する声を聞きました。しかもさらに重要なことは村人たちが、叔父さんや伯父さん、祖父や祖母、父や母が熱いオンドルの上や生産隊のストーブのかたわらで、折々につけて言葉で伝えてくれた多くの物語を私たちが聞いたことでして、神話や伝説、歴史物語、伝記物語、妖怪幽鬼は、作家にとっては、紙の上で読んだものよりもさらに重要なのです。本の中のものとは他人が書いたものですから、読んでも直接に小説芸術に変わることはありませんが、私たちが耳で読んだこれらのものは、作家にとって非常に貴重な創作資源なのです。私の『赤い高粱』以後の多くの作品は、すべて民間の物語を基礎として発展させたものなのです。しかも庶民が発した言葉は非常に生き生きとしており、非常に活発非常に生命力にあふれています。本で読んだものは、そっくりに真似はできても、曹雪芹の言葉を越えることはできません。私が山東省高密の故郷の方言に多少の改造を加えますと、鮮明な風格を持ち、オリジナリティーを持つ私による言語へと変化するのです。この言葉も他人から学んできたものですが、私が学んだものは作家の言語ではありません、曹雪芹、羅貫中の言葉は多くの人に知られており、皆さんは読めばすぐにこれが『三国志演義』の言語的風格だ、これは『紅楼夢』の言語的風格だ、とおわかりになりますが、私が村の飼育係の叔父さんから習った言語など誰がわかるものですか。私だけが叔父さんを知っており、皆さんはご存じないのです。私のお婆さんの昔話の言語的風格を皆さんのどなたがわかることでしょうか――私のお婆さんであって、皆さんのお婆さんではないからです。私の筆先により私の小説に変えられており、まさに私のオリジナリティーなのです。私たちの耳の読書はあなた方が五歳で読んだ『紅楼夢』よりも優れているのです、という私の言葉に、彼らは顔を見あわせ、長いこと静まりかえっておりました。

その後彼らは自分たちも両親から昔話を聞いたと言うので、私はあなた方が聞いた話ではダメですと言いました。知識人の口からどれほどの話が出て来ますかと言ったのです。あなた方の両親はみな知識人なのです。もしもあなた方のお爺さんが台湾先住民の高山族で、あなた方の高山族のお婆さんが若いときに愛情表現として前歯を折って恋人に送った、こういうお話こそ良い昔話で、このような言語こそ生き生きとした言語なのです。

民間の言語は、文学的価値が非常に高いのですが、その昔農村にいたときには、多くの言葉が強い文学性を持つことに気付きませんでした。たとえば山東人はある女性を描写する際、ある娘さんがとてもきれいと言うのを、彼女はとてもきれいだ、とは言わず、彼女は奇俊だと申します。奇怪の奇の、奇俊です。人が速く走ると言おうとするのに、彼は走るのがとても速いとは言わず、私たちは彼は走るのが風速い、風のように速いと言うのです。今夜は空が特に暗いと言おうとするのに、特に暗いとは言わず、私たちは怪しく暗いと言うのです。このような言語を小説の中で書きますと、特に暗いと言うよりも、とてもきれいでさらに文学的なのです。しかも中国語の規則にまったく反することもなく、このように書くと、鮮やかなローカルカラーが出るだけでなく、国中の読者に完全に理解してもらえますので、これこそが良い文学言語なのです。

小説の言語、現代劇・映画テレビの中の言語は、すべて民間から吸収したもので、泥臭いですが、中国語の規則に違反した言語でもないのです。たくさん使っていると、次第に書面語に変わっていきます。民間の俗語の多くはとても俗っぽく聞こえますが、どんなに俗っぽい言語でも、文章の中に書きますとその優美さが見えてくるものでして、『史記』の中の多くの言語とよく似ているのです。現代科学技術の発展に伴い、新しい言葉が絶え間なく生み出されておりますが、文法の変化はとてもゆっくりです。絶え間なく民間と外来語から言葉を吸収することは、言語が生命力を保つための基本なのです。

私は先ほど耳で〝読む〟ことの文学創作にとっての重要な意義についてお話ししましたが、もちろん文章を読むことも重要です。私の小説言語は唐詩、宋詞、元曲の影響を受けています。元曲が私に読書の快感を覚えさせるのは「わたしは蒸してもふやけず、煮てもくずれず、叩いても潰れず、煎ってもはじけぬ、カラリンコンの銅豌豆」（元代の戯曲家の関漢卿《かんかんけい》（生没年不詳）による套曲（元代の俗謡）「一枝花・不伏老」の一節。妓楼に通う遊び人の心意気を唱っている。「銅豌豆」は妓楼における馴染み客に対する隠語）でして、なんと精彩を放ち、イメージ豊か、力強いことでしょう。もしも続けて百首の元曲を読めば、執筆の際には、言語感覚が冴えて――元曲から借りた勢いで、欲しい言葉がザックザクと飛び出して来るでしょう。詩や詞を書く人は、より言語の勢いを重視します。言語は水と一緒で、ポテンシャルエネルギーを持っており、高みから流れ落ちるかのよう、いったん語感をつかむと、文章は流れ出すのです。私たちは自分の頭にいったいどれほどの言語的容量があるのか、自分でもわかりません。私たちは自分の頭にいったいどれほどの語彙をたくわえているのか、自分でもわかりません。執筆の過程で語感を探り当て、ようやく潜在的言語容量を、私たちがたくわえている語彙を動員できるのです。これは作家にとっては特に大事なことでして、執筆の際には、多くの作家が言っておりますが、最初の一句を思い当たるのに一〇年も費やすことがあるのです。ラテンアメリカの著名な作家マルケスは『百年の孤独』の最初の一句を書くのに一〇年を費やしており、それは小説全部を書く時間よりもさらに長いのです。「長い歳月が流れて銃殺隊の前に立つはめになった時、彼は父親のお供をして初めて氷というものを見た時刻を思い出した」（莫言の引用の翻訳に際しては鼓直訳『百年の孤独』新潮社、一九九四年四一刷五頁を参考にした）。この文章の構成はサッと川の上流の水門が開かれ、長い間堰きとめていた水がゴーっと流れ落ちていくかのようです。私たちは執筆の際にしばしばこのようなことに出会いまして、確かに最初の一句がなかなか書けないのです。ときには第一句が書けて、あるいは詩の第一行が書けて、突破口が開けたと思うと、その後は書くのではなく、流れ出てくるのです。長い執筆経験を持つ人は執筆の際には語感を握り締めることの重要性を感じることでしょう。たとえば詩を一首書く、詞を一首記すとき、私に与えられたテーマが哀しみ、あるいは激昂だとすると、このテーマが実際に語感を与えてくれるのであり、執筆過程でこの方面の語彙が自然と出て来るのです。

どうすれば個人的風格のある言語が書けるのでしょうか。個人的風格は多方面で表現されますが、最も重要なのはやはり言語においてであります。私たちは小説を読むと、すぐにこれは魯迅、これは張愛玲と読み取ることができますが、それは言語から判断しているのです。作家はどのようにして自らの言語に鮮やかな風格を持たせるのか、確かに正確な言語で述べるのは難しいことです。これは長期にわたる模索・実践の過程であり、広く他人の言語を学ぶだけでなく、百方手を尽くして自らの骨の中にあるものを動員しなくてはなりません。私の経験によれば当初は大胆に模倣しても構いませんで、今日は魯迅を模倣し、明日は茅盾を模倣し、明後日は唐詩を模倣し、明々後日にはさらに筆記小説を模倣するのです。模倣が多くなり、あらゆるところから少しずつ吸収していると、自分のものも次第にでき始めますが、創作実践中に自分で探究できるだけでして、他人がまとめたものは必ずしも適用できるとは限りません。

トルストイ、ショーロホフ〔一九〇五～八四〕らの作品はすでにリアリズムの最高峰にまで到達しており、後進の者にとってはこれを乗り越えることは容易なことではありません。それは唐詩以後に律詩を書こうとすれば、同じようなもの、あるいはその水準に達するものしか書けず、それを越えようとするのは不可能であることと同様です。このため後進の小説家は百方手を尽くし、ない知恵を振りしぼってオリジナリティーを求めるのでして、こうしていわゆるモダニズム小説が現れたのです。魔術的リアリズムも良し、シュルレアリスムも良し、多種多様に変化しても本質は変わらず、モダニズム、ポストモダニズム、シュルレアリスム、どのような手法で書こうが、作家がどれほど豊かな想像力を持っていようが、暮らしの現実という素地があるべきことは確かであり、万丈の高楼とてやはり地上から建て始めるのであり、どれほどの巨樹であろうが、やはり泥の中に根を張っているのです。いかなる天才詩人であろうが、その想像力がいかに豊かであろうが、現実から離れることはできず、この点は承知しておく必要がございます。

一人一人に暮らしがあり、一人一人が暮らしているのですが、オリジナリティーのある創造的な作品を書こうとすれば、暮らしのみに依拠するだけでは不十分です。やはり百方手を尽くして自らの想像力を動員し、懸命に平凡な暮らしの中から非凡な意味を掘り起こさねばなりません。作家は一を聞いて十を知る連想力を持たねばならず、他人の暮らしを自らの暮らしと化す能力を持たねばなりません。もちろん、他人の暮らしであるかのように、自らの暮らしを描かねばなりません。このような能力があってこそ、たゆまなく書き続け、最大限に自己反覆を避けられるのです。

高密東北郷は私の小説が展開する舞台であり、多くの物語は高密東北郷の範囲内に限定されております。しかし実は高密東北郷はとっくに地理的概念ではなく、文学的概念として開放されております。二〇年の私の農村暮らしはとっくにあらかた書いてしまっておりまして、その後の多くの小説の題材は全国各地から耳と目で集めたものでして、新聞で読んだものあり、テレビで見たものあり、もちろん故郷を離れて以後の私の暮らしも文学的資源となっております。一つ例を挙げますと、アメリカの飛行機がコソボを爆撃していたとき〔コソボ紛争末期の一九九九年に北大西洋条約機構（ＮＡＴＯ）加盟諸国がユーゴスラビアに対してアライド・フォース作戦を行っており、その際の航空攻撃をコソボ空爆と呼ぶ〕、現地の人が古い橋をアメリカ機による爆破から守るため、一人の小さな娘さんが毎日橋の上を逆立ちして歩き、この村の数十人の娘たちも橋の上を逆立ちして歩くようになり、アメリカ軍パイロットは投弾の際に、橋の上を逆立ちして歩く一群の娘たちを見て、投弾を止めたのでした。遠いユーゴスラビアで発生したことを見て、私は大変啓発されまして、これは小説にできると考えたのです。しかしもしも私がこれをコソボ戦争期間のユーゴスラビアで小さな娘さんが橋の上を逆立ち歩きすると直接描写しても、どう描写しようとも写真付きのニュースの力にはかないません、この任務をニュースはすでに十分に果たしており、テレビでも画面で展開されており、私の小説はどう書こうが何の意味もありません。しかしこのプロットは私にとっては非常に役立ちまして、のちにこのプロットを使って「逆立ち」という小説を書き、学校の同期会が開かれることを書き、その中で省の共産党委員会組織部の副部長をしている同期の一人が、県都に帰って行くのです。これほどの地位ともなりますと、県の共産党委員会書記でもなかなかお目にかかれません。組織部副部長は県党委員会のゲストハウスを使って、高校の同期生を集めて同期会を開きたい、と言うのです、高校の学友には交通局の副局長になった者、新華書店の副店長になった者もいれば、落ちぶれている者、露天で自転車修理をしている者もおりますが、組織部副部長としては、実は小役人になった学友などには会いたくなく、会いたいのは露天で自転車修理をしている昔の学友であり、農村で百姓をしている学友なのです。省の共産党委員会組織部の副部長にとって、県の交通局副局長などそもそも役人の数に入らず、同期会開催に際しては、特に露天で自転車修理をしている例のひょうきんな学友を招くよう念入りに言い聞かせており、小説では「僕」の語り口で――「僕」とは露天の自転車修理屋でして――同期会に参加して、県都で役人になった昔の学友に会い、その中の僕の女性の同期生は新華書店の店員、夫は新華書店の副店長、物語は展開し、省党委員会組織部副部長の前で、小役人たちは、ピリピリと緊張していますが、自転車修理の「僕」が最も平然としているのは、「僕」には何も欲がないからで、組織部長官がどれほど偉かろうと、「僕」とは関係ありません。県で小役人をしている学友たちは、昔の学友の助けを借りて官界で出世したいと願っているのです。その中でも最も必死なのは新華書店副店長の学友で、彼はどうしても店長になりたい、妻の謝蘭英《シェランイン》は店員で、この店員は都合よくその昔に省共産党委員会組織部副部長が追いかけていた女生徒ですが、振られている、微妙な関係にあるのです。出世した役人といえども人情は持っていると皆が思っています――特に自分の少年時代、青少年時代に憧れた初恋の恋人に対しては特に微妙な感情を抱いている、と。宴席で組織部副部長は書店員についてまじめとも冗談ともつかぬことを言い、新華書店副店長に対し君は女性にもてる、彼女には当時大勢の男子生徒が憧れていて、学校の広報委員会のスター、ミスキャンパスで、逆立ちができて、両手で立って、足を上げ、舞台の上をグルッと一回りできたんだ、と言うのです。乾杯が繰り返されたあと、謝蘭英にもう一度逆立ちを見せてくれ、とみなが囃したてます。謝蘭英は歳を取ったのよ、子供だって一五、六歳になってるし、こんなに太っちゃって逆立ちなんてできないわと断ります。みなはダメダメ、さあ逆立ちして、と言います。組織部副部長は僕は指導幹部だ、君に逆立ちを命じる、逆立ちしないのなら、罰杯に酒三杯を飲むんだよ、と言います。新華書店の副店長は、部長が逆立ちとおっしゃるんだから逆立ちしろよ、と妻を叱ると、部長は僕を部長なんて呼ばんでくれ、今日は部長も何もない、学友あるのみだと言います。ついに謝蘭英が本当に逆立ちするのは、彼女にも夫の下心がわかっていたからです。ちょうど大部屋の貸し切りで、大部屋には小さな舞台があります。彼女はスカートを穿いていたので、逆立ちするや、スカートはバナナの皮のようにタラリと垂れ下がり、水さしのような太腿が現れるのです。謝蘭英はその場から逃げてしまい、みなはとても気まずい思いをします。新華書店副店長はこう言うのです――部長、あなたは私に部長とは呼ばせませんが、一杯献盃させて下さい、ご存じの通り謝蘭英が私と一緒になったのは、可憐な花を牛の糞に挿したようなもの、彼女が結婚してくれたというのに、私はまだ新華書店の副店長、なんとも情けないこと。私は謝蘭英にすまないので、どうか私をどこか遠くに左遷して下さい、私は本当に謝蘭英にすまない、あんなに素適な子だったのに。部長が言う言葉はやはり例の文句で、我々は大衆を信じるべきだ、我々は共産党を信じるべきだ、この二つが基本的原則で、この二つの原則を疑ったら、何事もできやしない、というのが、この小説の結びです。

これこそコソボで起きたディテールを中国の小説に移植したものです。前者はアメリカの飛行機による爆撃から橋を守るために歩いた逆立ちです。後者は夫の出世のために歩いた逆立ちなのです。

二、三日前に私は広州市党委員会組織部でリーダー役をしている処長にお会いしたところ、彼はこの「逆立ち」を読んでおり、この小説が同期会での微妙な心理をとても正確に把握していると言いまして、このディテールはどこから来たものか、本当に体験したことなのか、と尋ねました。私は体験ではありません、ユーゴスラビアでのエピソードを持ってきたものですと答えました。

自分でもわかっておりますが、歳を取ると、現実体験の方法もかつてのような、しばしば故郷に帰って、あちこちで暮らし振りを見る、というわけにはいかなくなりました。日常生活の中でさまざまなメディアを通じて自分の暮らしの蓄積を更新し、テレビの中のものも、小説に使えます。問題はいかにテレビの中のものを私の暮らしに変えるのかであり、これには過去の経験を動員し、これらのものを自分が掌握できる範囲内に置き、これらの見知らぬディテールを自分が熟知している人々の中に置き、これらの物語のプロットを自分が正確にその感情を掌握できる方式の人々により表現すると、真実味を発揮でき、説得力を生み出せるのです。

暮らしの真実と文学の真実の問題に関して話しましょう。執筆を学び始めたころ、編集者に対しこの物語は誓って私が実際に体験したことだと言い、物語を語るうちに自分でも感動のあまり泣き出してしまったものでした。しかし編集者はこの物語はことのほか嘘っぽい、一目で作りものとわかると言うのです。どうして自分が多くの真実の物語を書くと嘘っぽくなってしまい、他人に信じてもらえないのでしょうか。ところが何年かが過ぎると、虚構の嘘の物語を信じてもらえるように書けるのです、つまり物語のプロットの真偽は重要ではなく、鍵は作家が書くときには確かに書いている人物の感情を深く熟知していること、自分のことのように彼らを描くこと、彼と自分とで感情を完全に共有することなのです。私が凡人を書くとき、農民を書くとき、私には彼の精神活動のあらゆる様式がわかっています。一人の女性を書くとき、一群の人を書くとき、この一群の人々の間の微妙な関係をわかっていなくてはなりません。組織部副部長の心理を理解していて初めて、彼が県党委員会書記の前で話すときにどのようであるのか、彼が昔の学友の間に戻り、若き日の恋人に向き合ったとき、彼がどのようになるかがわかるのです。彼の心情を私はきちんと掌握しなくてはならず、私が組織部副部長を書くときには私も組織部副部長であらねばならず、その人の身になって考え、彼を私として書く、こうしてこそ、どれほど虚偽のプロットであろうが、読者に信じてもらえるのです。

もう一つ、多くの場合に真実の物語を書いても嘘っぽく見えてしまうのは、私たちがディテールの力を見落としているからなのです。しかし一度ディテールが正確になりますと、嘘のプロットも真実のように書けるのです。多くのモダニズム小説は、全面的に必ずや嘘なのですが、ディテールの面は一分のすきもなく、幻のプロットを非常に説得力あるものへと変えているのです。マルケスが書いた『百年の孤独』は、冒頭でジプシーが磁石を引っ張りながら大通りを歩くと、家々の鉄製器具が次々と飛び出して来て、動物のように磁石に付いていってしまうと書いていますが、このプロットは明らかに嘘であり、不可能でありまして、どれほど強大な磁石でも家々の鍋や台所道具、挙げ句のはては何年も前になくした針までも鼠の穴から飛び出てくるなど不可能であります。しかしその中の一つのディテールは真実でありまして、磁石には確かに鉄を吸い寄せる力があり、釘が木製の道具から外れるときに出す音のディテールも真実なのです。息子が銃で撃ち殺されたあと、流れ出た血が大小の通りを抜けて、通りの角を幾つも曲がって、自宅の台所までたどり着き、動物のように、角々を曲りながら、母親の足元まで這っていくのです。母親はこれを見るや息子が死んだことを知り、血の跡をたどりながら息子を探し当てます。このプロットも嘘に違いなく、どうして血がそんなに遠くまで流れるものか、人の血がどうして自宅の門を探し当てられるものか、自分の母親を認識できるものか、それは不可能なのですが、母子の間には確かにテレパシーが存在するのです。嘘のプロットは情感の真実さ、あるいは本質的な真実さにより、説得力を得て、明らかに嘘だとわかっていても、真実だと思わせてしまうのです。

以前私が読んだある戦争小説は、六〇年代のもの、古典的革命ものでして、格調高い革命的英雄主義・ロマン主義のものでした。一人で多くの敵と戦う英雄を描き、彼は刀を振り回し、しばしば列車によじ登っては敵の守備兵を殺します。しかし敵に戦法を見破られ、捕まって、首を切られます。庶民の気持ちとしては当然英雄に死んで欲しくないのでありまして、私たちも英雄に生きていて欲しいのです。こうして伝説ができあがり、村の庶民は一人戦う英雄は死なず、首は半分切られたものの、生き返ったと語るのです。話はドンドン大きくなり、毎晩真夜中になり月が昇るころ、英雄は大きな白馬に跨がり、村の中を駈け抜けていくのですが、英雄は左手で顎を押さえ、右手で大刀を握り、首には赤い絹布を巻き、絹布には赤い花が縫い取られていると言うのです。このプロットは虚構に違いないのですが、ディテール描写から、作家が無意識に見事な真実を作り上げたことがわかります。英雄はなぜ左手で顎を押さえているのか——首が半分切られているので、押さえていないと落ちてしまうから。なぜ首には赤い絹布が巻かれているのか——傷口を縛るため。なぜ赤い絹布なのか——血が滲んでいるから。これらのディテールには巨大な説得力があり、英雄は死なずという伝説を実証しているのです。ディテールの真実はプロットの虚偽を補うことができるのです。

　執筆の際には、ディテールは大胆に描写すべき、強い自信を持つべきでして、あたかも自分がこの目で見たかのように、自分のすべての感覚器官を動員して描写しますと、作品には説得力が生まれます。多くの初心者は、口で物語を話すときには大変精彩を放つのですが、いったん書き出すと上手くいきません。私は軍芸で学んでいたとき、ある学友からしばしば彼の構想を聞かされました。それを聞いたときには私は非常に感動するのですが、彼が小説を書くと、まるで中学生の作文でして、生命力に乏しく、力強さに欠けるのです。当時は私も初心者でして、私にもいったい問題はどこにあるのかわかりませんでした——なぜ物語を語るときにはあれほど感動的で、本人も感動し、聞く方も感動させられるのに、書くとひどく生命力に乏しく、まったく力強さに欠けてしまい、しかもひどく嘘っぽく感じてしまうのか。

　何年かのちに私にだんだんとわかってきたことは、彼が物語を語るときには表情豊か、私の顔に唾を飛ばし、目から涙を流し、その語りは精彩を放ち、変幻自在、彼の口述中私は話の中に没入していたのです。文字になると、感覚器官の総動員はできず、まったく無味乾燥な言語に変わってしまい、語り手の感覚の力は働かないのです。小説はすべて一人称語りという必要はなく、二人称、三人称も使えますし、「彼」を使って書いてもよいのですが、やはり作家がこれを操作するのです。なぜ名作小説は、読む間にも匂い立つように感じるのか、私たちがショーロホフの描くドン川、夜の漁を読みますと、冷たい水の生臭さを感じ、魚の鱗が身体にひっつくのを感じ、生臭い匂いがするかのようです。作家が書くときには自らをあるいは登場人物の感覚器官を総動員する、視覚、聴覚、嗅覚、触覚、連想のすべてを動員するのです——全方位的に、立体的に。このような小説こそ力と説得力を生み出すのです。虚構の物語であろうとも、作家が執筆に際し感覚器官を総動員することにより、色、香、味のすべてが伴い、何でもあり、となって語り全体が平面的ではなく、立体的となるのです。さらに大事なことはこのような語りが強い感情を伴っている点でして、それは「私は非常に苦しい」、「私は非常に嬉しい」といった書き言葉ではない、そんなものにはもちろん力はありません。しかしもしも直接口に出せない苦しみであっても、描き出せる苦しみであれば、感動を呼び起こす力を持つのです。グリゴーリーはアクシーニヤと駆け落ちし、長い歳月ののちに妻の元に戻りますが、妻は壁に寄り掛かるうちに、突然壁が氷のように冷たく感じられて、思わず地面に座り込んでしまいます。作家はグリゴーリーの妻がどれほど苦しんでいるかを描くことなく、彼女が壁を冷たく感じて、思わず座り込んでしまうことのみを描いたのです。その後の逃亡の中でグリゴーリーは、数知れぬ波瀾、大変動、悲喜離合を経て、最後にすべてを失い、アクシーニヤと二人きりとなります。逃亡の中で、アクシーニヤが銃で撃ち殺されてしまうと、彼は天を仰ぎ黒い太陽を見て、バッタリと地面に倒れてしまうのです。ここでもグリゴーリーの内面の苦しみはいかほどであるかは描かれません、描くことなく、天を仰ぎ黒い太陽を見て、しかも目眩めくも黒い太陽でして、そのあとバッタリと地面に倒れるのです。このような描写は真実ではなく、太陽とは白いものであって、黒いものではなく、皆既日食のときでも黒いものではないのですが、私たちは作家の描写が非常に説得力に富み、これは心理的な真実なのだと感じるのです。彼は正常ではない方法でディテール描写を行い、登場人物の内面の極度な苦しみを、非常な説得力をもって表現したのです。柏樺〔パイ・ホワ、はっか。一九五六～。四川省出身の詩人。毛沢東時代の抒情詩人〕の詩に「白雪の夏」〔原題「雪白的夏天」〕、「白雪のような神経病」という二句があったかと記憶しています。夏がどうして雪のように白いのか？　何が雪のように白い神経病なのか？　ところがこのような詩句は人の正常にあらざる状況下の心理的状況を私たちに感じ取らせるのです。執筆過程ですべての感覚器官を動員し、直接大声で苦しいだのと叫ぶのではなく、自らのあらゆる感性を用いて、感情豊かに描写してこそ大いなる苦しみを描写できるのです。その昔の欧米作家のように、写真を撮るように景物描写を行うのではなく、登場人物の強烈な感覚を投影して描く、このように投入した文章にして初めて無味乾燥としたものではなくなり、このように描写して初めて小説の中の有機的構成部分となるのです。

小説には大量の景物描写があり、環境描写があり、人物肖像描写があります。これらの描写は過去の伝統的リアリズム小説においてはいかなる感情も帯びることなく、いかなる色彩も帯びることなく、それは機械的な描写でした。私たちはこのような描写を読むと、それが小説に対していかなる助けにもなっていない、飛ばし読みしてよいと思っていました。その後小説家は次第に理解したのです――感情を投入し、あらゆる感覚を投入して景物や環境に関する描写を行うと、それが小説の有機的構成要素へと変じ、小説の登場人物の感情あるいは作者の感情に対して強烈な強調や引き立ての作用を果たすことを。それも説得力あるものに作るときに、小説における非常に大事な雰囲気も作り出すのです。

　視覚芸術の名作にも雰囲気があるものです。私たちが羅中立〔ルオ・チョンリー、らちゅうりつ。一九四八〜。四川省出身の画家〕の「父親」〔羅中立の代表的油絵、一九八〇年作〕を見ますと、画面の外に向かって無限に拡張しているように感じ、多くの暮らしを連想させられます。ゴッホの「ジャガイモを食べる人々」〔一八八五年作〕、ただちにあの画面を突き破って、当時の社会の下層民が感じられます――それにはこれ以上のものはないほどの深い苦しみに浸った画家の感覚、絶望の感覚が含まれます。人は創作の実践過程においてのみ、先人が語った言葉を真に理解できるのです。創作の実践と模索の過程において悟るものこそ、役に立つのです。

　テレビ局には多くの番組パターンやドラマがあり、さらに多くのドキュメンタリーがあります。私は中央テレビ局のドキュメンタリーに関する討論に参加したことがありまして、そこにはドキュメンタリーの本質、ドキュメンタリーのリアリティーの問題、振りつけしたあとに再び撮るのか、多くの技術的流派の論争もあります。他にも多くの優れた番組、トーク番組、あらゆる番組は最後には人を表現の対象とすべきであり、その中には人がいなくてはなりません。

　テレビ番組はどのように人物を造型するのでしょうか。どのような人物でしたら成功なのでしょうか。私が考えますに、成功している人物とは典型的人物に違いなく、典型的人物とは尋常の平凡な人物ではありません。特に偉大で、最初から聖人というような人物、それは神であり、真似することはできず、このような人物は仰ぎ見るだけであり、私たちの魂を揺さぶることはできません。凡人の中の平常にあらざる人物だけが、私たちの魂を感動させ揺さぶるのです。このような人物たるには、テレビドラマであろうが、映画、小説であろうが、最も大事なのは個性的であることで、個性が人物の魂であり、作品の魂でもあるのです。作家の存在価値とは、その作品の個性化、言語の個性化、物語の個性化、物語が作り出す人物の個性化にあるのです。

戯曲の創作について申しますと、冒頭で人物を激しい闘争の最前線に置くことが最も大事だと私は考えております。これは革命期の術語です。始まるや人物を鋭くぶつかり合う矛盾のただ中に置くというわけです。戯曲には多くの約束ごとがありまして、悪人は悪事を行う、というのは素晴らしい芸術ではありませんで、悪人が悪事を行い善人が善行を行うというのはもっともな道理であり、日常生活でもそうなっているのですから、これを芸術作品に持ち込む価値はありません。悪人が善行をしてこそ、芸術であり、あるいは善人が悪事をすると、これも芸術となります。もちろん、善人が悪事をするというのはロジックに合いません、善人がどうして悪事などするでしょうか。脚本家の任務とは百方手を尽くして善人が悪事をすることは論理的であり、必ずや悪事をすることを証明することであり、プロットを作り上げて、善人に悪事をせざるをえぬよう追いつめる、あるいは悪人に善行をせざるをえぬよう追いつめることであり、これこそが脚本家なのです。もしも単に善人が善行をして、悪人が悪事をしているだけであれば、まったく小説ではなく、テレビでもなく、さらに映画でもありません。百方手を尽くし悪人の善行、善人の悪事を証明し、しかも皆さんを信服させるのです。こうでなくては、苦しみも生じず、矛盾も生じず、さまざまな複雑な心理的過程も生じないのです。テレビは気が気じゃないと面白くなり、映画も気が気じゃないと面白くなるものです。私が現代劇を書くときにもこのように構想しておりまして、現代劇を書くときにはまず現代劇を舞台の上で人々が喧嘩しているように設定し、おまえは俺を説き伏せようとし、俺もおまえを説き伏せようとし、名作現代劇ですといくら喧嘩をしても誰もが誰をも説き伏せられず、議論が巻き起こり、現代劇に見どころができ、批評家にも話どころができるのです。名作小説もこのようなものでして、古典的革命物では、思想的に遅れた人はすぐに説き伏せられ、韓小強〔文化大革命（一九六六～七六）中に上海で創作された革命現代京劇で六〇年代の港湾労働者とスパイとの戦いを描く『海港』の登場人物の一人。若い労働者の彼は、最初は軽率なミスを犯すが、共産党支部書記の指導により立ち直り、スパイ摘発に活躍する。『海港』には一九七二年映画版と一九七三年年舞台版の二種類があり、どちらも繰り返し上演上映された〕はすぐに老いたる馬《マー》親方に説き伏せられ、それぱかりか大泣きしてみせるのです。過ちを改めます、僕はブルジョワ階級の悪い思想に染まっていました、いけないことに労働を軽んじました――これでは芸術ではありません。名作芸術とは誰も説得されないものなのです……小説では、ポリフォニー小説へと変形し、読者に小説を読んでもらって、善悪の判断がつかぬことを感じていただくと、小説には巨大な弾性が生じるのです。〝四人組〟時代の革命現代京劇は、どれ一つとして取り柄がないというわけではありませんで、とても優美で人物はスマートです。高い水準の芸術から申しまして、また心理的角度からも申しまして、人物があまりにも単純で、平面的で、複雑な人物に欠けるというか人に備わっているべき複雑さを欠いているのです。もちろん現実の中で、自分の子供が複雑な人物となることは誰も望みませんで、なんとも恐ろしいことに、子供が小学五年で、小説中の人物のように複雑になってしまったらたまりません。しかし私たちは芸術を鑑賞し、小説を読む、映画を見る、テレビを見るとき、人物が複雑になり、真相不明で、突然問題を起こすが、そのいっぽうでよくできており、そうだと納得できる、そうだとよいのだが、と期待しているのです。

一昨日ある有名な第六世代の監督が脚本を持って訪ねてきまして、読んで欲しいと言うのです。抗日戦争の志士を描いたもので、東北地方で実際に起きた事件でして、この人は最後には満州国の顧問だった日本軍中将を刺殺するという、勇壮な物語です。当時、日本人はソ連に対抗するため、中ソ国境に要塞を作っており、一群の満州国の将兵が大勢の労働者を勾留して要塞を建設しており、満州国の将兵はみな農民で、日本軍が顧問となって彼らを訓練していたのです。農民の中のある若者は、当初は愚かで、間抜けだったのですが、最後には驚くべき行動に出て、日本軍中将を刺殺し、自身は川に飛び込んで自殺します。この脚本には大きな問題はなく、現在の基調であり、多くの若者が日本を仇と思っているときに、このような映画を撮れば必ずやうまい汁を吸えるでしょう。しかしこのように書いてもあまり意味がないと思われるのは、芸術的価値、文学的価値から申しまして、この人物には何の個性もないからです、たとえ潜伏中の英雄で、最初は間抜けを装っていたとしても、彼の動機は何だったのか、なぜ日本軍中将を刺殺しなくてはならなかったのでしょうか。単に階級的怨み、民族的怨みのレベルに留まっているのでしたら、大いに教育的意義はあり、大いに潮流に乗り、必ずやあれやこれやと賞を受けるでしょうが、芸術家としてこの映画を撮ったところで、あまり意味はないのです。真の芸術作品としての映画を製作したいのでしたら、まずは人物の動機、なぜ日本軍中将を刺殺するのかをはっきりさせるべきなのです。最後に私は一つ知恵を貸しました——この刺殺者には大変才能があり、馬を馴らし、馬を育てるのが上手で、しかも朝鮮語ができる。日本軍の教官の一人は——実は二人の教官がおりまして——一人は良心的で、学生出身でもあり、若者にとても同情しているのですが、もう一人はまったく獣のよう、と善悪の対比は、ことのほか鮮明でして、一人は百方手を尽くして若者を迫害し、もう一人は百方手を尽くして若者を守るのですが、私に言わせればこの二人はあまりにステレオタイプ化されており、芸術的イメージとしては二人には意味はなく、こんな人物を『地雷戦』〔一九四二年の山東省の抗日根拠地の農村民兵による日本軍および傀儡軍に対する自家製地雷による戦闘を描いた一九六二年の映画。唐英奇、徐達、呉健海監督、中国人民解放軍八一映画製作戦闘所製作〕、『地下道戦』〔河北省の農民が共産党の指導により地下道を使って日本軍と闘う一九六五年の映画。任旭東監督、八一映画製作所製作〕に登場させるとぴったりでしょうが、二〇〇六年にもなってこんな映画を撮っても意味はありません。この二人を合体させて一人にできないですか、と私は申しました——良心が残っている人と特別の悪人とを合体しますと、人物のイメージは豊かになり、立体的になるのです。合成した人物と若者とによる矛盾した対立的局面を作り出し、軍官は兵士を恨み、兵士の才能に嫉妬しており、彼も朝鮮語ができるとしまして、二人の勝負を映画の中心的テーマとしまして、要塞建築も、ソ連軍と日本人との対立も、抗日連軍も、みな背景に変じて、物語を展開させていく素材となり、この矛盾の展開を推進するのです。中国の若者は、日本人教官がこんなにも彼を迫害したにもかかわらず、何度も暗殺の機会があったにもかかわらず、最終的には殺せたのに殺さず、最後には徹底的にお前を叩き潰してやる、お前などとても私に及ばないことをわからせてやるために生かしておいてあることをしでかして目にものを見せてやる、常人が想像もできないような困難を克服して、あることを成し遂げる——中将を刺し殺すのです。中将を刺し殺す前にその名を呼んで、将軍申し訳ないことに、あなたを殺しますと言うのです。このような物語は本来のものと比べて遙かに精彩を放っており、潮流から外れず、人間性の比較、人の心奥深いところの本質の比較、人と人との間の常軌を逸した状況下での表現しがたい感情を表現できるのです。この映画がもしも撮れたとしたら、単純な抗日英雄讃美の作品ではなく、人間性の力、人間性の深みにおいて、このような人物は映画における忘れがたきイメージを残す、しかもありふれた、一般化しているイメージではないのです——監督は大いに私の見方に賛成して下さり、私にこの映画の芸術顧問になるよう熱心に頼んでおりましたが、数日後には連絡がこなくなりました。

司会　莫言さんが今日お話し下さったのは、小説創作面に関するお考えでしたが、一人の読者として、あなたの小説にいっそうの興味をそそられております。莫言さんの小説では、女性に対する崇拝がとても鮮明に現れています。私はあなたの小説を全部読んだわけではないのですが、『赤い高粱』や『四十一炮』のような有名な作品では、いつもこのように感じております。最初にお尋ねしたいのは、創作なさるときに、どうしてこのような感覚を書き込んでおられるのでしょうか。

第二に、非常に心を揺り動かされますが、いつもあなたの小説を読むのは特に楽しいことではなく、最後にはいつも抑圧された思いがいたします。本日莫言さんの講演を聞いて大変生き生きしていると思うと同時に、とても愉快になりました。小説創作の際に、なぜこのような雰囲気を満たせるのでしょうか？　それはすべて小説の感動させる力、可読性なのでしょうか、それとも他に原因があるのでしょうか。

莫言　私の小説の中の女性イメージについて、多くの読者が問題にしてきました。私が母親コンプレックスを抱いているという人さえいます。否定するのはとても難しいのですが、もちろんあまり認めたくはありません。小さな子供が母親コンプレックスを抱くのは正常なことですが、五〇過ぎても母親コンプレックスというのは、あまり正常ではありません。客観的に私にはこのような心理的傾向がありまして、それは私が末っ子だからなのです。当時の社会では、外にいると安心できませんでした。私の家は高めに階級区分されていたので、父は外でいつも侮辱されており、帰宅後には私に対しやさしくしてはくれませんでしたので、母だけが私の庇護者であり、私たちは母を頼みとしていました。

暮らしの中で確かに女性の方が男性よりも強いと感じております――私が申しますのは精神面のことです。「文革」中には、父が細かいことでビクビクしていたことを覚えておりまして、絶望的な言葉をたくさん話してもおりました。その時期の母は、とても痩せた女性でしたが、ことのほか肝が据わっておりました。母が申しますには天が落ちてくるわけでもなし、死さえも恐れなければ何も恐くはないだろう。この世に渡れぬ河はなく、越されぬ山はなく、男は死さえ恐れなければ、恐いもなど何もない。

母はそんなときでも父に活を入れるようなこと申しましたので、私は秘かに女性の力の巨大さに感じ入ったものです。

その後の私の分析なのですが、なぜ女性は非常事態に直面したときに、男性よりも強いのか、それは母性の力によるのです。母性はあらゆる外的圧力を排除してしまう力を母に与え、彼女をとても強く、とても勇敢にします、男性の肉体的な力は母性の力には及びませんで、もちろん父性愛もありますが、父性愛の重さは母性愛とは異なるのです。父親ももちろん危険に際しては子供たちを守ろうとしますが、それは特に天賦のものではなく、多くは後天的な教育によるもののようです。後天的な教育とは男性は自らの子供たちを守らねばならぬことを男性の務めと教えるのですが、母性の力は原始的、本能的なのです。それは動物の行動からも見られることでして、動物の場合は母が自分の子供を守ることがさらに多く、父親はどこかに行ってしまうのです。私の女性に対する認識は、自分の家を通して、自分の母を通して、その後の自分の考察を通して形成されたものでして、私の『赤い高粱』およびその他の小説における大いなる知恵と勇気を形作り、襲いかかる危険が大きければ大きいほど堂々とあまねく大地の上に立つ母の像と女性の像とが打ち立てられたのです。とりわけ『豊乳肥臀』の中の母親像には、私のすべての感情を注ぎ込みました。この母親は戦争、疾病、飢餓、政治的動乱と辛酸をなめつくして、我が子らを育て上げており、我が子らを育て上げたばかりでなく、娘たちの子供まで育て上げたのです。彼女の娘のある者は国民党員の妻となり、ある者は傀儡政府の軍人の妻となり、ある者は八路軍人の妻となりまして、母はこれらの婿たちとは親疎の違いこそあれ、孫の世代に対しては、巨大な母性愛により階級の溝を越え、政治の溝をも越えたのです。このような人物イメージは、五、六〇年代はもちろんのこと、九〇年代初期であっても多くの人には受け入れがたいものでした。『豊乳肥臀』刊行直後には、多くの革命の先輩が、小説の中の母親イメージを批判しておりまして、その言葉は激烈で、上層部の指導者に手紙を書き、革命理論を振りかざして私を批難し、八つ裂きにせんばかりでした。当時の私は年齢が原因で、彼らに理解してもらえないのかと思っていましたが、最近になって博士から教授になった、半生を大学にこもってきた青年の文章とインタビューを読んだところ、彼らの『豊乳肥臀』の母親イメージに対する理解は、先ほどの老先輩よりもさらに恐ろしいものでした。そこでわかったことは、若くて、教養があっても、文学がわかるわけではなく、私も自分の道を歩むだけで、ほとんど呪いのようないわゆる「批評」に耐えつつ、私自身の良心の呼び掛けに従い、書くべきものを書くしかない、ということでした。

あなたは私の小説を読むとあまり心地よくないとおっしゃいましたが、その通りなのです。私の小説の血なまぐさい描写、たとえば『白檀の刑』の酷刑の場面について、私は当時善良なる女性はお読みにならぬようにと申し上げました。しかしその後明らかになったのは、真に『白檀の刑』に肝を潰したのは女性ではなく、男性だったのです。ある億万長者の不動産業者はこの小説は残酷で読むに耐えないと言いましたが、女性読者の中にはハマってしまう方々がおりました。不動産業者の利潤追求振りは首切り人よりも凶悪だというのに、彼は『白檀の刑』を読むのが恐かったのです。

八〇年代中期から九〇年代中期までの十数年は、私の執筆は基本的に技法なき状況でして、強烈な創作の衝動と欲望とが頼りで、多くの作品は一気呵成、読者の読後感の問題は考えていませんでした。私は残酷なことしか書けないという人がおりますが、これは不公平だと思います。実は私も多くのユーモア小説も書いているのですよ。「三〇年前の長距離競走」を読むと多くの人が笑います。今年書いた「小説九段」も読者に笑っていただけます。もちろんこの種の笑いは普通の笑いではなく、変な笑い、涙ながらの笑いです。

私が学んだのは次のようなことです――たとえ暮らしの中に苦難が多かろうとも、苦難の最中、たとえ六〇年代初期の生死に関わる状況下でも、文化大革命の非常に非正常な状況下でも、みなが毎日涙を流していたわけではなく、暮らしの中にはやはり笑声が響いていたのです。私は五〇年代の生まれで、六〇年代初期の飢餓を体験し、文化大革命の動乱を体験しておりますが、暮らしの中にはやはり多くの楽しみがあったのであり、物質生活が極めて豊富な状況下でも金銭では買えない多くの楽しい思い出を持っていると思うのです。いわゆる厳粛なる執筆も、読者に笑い声をもたらす作品を排除してはいないのです。今後私はこの問題をまじめに考えようと思います。健筆なる作家、その作品が読者にもたらす感覚は現実が読者にもたらす感覚と同様に、多面的であるべきなのです。

司会　莫言さんは作家もお給料を受け取るべきだと思いますか。小説をお書きになってたくさん稼いでおられますが何に使うおつもりですか。

莫言　作家が給料を受け取るべきか否かという問題については、二、三年前にも論争があったかと思います。道理から言えば作家は印税と原稿料で暮らすべきで、給料を受け取るべきではありません。しかし中国のような社会環境では、幾つかの現実的問題が存在しています。もしも海賊版がなければ、私のどの本も三〇万冊は間違いなく売れます。しかし海賊版の存在により、一〇万冊以後は基本的に海賊版の天下となります。多くの本来受け取るべき印税が、海賊版のため、出版社自体が規範を守らないため、作家の手に渡っていないのです。一部の国営出版社は事実上二重のごまかしをしています――作家に対するごまかしと、国家に対するごまかしです。明らかに一万五千部印刷したのに、八千部しか刷っていないと言うのです。作家は個人ですから、とても国家的企業に太刀打できません。企業が会計監査を許したとしたら、抜け目のない帳簿作りをしたに違いありません。非正常な環境下で、作家の大部分の印税が横領されているのです。このような点から申しますと、多少の給料を受け取るのは当然のことでもあるのです。もしも作家の利益が十分に保障されているのでしたら、本当は給料など不要です、そもそも給料と言っても幾らでしょうか。ひと月三千元とは、数百冊の本の印税なのです。社会保障にはまだ多くの洩れがあり、完備しておりませんので、企業・機関に属していないと、不安感を拭いきれないのです。

小説を書いてたくさん稼ぎ何に使うつもりか――家を買う予定です。私は転職して軍隊を離れて何年にもなりますが、未だに軍隊で借家住まいしており、何かと不便ですので、できる限り速やかに退居したいと思います。もしもこのテレビ局のあたりで百平米以上のマンションを買えば、百万元以上することでしょうが、これですでにとても重い負担ですし、百万元のマンションを買えば、維持管理費も一平米につき三元六〇銭かかるので、さらに負担が増えるわけでして、私は貧乏とは言えない、農村の多くの人よりも豊かであり、失業労働者よりも豊かであり、大学卒業したての若者よりも豊かではありますが、多くの人と比べてなおも貧しいのでありまして、確かに多少のお金は持っているものの、マンションを買ったらいくらも残らないのです。

司会　莫言さんは木子美〔ムーツーメイ、もくしび。一九七八〜。広東省出身で同省名門校の中山大学哲学系卒業の女性作家、ネット上で「性愛日記」を公開し、芸能人らとの性体験を実名で書いて話題を呼んだ。著書に『遺情書』など〕さんについてどうお考えでしょうか。

莫言　木子美さんの問題ですか、この問題を考える際には、法律をベースとすべきだろうと思います。私たちが木子美さんを批判するとき、道徳を基準とすれば、もちろんあれやこれやと言えますが、法律をベースとすれば、木子美を公民と見なして、彼女の行動が違法かどうかを判断するのです。違法でなければ何も言う必要はありません。もしも違法でしたら、法律が彼女を処罰しますので、やはり言う必要はありません。

司会　莫言さんお勧めの中国映画を三作挙げて下さい。

莫言　『英雄児女』〔一九六四年長春電影制片廠製作、武兆堤監督の映画。朝鮮戦争の戦場で、革命闘争のため生き別れになっていた二組の父親と義兄妹の息子・娘が再会し、息子が自己犠牲により敵兵に大損害を与えて戦死する物語。原作は巴金の小説『一家団欒』（原題『団圓』）〕、『早春二月』〔一九六三年北京電影制片廠製作、謝鉄驪監督。国民革命（一九二六〜二八）を背景とし、美しい小都市芙蓉鎮を舞台に展開される、インテリ青年たちの恋愛と革命の物語。原作は柔石『二月』〕、『野火春風闘古城』〔一九六三年八一電影制片廠製作、厳寄洲監督。

一九四三年日本軍占領下の省都を舞台として、共産党地下工作者の戦いを描く物語。原作は李英儒『野火春風闘古城』）です。『英雄児女』は今見ても泣いてしまいます。何十回も見ましたが、王成が爆破筒を握ってあの場に立つと涙が出そうになりますし、崔永元（ツイ・ヨンユアン、さいえいげん。一九六三〜。テレビキャスター、中央テレビ局で二〇〇九年に映画の名場面を再現する『映画物語』（原題『電影伝奇』）を自作自演した）に変わって彼があの場に立つとワッハと大笑いしてしまうのは、ニセ物で、嘘っぽいからです。なぜ見るたびに泣くのか、それはこの映画に私たちの記憶があり、少年時代があり、青春があるからです。我らが青春はこの映画と深い関係があり、我らが青春は「英雄賛歌の狼煙が上がる」（映画『英雄児女』の主題歌「英雄賛歌」の冒頭の一句）と結び付いているのです。ですから、この古い映画を見ると、私たちの失って二度と戻らぬ青春時代を思い出すのです。

『早春二月』は愛情物語を含んでいます。『野火春風闘古城』も私が涙する映画でして、母が登場するからです。楊暁冬（主人公で地下工作のため省都に潜入した共産党員）の母が建物から飛び降りる場面になると、私の妻がテレビを消してしまうのは、この場面を見た私が必ず大泣きしてしまうからです。この映画三作は私の過去、私の青春と密接に関係しているのです。人がある作品を好きになる、あるいは嫌いになるというのは、個人的経験と密接な関係があります。『紅楼夢』は古典的作品ですが、必ずや好きではない方がおられるでしょう。私の戦友に以前元・南京軍区司令官だった許世友の身辺で働いていた者がおりまして、「文革」中に、毛主席（毛沢東（マオ・ツオートン、もうたくとう。一八九三〜一九七六）のこと）は許世友に『紅楼夢』を三度読ませたのですが許司令官がどうしてこの種の本を読めるものですか。司令官は秘かにこう言っていたそうです——これは何だい、泣いてばかり、グズグズしているばかりじゃないか。

司会　莫言さんの小説は思想性がやや限定的だという人がおりますが、どうお考えでしょうか。

莫言　私の小説は思想性が限定的という点についてはお認めします。私は農村出身で、軍隊に二〇年いたのですから、どうして大思想に触れられましょうか。もしも私がヘーゲルの家に生まれたのなら、思想なしでいたくてもいられなかったことでしょう。私には私のお爺さんのような考え方しかできません。中ソ友好の時代に、祖父は永遠の友好なんぞありゃあせん、国といってもお隣さんと同じで、仲の良いときもあれば、悪いときもあると言いました。その後、人民公社運動が始まると、お爺さんが言うには、血を分けた兄弟だって分家したがるっていうに、赤の他人同士が一緒になって上手くいくはずがないだろう、と言いました。批判闘争にかけられても、祖父は自説を曲げず、あんたらもよく見ておれ、人民公社は兎の尻尾——丸まったままで伸びはしない、と言っておりました。

私は偽の、軽薄な、もったいぶった、他人の話の受け売りの思想を拒否します。他人がグローバリゼーションを批判したら、私もあとにくっついてグローバリゼーションを批判する。他人が工業化を批判したら、私もあとについて工業化を批判する。他人が環境破壊を批判したら、私もあとについて環境破壊を批判する。多くの問題の背景は複雑です。たとえば砂嵐、それは農民のせいだとされる——農民が山羊を飼い、植生を破壊するからです。その後農民の話を聞くと、北京の人が羊肉を食べなきゃ、我々だって羊は飼わない。あんたらが羊皮の服や羊皮の靴を履かなきゃ、我々だって羊皮を売りに出せやしないから、もちろん羊は飼わない。黒山羊は環境破壊が激しく、草を食べるだけでなく、木に登って葉を食べてしまう。それでもなぜ飼育するのか。それは都会人の需要を満たすため、都会人がカシミヤのオーバーを着たがるからですよ、というわけです。私たちは問題を一方的に考えると極端になりがちです。今は立場を変えて考えるべきだと思います。小説家としては、安易に思想面の判断を下すべきではなく、安易に誰が正しく誰が間違っていると言うべきではありません。皆さんは農民が木を切ると批判しますが、農民には生存権はないのでしょうか。農民だってご飯を食べ服を着なくてはなりません。農民は村に天然ガスを通してくれりゃ、木を切るなんて面倒なことはせんよ、と言います。天然ガスが通せないなら、石炭ガスでもいいさ、天然ガスも石炭ガスもなけりゃあ、石炭でもいいんで、何もないなら、当然のこと木を切るまでのこと、俺だって生きねばならんのだ。パンダが病気になれば、テレビ局が重大ニュースとして報道します。農民が病気になって、治療費がなく死を待つのみとなっても、誰が報道することでしょうか。人の命はパンダの命よりも軽いというのでしょうか。しかし事実においてそうなのでして、パンダの命が危なくなれば、惜しみなく資金を注ぎ込んで救うのです。しかし治療費がないために、オンドルの上で死を待っている命が危ない農民がどれほどいようが、誰も構ってはくれません。これが現実なのであり、実に残酷なことですが、他に何ができるというのでしょうか。

一人のもの書きは、異なる角度から問題を考えることを学ばねばならず、他人の話を受け売りしてはなりません。中央テレビ局が言うことは九九パーセント正しいのですが、ひと言も間違いないとは限りません。「鳳凰《フェニックス》テレビ」〔香港のテレビ局〕はデタラメをたくさん申しますが、彼らのやり口はずる賢く、「ゲストの意見は本局の意見を代表するものではありません」でして、局の意見を代表しないのなら、なんでその人物を選んだのか？　やはり局の意見を代表しているのです。

司会　莫言さんは大学生がポルノビデオを売ることを良いこと悪いこと、どちらだとお考えでしょうか。

莫言　ポルノビデオを売ることは当然良いことではありませんが、ポルノを売れば生きられ、売らないと食べていけない、というのも奇妙な話ではないでしょうか。そもそも皆がポルノを買わなければ、学生さんも売らなくなるのではないでしょうか。これは他に買う者がいることを物語っております。結局はポルノを売る側を責めるべきなのか、買う側を責めるべきなのか、さらにポルノを撮影し製作する側も責めるのか。そして工商管理部門はなぜ検査しないのでしょうか。厳しく検査しないので、こんなにたくさん出て来るのです。なぜ検査しないのか、工商管理部門の一部の者がポルノビデオ製作側とグルになっているのでしょうか。そうなりますと反腐敗の問題になります。いかなる現象も孤立したものではなく、いかなる事柄も連鎖反応なのです。こちらで蝶が羽ばたけば、あちらで強度の嵐が生じるのです。ポルノビデオの販売は孤立した問題のように見えますが、その奥を考えますと、皆さん問題ありなのです。海賊版ＤＶＤの売り子だけを罵倒しても何になることでしょう。海賊版ＤＶＤを持っていない人などいるのでしょうか。私たちはいつも海賊版本屋を批判しますが、本屋側はあんたの家には海賊版ＤＶＤはないのかねと言うのでありまして、私も買ったことがあると思うのです。私は海賊版ＤＶＤを買ったことで、他人の利益を侵犯したのでしょうか。他人が私の海賊版著書を売るのに対して、私に何と言えるのでしょうか。みな同じ道理でありまして、皆さん似たり寄ったりなのです。怒ったり怒られたりしたのち、少しでも注意を怠ると、あとで考えれば私たちは自分自身を罵倒していることになるのです。

司会　莫言さんはご自分の作品の中でどれが最もテレビドラマ化に適している、ドラマ化して欲しい、と思っていますか。

莫言　もちろん『赤い高粱』のドラマ化が最適です。『豊乳肥臀』はドラマ化が最も容易でして、特に面白いのですが、激しい葛藤が展開し、大量の女優が必要です。七、八人の姉妹に、さらに混血児あり、宣教師あり、日本の侵略者の奴らあり、飢餓あり、文化大革命あり、戦争あり、こそ泥あり、飛び降り自殺あり、愛欲のための殺人あり、すべて葛藤なのです。このような風雲急を告げる転換期は、テレビ連続ドラマに最適なのです。この書名はやや下品とはいえ、今から見れば問題にはなりませんが、当時はとても刺激的だったのです。当時もしも『大いなる母』のような書名にしておけば、とっくにテレビドラマ化されていたに違いありません。テレビドラマ化のみならず、あの本の運命と私の後半生の運命はともに異なるものになっていたことでしょう。

中国9

中国小説の伝統

——私の長篇小説三作から語り始める

二〇〇六年五月一四日　魯迅博物館

魯迅による古典小説研究の名著『中国小説史略』が天才の書であるのに対し、莫言自身の古典体験とは市場の講談師の語りであったことから説き始め、ガルシア・マルケス『百年の孤独』に啓発されて書いた『赤い高粱』、講談体験に回帰して書いた『白檀の刑』、そして近作のラテンアメリカ魔術的リアリズム小説と真っ正面から対決して創作した『転生夢現』について語っている。

私どもの故郷では、身のほど知らずの行いを、魯班の門前で手斧《ちょうな》を振る〔魯班は古代山東省にあった魯の国の名匠公輸子のこと〕とか、関羽様の馬前で大刀を振るう、孔子様の門前で三字経〔古代の国語入門書、千字余りを三字句にしたもので、宋の王応麟の著といわれる〕を詠み上げると申します。今ではこれにもう一句、加えなくてはなりません——それは、魯迅博物館で小説を語る。この場で小説を語るとは、基本的に自ら進んで恥をかきに来るようなものです。とはいえ友の誘いは断りがたく、命懸けてフグを食い、肝っ玉を太くして小説語りをする次第でございます。

実は、魯迅先生の『中国小説史略』〔魯迅が北京大学などでの講義をもとに執筆した小説史で、上下二巻が北京大学新潮社より一九二三年一二月と二四年六月に刊行された〕が現れて以後は、古典小説を語ることは、犬の尻尾を貂の毛皮に付け足すようなものです。私のような教養のない、トレーニングを受けていない農村作家にとっては、『史略』に触れることさえ不可能です。中国の小説は、歴史長くして、広く深く唐の伝奇小説から宋元の講談本まで、明の『三言二拍』から清末の『官場現形記』まで、やれ歴史物だの、物語逸話だの、妖怪、世情、武俠、裁判物だの、これだけで多種多様、目が回りそう、ましてや中国の偉大な古典として『三国志演義』、『水滸伝』、『西遊記』、『儒林外史』、『聊斎志異』、『紅楼夢』など傑作が聳え立っているのです。その中のどの一作も、生涯かけても研究しつくすことは難しいほどなのです。もちろん盲腸炎のように明々白々に研究されてしまう小説とは、もはや小説ではない、少なくとも偉大な小説とは言えません。ご覧あれ、『紅楼夢』一作でも、三百年の研究がありながら、研究すればするほどわけがわからなくなっているではありませんか。『紅楼夢』百万字に対し、これまでの『紅楼夢』研究を積算すれば、おそらく数億字となることでしょう。

それはこんなふうにも言えるでしょう——たとえ文学史上有名な、古典にリストアップされている作品群を読むにしても、厖大な労力を費やさねばならず、そこから法則性のあるものを発見し、導き出すことは、なんとも難しい。しかし魯迅先生はこれを軽々と成し遂げたのですから、やはり天才であり、私どもとは比べようがありません。

それでは私のように読書量も少なく大雑把な理解で満足している人間が、中国古典小説の偉大な伝統を継承し発揚しようなどと大口をたたくのは、痴人の戯言なのでしょうか。その通りなのですが、まったくその通りというわけでもありません。そう申しますわけとは何か——についてはゆるゆると私の話をお聞き下され。

小説家の勉強は、おおよそ二つの方面に分けられるだろうと思います。一つは小説家となる前の、無自覚の、功利的目的のない勉強です。たとえば私は少年時代に、市場に行くと、大人の股の間から広場に潜り込み、講談師の話を聞いたものです。たとえば私は子供のころ、あらん限りの智恵をしぼって、我らが高密東北郷十数カ村にある十数部の古典を、捜し出しては読んだのですが、期限付きで借ります ので、超速読せざるをえませんでした。ときには家長のお叱り覚悟で、藁の山の中に潜り込んで読み切ろうとしたものです。このような勉強と読書は、完全に物語に魅せられた、餓えた子供の食べ物に対する渇望と同じようなものでして、これが民間文学やら古典文学の勉強であるとか、将来の創作活動の準備であるとか、考えもしませんでしたので、感動は純粋なものでした。のちに、私が職業作家になったとき、私の両親はこう言ったものです――もしもおまえがもの書きになるとわかっていたら、小さいころに牛や羊の放牧などさせず、おまえに読書の時間を作ってやるべきだった、少しはお金をあげて、毎日市場に行かせて講談を聞かせてやるべきだった。そんなことをして、無理矢理読書させられ講談を聞かされていたら、僕はこっそり放牧に行ってただろうよ――というのが私の返事でした。

もう一つの勉強とは、小説を書く勉強したいと決めたのち、読書と講談を創作の準備とすることです。このような勉強は目的がはっきりしているので、技術的に申しまして確かに有用でありますが、先ほどのような原始的で、素朴で、純粋な読者と聴衆の感銘はほとんど失われてしまいます。

この二種類の勉強では、私個人としては、前者は後者よりも遥かに重要であると思っています。私は何度も話しておりますが、一人の小説家の作風、彼が何を書き、どのように書き、どのような言語を使って書き、どのような態度で書くのか、これらは基本的に創作を始める前の暮らしによって決定されるのです。彼の創作開始後、特に彼が一家を成したあとの努力は、彼の創作に表面的な影響を与えるだけであり、深く影響することはあまりないでしょう。

その昔、純粋な少年聴衆、そして講談狂いとして、市場で講談を聞くとき、私は全身全霊を傾けておりました。私は完璧に感情移入しておりました。私は講談師の表情豊かで、ジェスチャーたっぷりの演出に吸い寄せられていたいっぽうで、物語中の人物の運命にも吸い寄せられており、後者の方がさらに重要でした。その当時、私の故郷の市場では、わりと有名な二人の講談師がおりました。一人は「破れ銅鑼」と申しまして、声は嗄れており、片足が不自由で、片眼が不自由で、左右の耳は小さめの芭蕉の団扇のようでした。この人は記憶力に優れ、臨機応変の天才、比喩も得意で、しばしば彼と仲の悪い周辺の村人を暗に中傷するのです。各種の仕種も得意で、動きも大げさで、その場その場で演じてみせるものですから、大いに聴衆を引き付け、次々と爆笑を巻き起こすのです。もう一人の講談師は、王登科と申しまして、私塾の教師をしていた爺さんで、その語りと言えば、基本的に床本《ゆかほん》どおりに読み上げるもので、口調の変化も少なく、仕種もなく、聴衆との交流もありません。その語りは、むしろ自分で演じて楽しんでいるかのようでした。当初、私が好んだのは「破れ銅鑼」でした。ほとんどの人が「破れ銅鑼」が好きでした。「破れ銅鑼」が演じるたびに風も通らぬほどビッシリと人だかりができますが、王登科が演じますと、パラパラと十数人しか集まらず、ほとんどが馴染みの客でした。ところがしばらくすると、私は「破れ銅鑼」に飽きてしまった——彼の語りは道草が多すぎて、盛り上がるものの、床本の方はなかなか進まず、そのからかい振り、アドリブと脱線やギャグは重複率が高く、不満を覚え始めたからです。しかし王登科の方は、床本どおりの読み上げでしたが、彼が拠り所とする講談本は、すべて文人により加筆修整が施されたもので、そこには何世代もの講談師の智恵が詰まっており、すでに高い芸術性を備えていたのです。そのため、王登科の語りを聞くとき、私は目を閉じて、ジッと聞き入り、身心すべてが物語と共に歩み、人物の運命と共に進むので、このような講談は、ほとんど読書に近く、耳による読書となりました。もちろん、このような本は、講談師が口で語ったことを基礎として加筆修整したもので、当初は講談師の予習のためのものでしたから、起承転結、得勝頭回〔講談の縁起の良いまくら部分〕、先声奪人〔先に気勢をあげて注目を集める〕、話は多くございますが、まずはお一つ語りましょう、この続きを知りたくば、次回をお聞きあれ等々、語りの痕跡が残されております。私は市場で聞いた語りを、何度も母や姉に語って聞かせたものです。そして「破れ銅鑼」の語りを転用しようとすると、とても難しいのは、臨機応変の言葉とは、その場にいないと、面白くないから、ということを発見したのです。たとえば講談の長丁場を聞いていた人が、山場の前の料金徴収の際に抜け出そうとすると、「破れ銅鑼」は床本を放り出し、大声を挙げるのです——ヤイヤイ、そこのフェルト帽、そんなに急ぐと、大きいガチョウの木鉢にぶち当たりますぜ。大きいガチョウとは我らが高密東北郷の有名な遊び女で、木鉢というのは女性の生殖器の隠語なのです。これは相手をひどく侮辱した言葉で、その人が恥ずかしくて足を止めたときには、「破れ銅鑼」は臨機応変に、白菜の茎にぶつかりましたな、と応じるので、満座は大笑いです。このような場面は、その場にいなければ、口真似して話しても、何の面白味もありません。ところが王登科のは違っていました。王登科の口真似とは、床本を暗誦することなのです。王登科は床本どおりの読み上げですので、私は彼の語りを暗記したのです。このとき、私が演じたのは講談師の役でして、私は演技しませんが、講談自体が面白いので、母と姉は聞き入って、しばしば針仕事の手を止めてしまったものです。それでも母は最後には私にこう言い聞かすのです――もうお止め、そろそろ寝な、そんな減らず口では暮らしちゃいけないんだから。それでも次に市場が立った夜には、母はやはり昼間に聞いた話を、語り直して欲しいと私に頼んだものです。

その後、私はこれらの講談小説、あるいは講談小説の痕跡を残した小説を読んではみたものの、次第に物足りなくなりました。『紅楼夢』や『儒林外史』などの傑作と比べて、講談小説が追求するのはドラマチックな物語性であり、人物造型には関心がなく、プロットの曲折のみを追求、細部の真実を重視せず、人物の個性は平面化し、内面における矛盾と衝突を描きません。文学的価値は高くなく、お手本とする価値はありません。

一九八〇年代になると、私は解放軍芸術学院文学部に合格し、小説を読み小説を書くことが正業となりました。この時期には、大量の西側のモダニズム小説が中国語に翻訳されました――フランスのヌーヴォー・ロマン、ラテンアメリカの魔術的リアリズム、日本の新感覚派小説、さらにカフカや、ジョイス、フォークナー、ヘミングウェイなどです。これほど多くの作品が、これほど多くの流派が、私の視野を大いに広げてくれまして、もっと早く会いたかったと溜め息をついては、「こんなふうに書けると早くにわかっていれば、私はとっくに大作家になれたのに」との思いを抱いたものです。そこで本を放り出して、狂ったように書きました。多くの批評家が、私はラテンアメリカ爆発文学の影響を受けている、特にガルシア・マルケスの例の『百年の孤独』の影響を受けていると考えていますが、これに対し私は包み隠さず白状してきました――確かに彼の影響を受けてはいますが、例の『百年の孤独』は今に至るも読み終えてはいないのです。当時のことを思い出すと、私はこの本の一八頁まで読むと、創作の情熱に突き上げられて、本を放り出し、筆を執って書き始めたのです。

私が思うに――多くの作家・批評家も言っているようですが――作家の作家に対する影響とは、一人の作家の作品中のある種独得な気質によるもう一人の作家の内心深いところに対するある種の潜在的気質の活性化、あるいは覚醒なのです。これは毛主席が「矛盾論」で述べたように、温度は卵をヒヨコに変えるが、温度は石ころをヒヨコに変えることはできないのです。私が十数頁の『百年の孤独』を読んで内心の興奮を抑えきれず、机を叩いて立ち上がったのは、彼の小説で表現されていることと彼の表現方法とが私の内面で長いこと蓄積されてきたものとそっくりだったからなのです。彼の作品中にあるものとは、一束の強烈な光線のようであり、私の内面深くの朦朧とした部分を照らし出したのです。当然こうも言えます――マルケスの小説精神が、徹底的に私の旧来の小説観念を打ち壊し、それまで狭い渓谷の間をゆっくりと漕いできた小船が、果てしない大河に流れ込んだかのようでした。

私が大急ぎで筆を執ると、かつては書けるものが見つからなくて心配していたのに、そのときには書きたいものが次々とやって来るのです。当時の創作の心境を文章に書いたことがあります。私は小説を一作書くたびに、たくさんの書きたい小説が犬のように私の回りで吠え狂うのです——自分を先に書いて、自分を先に書いて。小説たちがこう言うのです。

この時期には、私は在学中だったので、昼は授業を受け、夜は教室に行って書いていましたが、早朝には早起きして学校の朝の体操にも参加しなくてはなりませんでした。解放軍芸術学院は軍の学校なので、軍隊式に管理されているのです。このような環境ではありましたが、私は二年間で、「透明な人参」、「爆発」、「球形の電光」、「金髪の赤ちゃん」、「築路」、『赤い高粱一族』など八〇万字以上の小説を書いております。

やはりこの時期に、私が考えていた一つの深刻な問題がございまして、それはマルケス、フォークナーなど西側作家の影から抜け出すこと、彼らの模倣で満足してはいけないということです。本当に西側作家の影響が見出せるのは先ほど挙げた私の作品のうちの一部分にすぎず、大部分はやはり批評家や読者から本物の中国小説と見なされていましたが、しかし私自身には、この影響がどれほど巨大で恐ろしいものか、わかっていたのです。マルケスが呼び起こしたのは私の心の中の彼の気質と親和する部分なのですが、ある作家の影響とは浸透力が極めて強い顔料のようなもの、私の心の中にあって本来彼のとは異質であるものも、彼の色で染め上げられてしまうのです。そこで、私は一九八七年のある号の『世界文学』にエッセーを発表しました——「この高炉二基に灼《や》かれぬために」という題名だったと思います。私が言わんとしたことは、マルケスとフォークナーは二基の灼熱した高炉であり、私は氷、近付きすぎると、溶けてしまい、蒸発してしまうということです。

しかしこのときの私の逃避は不徹底で、熱愛した恋人とは、たとえ分かれても、好きな思いは続き、未練が残るというようなものでした。マルケスの技巧は大変使い勝手がよく、私の頭には彼の物語と似た物語がたっぷりと蓄積されていたのです。巨大な慣性の場合、たとえ反逆しても、時の経過が必要なのです。

これに続く十数年というもの、私は反逆の心を抱いて書き続けました。『天堂狂想歌』、『十三歩』、『酒国』、『豊乳肥臀』などの長篇と「花束を抱く女」、「民兵部隊の父」など数十篇の中篇短篇はこの時期に書いたものです。これらの小説では大量の技法的実験を行い、個性を高めるように努め、他人の物真似にならぬよう努めましたが、それでもかすかに西側文学の影響の痕跡が残されています。

二〇〇〇年に『白檀の刑』を書いて初めて、西側文学と対等にふるまう力がついたと実感できました。これもまた私が今日お話ししたい主題の一つです。私は『白檀の刑』、『四十一炮』、『転生夢現』という近作長篇三部の創作過程で、大股で撤退し、民間文学に学び、中国伝統小説に学ぶことを実体験しました。

老大家の汪曾祺〔ワン・ツォンチー、おうそうき。一九二〇～一九九七。江蘇省高郵市に生まれ、昆明の西南連合大学中文系で沈従文に学び小説創作を開始、一九五〇年北京市中国文学芸術界連合会機関誌の『北京文芸』編集者となり、北京派のエッセイスト、短篇小説作家として活躍した〕先生は京劇改革を語った文章で次のように述べておられます。「文学史には規則があり、一つの文学形式が衰退するとき、これを救えるのは二つしかなく、一つは民間のもの、もう一つは外来のものである」。

汪先生がおっしゃる外来のものとは、外国の戯曲を含みますが、京劇以外の芸術形式も含んでいます。

たとえば小説、詩歌、美術などです。先生がおっしゃる民間のものとは、民間の戯曲、民歌、俗曲、謡い物などの粗野な芸術形式を含みますが、民間の現実、暮らしの苦しみも含んでいます。

汪先生は京劇についておっしゃったのですが、小説にも完全に適用できます。小説の元は民間の俗の物ですが、それは今では殿堂入りして、高級芸術となり、庶民とは日増しに遠い存在となっています。このような遠さとは、小説が読者から遠くなったことを意味するだけでなく、小説の内容も活発な、血もあり肉もある民間生活から離れてしまいました。小説の言語も、民間の生命力あふれる言葉の宝庫から離れて、テクストからテクストへと絶えず複製される華麗ではあるが蒼白いプラスチック造花のような言葉に変じてしまったことをも意味するのです。

私は『白檀の刑』を書いて、民間に帰り、いわゆる前衛の位置から大股で撤退することを提起しましたが、その最も直接的な原因とはあのバター臭い翻訳調の流行文体に対する私の反感でした。これは単に小説言語文体の問題ではなく、小説の魂に関わる問題だと思うのです。このような言語で創作する人には、絶対に民間を理解できず、民間を理解しない作者は、絶対に暮らしを反映する小説は書けず、せいぜい中国語で書かれた小説とみなされるだけなのです。もちろん、いわゆる「民間」とは、単に辺鄙な貧困地帯や、荒れはてた山々だけを指すのではなく、農村だけを指すのでもなく、それは社会低層の現実すべての内容を含むべきです。上海の路地裏、北京の裏道、バー、それはみな「民間」の構成要素なのです。

『白檀の刑』は一見歴史小説であり、主人公は清末最後の首切り役人のように見えます。死刑執行に功績があり、西太后から末席官位の名誉と皇帝が坐った玉座の椅子を頂戴して老いを養うために故郷に帰ったのです。彼の息子の嫁の父親孫丙は、元は猫腔《マオチアン》劇団一座の座長で、その後劇団を解散して結婚し子供が生まれて茶館を開いています。家庭が突然の災難に遭ったため、彼は対ドイツ抵抗派のリーダーとなり、義和団から法術を学び、民衆と昔の一座の団員を集めて、膠済鉄道を敷設するドイツ軍に対抗し、戦闘に敗れて捕らわれます。一罰百戒で、ドイツ軍のボスと山東巡撫の袁世凱が、県知事の銭丁に昔の首切り役人趙甲にお出まし願って、刑執行後も数日は死なない刑罰を企んで、孫丙を懲らしめ、民衆に警告するよう命じるのです。趙甲は「白檀の刑」を創作します。孫丙には逃走の機会もあったのですが、彼は逃げません。彼は劇団の出身なので、すでにドラマチックな思考習慣が形成されているのです……。

　魯迅先生はご自分の作品の中で無関心で無情な観客を批判し、側面から受刑者の演ずる心理を表現しました。私はこのテーマをさらに展開したのです。私は首切り役人と死刑囚、そして観客とは三位一体の関係にあると考えました。この激烈な大芝居の中で、首切り役人と死刑囚は同じ舞台で演じ、以心伝心、ぴったり呼吸を合わすことが要求されます。首切り役人の技が劣っていれば、観客は満足せず、受刑者に度胸がなければ、やはり観客は満足しません。そのためこの場面は善悪の観念が失われた一大殺人ショーとなるのです。殺される者が度胸たっぷりに演じて、顔色一つ変えることなく、欣然として死を迎え、刑を受けながら小歌の一節を唱えれば最高であり、人を切ること乱麻を切るがごとく累々たる血みどろの罪を犯していようが、観衆は心底から殺される者に敬意を表し、惜しみない拍手喝采を浴びせるのです。

私がこの小説で、重点的に掘り下げたのが趙甲という首切り役人の奇妙な心理でして、もちろんそれは変態的心理でもあります。彼は奇妙で変態でなければ生きられなかったのです。

この小説の内容は、孫丙がドイツに抵抗したという真実の物語を核心とするほかは、すべてフィクションです。このような処刑法、このような首切り役人も、未だかつて登場したことはありません。実はこれは現代小説であり、書いていることは一見長袍《チャンパオ》〔丈の長い伝統的中国服〕に馬褂《マークア》〔男性用の伝統的な丈の短い上着〕、弁髪に纏足《てんそく》ですが、実際には現代的心状を描いた――と私はひそかに考えております。八〇年代初頭に、張志新〔チャン・チーシン、ちょうししん。一九三〇年生まれ。文化大革命中に個人崇拝を批判して逮捕され、六年間投獄されたのち、一九七五年に死刑に処された。文革終息後に彼女は共産党により名誉回復され革命烈士に追認された〕のことが公開されたとき、私は大きなショックを受けました。そのとき私はこう考えたのです――命令により死刑執行前に張志新の喉を切断した人たち、革命の名により、人民の名により張志新に極刑を加えた人たち、彼らは当時どのように考えたのだろうか。張志新が完全に名誉回復され、さらに革命烈士として追加認定されたときにはなんと考えたのか。彼らは懺悔したかったのか、彼らが懺悔したとしたら、私たちの社会は彼らが懺悔することを許すのか……その後、九〇年代に入ると、私たちは北京大学の才媛林昭〔リン・チャオ、りんしょう。一九三二年生まれ、一九五七年〝反右派〟闘争で逮捕され、一九六八年に銃殺刑に処されたが、一九八一年に無罪判決が出されている〕の物語を知り、林昭物語の中の銃弾代金五銭という細部を知るのです。私は再び同じ問題を考えました。当時林昭を残酷に痛めつけた人たち、林昭の口に押し込んで、彼女が叫ぶたびに膨脹するボールを発明した人たちは、いったい何を考えていたのか。さらに一歩進んで、こうも考えました――もしも当時私が林昭の看守や張志新の獄卒で、上級が私に彼らを処刑せよと命令したとしたら、私は命令を執行したのかそれとも命令に抵抗したのか。さらに一歩進んで考えた結果に私が驚いたのは、ある意味において、あるいはある特殊な状況下では、私たちほとんどの人が、首切り役人となるか、鈍い表情の観客になるだろう、と思われるのです。ほとんどすべての人の魂奥深くに、首切り役人趙甲が隠れているのです。

このような小説はその民族性と民間性とを決定します。多くの評論家が私には思想がないと言い、私もしばしば自分には思想がないと認めていますが、実は私にも思想はあるのであり、この思想はときには過激化し、ときには軽薄に流れますが、過激な思想・軽薄な思想も思想でしょう。

続けて私が考えたい問題は、どのような構造を用いてこの小説を書いたのか、どのような言語を用いてこの小説を書いたのか、ということです。

構造上の問題では、私はその昔北京大学で葉朗教授が「中国古典小説の美学」を講じた際に提起なさった鳳凰の頭―豚の腹―豹の尾という小説構造モデルを思い出します。このモデルのおかげで、私は叙述が大変楽になりましたし、読者も読書がお楽になったかと思います。

言語の問題では、私は民間戯曲を思い出し、我らが高密独自の絶滅に瀕した地方劇である茂腔《マオチアン》を思い出し――小説では私は「猫腔」に改めました――それと同時に少年時代に市場で聞いた例の忘れがたい情景をも思い出すのです。

戯曲を思い出すと、小説を「猫腔」に接ぎ木しようと考え、すると目からうろこが落ちる思いがしたのです。これは言語問題であるだけでなく、同時に小説に内在するドラマチックな構造と非常にドラマチックなプロット設定との矛盾を解決するものだったのです。すべては誇張であり、すべては極限化されているのであり、大悪人に大奸物、大忠臣に大孝子と、人物はすべてステレオタイプ化されたのです。たとえば孫丙、たとえば銭丁、たとえば孫眉娘、ただし趙甲という首切り役人だけは、独自な「この人」であり、『白檀の刑』の中で彼だけが一人で立ち続けていられるのでして、典型的人物と称しうるでしょう。もちろんこれも多少は、甘いスイカも誉めねば売れぬ、なのですが。

『白檀の刑』をめぐり、大きな論争が起きました。良いという方は傑作だ、偉大な作品だと考え、駄作だという方はゴミだと批判します。作中の数カ所の残酷な描写は、たっぷり非難されまして、遠慮した言い方は私は残酷な事物に病的な憧れを抱いているというもので、遠慮ない言い方は、私こそが首切り役人というものです。こういう批評に対し、私は留保している点があるものの、これらの批判はすべて成立し、存在可能なのです。

『白檀の刑』のあと、私は九〇年代の農村の暮らしを反映した長篇小説『四十一炮』を書きました――小説は肉食を偏愛する〝炮〟少年が、ある五通神社〔中国の民間信仰の神〕で、一人の大和尚に、自らの少年時代の暮らしを語るものです。これは言語の激流であり、また濁流とも言えるでしょう。この炮少年は実は講談師なのです。これもまた昔の市場で語り物をしていた講談師に対し私が贈る遥かなる敬礼なのです。

この小説の内容は、底層の現実ですが、私は象徴的手法を使いました。象徴に関しては、西側のものと思われがちですが、実はこれこそ、我らが中国小説の大事な伝統なのです。我らが『西遊記』、『紅楼夢』を考えてみれば、『金瓶梅』を含めて、どれも象徴で充満されているのです。

今年の初め、私は長篇小説『転生夢現』を刊行しました。その発想は仏教の六道輪廻《りくどうりんね》〔人が善悪の業によっておもむき住む地獄・餓鬼・畜生・修羅・人間・天の六つの迷界という仏教的思想〕です。これもまた私とラテンアメリカ魔術的リアリズム小説との真っ正面からの対決です。使用したのは中国小説の技法であり、使用したのは中国思想という資源です。この小説の章回体に至っては、小細工にすぎず、特に注意するほどのものではありません。『転生夢現』で言及している「土地改革」なる極左政策問題は、「章回体」と同様に、この小説においては過度に注目するには値しない細部であり、私が本当に描きたかったのは藍臉、洪泰岳のような人でした。私が本当に力を入れて描きたかったのは、藍臉、洪泰岳たちのような個性的な人であり、私が重点的に考えた問題は、農民と土地との関係でした。この本は賛歌であり、挽歌でもあります。『転生夢現』を書き終えて、私はようやく肝っ玉を太くしてこう言えたのです、「まあまあ純粋な中国小説を一冊書いた」と。

中国10

文学の問題——一つの核心と二つの基本点

二〇〇六年六月二六日　上海大学

上海の学生たちに向かって莫言は、なぜ書くのか、万華鏡のような現実に対する複雑なる印象を表出したいから、と自問自答し、テーマについては「現実に生じることであれば、すべて執筆してよいのです」と断言する。そしていかに書くかという問題を小説の言語と構造の両面から具体的に語ってもいる。

司会　本日ご来場の皆さんは、学部生、大学院生が多いので、皆さんには自分自身の考えと疑問とに結び付けながら真剣に耳を傾けていただきたいと思いますし、暮らしの面でも文学の面でも、何か疑問があれば、何か自分の考えがあれば、メモして下さい。それでは作家さんに講演していただき、そのあとには十分に時間を取っていますので、皆さんに質問していただき作家さんにはその場で答えていただきます。莫言先生はちょっと仏様のように見えませんか、その仏様からお話をうかがいたいと思います。

◆　◆　◆

本当の仏様はお話しししません、話すところを見たことある人はおりますか。人間だけがお話ししします、ペラペラと休みなく。上海に来て講演するなんて、心細くてたまりません。私のような学識などない者、自己流は、実は上海のような文化の地で無責任な放言をしてはいかんのです。ここで話したために、どれほどお叱りを受けるやもしれません。とは言え王鴻生先生は私の昔からの友人でして、熱心にお招き下さるので、私は困ってしまいました。一つにはたいしてものを知りませんので、お叱りを受けては困るので、話せません。もう一つには友の誘いは断りがたし、というわけで複雑な心境でここに座っており、困りはてております。私が何やら卓見を語るだろうと期待なさっても無駄なことですし、私の話から漏れ落としやら矛盾やらを見つけようと思えば非常に簡単です。ですから皆さん、耳をそばだて、問題を見つけたら、すぐに中止を命じるブーイングをして下さい——私も好機逸すべからずと逃げ出しますので。

いわゆる文学の問題とは確かに大変複雑でして、千言万語を費やしても問題一つ説明しがたく、簡単に話そうとすれば、何も言わずともよく、特に作家にとっては、何を話そうがすべて余計なのです。話がどれほど素晴らしかろうが、文章がダラダラしていては、やはり良い作家ではありません。ひと言もまともに話せなくとも、『紅楼夢』が書ければ、やはり偉大な作家なのです。

文学の問題といえば、昨日食事のときに私は反動的な意見を発表しまして、それというのは一つの核心と二つの基本点でございます。一つの核心とはなぜ書くのかでありまして、これ自体は長年討論してきたものの、今でもはっきりしない問題であります。誰でも執筆当初には、主観的な目的を持っています——つまりなぜ書こうとするのか。もちろんある人々は当初の目的はとても高尚でして、労働者・農民・兵士のために書こう、人民のために書こう、共産主義実現のために書こうとします。ある人々は愛情のために書こうとし、ある人々はお金のために書こうとし……誰にも執筆当初には、それぞれの執筆に関して最も原初的な動機がありまして、私の場合、その昔に執筆を始めたとき、その動機とは高尚なものではありませんでした。当時の私はある部隊におりまして、将来に望みなく、暮らしは退屈で、退屈なのに暇があり、そのようなわけで、小説を書き始めたわけです。私の執筆の目的は、一つには原稿料をかせいで、腕時計を買いたかったからで、もう一つには名誉欲を満足させるため、万が一にも小説を発表できたら、それがきっかけで自分の境遇を変えられると思っていたのです。当時このような発想は確かに俗物的ですが、多くの人が私と同じ発想をしていたと信じておりまして、もちろん私と異なる発想の人も多かったのですが、この世は多様性に富んでおり、人もそれぞれ異なりますので、自分の感覚だけで皆さんを代表するわけにはまいりません。しかしながら二〇年以上も書き続けたのち、再びなぜ執筆するのかと自問したところ、その答案は確かに変わってきておりまして、第一には私は二度と腕時計を買うために執筆することはありえません、今では教養のない人だけが腕時計をはめるのでありまして、本当に教養ある人は誰も腕時計ははめません。第二には有名になるために執筆することは二度とありえません、今では有名なのか悪名なのかはともかく、今では私でも多少の名を得ております。それではお金のために書くのでもなく、名声のために書くのでもなければ、何のために書くのでしょうか。人類の理想のために書くのでしょうか。社会の進歩のために書くのでしょうか。もちろん、それも確かに私がしたいことでありまして、執筆時の一つの目的として考えており、常にこの目的のために努力しております。しかし今の私の重要な執筆動機とは多くの言葉を語りたいと私が確かに感じていることであります、私たちは一つの具体的な世界の中で暮らしており、目前の一つの騒々しく、複雑な、本質に触れることのできない、何をなすべきかわからない、万華鏡のような現実において、一人一人の体験はそれぞれ非常に複雑なのです。私にしても、同様に複雑なのです。奇怪千万、種々さまざまなる現象に向かって、一人一人がみな自分の判断を持ち、一人一人が自らの道徳と価値の基準を持ち、自らが社会現実に向かうための意識を持ち、私も小説を書く者として、当然のこと自らの好みと憎悪とを持っており、善悪に向かうときには私の判断と基準とを持っており、さまざまな現象に向かうときの自らの意識とを持っているのです。こうして私は小説という方法を用いて、自らの現実に対する目の前の社会の各種の現象に対する複雑なる印象を表出したいのです。別の面は、小説芸術に対する好みと耽溺です。小説とは、簡単に申しますと、その昔には車を引きて豆乳を売る輩《やから》〔文語文による欧米文学の翻訳で名高い林紓が口語文を提唱する文学革命派を非難した際の用語。魯迅は「阿Q正伝」でこの言葉を皮肉たっぷりに引用している〕のものでありまして、講談師とは酒楼や茶館で、市場《いちば》で、人々に物語を語る者でありまして、聴衆の多くは下層の民衆であり、簡単に申しますと、一人で物語を語っているのです。しかし仮にも複雑と言うならば、小説は千数百年来の発展を経てきて、作家たちの一代また一代の探究を経て、小説の形式、小説の中味は果てしなく広大な学問となり、博士百人がかりでも小説に対しすべてを認識しつくすことはできないことでしょう。

小説の形式をめぐっては、さまざまな意見があるのは当然のことでして、小説の形式はすでに見かけ倒しの技を出しつくしており、シェークスピアの言葉を借りれば、あらゆる物語はすでに語られているのでありまして、あらゆる形式はすでに探究され実験されているのでありまして、小説書きは他人が書いたことを繰り返している、つまり冷飯を炒め直している、と考える方もおられます。私にはこのような言い方はいささか独断的だと思われます。小説とは形式においても内容においても、無限のものであり、絶えることなく開拓できる領域であり、小説がすでに終わったと言うより、むしろ私たちの才能がすでに力つきたと言うべきだと、私は思うのです。小説にはなおも探索し発掘しうる領地があり、なおも巨大な創作空間があり、なおも探索しうる空間がある、と私は考えております。三〇年来小説創作に携わってきた小説職人として、私は確かに変化極まりない小説に魅了されてきたのです。私は新作小説の中に、小説が表現する着想、イメージの中に、よしんば自作であっても、少しでも新しさを発見すると大きな興奮を覚えるのです。そのようなわけで、小説芸術自体に対する愛着と耽溺とが私の小説執筆の原動力と申す次第なのです。もちろん別にやや高尚な言い方を付け足すこともできますが、そのような言い方はいささか真実味に欠けるのです。私が現在小説を書くのは、主に以上の二点によるのです。当然のことながらこう問いかけてくる人もおります――名誉と利益に誘惑されることは皆無なの？　執筆中に名誉と利益の問題はまったく考えていないの？　これも当然のことながらまったく排除してはおりませんでして、確かに考えてはおります。小説一作を書き上たときに、私も発行部数が多く、印税も多く、読者も喜んで下さり、多くの批評家が褒めて下さり……このような発想は人情でありまして、私もまた免れません。しかしそれは現在の私の主要な執筆動機ではなく、名利のみではもはや私の執筆を刺激する主要な動機や目的とはなりえないのでありまして、私の執筆の主な目的は、やはり先ほど申しました二点なのです——一つは語りたいことがあること、もう一つは小説芸術自体に対する愛着と小説革新に対する耽溺でございます。

それは人が執筆する際の基本的な問題であり、もの書きにとっては、それを考慮するか否かを問わず、その問題は実際には常に存在するのだ、と私は考えております。しかも執筆初心者にとってもそれは存在しており、考慮してもよし、考慮しないでもよしなのです。それを無視することもできるでしょうが、実際にはそれは機能し続けているのです。しかし私は次のようにも考えております——作家が良い作品、偉大な作品、思索的な作品を書けるかどうかは、彼の創作目的とある程度の関係はあっても、決定的に作用するとは限りませんでして、ときには低級な目的によりとても高尚な作品を書きえるいっぽうで、とても高尚な目的を抱きながら、低級な悪質な作品を書く作家もいるのです。「文革」期間の例の作家たちの執筆目的は高尚だったのではありませんか。文学創作においてこのような例は枚挙にいとまがございません。

第二の問題として私がお話ししたいのは何を書くのかという問題でして、これも実は読書人の繰り言でございます。数十年来、私たちの関連部門や批評家、作家は何を書くべき何を書かざるべきかを検討してきました。今では二一世紀も六年目を迎えており、何を書かざるべきかという問題に対し、それはもはや成立しない、と私は考えておりまして、つまりこの世界では各種の現象が生じており、私たちの社会における各種の人物と事件とは、すべて書いてよいのでありまして、こういう人間は書いてはならない、ああいう醜い現象は書いてはならないと言ってはならないのでありまして、人為的に書いてはならないタブーを設置すること、それは不合理であり、書いてはならないものはないのでありますが、ただしどのように良く書くか、それが文学の審美的要請に符合するよういかに書くのか、これこそ作家の題材処理能力を見なくてはなりませんが、もちろんこう言いたい方もおられるでしょう――魯迅先生は、毛虫、鼻水、大便は小説に書き込んではいけない、と言わなかったでしょうか〔魯迅は一九三六年一〇月（魯迅逝去の月でもある）に雑誌に発表したエッセー「半夏小集」（『且介亭雑文末編』所収）で「世の中には実際に小説の中に書き込めない人もいる」と述べた上で、「たとえば画家は、蛇を画き、鰐を画き、亀を画き、果物の皮を画き、紙屑籠を画き、塵の山を画くが、誰も毛虫は画かず、しらくも頭は画かず、鼻水を画かず、大便を画かないのと、同じ道理である」と記している〕。私は必ずしも書くことならんとは思いません、毛虫もたちまち美しき蝶になるではありませんか。私たちが蝶を書く前に毛虫について二、三行書くのも、許されないのではなく、鼻水を書くかどうかはですね、私の「透明な人参」で一人の少年を描いておりまして、晩秋の楓で弟の鼻水を拭いてあげるのですが、これには特に誰も生理的反感を引き起こすところはないようなので、鼻水も書いてよいのです。当然のことながら大便というようなものは、どのように語られるかによるのであり、私たちの習慣的審美観によれば、確かに書けないもの、書かぬがよいものなのですが、ある現代アートの展覧会に行ったところ、大便を現代パフォーマンスアートの作品に仕上げているのを発見したことがありまして、ご立派な場所で公開展示していたのですが、私も自分の小説『赤い蝗』〔原題「紅蝗」〕で大便を描いておりまして、しかもラブレー〔一四九四ころ〜一五五三ころ。フランスの作家〕の作品と韓国の詩人金芝河《キムジハ》〔一九四一〜〕の作品の中にも、大いに大便を語る場面があります。バフチンのグロテスク・リアリズム理論を用いて解釈しますと、人の肉体の描写、物質的な肉の描写、とりわけ人の下半身の描写は、一見とても醜悪ですが、実は巨大な魅力を秘めてもいるのです。一見醜悪にして下品なものが実は数多くの含意を有しており、卑賤と高貴との混合、死と生誕との混合、それは生命力であり、母性の力であります。当然のことながら魯迅先生の言葉は正しいのですが、皇帝陛下の勅命ではなく、現実に生じることであれば、すべて執筆してよいのです。しかし私たちはどのようにそれを処理するのか、どのようにそれを構築するのか、確かに作家の個人的趣味と能力とに関わるのです。もう一つは、執筆の題材に関することでして、ときには私もままならぬかのようであると思います。私は執筆開始当初、確かに巨大な困難を感じたものでして、多くの現実は小説には変えられず、当時はとても多くのものが書けない、明るいもの、希望にあふれた、改革政策に役立つものしか書けないと思っていました。こうして自分の執筆を非常に狭い範囲内に限定することになり、その結果は書けば書くほど現実から離れ、書いたものも説得力がないよう感じてしまい、その後は次第に自分の童年に向き始め、少年時代と自分の過去の現実から素材を探しました。こうして発見したことは、執筆開始当初には、確かに自分が熟知しているものから書き始める必要があるということでして、このように書き始めると水を得た魚のよう、説得力が備わるのです。もちろんこのように個人的体験を書いているとたちまち貧しくなってしまうもので、一人の人間の経験とは結局は限りがあり、それをいつまでも書き続けることは不可能なのです。それでは自分の人生体験を使いつくしたときには、書き続けるための資源をどのように探し求めたらよいのでしょうか。このとき作家は絶え間なく題材をつかむ範囲を常に拡大する能力が必要とされまして、目を見開き、すべての神経を尖らせて、外界のさまざまな情報に対し積極的捕捉を行ったのちそれを自らの生命体験と関係のある題材に同化し、他人の暮らしを自らの暮らしに変え、他人の体験を自らの体験に変える、こうしますと、自らの創作題材はいつまでも枯れることなく流れ出してくるのです。このようにして自らを職業作家となるべく訓練するのです。もちろん、これらの題材は自分が作家となる以前に体験したものほどには生き生きとした確かなものではありえませんが、職業作家として、絶えることなく書き続けようとするならば、このような間接的資料を使うことも、必要な方法なのです。このため、何を書くかは、作家にとって非常に重要なことなのです。今の巷の小説を見ますと、千姿万態でありまして、都市を題材とするもの、農村を題材とするもの、工業を題材とするもの、戦争を題材とするものがありまして、しかも同じ題材でも、その中味には多くの内容が含まれているのです。都市生活を描く中には、ホワイトカラーを描くもの、失業労働者を描くもの、貪官汚吏を描くもの、バーを描くもの、ショッピングモールを描くもの、それぞれの生活の側面、それぞれの生活の空間、それぞれ異なる集団、ほとんどが各種各様の作家により描きつくされたかのようです。換言すれば、ありとあらゆる作品を組み合わせれば、万華鏡のような不思議な現実と完全な世界とに還元できるのです。換言すれば、皆さんはご自分の暮らしの蓄積に基づき、ご自分の生活範囲に基づいて、ご自分の執筆題材を選択し、そのようにお書きになった作品こそが、生き生きとして正確なのです。このため作家は何かを書くとき、他人の助言を受けてはならないし、自らの体験を主とすべきなのです。題材について申しますと、私たちはどんな題材が流行っているのかを見て、蜂の大群のようにみなその題材を書いたり、どんな物語が喜ばれるのかを見て、自分の暮らしの有無や体験の有無にかかわらずにみなこのような物語を書いたりしてはなりません。何を書くのか、それは自らの内心の導きと指示とにより決めるのであり、何であれ印象が最も深いもの、何であれ最も話したいこと、それについて書くのです。しかも、私が思いますに、題材には流行も流行遅れもありませんし、新旧という区別もありません。物語とは詰まるところ人物を載せる器であるのですから、あらゆる小説の題材は特に重要ではなく、重要なのは私たちが小説を通じて表現する人の情感、人の性格、人の運命なのです。私たちは小説を通じて個性的で、読んだら忘れられない、典型人物のイメージを描き出すのです。これこそが小説の最も根本的な任務だと私は考えております。農村描写に関しては、現代の状況を描くのか、それとも過去の状況を描くのか、これは重要ではありません。良い作品とは、たとえばそれが確実に賈宝玉や林黛玉、阿Qやアンナ・カレーニナのような忘れがたき人物を描き出していれば、そのような小説は、どんな題材を書こうが、私たちは成功作だと称することでしょう。反対に、流行の最先端の題材を描いたとしても、例えば、この数年最も注目された問題——教師の待遇改善——について教師が街で水餃子を売る小説を書いたとしても、このような小説が上手く書けておらず、確かなものでなく、人物に個性がなく、教師の典型的心理を描き出していなければ、その作品はルポルタージュやニュースと同じことになってしまいます。よしんばフィクションとして大昔の人を描いたとしても、非常に個性的に描いて、読んだら忘れられず、現代人にもこの人の個性と力とを印象づけられるとしたら、この人物はやはり巨大な現代性を有しているのです。それから私が思いますに、小説にとっては現代史という観念は非常に曖昧であり、特に題材選択においてとても曖昧なのです。

最後にお話ししたいのはいかに書くかという問題でして、小説は題材によりその外面的様相が決定され、題材が異なれば、小説も千姿万態である、ということは私ももちろん存じております。しかし小説は現在に至るまで、千数百年来の発展を経てきておりまして、一般の読者はお涙頂戴の物語や、机を叩いて奇に驚くが如き物語、あるいはビックリ仰天の物語を描く小説にはもはや満足いたしません。こういうものは小説の得意技ではない、あるいは小説は物語表現方面の能力は非常に限られており、特に映画、テレビ、ネットなどの視聴覚系メディアが出現したのちは、小説は物語を語る道具としてはかなりの時代遅れ、かなりの流行遅れになっているのです。たとえば映画テレビは、音声と画面を提供し、現場にいるかのような印象を与えられますが、この点は、小説の弱味です。今日の芸術の多様化とこの種の社会生活の現実を認識すれば、皆さんは私の次のような判断に同意して下さるのではないでしょうか——今では、小説を書くのに、何を書くかはあまり重要ではなくなり、いかに書くかが却って特に重要になった。これは実は古い話題なのです。一九八〇年代以来、我らが中国が改革開放期に入って以後、文学も実際には転向に直面しておりまして、この時期には多くの作家がいかに書くかの問題を提起しております。かつて私たちは過剰に一方的に何を書くかの問題を強調しており、いかに書くかは非常に副次的にして見落とされがちな位置に置かれていたのです。八〇年代には、馬原〔マー・ユアン、ばげん。一九五三〜〕や史鉄生〔シー・ティエション、してつせい。一九五一〜二〇一〇。北京生まれの作家で、ヒューマニズムと人間の宿命をテーマに作品を発表。作品に「命は琴の弦のように」、「遙かなる大地」など〕のような作家が、率先していかに小説を書くかの方面を探究し努力して、大きな成果をあげておりまして、私たちの小説の形態、そして小説の技術に長足の進歩をもたらしました。八〇年代以後は、当時のアヴァンギャルド作家と称された一群の人々の作風に変化が生じ、またアヴァンギャルド作品が次第に不人気となるにつれて、小説の技巧に対する関心も次第に薄らいでいきました。特に一九九〇年代に至るや、長篇小説が創作のホットスポットとなるにつれて、小説で物語を語ることが、再び小説の最も重要な機能となったようすです。そしてどのように小説を書くのか、どのように小説の言語と構造とを極めるか、どのようにしてデフォルメし、誇張し、非写真的手法により現実を処理するかという技巧は見落とされ、遠ざけられてしまったのです。二一世紀に至り六年が過ぎ、蜂の巣をつついたような騒ぎで人気のテーマに関心を寄せているとき、私たちが小説技巧の問題に注目することは、やはり非常に大事なことなのです。それから小説の内容と形式に関しては、両者は互いに対立し合う二つの方面と称することもできますし、両者を互いに対立し統一し合う一つの総体と見なすことも可能です。それというのも、内容から完全に独立した形式はなく、完全に形式の干渉を受けない内容もなく、良い小説とは、内容と形式とが完璧に統一されているものなのです。そのようなわけで、今日では、私ども小説創作者というのは、確かに小説の技巧的方面のことへの配慮に大きな精力を費やさねばなりません。小説の技巧といえば、この問題も非常に複雑でして、しかも仁者は仁を見、智者は智を見る〔人によって見方は異なる、の意味。出典は周代に大成された『周易』〕という具合です。そしておよそアヴァンギャルドの道を先まで進んだ作家は、しばしば読者が限られているのです。換言すれば小説形式の探索において遠くまで行けば行くほど、読者群は少なくなるのです。しかし物語を巧みに語ると、読者が増えることが多いのです。技巧重視の小説はあまり歓迎されませんが、それこそ厳粛なる小説の重要な品格を代表するものと私は考えております。いわゆる厳粛なる文学とは、社会の重大事件を描くだけではなく、また人類の不安、博愛精神や同情を表現するものだけでもないのです。

私が思いますに、作家は小説の技巧において小説言語の問題に最も関心を寄せるべきなのです。作家は百方手を尽くし言語に磨きをかけ、個性的な言語を目指すよう努めるべきであり、自らの言語により我らが民族言語の発展に貢献するよう努めるべきなのです。もしも作家が思想性のある小説を書くだけでなく、その小説言語が我らが中国語の発展に寄与するところがあれば、その作家こそ偉大なる文学者なのです。近代史において、このような偉大と呼ばれるに相応しい作家は、一〇名足らずだろうと思います。当然のことながら異なる意見の方もおられることでしょう。昨日の座談会でも、私は手短にこの問題を取り上げました。張煒先生のお考えでは、言語はちっぽけな個性にすぎず、強い個性ではなく、強い個性とは、度量が大きく、時代の脈動をつかみ、時代の感覚に富むものでなくてはなりません。もちろん、おっしゃっていることはもう一つの角度から個性の問題を見てのことなのです。私が思いますに、言語的技巧を極めることは、実際には小説の重要な評価基準でありまして、いかにして私たちの言語を先人の言語と差異化するのか、同時代作家の言語と差異化するのか、これは確かに非常に重要です。現在私たちが新しい物語を語る、新しい小説を書くとして、難度はそれほど高くはないかもしれませんが、一千字で言語的に新基軸の一篇を書けと言われますと、私などは全精力を使い果たすことになるでしょう。換言すれば、人の言語とは、完全に後天的努力に決定づけられるのではなく、言語能力とは実際にはその人の出身、生活環境、受けた教育の度合と密接に関わっているのです。昔の私の一人の恩師は非常に大胆にもひと言こうおっしゃいました――ある意味で、言語は作家の内分泌である。もちろんこれはあまり人聞きの良い言葉ではありません。実際には先生は、言語とは見た目には表面的なものだが、実際は作家個人の天性と後天的学習とに関わる、とおっしゃったのです。換言すれば、私たちは自分はこんな言語しか書けないことを、運命と思ってあきらめるしかありませんが、しかしそのいっぽうで、私たちはあきらめることなく、力の及ぶ限りに自分の言葉を改変したいのです。言語の方面で、お手本とすべき汪曾祺さん、林斤瀾〔リン・チンラン、りんきんらん。一九二三～二〇〇九。浙江省温州市に生まれる。一九五〇年北京の中国文学芸術界連合会で働き、短篇小説家として活躍した〕さんらの老先生は、長篇著書こそ残しておられませんが、言語において骨身を惜しまず長期あるいは一生涯にわたり努力されました。彼らの言葉は、嫌がり、取るに足りない技能と考えている人もおりますが、しかし私が思いますに、汪曾祺の言葉からは、明らかに彼の師匠を見て取ることができ、彼による展開も見て取ることができ、文体的価値から量れば、その価値は、私たち多くの本を書いた作家よりもさらに高いのです。

もう一つは小説の構造、特に長篇小説の構造でありまして、これも八〇年代には重視されましたが、九〇年代には再び次第に忘れられてしまった小説技巧の重要な問題と考えております。八〇年代に私たちが欧米文学の影響を受けたとき、ペルーの作家バルガス・リョサ〔一九三六～〕は、構造現実主義と称されておりまして、彼の長篇小説により私たちは初めて小説の構造の問題を認識したのです、『世界終末戦争』、『緑の家』などの小説、それらはどれも異なる構造を持っていたのです。換言すれば、彼はこの面に大いに精力を費やし、この面に心血を注ぎ、小説構造において全力を傾注していたのです。もちろん、小説によっては一見構造の簡単なものもございまして、たとえば『フリアとシナリオライター』は、奇数章では一つの物語を語り、偶数章では別の物語を語っており、このような構造技巧は容易に学べるので、小細工程度に見なす人もおります。しかし構造が内容と完全に調和し、見事に結合した小説もございまして、その構造なくして、その小説なしという域に達しているのです。逆に言えば、小説の物語なくして、これほど絶妙な芸術的構造も生まれようがないのです。バルガス・リョサが私たちに小説構造の問題に気付かせてくれたのです。私はこの二〇年来、長篇の構造問題を模索してきまして、一部では成功を収めた、自分では成功であったと考えております、もちろん一部には成功しなかったものもございました。執筆が非常に困難な素材を処理するとき、絶妙な構造を使いますと素材の処理が楽になることがございまして、生かすことのできない素材にも構造は一種の生存の権利を与えるとも言えるでしょう。ある意味では、小説の構造とは、一種の政治でありまして、小説形式の探究は、ときには純粋に小説芸術の問題であり、ときには社会的政治構造・イデオロギーと密接に関わる重要な問題なのです。作家というものは、彼が重視しようがしまいが、執筆時には、二つの大問題に直面するのでありまして、それは何を書くかとどのように書くかである、と私は考えております。私自身としては、何を書くかの問題は、もとより大事ですが、さらに大事なことはどう書くかだと思うのです。ご出席の学生さんの中に、創作をしている方がおられたら、題材を選んだのちには、どうぞ段取り通りの、平々凡々な物語に満足することなく、物語を語るときには言語の問題、構造の問題を優先してお考え下さい。

質問　私は通りがかりの者ですが、ここであなた方の講演があると知って、講演会場に入って拝聴しました。

お尋ねしたいのは、今日トップの作家はどのようにして社会のこれほど多くの人々の魂を守るのでしょうか。どのように魂を守る法則を明示するのでしょうか。

莫言　さまざまな魂があります――美しい魂、醜い魂、多くの麻痺した魂もあり、この数十年来の文学の進歩により私たちは人物を浮き彫りにするときの例の単純化、様式化を克服しています。私たちはしばしば一部の良きものに暗黒面を発見しますし、一部の悪しき人に人間性の輝きを発見いたします。要するに、私たちは悪魔を人の高みに昇らせ、神を人の位置にまで降させるのでありまして、そこで小説の登場人物に対し用いるのは人の観念なのです。いかに魂を救うかとはいささか抽象的な問題かと私は思います。今日では苦しむ霊魂をいかに救うべきかは誰も知りませんし、堕落した霊魂をいかに救うべきかも誰も知りません。小説家は複雑な社会問題に直面しても確かに無為無策であります。当然のことながら、小説家は社会問題に対し解決方法を提示すべきだ、作家は迷っている人のために進むべき方向を指し示すべきだ、良き小説は人々に光明に向かって進んで行く力を与える、健康的で完璧な境界へと向上するのを導くべきだと考える人もおられることでしょう。思いますに、それは一種の作家、しかも一種の非常に良い作家であります。しかし私たちは小説の複雑さ、多様性を見るべきですし、作家の多様性を見るべきなのです。私たちは複雑な社会問題に対し解答を提出できない作家が存在することを認めねばならず、社会の暗黒を暴露する、露呈させるだけのような作品がなおも存在することを見なくてはなりません。一部の作品は人を光明に向かわせることはできず、作品によっては読む人を悲観的にさせるものもあることを認めねばなりません。『紅楼夢』は読む人を楽天的にするでしょうか。人々が健康的で楽しく暮らすように激励してくれるでしょうか。死ぬ者は死に、狂う者は狂い、最後には出家してお坊さんになり、結果的に真っ白な大地だけ残して、実にさっぱりとしています。このような悲観的な小説は読者に対しさらに高い要求を出すやもしれず、つまりこれらのさらに高明なる読者がこのような小説への批判を前にしたとき、自ら光明へと向かう道を探すようにと要求するのです。そのようなわけで私自身は低能な方の作家だと思いますし、確かに社会問題解決の答案を提出することはできず、これだけの苦しむ霊魂が必要とするものを与えられないのです。

司会　他にもたくさんの質問したい方がおられますが、ご質問のある先生方、学生さんは少しお待ち下さい。ここに質問票が集まっておりますので、私がフィルターとなりまして、質問を分類いたしました。この質問票には詳しいことは書かれておりませんで、大きく、文学者の責任、という六文字だけで、そのあとにもっと大きく、はてなマークがついています。これがご質問の内容のようです。もう一つの質問票は、小説の目的は何ですか。自分が言いたいことを言うことですか。さらに社会を反映させるのですか。魂の啓発ですか。娯楽性も含まれますか。たとえば鴛鴦《えんおう》蝴蝶《こちょう》派《は》〔雌雄つがいのおしどりとちょうの意味で、民国期の恋愛小説や探偵小説を指す〕をどう評価しますか。これは私ども文学部の二〇〇五年組の学生、黄潔さんの質問です。もう一つの質問はなかなか挑戦的ですが、私の術語を引用しながらの質問のようでして、こう書かれています——中国語文学の中堅勢力は一〇年前にはあなたたち、現在も相変わらずあなたたち、一〇年後も相変わらずあなたたちかもしれませんが、これは中国現代文学に新生勢力が欠けているからでしょうか。あなたたちは「八〇後《ポストエイティーズ》」の青年作家をどのように見ていますか。他の質問はあとに回して、最初にこの二つの質問にお答え下さい。

莫言　中国文学の中堅勢力は一〇年前には私どもではなく、張賢亮〔チャン・シエンリアン、ちょうけんりょう。一九三六～二〇一四〕、王蒙〔ワン・モン、おうもう。一九三四～。一九五六年短篇小説「組織部に新たらしく来た青年」で官僚主義を批判したところ、毛沢東が〝反右派〟闘争を発動したため、右派反革命分子とされ失脚、六三年より新疆ウイグル自治区イリの人民公社に左遷された。七九年名誉回復、八六年から八九年まで文化部部長（日本の文化庁に相当）を務める。最初の長篇小説『青春万歳』（一九五三～五六年執筆）は建国直後の一群の男女高校生を主人公とするが、刊行は七九年であった。他に文革時代を描いた長篇小説『胡蝶』などがある〕、張潔〔チャン・チエ、ちょうけつ。一九三七～。中国作家協会副主席などを務める。代表作に「方舟」など〕のような別の作家たちだったと思います。私たちは当時は今の「八〇後」のようなもので、同じように多くの異端的発想を持っておりまして、決まりを守らぬ書き方で、権威を蔑視する言い方で中堅勢力のご機嫌を損ねておりました。現在の中堅勢力も必ずしも私どもではないだろうと思いますのは、それがあまり正確な判断ではないように思うからなのです。私どもはそれぞれ孤軍奮闘していると思います。めいめいが少しずつ自分のものを書いているのです。私どもが中堅勢力だという言い方に対して、私個人はそのように考えたことはございません。中国作家協会も私のような作家を中堅勢力とは認めないとも思います。再び一〇年経っても私どもは中堅勢力ではありえません。数日前にインタビューを受けたところ、こう聞かれたのです——あなたは八〇後の作家をどう見ていますか。私はこう答えました——この問題には少なくとも百回は答えてきました。第一に私は八〇後作家にあふれんばかりの敬意を抱いておりまして、当然のことながら敬して遠ざけてもおります。男性の中で最もうざったいのは一四、五歳の男の子と私ども五〇代のオヤジです。一四、五歳の男の子はいつも大人の振りをして、いつも大人の仲間入りをしたいと思っているものですから、嫌われます。五〇代の男性は自分が老人だという自覚がなく、いつも若者の仲間入りをしたいと思っているものですから、嫌われまして、しかも若い女性の仲間入りをするとなると嫌われるだけでなく、ジジイのくせに若者ぶるなんてクタバってしまえと言われてしまいます。そのようなわけで私は八〇後はおろか、六〇後でも近付かないようにしております。一〇年後といえば必ずや八〇後の天下でしょう。私が思いますに、その時代にはその時代の作家がいるものですし、その時代にはその時代の読者がいるものでして、最も大事なことはその時代にはその時代の現実があるということです。現在私たちにとって刺激的な題材には大きな違いが生じています。換言すれば私どもが現在筆先で訴えているのはなおも六〇年代、七〇年代、八〇年代の記憶なのです。現在の若い作家が筆先で訴えているのはきっと今現在の現実なのでしょう。そのようなわけで題材の面において私たちの間には大きな違いがあるのです。それ以外にも審美的嗜好も異なります。八〇後作家の想像力は私どもの想像の方式とは異なりまして、想像の材料も異なるのです。私どもの想像力はみなやや具体的でして、普通は山や川、河の流れ、トウモロコシやら高粱、牛に羊でありまして、そんな具体的な事物であり、動物、植物であります。しかし若者の想像力はアニメや漫画を基本にできあがっています。彼らの想像は他人の想像の産物を延長した想像ですが、私どものは物質を基礎とする想像なのです。そのため若者の作品と私どもの作品とは明らかに異なる様相を呈しております。しかし現在の若い読者が自分たちと同世代の作家の作品を好むのは、書かれているのが自分たちの具体的な生活であるからでして、そのようなわけで私どものような作家の作品は本当に敬して遠ざけられてしまうのです。そのようなわけで一〇年後も私どもが中堅勢力だなどと言うのはまったくいい加減な話ではないでしょうか。

文学者の責任という問題もしばしば話題になります。作家は「鉄肩でモラルを担い、巧手で名文を著す」。作家にはある種の担当があり、社会的責任感を持たねばならず、社会に責任を負い人民に責任を負う。このような言い方はどれも間違いないことと思いますが、私たち作家はいったいどこまで責任を負わねばならないのでしょうか。そのようなわけで私はさまざまな作家がいるべきだと申します。仁王様のように目を怒らせた作家、彼は社会の醜い現象に対して筆を抜いて立ち上がります。ある種の作家は闘争心はやや弱く、娯楽性がやや強く、娯楽的なエッセーを書く、あるいは婉曲的に社会の醜い現象を批判するのです。魯迅のような作家は社会の醜悪を切り拓いて見せてくれますし、沈従文は社会の傷痕をさまざまな色の筆で撫で覆い隠します。しかし歴史の流れに洗われて私たちは魯迅も良し、沈従文も良し、どちらも素晴らしい大作家であると認めているのです。私が思いますに、作家に対してはやや寛容に向き合うのがよろしいのでありまして、すべての作家にみな代弁者や闘士のようであれと期待すべきではないのです。私にはそのような勇気もなければ、経歴もございません。しかも、歴史の経験によれば、多くの裏切り者が、革命当初には最も悲憤慷慨していた人なのです。

小説の目的に関しては、先ほどもお話ししました。小説の目的とはかなり複雑にしてかなり単純であります。魂の啓発といえば、小説家が最も備えるべき資質です。作家は少なくとも自らの声で表現し、自らの言葉を語り、他の人のメガホンでもなく、政治のメガホンでもありません。自分の心にあって言いたい言葉を語るのは、たとえ不正確な言葉を語ろうとも、他人の言葉を語るよりも価値があるのです。異なる声を発すべきなのです。そのため私の最も基本的な要求とは言いたいことを言いなさい、ということでして、巴金翁がおっしゃった皆さんよくご存じの例の一句の通りです——真の言葉を語ろう。社会問題の反映については、どの作家も社会の一側面を反映しているのだと思います——ただし異なる方法で反映しているのですが。私たちは現在ではバルザックのような、社会のあらゆる方面を反映できる作家を生み出すことはすでに不可能だと私は思うのです。今の社会はバルザックの時代と比べて遙かに複雑ですので、あのようなパノラマふうな、全方位的な、百科全書的に社会を反映する作家は二度と生み出せないのです。もしも人が読書の審美的快楽を生み出せないような小説であれば、それには何の価値もありません。小説がテレビ・映画のさまざまな挑戦を受ける時代を迎えても、なおも独自の魅力を有しているのは、文字を読むことがが私たちに快楽をもたらすからであります。もしも私たちの小説にこのような快楽がなければ、小説の命は本当に終わってしまうに違いありません。小説を読むことは映像を見ることには替えられないと私はこれまで考えてきました。換言すれば多くの作品はなぜ繰り返し読むことができるのか。たとえば魯迅の小説、沈従文の小説、張愛玲の小説は、その物語について大変熟知しているのに、読み返す中でなおも快楽を得られるのです。このような快楽はすでに物語が与えてくれるものではありません。魯迅の言葉、沈従文の言葉、張愛玲の言葉が与えてくれるのです。先ほど作家はいかに書くかというお話をしたときにも作家は言語において探究すべきだと申しましたが、小説とは一つの言語的芸術であり、言語的な良し悪しが作家の良し悪しを評価する重要な基準となりえるのです。

文学の娯楽性はもちろん非常に重要なことです。鴛鴦蝴蝶派は一つの小説スタイルとして当時は確かにそれなりの価値がありました。本質的に申しますと、張愛玲の小説は鴛鴦蝴蝶派とたいした違いなどはない、彼女が書いていたときはまさに抗日戦争の時期でして、国家さえも亡びるところでした。張愛玲は上海に隠れてあのような小説を書いていたのでありまして、小姑と嫂との間、母と娘との間の駆け引き、彼女の意義は鴛鴦蝴蝶派と比べてどれほど高いことでしょうか。ところがそのあと彼女を魯迅・沈従文と並ぶ地位に置く人まで現れたのですから、これこそ小説の娯楽性、芸術性は小説の政治性をも超えることを物語るものです。私は一九八〇年代に鴛鴦蝴蝶派の小説を少し読みましたが、彼らが使ってみせる技巧の一部は小説の技巧に対する私の目を多少開かせてくれたものです。

司会　皆さんどうかこれ以上質問票を出さないで下さい――私の席には置き場がなくなってしまいま

した。一部の質問はこのあと他の作家さんにお答え願うとして、すべての質問を今日のお二人の作家にお渡ししようと考えてはなりませんし、それは不可能です。これからは学生さんはやはり立ち上がって直接お話し下さい。私はもう一度進行係を務めます。実は一部の質問は一つの問題に関わるものでして、この問題は先ほどの問題とも関係があるようです。この質問をした皆さんは、次のように書いています――自分たちの経験では、書くことは苦痛で、とても面倒なことだったので、知りたい――お二人が執筆中に感じるのはどのような快楽なのか。お二人は本当に幸せなのか。この問題についてはお二人にお答えいただいてもよかろうと思います――多くの質問票が快楽と幸福に関するものですので。

莫言　快楽と苦痛は定義するのが難しいですね。痛快、とは痛くて快い――白岩松〔パイ・イエンソン、はくがんしょう。一九六八～。中央テレビ局のキャスター〕さんの言葉をお借りすれば。苦痛と快楽とは、執筆中にしばしば登場します。私にとって幸せな時間とは小説の構想を練っているときでして、この間は作業せずともよろしいので、天馬空《てんば》を行くが如く自由にあれこれと想像を楽しめるからです。突然あるプロットやディテール、人物のひと言を構想すると、その先が強力な光で照らし出されたかのように、非常な興奮を覚えるものです。しかも構想の途中に、小説中の人物の行動あるいはひと言に味わい深い意味を発見するわけでして、作家は哲学者のようには厳粛な言葉でまとめることはできませんが、このイメージが非常に豊かな連想を生み出す、あるいはこのプロットがさまざまな解釈を生み出すであろうことはわかりますので、そんなときには非常に幸福だと感じることでしょう。執筆過程に入りますと非常に具体的となり、多数の筋立に直面しつつ書き進めねばなりません。このときには苦痛が織り交ざることになるのです。筆が先に進まないとき、そのようなときには自分の才能はすでに失われたのかと疑うこともあります。作家という道に入ったことは間違いではないか、と疑うこともあります。しかしそのあとは歯を食いしばってこの難関を乗り越え、柳茂りて花鮮やかな春景色に入りますと、このときには狂喜するのです。しかもこのときには、やっぱり僕には才能がある、という多少の自惚れも生じます。つまり、執筆とはこのようなプロセスでございまして、ときには自信が湧き、ときには自信を失う、このような気持ちが創作と共に絶え間なく続くのです。喩えて申しますと、長篇小説の創作が三分の二を過ぎますと、私はやや幸せを感じる段階に入ると思います。それというのもこのときには登場人物の性格と運命は基本的に決まっており、その後のプロットでは基本的に大きな変化はありませんで、残されているのは比較的単純な記述なのです。このときには流れに乗って舟を漕ぐような快感を覚えるものでして、それほどの力業とは感じません。しかし完成後にはフーッと長い息を吐くような感じがすると同時に、喪失感をも抱きます。これが執筆過程の気分です。この過程では明確な句切りをつけるのはとても難しいのです。

司会　次の二つの質問票は莫言先生への質問です。一枚はあなたの『赤い高粱』シリーズは野性的な民衆の生命力への讃美ですが、民間文学はあなたの創作にどのような影響を与えていますか。これはやや専門的ですね。もう一つの質問はあなたの作品からは農村コンプレックスが読み取れますが、このような農村コンプレックスはあなたの現実世界に対する回避なのでしょうか。あなたは今でも現代農村の真の暮らしを表現できると思いますか。質問はこの二つです。

莫言　民間文学と民間文化という資源はいかなる作家も避けては通れません。まず私は民間という概念を定義したいと思います。私たちが現在民間を議論する際にしばしば辺鄙な貧困地帯や、荒れはてた山々、閉ざされた落ちこぼれた地域こそが民間であり故郷であると思っています。そのように狭いものではないと私は考えております。誰しも自分の故郷を持っておりますので、誰しもが自分の民間を持っているのです。私が高密東北郷を描くのは、それが私の民間だからです。王安憶〔ワン・アンイー、おうあんおく。一九五四〜。上海出身の作家、代表作に『小鮑荘』『長恨歌』など〕さんが彼女の上海を書く、彼女の路地裏を書くのは、それが彼女の民間だからです。民間とは広範囲に及ぶものだと思います。執筆中に民間資源を動員し、民間の生命力を表現するという点ですが、これについてはときによっては私自身が選択したわけではないと思います。八〇年代中期に『赤い高粱』シリーズを書いたときには何の準備もなく、民間概念なども聞いたことがなく、バフチンのカーニバル理論だの、ニーチェのバッカス精神だのは小説が出たのち、批評家が批評文を書き、私はその批評家の批評文を読んでから、ようやくそういったものを知りまして、自分の小説が欧米のそういった理論にちょうど符合していることを発見したのでありまして、そのあと彼らがそれを取り出してあれこれ取り沙汰しているのです。あらゆる作家にとって、いったん自覚的な執筆過程に入りますと自分の民間の累積を動員せざるをえません。いわゆる民間生活の累積には自然のこととして民間の文化を含んでいるのです。民間生活とは実はあらゆるものを含んでおりまして、民間の物質生活を含むだけでなく、民間の精神生活も含み、民間の物質的生産を含むだけでなく、民間の文化的生産をも含むのです。民間文化の中の神話や伝説、農民の色彩に対する感覚、農作物の植え付けおよび私たちの家の建築様式をも含みます。私たちが執筆する際にこれらのものを避けては通れないのは、描写する人と暮らしとは具体的な環境と時代の中にあるからです。執筆中にこのようなシーンは必ずや現れます。そのため自分が民間を書いて小説の中で民間を動員するのは潜在意識でありまた必然的な反応なのだと思います。その私に対する影響は巨大でして、私はこの環境で成長したのであり、受容した最も重みのあるものとはこういったものなのです。私が短かった小学五年間で受けた教育とはまさに「雁の群れが南へ飛ぶ」〔原題「一群大雁往南飛」、小学二年生の教科書に出て来る詩の一句〕であり、「小猫の魚釣り」〔原題「子猫釣魚」、中国の童話。一九五二年に上海美術映画製作所が同名のアニメを出品している〕、「川を渡る小馬」〔原題「小馬過河」、中国の童話〕、あるいは、カラスとキツネ〔ロシアの作家クルイロフの童話〕の物語でした。これらのものは五年の小学教育が私に残した印象です、当然のことながら他にも一足す一は二というような簡単な算数もあります。私に対する真の影響とはやはり先ほど列挙した民間の生産プロセスによるものなのです。そのためもの書きになりたい方は、思うままに描くという程度に至るには、このようなものから逃れようがないのです。

当然のことながら一部の批評家が私の民間を「偽民間」と称しており、私が長期にわたり都市に住んでいるため、すでに真の民間は理解できなくなっているということがその理由であることは、存じております。私の作品を「偽民間」と批判するからには、その批評家の胸のうちには必ずや真の民間がありそれを参照比較しているからこそ、このような結論を得たものと私は考えます。作家が長期にわたり都市に住んでいるため、「偽民間」を書くというのなら、長期にわたり都市に住む批評家は、どうして真の民間を理解できるのでしょうか。

私が描く農村が私の現実世界に対する回避を表現しているのか否か、この問題も先ほどの問題と同様です。私が執筆するときには農村に対する感覚と民間に対する感覚とは一致しており、これも無自覚的なものでして、私には他のことは書けません、これしか書けないのです。一九八〇年代に私が北京に上京したとき、私はバスに乗るにも恐くて仕方がなく、自転車乗りも元々は村では重い食料を載せて飛ぶように漕いでいたのですが、北京では荷物なしで漕いでもフラフラしていました。まったく不適応でしたので、執筆のときには当然のことやはり自分が熟知している生活を書かねばなりませんでした。創作の際のこの農村コンプレックスとは意識的な都市に対する回避であったわけではなく、そもそも選択はありえなかったのです。いかにして農村から出て農村の詩情を発見したかについては、換言すれば農村生活自体に詩情があり、私の小説のうちにようやく詩情が現れたということでしょう。もしもあのような苦難の中に詩情がなければ、私の描く詩情とは虚構の詩情であります。これも私たちの苦難に対する理解に関わるのです。私たちは「文革」を描いた現在の作品を読みますと、しばしばすべて凄惨悲惨です。しかし私の胸のうちを語らせていただければ、「文革」は私のような村の子供にとっては実に盛大なお祭りで、まったくカーニバルのような体験でした。当時は当然のことながら走資派〔資本主義の道を歩む実権派、という意味〕にとっては苦難でありまして、彼は本来は共産党県委員会の書記でしたが、一気に妖怪変化に貶められて、どんな子供だって彼の首根っ子を抑えつけて批判闘争ができたのです。これにより実際に神は人に引きずり下ろされ、人が神に格上げされたのです。私たち子供にとってはお祭りと同じことに感じられる、大勢の人が一カ所に集まり、かつてはとんでもなく神聖だった人の頭に尖り帽子を被せ、首にはボロ靴を吊り下げてあちこち追いまわすのです。ときには彼を動物のようにして、狐の尻尾を付けてやり、ときには仮面を被せて、市場《いちば》をあちこち歩かせます。しかも一部の走資派は役割をよく心得ており、時勢をよく認識し、紅衛兵に逆らったりはしませんでした。私たちが彼らを批判するときには、彼らは無数の罪名を自分の頭に加え、私は頑迷固陋徹頭徹尾極悪非道八つ裂きすべき走資派でござーいー、とあらゆる罪名を自分の頭に重ねるのです。すると紅衛兵がこう言うのです——よっしゃ、いい覚悟だ。そのようなわけで農村の苦難も、異なる角度から見ますと結論は異なるのです。ちょうど一部の作家が収容所で楽しみを見つけたのと同様です。あの農村のこのような苦しい物質的条件の下、文化大革命の不穏な時代という社会背景の下、一人の児童として楽しみを発見することが可能だったのです。しかも農村全体では多くの苦難があったとは言え、農民たちにはなおも自分の苦難を抜け出すあるいは苦難を緩和させる方法がありまして、それこそ農民のユーモア、あるいは民間の戯《おど》け文化だったのです。私が思いますに、民間の戯け文化は民間文化の重要な構成部分なのです。私たちは民間文化がリアリズム創作に対して及ぼす巨大な作用についてよく理解しています。私の小説の中で農村を描くとき何がしかの詩情を生み出せるのは、農村暮らし自体が詩情を持ち合わせているからでして、これは私の発明ではありません。

私が今も現代農村の暮らしを表現できるか否かについては、確かにある程度の難しさを感じてはおります。どのように言おうとも私はもはや農民のように真に農村生活の苦難と歓楽とを体得することは不可能となっているからです――たとえ私の身内の多くがまだ農村で暮らしているにせよ、たとえ私が毎年必ずや帰省しまとまった時間を過ごすにせよ、私はすでに一心同体の感覚を持てなくなっているからです。先週私は麦刈りに加わるため帰ったときなど、この麦刈りは昔とはだいぶ異なっていました。昔の麦刈りのときには、最も残酷な労働の一つであると思ったものです。最上の刈り取り時期を狙っても、ときには暴雨や雹に襲われ、一年の収穫がダメになってしまうのです。そのためときには夜明前の三時に起き、夜は日が落ちてからようやく帰宅し、食事も畑で食べました。誰々が麦刈りのときに不眠症だと言えば、それはまったく荒唐無稽でした。晩ご飯を食べながら、箸を土間に落として寝込んでしまい、朝は棒で殴られてようやく起き上がるのです。不眠症などありえるでしょうか。しかし今ではまったく違っており、すべて機械化されておりまして、直接小麦を家まで運ぶのです。農民の労働、農民の生活のすべてに巨大な変化が生じており、しかも現在最も重要なのは農民の価値観念と思考観念すべてに変化が生じたことです。私の元々の体験は公有制の下での自給自足による原始的で大雑把な生産でしたが、現在では商業化を取り入れた生産でありまして、農民はもはや自給自足の生産者ではなく、商品生産者なのです。しかも畑不足に直面して、大量の労働力が都市に移動しており、この農民労働者のアイデンティティは不安定になっています――いったい農民なのか都市民なのかいずれなのか。そのようなわけでこのような若い農民の心理的体験は私はだいたい推測できますが、真の理解には至りません――私は結局彼らではないからです。もしも私が今の農村生活を書くとしたら、非常に真剣に体験する過程が必要になることでしょう。

司会　少し軽い話題に変えましょう。会場には若者が多く、このような講演会に参加すれば愛情とは何かについて話さないわけにはいきません。大きくて具体的なテーマです。莫言先生は公開の場でこのような問題についてはお話しになったことがないようですので、今回はぜひ私たちの願いを適えて下さい。

莫言　私は本当に知らんのです——この問題はあまりに複雑ですので。愛に関わるような普遍的感情とは、数学のように正確にひと言でまとめるのはとても難しいのです——人によって感じ方が異なりますので。それには二つの面で意味があるに違いないと思います。大きい面では共産党中央の公文書で読める「五つの目標　四つの美化　三つの熱愛」でして、祖国を熱愛し、人民を熱愛し、母を熱愛し、子供を熱愛しよう、というのが広義の愛情です〔原文は「五講四美三熱愛」で、「五講」は「文明（教養）、礼貌（礼儀）、衛生、秩序、道徳」を大事にすること、四美は「心霊（心）、語言（言葉）、行為（行動）、環境」を美しくすること、の意味〕。狭義の方は男女の間の感情でして、皆さんがお聞きになりたいのは後者だろうと思います——誰が私の「五つの目標　四つの美化」を聞くものですか。男女の愛は確かにやや複雑で、しかも人によって感じ方が異なります。私は科学的方法によって分析すれば必ずや生理的基礎の上に築けるものであり、同性を排斥し、異性が吸引しあうという基礎の上に築けるものだと思います。作家の阿城さんの分析によれば、愛情とは完璧に化学的反応だということです。人類の大脳には一種の化学物質を作り出す部位があり、それはニコチンのような物質なのです。この物質が多く分泌されるときにはこのような感情が強くなります。科学者の分析によれば、最も強烈な感情は最長一年と一カ月間は続きますが、この期間を過ぎますと、この物質は分泌されなくなり、そこで愛情も次第に消えていきます。しかし多くの方が阿城さんのこの言い方には賛成しない、特に小説書きはなおさらこの言い方には賛成しないだろうと思います。愛情が科学的方法により分析できる、しかも化学的方式により計量化できるときには、その魅力は存在しなくなるからです。小説家はやはり愛情が答えなき永遠の謎であること、誰でもが感じられるものの、すっぱりと説明できないものであることを希望しているだろうと思うのです。ご来場の学生さんの中には愛情専門家が少なくないだろうに、私のような五〇過ぎの老人に愛情問題について皆さんに話をさせるというのは、イジメのようなものではないのですか。

司会　それでは、まだ一〇分間だけ残っています。最後の一組の質問票は、全体の気持を代表していると思いますが、それは人にはとても孤独なとき、枕頭の書が欲しいときがあり、そして何か書きたいこともありますが、作品を推薦していただきたい、あなたはどのような作家がお好きか、どのような作品がお好きか、図書リストを教えていただきたいということです。

莫言　枕頭の書、とは読むと眠たくなる本でしょうか、それとも眠気の覚める本でしょうか。よくわかりません。眠たくなりたいのでしたら例の政治的読み物が最適でして、読むと興奮する本あるいは寝付いたあとにあれやこれやの思いが浮かんでくるものを読みたいのでしたら、『聊斎志異』のような本がよいでしょう。この種の本を私はしばしば枕頭の書として読んでおりますので、見る夢は非常に伝奇的色彩と文学的色彩にあふれています。何か書きたいときに関しては、最近深圳の先生が『青春は読書を好む』というシリーズの本を編集しまして、有名作家の断片と短篇を選び、多くの類型に分けております。私はこのシリーズが大好きです、私のように文化水準が低くそしてかなりの怠け者が大量の古今東西の名著を読むのはかなり難しいのですが、このシリーズを読めば少なくとも古今東西の文学の名著と作家に関して全体的に理解できるので、私たちにとっては役に立つことでしょう。もちろん大作家に成らんと志を立てているのなら、可能な限り読書の方面を拡大しなくてはなりません。ご来場の多くは中文系の学生さんですので、皆さんが読んだ本は実際に私よりもずっと多いことでしょう。私の読書はずっと深く究めようとはせぬもので、しかもいい加減な読書でして、半分も読むと本を置いて、すぐに書き出してしまいます。作家としては一冊の本を初めから最後まで読む必要はなく、ときには断片や一部の章節を読めばだいたい間に合います——物語というのは基本的にみな作られたものですから。私は図書リスト作成にはとても賛成できません——作り間違えたら責任を負わねばならないからです。

中国11

莫言に関する八つのキーワード

二〇〇六年八月

新聞記者が、莫言小説に対する北京大学教授の「難度を放棄した作品」という批判や、若手批評家とのスキャンダラスな論戦など、莫言を困らせる八つの問いをぶつけたインタビュー。莫言は回答を避けようとしつつも、結局は記者の熱意に負けて、誠実にユーモアを交えて答えている。

一．『転生夢現』

崔立秋〔新聞『河北日報』の記者〕『転生夢現』が出版されますと、文芸批評の世界では二つの正反対の評価が行われまして、支持する側は叙事詩的な作品と考え、批判する側は良いところなど一つもないと考えております。最近の『文学報』（二〇〇六年七月六日第一面）に北京大学の学者の邵燕君さんが「難度を放棄した作品」という文章を発表して、この小説の創作に対する疑問を提起しております。その文章にはこのように書かれています。「現代創作という角度から見ても、莫言自身の創作という角度から見ても、有意義な新味に欠けており、実験的な挑戦への意欲など無論不足している。つまり、長篇ではあるが密度が薄くしかも難度を放棄した作品なのである」。邵燕君さんのこの評論に対し莫言さんはどのようにお考えでしょうか。

莫言　私は『文学報』を定期購読していないので、彼女の文章も読んでおりません。その文章の内容を簡単に紹介して下さいませんか。（略）文学批評というものは上手くつじつまを合わせれば、理にさえ適えば、その存在理由・存在価値が出て来るものだと思ってきました。作家は書いている間には、必ずやベストを尽くしており、まあまあ満足できる作品を書き上げてから発表するものです。発表したあとは、さまざまな反響を呼び起こしまして、褒める人もいれば、けなす人もおり、それは実に当たり前のことなのです。褒める人がいれば、もちろん興奮します。けなす人がいても、興奮します――それは別種の興奮でありますが。私には邵燕君さんの批判は実に当たり前のことでして、完璧に必要なことでもあると思います。

崔立秋　邵燕君さんはこの文章でまずは莫言さんがこの小説を書く速さを批判して、こう言っております。「執筆の速度と質とはいったい関係はあるのだろうか？　少なくとも長篇小説の場合は、あると答えるべきである。長篇はインスピレーションでサッと書き上げるというものではない。難度の高い作品は書くのが遅く、高い難度を放棄した作品にして初めて、超スピード生産が可能となるのだ」。

莫言　もちろん彼女がこのような批評をなさるのは結構なことですが、私にも然るべき釈明をさせて下さい。執筆時間の長さとは本来は作家がメディアに公言するような話題ではないとは思いますが、聞かれると、事実を話さざるを得ません。メディアに向かっているときに、私は確かに進退きわまる感じがするのです。あなた方が質問しているのに、答えなければ、皆さんの仕事を尊重しない、傲慢な人間に見えてしまいますし、答えてしまうと、必ずや漏れがあり、弱みを教えることになります。本が出版されると、私に執筆の時間を尋ねる人がおりましたので、私は四三日かかったことを四三年とは言えないので、事実通りに話したのです。それに書く時間が長ければ、必ず良い作品になり、逆に書く時間が短いと、必ず悪い作品になるとは思いません。私は四三日間書きましたが、人にパソコンに入力してもらったあとは、ずっとパソコンで書き直しておりまして、連続何か月も直してから発表したのです。この小説は書き直しの時間の方が実際の執筆時間より長いのでして、この実際の執筆時間と申しますのは初稿を書いた、あの九百枚以上の原稿用紙を書き終えた時間のことです。私の方にも問題がありまして、書き直しの時間も執筆時間に入れるべきでして、得意気に四三日しかかからなかったなどと言うべきではなかったのです。もちろん、書き直しの時間を加えても、このような四九万字（本文総文字数）の小説にとっては、長くはありません。

崔立秋　邵さんの文章は小説の章回体形式に対してもこう批判しています。「『章回体』の用法もテクスト外のことであり、小説の構造には「各章各回が自ずとひとまとまりになる」という特徴はなく、語り手にも「講談師」の特徴はなく、「字数の長短」を除けば、章回（『水滸伝』『西遊記』など章・回に分けられた長篇小説のこと）の標題を西側小説風の章題と置き換えても何の区別も生じない」。

莫言　私たちの古典小説の中の章回体というのは実際には市場《いちば》の講談師が残した痕跡でして、彼らは見料を払ってもらうために、山場の手前で止めねばならず、何卒続きをお楽しみなされ、というわけで、のちにこれが章回体となったのです。当時の章回体とは形式であるだけではなく、語りのリズムでもあり、講談師は物語を編むときに、あらかじめ繋ぎ目、変化を考えるのです。私は古典小説をあまり研究しておりませんので、専門家には今の話は滑稽だったことでしょう。私は記者さんのインタビューを受けた際に、章回体はこの『転生夢現』においては、小細工にすぎず、この章回体はまったく必要としない、とすでに申しておりまして、その点では邵燕君さんの見方は正しいのです。私の本意は読者が読むときに注目していただきたかっただけなのです。私自身が数十万字の長篇小説を読むときに、もしも一、二、三、四と分かれているだけですと、少し読むとこんがらがってしまいますので、章回体を使えば、読むのにずっと便利だろうと思うのです。その他、この形式を使うことにより、私たちの偉大な古典小説の伝統に対するノスタルジーを読者の心に掻き立てようと思っていたのも確かで、もちろんそれは私の古典小説に対するリスペクトでもあるのです。『転生夢現』の中の章回体の使用は発明や創造などではなく、これは私がメディアにお話ししたことの本意なのです。この本に「講談師」の特徴があるや否やについては、難しい問題ですが、自分では多少なりともやはりあるのでは、と考えております。

崔立秋　邵さんが指摘している「難度を放棄した」作品という評価に対してはどのようにお考えでしょうか。

莫言　難度があるとは何でしょうか。難度がないとは何でしょうか。難解な小説が必ずしも私の心のうちの難度を代表するわけではないのです。『ユリシーズ』を読むのは難度がとても高いのですが、執筆の難度は必ずしも高くはないのです（こんな妄言を申しまして、ごめんなさい）。思いますに、このいわゆる難度とは、人によってそれぞれ異なる大変抽象的で大変豊かな概念なのです。邵さんが難度がないと言うのは、それは彼女自身の感覚と判断なのでして、彼女には自らの難度の基準があるのです。私には彼女の判断に同意せぬことが許されますが、彼女の判断を尊重しなくてはなりません。しかし私自身はやはり難度があると感じられるのでして、難度があることと一日一万字とは矛盾はしないのです。書くのが難しいことと小説の難度とは、同じ概念ではありません。この小説は六道輪廻を語り、土地改革における極左的政策を語っていますが、より多くの内容はやはり後者にあります。土地改革という問題は、実際にはこの小説の簡単な背景にすぎず、それは確かに芸術的創造などではなく、おそらくより政治的な問題なのでして、作家の歴史に対する反省と政治的勇気を代表しているのです。一九八〇年代初期には、すでに張煒さんの『古船』が触れており、そののちには陳忠実さんの『白鹿原』、私自身の『赤い耳』と『豊乳肥臀』が、ともにこの問題に言及しておりまして、楊争光〔ヤン・チョンクワン、ようそうこう。一九五七〜〕さんの『二つの卵から始まる』〔人民文学出版社二〇〇三年刊行の長篇小説〕、尤鳳偉〔ヨウ・フォンウェイ、ゆうほうい。一九四三〜。山東省の作家〕さんの短篇小説と劉醒龍〔リウ・シンロン、りゅうせいりゅう。一九五六〜〕さんの『聖天門口』〔人民文学出版社二〇〇五年刊行〕はみな触れております。私が力を入れて描いたのは実はやはり藍臉、洪泰岳のような人たちでして、力を入れて明らかにしたかったのは一九四九年以後の、中国の農民と土地との関わりでして、このような関係は実に数千年にわたり中国農村における最も重要な問題でありまして、農民と土地の関係が、農民の土地に対する態度を決定し、農民の土地に対する思いを決定し、一つの時代の社会的経済的繁栄と衰弱とを決定してきたのです。

私が藍臉という人物に心血と心情とを注ぐのは、あの時代にあって、敢えて歴史の潮流に逆らって行動した人、敢えて大多数の人に対し降参しなかった人とは、その身体に多くの貴重な素質を備えていると思うからでして、最後には歴史の発展により、このような堅い守りには道理があり、価値があることが証明されたのです。洪泰岳についてお話ししますと、このような人も、大勢の農村幹部を代表しております。八〇年の農村改革、土地請負制は、今では簡単に見えますが、当時は驚くべき事態だったのです。奇妙なことに、洪泰岳のような人が反対しただけではなく、地主や富農の子孫までもが反対したのです。洪泰岳たちが犠牲を払ってでも堅持しようとしたことは、今から見ますと何の価値もありません。しかし彼は悲壮にして滑稽なる死を遂げますが、彼は人間としての尊厳を守りました――自らの信仰を守り抜くために命を捧げたからです。共産主義はソ連や東欧では失敗しましたが、初期の真の共産党員の理想と奮闘には、なおも粛然として敬礼をしたくなるものがございます。私は歴史の中に価値ある個性と価値なき個性とを一つずつ発見しましたが、この価値なしというのは社会的歴史的意味においてのことでして、文学的意味においてのことではございません。文学的意味から申しますと、洪泰岳は藍臉よりも価値があるのかもしれません。六道輪廻に関しては、それは時間の問題でありまして、この小説の時空構造でございます。これらが私が主に言いたかったことでして、『転生夢現』という小説の最も価値ある部分と私自身が考えるところとも申せましょう。章回体、土地改革などには、確かに難度などなく、誰でも使えて書けますが、私の力点はそこにあったわけではないのです。

崔立秋　最後に、邵さんの小説言語に対する批判について簡単にお話し下さい。

莫言　言語問題に関しては、これはさらに致し方ないことでして、魯迅の言語は公認の正典的言語ですが、老志君という香港の学者と台湾の李敖さんから多くの欠点を指摘されたではないですか。魯迅でさえこうなんですから、私のような浅学菲才は致し方ありません。私は老志君さんと李敖さんの魯迅文体に対する判定に同意しませんが、二人の判定は別次元の思考を提供してくれたわけでして、もちろん存在の意味があります。異なる声が上がる、というのは、いつでもよいことです。

二．李建軍

崔立秋　去年の年末の、あなたと若手批評家の李建軍〔リー・チエンチュン、りけんぐん。一九六二〜〕さんとの武夷山で一対一の論争は、文壇とメディアの幅広い関心を集めました。あれから、すでに半年以上が過ぎましたが、あの論争についてどのようにお考えでしょうか。

莫言　私は『南方周末』の記者のインタビューを受けたときにすでにこの問題についてお話ししましして、私の基本的な態度を表明しております。繰り返したくはありません。

崔立秋　現在思い返して、この論争にどのような意味があったかとお考えでしょうか、ということだけ知りたいのです。

莫言　私個人にとって、この論争には大変大きな意義があるのです。私は『南方周末』の記者インタビューから相当時間が過ぎてから李建軍さんが書いた「武夷山論戦記」〔二〇〇六年二月執筆の武夷山での会議での莫言との応酬を暴露的に書いたエッセー。http://www.17xie.com/writer/bookdesc.php?id=2623〕を読みました。一部の細かいことは私の記憶とは異なっておりますが、この点はもとの録音と一字一句対応させて調べる必要はない、敢えて最も真実である底本を作るのでなければ、その必要はないと思います。

私は多くは個人的角度から自己反省しているのです。まずは、私のように二十何年ものもの書きしてきた、すでに五〇を越えた人間が、批判を聞いても――どれほど辛辣な批判であろうと――やはり冷静な心を保つべきでした。批評家の私の作品の芸術的方面への批判に対して私は反論できる、批判に反対する自由がございます。人格や道徳面に関わる批判に対しては、弁解の必要はなく、反駁の必要はさらになく、むしろ反省し、注意し、改めるべき点があれば改め、なければさらに努力する、そんな気持ちを持ち続けるべきなのです。

次に、この論争で自分は今後いかに真実の、虚偽ではない態度で批判に対応すべきか、善意をもって他人のことを思うべきであり、他人の意図を悪く思ってはならない、と大変冷静に考えました。どれほど辛辣な質問であろうと、どれほど乱暴な批判であろうと、良い点から考えるべきであり、わが身を振り返るべきなのです。

この事件までは、自分のことを若手作家で、気軽に話してよいものだと考えておりましたが、事件のあとは、自分がもはや老いぼれであり、少しでも気を緩めると、火だるまになってしまうことがわかったのです。あの笑うも怒るも好き放題、お喋り自慢の時代は、私においては、もはや終わったのです。

崔立秋　現在の文壇における批評家と作家の関係はどうご覧になりますか。

莫言　現在の文壇では、作家と批評家との関係は確かにやや複雑です。このようなコマーシャリズムを背景としておりますと、すべての批評家に道徳的純潔さを求め、本心に逆らうような文章は一つとして書かず、本心に逆らうような言葉は一つとして言うな、と要求するのは現実的ではありませんし、そんなことは作家にはできず、批評家にもできず、ほとんどの人にもできません。読者は選択的に文芸批評を読むべきでして、どれが真に学術的な文章なのか、どれがおざなりの文章なのか、分けなくてはなりません。新聞にあふれる多くの文章すべてを、真に受ける必要はありません。すべての批評家に心にもない言葉は一つとして書くなと要求する必要もなく、それは現実的ではなく、ある程度は寛容であるべきなのです。自分に対して心にもない言葉は言うなあるいは少な目にせよと厳しく要求するのは結構ですが、他の人に要求してよいというわけではないのです。これは今後そして過去にも私の処世の基本なのです。

三．茅盾文学賞

〔作家の茅盾の遺言によりその寄付金を基金として一九八一年に設立された長篇小説を対象とする文学賞で、四年に一度授与される。莫言は第八回（二〇〇七～一〇）に『蛙鳴』により他の四作家と共に受賞している〕。

崔立秋　『白檀の刑』は第六回茅盾文学賞に初歩段階では満票で候補作に選出されたものの、最終段階では意外にも落選しましたが、莫言さんがこれについてお書きになった文章を読んだ記憶がありません。

莫言　ずいぶん昔のことですが、それでも話せというんですか。特に話題にするような必要はないのでは――候補作はとても多いのに、最後に受賞できるのは数作しかないので、多くの傑作が落選しているのです。初歩段階での審査委員は、最終段階では別の委員となり、入れ換えがありますので、審査結果は当然異なります。初歩段階で満票で選出されたら必ず最終段階で受賞するなんて誰も言っておりません。『白檀の刑』が受賞しなかったのは、私の作品自体と関係があるのでして、先ほどおっしゃっていたように、私のほとんどの作品は発表されると、はっきりと二つの評価に分かれるのです。文学の歴史から見ますと、このような作品にはだいたい何がしかの価値がありまして、論争がある、ということは必ずや何か敏感な問題に触れているのであり、皆さんが現在も決着のついていない論争中の問題に触れているのであり、これこそ作品の価値なのです。授賞理由にはやや安定感のある基準が要求されます。『白檀の刑』は最終段階で一二票を得たものの、反対が九票あったと書いていた方がおられますが、それは私にとっては満足できる結果なのです。多数の方が良いと考え、少数の方が良くないと考える、これはまさに私の作品自体の基準に合致するものでありまして、つまり『白檀の刑』が受賞しないのは、私の作品自体の論争的、挑戦的な性格により決定されたのでありまして、審査委員の関係ではないのです。すでに一年が過ぎましたので、事実に即して申しますと、小説自体がその結果を導き出したに違いないのです。

崔立秋　茅盾文学賞の選考基準とも関係があるのでしょうか。

莫言　それは確かに関係はありますが、それほど大きな関係ではなく、一二の審査委員が賛成してくださったのでして、この一二人の委員は全員が若い研究者とは限りませんで、中には徳望が高い老先生もおられることでしょう、その方たちも賛成票を投じて下さったのです。それは今回の落選がいわゆる茅盾文学賞選考の潜在的基準の影響をあまり受けていないことを物語ります。最終投票は無記名でして、筆跡を調べるような人はいないでしょうし、後腐れはないでしょうから、委員たちは最終投票に際し、自分の心のうちの考えに従って投票したことでしょう。この点から申しますと、選考と潜在的基準とはそれほど関係はないのでして、やはり『白檀の刑』自体の論争的性格がこの結果を決定したのです。

崔立秋　茅盾文学賞をどのように評価なさっていますか。

莫言　この賞はこんなに回数を重ねて、確かに多くの傑作を選んでおりまして、確かに一部の人は満足せず大変不満な作品もありますが、それはどの賞でも避けられないことなのです。私が作家としてこれらの作品を見る、というのは大変主観的に見る、私の小説の観念で、私の審美的基準で見るわけですが、そうやってこれらの受賞作を評価しますと、当然のことながら好きな作品と好きでない作品とがございます。もちろん、今私も反省しています——私の基準が唯一正確な基準なのか？　他の人の基準は間違っているのか？　これは難しい問題です。要するに、それは一つの事件、一つの社会の中の文学的事件でありまして、大変多くの文学史的意義を持っているわけではありませんし、真に人文学の歴史に入るのは、作品自体の安定した質と価値でありまして、受賞するかしないかは、記号にすぎず、文学史の角度から見ますと大した意味はありません。こう申しますのは私の作品が文学史に入れるという意味ではありませんし、こう申しますのは茅盾文学賞受賞作は文学史に残らないと言っているのでありませんので、くれぐれも誤解なさらないで下さい。

四．農民

崔立秋　莫言さんは北京でお暮らしですが、ご自分はなおも完璧な農民だとお考えです。こんな名文句をおっしゃいました――私は庶民のために書いているのではない、庶民として書いているのだ。朴訥とした外見だけではなく、創作の風格から申しましても、莫言さんと賈平凹さんとは多くの点でよく似ていると思います――賈さんには「私は農民」という作品もあります。お二人はすでに現代中国文壇における郷土文学のメルクマールとなっております。

莫言　私の状況とはこんなものです――二〇歳で兵隊になって故郷を離れましたが、それまでは農村生まれの農村育ち、県都にもめったに行かず、一度だけ県都に行ったかもしれず、それから青島にも一度行きましたが、ほとんど数十ヘクタールの故郷の村を出たことがなかったのです。その後兵隊になってもやはり農村におりまして、さらにその後河北省の保定でも兵隊をしていましたがやはり農村、山間区でして、それからようやく都会にやって来たのです。どんな作家でも創作を始めるときには、自分の故郷や幼少時に大きな影響を受けるものでして、それは制約と言ってもよいのです。よく聞く常套句のようなものです――熟知していることを書け。幼少期の記憶、農村体験、これらのことは私の成長と密接に関係しているのです。郷土や母、世界観の基礎形成が行われる幼少期段階と密接に関わっているのです。

崔立秋　農民と作家とは本来二つの相隔たるかけ離れた概念でして、両者はどのようにして莫言さんの中で一つになっているのでしょうか。なぜあなたと賈平凹さんのような作家の皆さんは、これほど農村に関心を抱き、いつも郷土文学の創作をなさっているのでしょうか。

莫言　中国の近現代文学史においては、郷土、農村の現実を描く文学が絶対的多数を占めておりまして、これは中国が農業大国であることと関係がありますし、私たち大部分の作家が農民出身であることと、農家の子弟であることと関係がございます。たとえば文革前の多くの小説では、大部分が戦争を描いており、それも農家の子弟たちが従軍したのちに書いているものであり、この戦争を題材とする小説が頼りとするのはやはり広大な農村なのです、大地が戦場であり、庶民は大海であり、庶民とは主に農民なのです。私たち一群の作家は、成長する過程は似ておりまして、その中の一部の者は私たちのように農村生まれの農村育ちであり、他の一部の者は都会の青年が農村の人民公社生産隊に入って住みついた、知識青年作家であり、このような私たちが創作しますと大いに農村の現実と密接な関係を生じるのです。しかし一九八〇年代以後に生まれた作家たちは、まずは農村は描きませんで、彼らはみな都市で育ち、保育園から学校まで、見たもの、聞いたもの、学んだもの、感じたもののすべてが私たちとは異なるのです。いかなる想像でも、いかなる思考でも材料が必要でありまして、私たちは創造的想像の段階に入りますと、必ずや大地、農村、植物、動物と密接な関係を生じます。しかし八〇後《ポストエイティーズ》の若者たちは、想像力を働かせることとは、アニメや漫画、パソコン、ゲームと関係しておりまして、これにより作品の風貌は当然のことながら大きく変化しております。そのようなわけで農民が生まれながらに作家の誕生と繋がりを多く持つというわけではなく、私たち一群の作家がみな農村出身だったということでありまして、作家の出身に変化が生じれば、小説の風貌も必ずや変化することでしょう。その他、私たち一群の作家は寿命が尽きた、筆を置け、引退せよと考える人がおります。当然のことながらこの言葉はある意味で正しいのでして、新しい創作能力を失ったと感じたときには、確かにそれ以上は書き続けるべきではありませんが、なおもいささかの力を持っていると感じるときには、やはり書き続けてもよいのでしょう。どのように書き続けるのか、都市を描けるのか？　もちろん書いてもよいのですが、都市の現実を描く自信がないと思うのなら、やはり農村を書き続けるべきだと思います。

崔立秋　賈平凹さんは『秦腔』〔二〇〇五年四月刊行の長篇小説、二〇〇八年の第七回茅盾文学賞を受賞〕発表後はこの作品は自分の最後の郷土資源を動員しており、自分最後の郷土文学作品である、と公言しています。

莫言　そうとも限りません――その話は本当に彼が言ったのか、それともメディアがまとめたものなのか、判断は難しい、今では新聞紙上には多くのお話が載っていますが、私はどれもあまり信じておりません、多くの作家が絶え間なく断筆を宣言しますが、その後再び書き出しており、結局は断筆とは記者の誰かが作家に替わって言ったことだとわかったのです。彼の最後の郷土資源を動員したと賈さんが言った、というのに対し、私が必ずしもそうではないと思うのは、郷土は発展しており、作家も発展しており、現在の郷土はもはや過去のあの郷土ではありません。二〇〇六年の農村も決して一九八六年の農村ではありません。現在の農民、現在の農民と土地との関係、現在の農民の心性、全国各地の大中小都市で懸命に働き苦労して労働している一億余りの農民労働者を含めて、これはすべて新しい農村の現象であり、また新しい郷土であるのですから、文学も必然的に、不可避的にこれらの状況を反映するのです。ですから農民作家として、永遠にやっていけるのです――農村が絶え間なく変化し、郷土が絶え間なく変化しているからです。しかもいわゆる都市文学と郷土文学は、農村と都市との連係が日増しに密接になるに従い、それぞれの題材を互いに共有し合うに違いなく、両者は分けがたくなることでしょう。ある出稼ぎ農民が都市に入り込み、建築現場で働く、あるいは都市のレストランでコックの仕事に就いたとして、この農民労働者を主人公とする小説は都市文学となるのでしょうか、それとも郷土文学となるのでしょうか。それはこの農民労働者の身分が定めがたいのと同様で、彼は農民なのか、それとも労働者あるいは都会人なのか。彼自身にアイデンティティ問題が存在するのです。

崔立秋　莫言さんのこれまでの作品は、ほとんどすべてご自身の実家の高密東北郷を描いております。今後の創作はやはり高密東北郷をめぐって進んでいくのでしょうか、それとも都市のテーマを試してみるおつもりでしょうか。

莫言　私の高密東北郷は実際には都市を含んでおりまして、『豊乳肥臀』や今回の『転生夢現』など私の以前の何篇かの小説では、半分の内容はすでに都市に及んでいるのです。そのようなわけでこの高密東北郷は純粋な農村的記号と見なすことはできず、そこには都市があり、農村もあり、しかも私の作品の中の高密東北郷は本当の高密東北郷とはすでに遙か遠く離れており、それは虚構の天地なのです。

崔立秋　莫言さんの作品は農民に読んでもらうために書いているのでしょうか。本当の農民の読者はどのくらいおりますか。

莫言　これは大変困った質問です。今では多くの人が小説で農民のために語れと呼び掛けておりまして、このような情熱は大事なものでして、このような創作は貴いものでもありまして、私も長い間そんなふうに考えておりました。しかし冷静に考えますと、農民は本を読むでしょうか。高密に帰ってみると、私が何年もの間に書いてきた本を、誰も読んではいないのです。読んだことのある人の数は少ないのです。農民は実際にほとんど本を読みません――読書の時間もなく、読書のお金もなく、家にテレビがあれば、わずかばかり残った時間はこれを見て過ごすのですから、お金を払って小説を買いに行く必要はないのです。もちろん一部の農村の文学愛好家、そして文学の夢を見ている農村青年を見落としてはなりませんが、彼らは読書はしても、少ししか読みません。それでは私たちが農民の暮らしを描くのはいったい誰のためなのでしょう、誰に読んでもらうためなのでしょうか。実際にはやはり都会人に読んでもらうため、都市の文学愛好家に読んでもらうために書いているのです。その意味では、いわゆる農村物、工業物、軍事物はすべて一つの重心がございまして、それは人を書くことなのです。思いますに、都市の読者が農村物を読むのは、彼がよく知らない農村の現実を理解しようと思ってのことではなく、やはり小説の人物描写を読み、小説の芸術性を読み、作家の言語運用能力を読み、作家の文体風格を読み、作家が創り出す小説登場人物のイメージを読み、作家が小説で提示する問題を読みたいからなのです。要するに、読者は作品が提示する人類の魂の秘めたるところを読みたいのです。ところで、小説で農民のために発言する、小説を借りて農民の問題解決を助ける――それは基本的に童話です。小説にそのような機能はございません。

五．『赤い高粱』

崔立秋　『赤い高粱』は莫言さんの作品の中で影響力が最も大きいものに違いなく、人が莫言さんを語るとき、しばしば最初に思いつくのが『赤い高粱』なのでして、この小説と張芸謀さんの映画は深い印象を与えております。多くの批評家が『赤い高粱』はマルケスの『百年の孤独』の影響を受けたと考えておりますが、莫言さんご自身はあまりそういう見方を認めておられないようです――いかがでしょうか。

莫言　多くの方がそう言っておりまして、最近『転生夢現』が出たあとにも、私がなおもマルケスを模倣していると批判する人がおりますが、私はこのような言い方にあまり賛成ではありません。影響は確かに存在します――ある人が昔ある人を好きになり、すぐには忘れられないというようなものですが、私は『赤い高粱』を書いていたときにはマルケスの影響は受けていないと思っておりまして、それは『赤い高粱』を書いたあとにマルケスの『百年の孤独』を読んだからなのです。『転生夢現』ではこのような影響がすっかり消えていたのかどうか、それは私には判断できません。ただし『転生夢現』を書くとき、東洋的、中国風の魔術的リアリズムを築きあげて、西洋の、ラテンアメリカのこの魔術的リアリズムに対抗したいという意識は確かに持っていました。それが成功したかどうかは別の問題です。

崔立秋　莫言さんはご自身でこうおっしゃったことがあります。「赤い高粱の時代は確かに過ぎ去ったが、人々の文学に対する渇望はなおも存在する」。おっしゃるところの赤い高粱の時代とはどのような時代なのでしょうか。

莫言　赤い高粱の時代とは一九八〇年代ですが、これは私個人の視点から言ったことですので、誤解なさらないで下さい。一九八〇年代は改革・開放政策が始まってあまり長くはなく、文学においては百花斉放、百家争鳴、積極的探索、大胆な革新、新しき変化を求める状況でした。当時は未だコマーシャリズムは始まっておらず、これほど色濃いビジネス気分はなく、メディアと出版社、作家が連合した過度な宣伝投機もなく、商業的活動はほとんどなかったのです。その時代こそ私たちの誰もが懐かしむ文学の黄金時代なのです。九〇年代になると、このような状況はますます少なくなりましたが、思いますに、文学を真に熱愛する人の、文学に対する熱愛と渇望の基準には変化はなく、しかも永遠に変化するはずがないのです。

六．映画

崔立秋　莫言さんの作品からは映画・テレビと大変深い関係があるという印象を受けておりますが、小説はすべて映画・テレビの脚本に改編されているのでしょうか。作家たちが次々と映画・テレビに進出するという最近の文壇の現象に対してはどのようにお考えでしょうか。

莫言　映画・テレビとの関係が私よりも密接な作家はたくさんおられますが、私は早い時期に張芸謀さんと協力して『赤い高粱』を映画化しておりまして、この映画の影響力が大きく、まるで私の小説がすべて映画化されているかのような印象を皆さんに与えているのかもしれません。実はそのようなことはございません。私が思いますに、作家は創作に際しては、映画化のことはあまり考えない方がよく、小説は小説でありまして、映画・テレビとは本来異なる芸術様式であり、小説には独自の規範がありますので、小説を書く際に映画・テレビの脚本に改編することを考えたりしますと、小説の純粋性に影響を与えるだろうと思います。私はこのような観点を持論としているのです。もちろん異なる考えをお持ちの作家も多いでしょうし、それはそれで理解できます。

崔立秋　この二年、文壇では講談赤色経典や名作文学書き直しが流行し、多くの議論を呼び起こしておりますが、莫言さんはどのようにお考えでしょうか。

莫言　真剣に赤色経典〔人民文学の正典〕を新たに展開して、新しい長篇物語に改編しようというのでしたら、賛成ですが、パロディの方法で改編するのでしたら、考えなくてはなりません。赤色経典というのは独自の歴史的背景を持っており、当時は大変多くの観衆に深い感動を与えているのです。赤色経典はその時代の息吹を伝えておりまして、ちょうど現在発掘される化石のようなもので、この化石が伝えるのはその時代の息吹であり、現在の解釈でパロディ化したのでは、泣くに泣けず笑うに笑えないものとなりますから、私はあまり賛成できません。

七．フォークナー

崔立秋　先ほどご質問したように、多くの人が莫言さんの作品はマルケスの影響を受けて、濃厚な魔術的リアリズムの味わいを持っていると考えております。しかし私はむしろ、フォークナーこそ莫言さんの先生あるいは文学の道の先導者と呼ぶべきではないかと思います。

莫言　フォークナーはもちろん私が大好きな作家です。フォークナーは絶えず彼のあの郵便切手ほどの大きさの故郷を描いて、ついに自らの世界を創造したのです。この芸術的構想は私が高密東北郷を創設する際に巨大な啓発を与えてくれました、彼の作品は多くは読んでおりませんが、それでも大好きですし、彼の影響を受けたに違いありません。

崔立秋　ところが莫言さんの文章を読みますと、彼の代表作『響きと怒り』をまともに読んだことはないようですが。

莫言　マルケスの作品も含めて、私は一冊も読み終えてはおりませんが、一節あるいは数節を読むと、この作家とは深いご縁があると感じるのです。フランスの作家ジード〔一八六九～一九五一〕は言いました――いわゆる影響とは呼び覚ますこと、つまり実際には作家のあなたの気質の中にこのようなものがあるとして、別の作家の作品を読んだとき、その作品がただちにあなたの気質を呼び覚まし、他の作家の創作気質があなたと似ているため、他の作家はあなたの内心深く、個性の中で眠り込んでいた気質を呼び覚ます、これが、いわゆる影響なのです。もしもあなたの胸のうちにそれがなければ、影響を生み出すことはできず、このためにフォークナーが大好きな人がいるいっぽうで、フォークナーが苦手な人がおり、人によってはヘミングウェイが好きかもしれず、マルケス、あるいはカフカが好きなのです。毛主席はおっしゃいました。適当な温度であれば、卵はヒヨコに変わることができるが、温度がいくら適当でも、石ころはヒヨコには変われない。これは内的要因が作用しないからである〔『毛主席語録』第二二章第一八節に類似の一句がある〕。

八．大江健三郎

崔立秋　大江健三郎さんは日本の現代文壇において大きな影響力を持つ「アヴァンギャルド派」の代表的作家でして、莫言さんとの関係はとても親密なごようすで、数年前に、大江さんは莫言さんと共に山東省高密にいらして本当の中国式正月をお過ごしになりました。莫言さんの作品に対する評価も高く、こうおっしゃっています。「莫言の作品を読んで、大きな感動を受けており、彼の文学的表現手法と、生命の描写は、多くの新鮮なものを与えてくれる。今後は莫言の文学からインスピレーションを得てよりよいものを書きたい」。大江健三郎さんの印象をお話し下さい。

莫言　私と大江健三郎さんとの関係を誤解している方もおられますが、実際には私たちの関係というのは親密とは言えませんで、私は外国語ができないので、直接交流のしようもなく、お会いしても通訳を介して文学方面の問題を少し話すだけなのです。個人的には大江さんは学識が大変広い学者タイプの作家、思想家タイプの作家だと思います。それから大江さんの初期の作品には森に囲まれたご自身の小さな山村が描かれておりまして、この点は私自身の創作開始当初に似ておりまして、私もしばらくあの荒涼たる小さき村を描いておりました。しかし大江さんのその後の創作は大いに異なります。大江さんは実際に日本の私小説に対し極めて多大な突破口と発展をもたらしております、日本にはいわゆる私小説という創作の伝統がありまして、大江さんの多くの小説にも彼個人と家の生活の影を見ることができ、個人的な生命の体験を書いておられ、最近お書きになった長篇三部作にも、ご家族の影を見出せますし、大江さんご自身の影も見出せます。しかし大江さんの小説が表現している内容とテーマは遙かに彼の家庭を越えており、一途に人類生存に関わる大問題を探究、研究し、考察しているのです。ですから私は彼は哲学的思考に満ちた作家であり、社会的責任を勇気を持って引き受ける作家であると思っていまして、大変正義感に富み、根本的善悪の問題に出会うと、義を見れば必ずや立ち上がらんばかりに声を挙げるのでして、これは私の気質とは異なります。私はやはり純粋な文人でありたく、やや敏感な社会問題、あるいは鋭い問題に対しては、文学的ではない方法で表明しようとは思わないのです。

崔立秋　そうしますと大江健三郎さんは煽動的な性格なのでしょうか。

莫言　そうではなく、私の印象では、実際には謙虚な君子でして、このような行動は実際には彼の正義感と学問とに決定されているのです。大江さんの学問は深く広く、フランス語、英語に精通し、中国語も読めまして、学問が深く広く、知識が豊かなので、お考えになることも自然と深みを増すのです。

崔立秋　大江健三郎さんは一九九四年にノーベル文学賞を受賞しており、莫言さん自身も数年来ノーベル文学賞の噂に取り囲まれている現代中国作家の一人ですので、簡単にノーベル文学賞に対するお考えをお話し下さい。

莫言　それはもう勘弁して下さい、この問題には飽き飽きしているんですよ。

中国12

現代文学創作における十大関係をめぐる試論

二〇〇六年一一月一九日　第七回深圳読書フォーラム

毛沢東の有名な講話「十大関係論」にちなむ題目で、まずは善人は絶対に善人、悪人は絶対に悪人で、曖昧な中間人物は描かない人民文学を、旧ソ連のショーロホフ『静かなドン』、ラウレニエフ「四十一人目」、ブルガーコフ『逃亡』などを参照しつつ、作家自身の考えが欠けていると批判する。続けて文学と政治との関係など現代文学創作における諸問題を縦横に語っている。

聴衆のみなさん、こんにちは！　北京はだいぶ寒くなりまして、セーターやズボン下を身に着けなくてはなりませんが、深圳は今でもこんなに温かく、実に祖国は大きいですね。私は軽い風邪を引いておりますす。風邪薬には睡眠薬の成分が入っていますので、今日は目が開きません。ただでさえ目が小さいというのに、今ではほとんど目はなくなってしまいました。

この数日間は作家協会代表大会に参加しており、講演原稿の準備ができませんでしたので、来年山東大学で学生さんに講義するためのレジメを使わせていただき、皆さんとの交流に励みたいと思います。私は口べたでして、まるまる九〇分も話せないかもしれませんので、話せるところまで話して、なるべく多くの時間を残し、双方向の交流の時間に当てさせて下さい。皆さんの質問に、私も大いに啓発されることでしょう。

「現代文学創作における十大関係をめぐる試論」というテーマは大きすぎる、うどの大木です。私たちの指導者であった毛主席が一九五〇年代に発表した有名な論文「十大関係論」〔一九五六年四月に中国共産党中央委員会政治局拡大会議で行なった講話〕をすぐに連想されることでしょう。そのようなわけで、私は毛主席の大論文を借りて、自分の小作文を展開しようと考えたのです。虎の威を借る狐であり、向こう見ずの愚か者であります。

第一の関係とは、人間の文学と階級の文学との関係です。

やや年輩の同志たちは、毛沢東語録の中の例の有名な一節を覚えておられることでしょう。「階級社会にあっては、だれでも一定の階級的地位において生活しており、階級の烙印がおされていない思想はない」〔竹内実訳『毛沢東語録』「二 階級と階級闘争」平凡社、一九九五年一二月刊行、四〇頁。この言葉は『実践論』(一九三七年七月)で語られた〕。これは疑問をはさむ余地のない真理であり、マルクス主義の階級闘争説に対する鋭い記述であり、長期にわたり私たちにとってイデオロギー領域における現象分析の方法であり続け、私たちが文芸創作・文芸批評を行うときの指南書でありました。延安での文芸講話〔日中戦争中の一九四二年五月、毛沢東は陝西省の延安で文芸座談会を召集し、文学・芸術とは抗日戦争と解放運動を闘う労働者・農民・兵士の要求に応じて大衆政治家の意見をまとめあげこれを精錬し、再び大衆に戻すこと、即ち共産党の政策を民衆に宣伝啓蒙し、民衆の要求を党に伝えるメディアであると規定した。この『文芸講話』(原題「在延安文芸座談会上的講話」)が共産党の文学・芸術政策となっている〕以後、中国の文学者・芸術家のほとんどは自覚的にこの方針に従って創作活動をしてきました。革命の過程において巨大な影響を及ぼし、積極的作用を発揮する多くの文学・芸術作品を生み出してきたのです。『白毛女』、『血海深仇』〔一九四四年と四七年に製作された歌劇〕などがその例です。このような作品は顕著な作用を発揮し、出撃前の名演説にも匹敵したことでしょう。私たちはみな聞いたことがありますね――戦争の時代に、『白毛女』を上演すると、舞台の上も下も感動のあまり一体化した、と。はなはだしきは舞台の下の兵士が劇に夢中になって、鉄砲を取り出し舞台の上の悪役俳優を打ち殺そうとした事件さえ起きたというのです。今日私たちがこのような過去の作品を見ますと、それは単純化され、概念化されたものであり、階級的怨念を煽動し、階級的報復を鼓舞する作品であることがわかります。しかし歴史的な視点で考察しますと、このような作品は確かにあの時代の需要に符合しており、非難されるべき点は何もないことが見出せられることでしょう。もしも私たちがあの時代に生きていれば、私たちもこのような作品を書くことを自らの最高の目標としたことでしょう。

解放〔一九四九年の中華人民共和国建国のこと〕後の一七年間、大量の文学作品が生まれました。私は小説の作者なので、私がより関心を抱くもの、多少は詳しいものはやはり小説です。小説を例に挙げますと、この作品群の大半は革命戦争がテーマです。こうした作品群を書いた作家は、たいてい革命戦争に参加した経験があります。彼らは自らの人生に基づき、虚構などはたいして必要とせず、執筆した作品は大いに読みごたえがあります。彼らの経験自体が劇的であり、伝奇的であり、物語性を有しているからです。『敵地の武装工作隊』〔原題『敵後武工隊』、馮志著、一九五八年刊行〕、『林海雪原』〔曲波著、一九五七年刊行。岡本隆三あるいは飯塚朗による邦訳あり〕、『烈火金剛』〔劉流著、一九五八年刊行〕などの大量の作品は、すべて作家が自らの経験を書いたものなのです。作者自身の経験自体が、十分に伝奇的色彩を帯びているので、少し加工すれば、大いに読みごたえのある作品になるのです。このような作品は、かつて私たち毛沢東時代の少年たちを熱中させたものです。当然のことながら今日これらの作品の登場人物や構成、言語を読み返しますと、雑で単純な点が目に付きます。それは人物処理の方法として一般に「二元対立」様式を採用いたします。善悪は明らかで、美醜は相照らし、互いの縄張りを荒らすことはありません。善人は絶対に善人であり、悪人は絶対に悪人なのです。そこには曖昧な中間状態や中間人物などはほとんど存在しません。このような作品は考え方が単純な青少年の読書に最適です。私が思いますに、今日改めてこれらの赤い経典のあら探しをしますと、芸術的な粗雑さは最も重要な問題ではなく、そこに存在する最大の問題とは、やはり作品の中に作家自身の考えが欠けていることに相異ありません。これらの作品を覆い、これらの作品を指導している考え方は毛主席の階級闘争学説、あるいはマルクス主義の階級闘争学説なのです。これらの作家は、自覚的にプロレタリア階級の立場に立ち、自覚的に共産党の立場に立って、文学を階級闘争の道具と見なし、文学を階級闘争に奉仕する道具と見なしているのです。私たちが今日これらの作品を読みますと、大いに不満に感じることでしょうが、これらの作品が当時のあの社会の必然的産物であり、革命事業が必要とするものであったことは確かなのです。私たちには先輩を厳しく批判する権利はなく、むしろこの赤い経典の中から、時代によって作り出された読書の視点が遮ってきたものを極力読み取るべきなのです。今日は深圳の読書月間なので、私の話には読書に関わる問題が挟まれているのです。

私はただ今「時代による読書の視点」と申しましたが、「時代による読書の視点」とはどういうことでしょうか。それは同じ一冊の本でも、異なる時代の、異なる出身の読者によって異なる意味に読まれるという意味です。魯迅先生には大変経典的な論述がございまして、『紅楼夢』に関して、こうおっしゃっているのです。「『紅楼夢』は中国の多くの人に知られており、少なくとも、この本の名は知られている。誰が作者であり続篇の書き手は誰なのか、それはしばらくおくとして、テーマについてだけでも、読者の視点によってさまざまである。経学者は『易』を見、道徳家は淫乱を見、才子は情感を見、革命家は満州族排斥を見、ゴシップ家は大奥の秘密を見……」〔一九二七年一月一四日魯迅が厦門大学で学生が執筆した戯曲のために書いた序文「『絳洞花主』小引」の一節。『集外集拾遺補編』収録〕、政治家でしたらその他の読みをする可能性がございまして、毛主席は同書から階級闘争を読み取ったのです。同じ一冊の本でも、読書の主体が異なれば、読書によって得られるものも、多種多様なのです。もう一つの意味とは、同じ一冊の本を同じ読者が異なる時代に読んだのでは、やはり異なる意味に読まれるということです。私たちが若いときに読む『紅楼夢』と老後に読む『紅楼夢』とでは、印象は必ずや異なることでしょう。つまり読者の加齢に伴い、読者の経験が増えるに伴い、一冊の本に対する解釈に変化が生じるのです。もう一つございまして、時代の変化、社会の道徳観、価値基準は、変化し続けております。これにより読者は古い本の中の物語と人物に対し現在の観念で解釈を行うのです。私が解放軍芸術学院で学んでいたときに、楽黛雲〔ユエ・タイユン、がくたいうん。一九三一〜。北京大学中文系教授、比較文学系教授〕先生が一つの例を挙げたことを覚えています。それは「小二黒の結婚」〔趙樹理の一九四三年の作品で、人民文学の名作〕の中の有名な人物、三仙姑でして、作者の趙樹理は彼女を悪役として処理しています。それというのもこの人は歳をとってもふしだらで、四〇代というのになおも白粉を塗っているからです。娘が嫁入りの年ごろだというのに、彼女自身が色気たっぷりにお洒落しているのです。娘が嫁入りの年ごろだというのに、彼女自身が色恋沙汰に大いに分不相応な考えを持っており、若者を見るとお触りしたくなるのです。趙樹理はこの人物を批判しているのです。この人物の「常軌を逸する」行為が、当時の道徳とは相容れないものであるためです。私たちが今日この「小二黒の結婚」を読み返し、自分たちの今日の暮らしと比べてみますと、この三仙姑はまだ四〇代であることに気付きまして、趙樹理の三仙姑に対するこのような態度はあまり正しいものではないことがわかってくるのです。現在では、四〇代の女性と二〇代の女性とでは、少しお化粧とお洒落をしますと、私には区別できません。四〇代ではお化粧してはいけませんか？　四〇代では着飾ってはいけませんか？　四〇代ではお洒落をしてはいけませんか？　異性のことを考えてはいけませんか？　たとえさらにもっと年をとっても、七〇歳、八〇歳になっても、やはりお洒落してよく、着飾ってよく、恋人を探して結婚してよいのです。つまり、時代の進展に従い、社会の変化に従い、人々の道徳観念、人々の価値観念も変化を生じるのです。そのため、同じ小説の中の同じような人物に対し、私たちの考え方は変化するのです。「文革」中に出版された浩然〔ハオ・ラン、こうぜん。一九三二～二〇〇八〕氏の『輝ける道』〔原題は『金光大道』、一九五〇年代の農業集団化を描く長篇で、一九七二年に人民文学出版社より刊行が開始された〕の中の村長張金発は、有能で経験豊富、経済観念を持ち、やり手の生活者で、浩然氏により小説の中で悪役として処理されてしまいましたが、私が現在『輝ける道』を読み直すと、この張金発こそ我らが新時代の英雄的人物であり、彼は批判されるべきではないばかりか、赤い絹や花で飾って、報告のため演台に登ってもらうべきなのです。

このような解釈は、必ずや作家の主観的意図に反しています。これもまた、社会の進歩に従い、一冊の本でも、それ自体が絶えず成長していることを物語っているのです。本は、それ自体も生命力を持っているのです。社会が発展するように、本も成長するのです。昔のいわゆる良書でも、その一部はゴミになってしまうのかもしれません。昔は重視されなかった本が、長い歳月のうちにゆっくりと光を放つことも大いにありえるのです。

読者が読書の時点で持っている現実的観念と読者の真実の現実的観念とは、ときには相反することがあります。私たちは現実において、誰が「林黛玉」のような女性を息子の嫁にしたいと思うでしょうか。もしも息子の嫁を選ぶとしたら、「薛宝釵」を嫁に選ぶ人が圧倒的に多いことでしょう。我らが文芸批評家の筆にかかると、薛宝釵という人物は批判の対象とされてきました。彼女が世俗的であり、功利的であり、賈宝玉に勉強せよ、先生に付きなさい、上級に進みなさい、官僚になりなさいと催促し続けるからです。ところが林黛玉はあなたと私、あのねのねと、常に少年少女の感情を過剰に重んじ、しかも常に賈宝玉のあと足を引っ張って、勉強はさせず、上級にも進ませないのです。小説を読むときには、私たちは当然この林黛玉の性格をとても可愛いと思い、薛宝釵という人は確かに俗っぽいと思います。同じ一人の人間でありながら、現実生活における問題処理の方法と読書のときの観念との間には、大きな相異が生じているのです。ただ今お話ししたように、もしも私が息子の嫁を選ぶとしたら、賈政〔賈宝玉の父親〕と同様に、林黛玉は選ばないでしょう——彼女は病弱で、肺結核にかかっており、健康な孫を産めず、神経質な性格で、ひどく世話の焼ける人なのですから。多くの若い作家の小説は、反逆意識で満ちております。小説の中の子供は授業に出たがらず、先生と対立し、試験を受けたがらず、さらには退学して社会へと逃げ出し宿なしとなります。私が思いますに、一人の読者として、当然のこと私は小説のこのような人物を大変個性的だと思います。小説の中のこのような少年、彼のこのような反逆には彼なりの合理性があります。このような子供たちが勉強をこれほど嫌がるのは、私たちの教育制度と学校に存在している多くの問題に起因することを、私たちは知ってもおります。しかしもしも私たち自身の子供が先生に反抗し、試験を受けず、デタラメな成績で、最後には退学して社会へと逃げ出し流浪し宿なしとなったとしたら、親として、私たちはとても辛いだろうと思うのです。教育制度に問題が多いことはわかっていても、私たちはなんとしてでも自分の子供に教育を受けさせ、彼らがまじめに勉強し、先生の言うことをよく聞いて、現在の教育制度に適応し、現在の学校のさまざまな規則と制度に順応し、良い大学に合格してくれることを最終目的としているのです。つまり、読者としての私たちと親として私たちとの間には、深刻な対立が存在しているのです。

ある人が、読者となるときには、その人は私であり、また私ではないのです。小説を読むときには、私は別の人なのです。生活しているとき、仕事をしているとき、私はまた別の人なのです。読書の過程とは、実はときには自己分裂の過程でもあるのです。いつの日か、一個人において、読者であるときと社会人であるときとが完全に一致するとき、私たちの社会は必ずや高度な文明に到達し、高度に発達した時代に到達するのです。そのときには私たち誰もが真の人、純粋な人、人格が統一された人へと変身するのです。しかしここまで行くのは、とても難しいことなのです。私たちが社会のさまざまな虚偽の現象を批判するときには、実は自分自身を批判しているのでしょう。

私たちはやはり先ほどの話題、つまり階級の文学と人間の文学について語り合いましょう。現在振り返って過去のあの老作家たちのことを考えますと、彼らの経歴はどれも伝奇的であり、大変豊かな人生体験をお持ちでして、人によっては確かな文章修業を積んでおり、優れた文学的技巧を備えております。しかしなぜ彼らは現在の私たちを満足させるような作品を書かなかったのでしょうか。私が思いますに、時代が彼らに限界を作り出したからであり、階級闘争、階級文学の観念が文学創作の指導方針となったからであり、政治が彼らの才能に制限を加えたのです。当時の社会では、すべては階級闘争に奉仕し、すべては階級によって一線を画し、すべては毛沢東思想に服従し、作家は毛沢東思想を図解することを光栄と思い、最大の理想と考え、自らの思想は切り落としてしまったのです。「文革」前一七年の赤い経典は、それなりの芸術性を有し、大いに読みごたえがあり、承認すべき成果をあげながらも、最大の欠陥を有しておりまして、それはどの本にも作家自身の思想がないこと、と言えるでしょう。

私たちはすでに二一世紀に踏み出しており、階級闘争という綱領が取り消されてすでに二十余年となりました。私たちは世界のいわゆる社会主義の国々と武力衝突を起こしたのち、善隣友好となりました。私たちはいわゆる資本主義の国々と、大変密接な全方位的関係を持ちました。その昔には共産党と不倶戴天の敵であった国民党の首領も、共産党の総書記と共に、荘厳なる人民大会堂にて握手し仲直りをしまして、「お爺さん、ようやくお帰りになりましたね」という感動的な詩の朗読も、ひょうきんにしてくすぐったくも台湾海峡両岸に知れ渡り、携帯の着メロとしても流行したのです。即ち、階級闘争という中国の国家政策と人民数十年のスローガンは、すでに歴史的遺物となり、あの時代の文学も傷付けられた歴史的テクストとなったのです。新たな歴史的条件の下で、私たちの作品はさらに高い位置に立つべきであり、それは私たちが先人よりも賢いからではなく、時代が私たちにこの機会を提供してくれたのです。私たちはさらに大きな志を胸に抱くべきであり、さらに広い視野を持つべきであり、人としての高みに立ち、全人類の広がりの上に立って、自らの文学を創作すべきなのです。当然のことながら、歴史の新時期にあって、私たちはなおも階級と階級闘争を描くことが可能であり、なおも対立する二つの階級を、政権争奪の過程におけるすべての激烈な、流血の抗争を描くことが可能です。しかし私が思いますに、現在の作家は超階級の立場に立つべきであり、主観的にある階級を賛美し、もう一つの階級を批判すべきではないのです。階級闘争の過程において、一つの階級がもう一つの階級の多くの人を殺害した悲惨な事実を、偉大な勝利として唱い上げるのではなく、人としての高みに立って、悲しみに満ちた視線を民族の流血に注ぐべきなのです。私たちは戦争を人類社会の進化過程にあって不可避のことであると共に、痛ましき巨大な悲劇でもあるとも見なします、共産党が一〇万の国民党を殺そうが、国民党が一〇万の共産党を殺そうが、中華民族の歴史という視点から見れば、それはすべて悲しい惨劇なのです。なぜなら、これらの死者はすべて、本来庶民であるからです。このような高みに立ってこそ、真の人間の文学を書けるのであり、世界各国の、さまざまな階級と階層に属する読者が、みな感化され感動する作品を書けるのです。そしてこのような作品だけが、政治的変化に伴い自らの存在意義を失うようなことを免れるのです。

社会主義文学の歴史において、狭い階級観念を超えた作品があります。たとえば旧ソ連では一九二〇～三〇年代に、ショーロホフの『静かなドン』、ラウレニエフ〔一八九一～一九五九〕の「四十一人目」、ブルガーコフ〔一八九一～一九四〇〕の『逃亡』、〔イサーク・〕バーベリ〔一八九四～一九四二〕の『騎兵隊』のような偉大な作品が生まれました。一九三〇年代のソ連とは残酷な政治闘争が渦巻き、スパイが横行する、赤色テロの社会でした。多くの作家、芸術家そして多くの赤軍の高級将校が秘密裡に逮捕され、殺害されました。多くの知識人が、収容所に閉じ込められました。このような状況であっても、ショーロホフはなおも『静かなドン』のような作品を書いており、本が出版されるや、激しい批判を受け、一部の政界の要人は同書は白匪軍〔一般に日本では革命軍を赤軍、反革命軍を白軍と称するが、中国では白軍を〝白匪〟と称している〕におもねるものであり、西側資産階級の熱烈な歓迎を受けるだろう、とさえ言っておりました。スターリンは多くの優れた作家に対し殺害命令を下しましたが、ショーロホフに対しては寛容でした。彼はなぜショーロホフを保護したのでしょうか。この謎解きは容易ではありません。『静かなドン』はグリゴーリーという政治的立場が大変曖昧な典型的人物イメージを作り上げました。彼は自作農の家に生まれ、一時は赤軍に参加しましたが、やがて白匪軍の陣営に流れて行きます。白匪軍の陣営にあっても、赤軍の陣営にあっても、彼は勇敢に突撃して敵兵を殺す戦士であり、英雄的に闘う指揮官です。最後に、彼は戦争に嫌けがさし、歩兵銃を解体廃棄し、処刑される危険を冒して故郷に帰ります。彼が見るのは、かつては大いに賑わったメレホフ家に、今や彼と独りぼっちの彼の息子が残されているだけ、戦争と革命がすべてを破壊していたのです。このような人物が、当時のソ連の文学作品の中に出現したことは、ものすごい奇跡と言わねばなりません。大きな論争となりましたが、スターリンはこの本の出版を許可しました。スターリンはあれほど多くの人を殺し、あれほど多くの悪事を働きましたが、彼の『静かなドン』に対する処置からは、彼が真に文学のわかる人だったことが見てとれるのです。その他ラウレニエフの「四十一人目」、これは中篇小説で、一九二八年に曹靖華によって中国語訳されており、魯迅のこの小説に対する評価はとても高く、同作は一九七〇年代には映画に改編されて、カンヌ映画祭のグランプリを受賞しております〔映画『女狙撃兵マリュートカ』は一九五六年ソ連製作、監督はグリゴーリ・チュフライ。五七年カンヌ映画祭特別賞を受賞〕。この小説は階級的立場が誰よりもしっかりしている、極貧出身の赤軍兵士マリュートカを描いておりまして、彼女は戦闘でも大変勇敢で、四〇人の白匪軍を撃ち殺したのち、命令により捕虜護送の任務に従事するのです。青い目をした、金髪の白匪軍将校を護送するのです。護送の途中、二人の船は転覆して、彼らは無人島に流れ着きます。無人島には一軒の丸太小屋がありました。小屋には十分な食料のほか薪や火種があるのです。二人はこの島で暮らしていきます。いつ救われるのか、予測もつきません。周りは果てしない海でして、カモメだけが二人の友でした。二人は基本的に人の世から切り離された状況に置かれたのです。このような環境にあって、彼女の階級性は次第に消え失せ、人間的な部分が復活して来るのです。この若い男女は愛しあうようになり、同棲するようになりました。ある日突然、白匪軍の大きな船が再び目の前の青い海原に現れたとき、この白匪軍の将校は船に向かって駆け出して行きました。このとき、マリュートカは急に自分の中の階級性に目覚めるのです――この船に向かって走って行く若者は実は自分の敵だったんだ――こうして発砲し撃ち殺します。発砲し射殺したのち、彼女は心のうちに大変な痛みを覚えて、彼の死体を抱いて大泣きするのです。彼女の階級性と人間性とが激しく戦っているのです。この小説は実に人間の魂の実験室を提供しておりまして、その実験とはこのような特殊な環境にあって、人間性と階級性とはどのように闘争し競合するのか、最後にどのように変化が生じるのか、というのです。このような環境とはフィクションでありますが、実験結果は真実であり、信じたくなるものです。長い長い革命戦争であっても、このような事件は起こりえなかったことでしょう。しかし作家はこのような状況を虚構として設定し、その上で二人に実験させたのです。彼は人間性の最も合理的な部分を描き出したのですから、論理的には正しく、巨大なる説得力を持ちえたのです。その後私は考えました――ラウレニエフという魂の実験室では難度はまだまだ不足している、マリュートカに金髪で青い目の、大変可愛い赤ちゃんを生ませたのちに、白匪軍の船に戻って来させる、そのときには、マリュートカの手のうちの鉄砲はさらに重くなっていることでしょう――あの敵船に向かって駆けて行く人は、彼女の恋人であるだけでなく、彼女の息子の父親なのですから。この男が彼女の銃口の前で倒れるとき、男児の赤ちゃんがオギャアオギャアとお父さんを呼ぶとき、私たちはこのマリュートカの魂が、いったいどのような状態であるかを見るのです。

『静かなドン』の作者ショーロホフは、大変貧しい農民の家に生まれました。その意味では彼はプロレタリア階級の立場に立って、旗幟鮮明なプロレタリア小説を書くべきなのですが、彼は革命闘争の過程で見聞きしたことにより、階級性の限界と普遍的人間性の法則とを理解しまして、良心の呼び声に従って、階級を超えた立場で、ドン河一帯のそれぞれの階級、階層に対し偏見を抱くことなく、客観的描写を行ったのです。あるいは、彼の根っ子は人間を書くことであり、人間を描き、人間の運命を描き出しながら、人間の魅力を書いていたのです。

ブルガーコフの『巨匠とマルガリータ』は偉大な小説ですが、一九三〇年代の彼は、現代劇創作に精力を注いでいました。ソ連の内戦を描いた『逃亡』と『トゥルビン家の日々』は、共にソ連で巨大なる論争を引き起こし、最後にはスターリンさえも驚かしたのです。ゴーリキーの弁護があったものの、発禁の運命は逃れられませんでした。ブルガーコフも人間の立場に立って執筆しており、いわゆる悪人を人間として描いたのです。たとえば『逃亡』の中のあの白匪軍司令官のフルードフ、彼は戦時中は殺人魔でしたが、同時に一人の女性を保護した、一人の兵士を絞殺したが、強い良心の呵責を受け、敗戦後に外国に亡命すると、昔の部下と共に、祖国を懐かしく思い、ペテルブルグの大通りや街灯、白い雪を思う……このような人物は、立体的にして、複雑であり、歴史的真実に符合し、さらに人間性の真実に符合しているのです。こんな作品は発禁になりますが、結局は上演が許されています。ところが解放後のわが中国の作家たちには、このような作品を書く勇気はありませんでした。たとえ書くのを許したとしても、彼らにはこれほど深みのあるものは書けなかったことでしょう――ソビエト文学にはロシアの偉大な人道主義文学がしっかりした背景となっており、トルストイ、ドストエフスキー、ツルゲーネフ、クープリン、ブーニンのような一群の大作家が深い影響を与えており、これが政治的束縛と圧迫の下に置かれたソ連作家たちを、生命の危険を冒してでも、真の文学の執筆へと駆り立てたのです。ところが私たちの文学は、『紅楼夢』以後から建国前まで、何点かの黒幕小説、何点かの武俠小説、何点かの色恋小説を除いて、これに五・四時期の一群の作品を加えたほかは、人間の本質の追求に関わる、魂の拷問に関わる、信仰と救済とに関わる小説は、ほとんど空白なのです。私たちの封建的文化を背景とする文学は、霊魂に触れる伝統が欠けており、私たちには過剰な復讐の文学、過剰な復讐の教育はあっても、寛容と懺悔の伝統はないのです。私たちが思想的に継承できる遺産は多くはなく、そのため、階級闘争という狭い観念が文学を統治したときには、ほとんどの作家が制約される苦しみを意識することなく、むしろ崇め奉ったのです。

批判された作品を私たちが振り返って読むと、狭い階級観念が文学に与えた傷を、その作品が逆接的に証明していることに気付くのです。たとえば、張愛玲の『農民音楽隊』〔原題「秧歌」〕です。『農民音楽隊』は私たち中国大陸における土地改革〔一九四六年から五二年の建国前後に共産党が実施した農民に対する土地所有制政策を指す。このとき地主・富農の土地は無償没収されて農民に分配された〕を描き出しました。張愛玲にはこの経験がなかったので、資料により書きました。この作品において、彼女の立場は大変明らかでして、彼女は感情的に国民党側に立っており、そのために彼女は別の面から我らが作家が犯した過ちを犯してしまったのです。彼女は共産党側の村の幹部も土地改革隊員も人間として書いていないのです。当然のことながら彼女のこの小説の中の、富農が受ける侵害と収奪という状況の描写には、やはりひどく驚いてしまいます。彼女はやはりこの歴史的事件の中で、人間性の中の多くの謎を描き出したのです。たとえば、同作で彼女はとても飢えた女性を描いており、食物を盗み食いするときのあの感覚です。女性は自分の咀嚼する音が耳をつんざくように、とても大きく聞こえて、他人に聞かれやしないかと恐れるのです。このような描写は心理上の真実でありまして、強い感化力を持っています。

要するに、私たちは歴史の新時期にありますが、当然のことながらなおも階級闘争の小説を書いても構わないのです。抗日戦争を書いても構いませんし、解放戦争〔国共内戦を指す〕を書いても構いません、土地革命戦争を書いても構わないのです。ただし、このような小説がさらに広く影響を及ぼすようになるために、このような小説が全人類の小説に変化できるようにするために、そしてこのような小説が深く人間を見つめ、人間を理解できるようにするために、作家には人間の高みと人間の立場に立って人間の文学を書くことを望むのです。いわゆる文学作品のうちの同情あるいは憐憫、いわゆる人間的な思いやり、それこそがここに現れるのです。もしも私たちがなおも一つの階級が別の階級を肉体的に消滅することを祝典として描くのであれば、そのような作品は、この調和を追求する時代とはすでにまったく相容れない、あるいは不調和なものへと変わってしまっている、と私は思う次第です。

第二の関係とは、文学と政治との関係です。

二〇年前、私は『天堂狂想歌』という長篇小説を書きました。この小説の巻頭で、私はこう書いております。「小説家は常に政治から離れようとするが、小説は却って自ら政治に近付いていく。小説家は常に人類の運命を考えているが、自分の運命は心配し忘れる。ここにこそ彼らの悲劇は存在する」。私は大胆にもそのあとにスターリン語録よりと書いたのです。私の感じではスターリンはこのようなことを言ったに違いないのです。あとで編集者が私に尋ねました――『スターリン全集』の第何巻の第何頁からの引用ですか。全集にはありません、と私は答えました。すると彼らは言いました――やっぱりスターリン語録なんて書かない方がいい、名人語録に換えましょう。実際には私自身が作り上げたものだったのです。これが当時の私が文学作品と政治との関係、作家と政治との関係を考えた末の結果でした。

今年のノーベル文学賞受賞者で、トルコの作家であるオルハン・パムクが最近こう言っています。「政治は私の作品に影響しない。だが、政治はずっと私の暮らしに影響してきた。実際に、私は作品を政治から遠ざけようと、最大の努力をしてきた」。私はパムクの『わたしの名は紅《あか》』しか読んでおりません。この小説は九月に刊行されまして、パムクが受賞する前に中国の多くの読者の好評を得ていました。私はひと月ほど前に、トルコ大使館が開いたこの小説のシンポに参加しております。私はシンポでこのように申しました――パムクの小説には大きな特徴があり、それは私ども中国作家が大いに注目すべき点である、即ちパムクが小説の技巧を特に重んじているという点なのです。彼の故郷のイスタンブールは、地理的に特別な場所でして、ヨーロッパとアジアとに跨がっています。それと同時にイスラム文化とキリスト文化とが併存し、平和共存し、相互に影響し合あっている都会なのです。通りのこちらにカトリック教会があるかと思えば、あちらにはモスクがあります。白い帽子を被ったイスラム教徒と首に十字架を掛けたカトリック教徒とが、通りで肩を並べて歩いており、一緒に楽しんでいるのです。イスタンブールの文化とは、実にヨーロッパ文化とアジア文化とが合流したものなのです。私はそのシンポで申しました――空で、寒波と暖波とが出会いますと、必ずや大雨が降ります。海で暖流と寒流とが合流する場所では、しばしば魚が多く集まり、海の幸が最も豊か場所となるものです。文化について申しますと、多様な文化が融合し、共存する場所では、いつも新しい思想、新しい芸術が生まれるのです。そのようなわけで、私はイスタンブールでパムクのような作家と彼のような作品が生まれたのは偶然ではないと申しているのです。パムクの作品は確かに直接政治を描いておりませんが、この『わたしの名は紅』は、一群の細密画の画家と、彼らの暮らしを描いております。物語にはある殺人事件のエピソードが挟みこまれています。パムクは木にも、犬にも、死人にも、部屋にも、物にも語らせますので、叙述の視点は大変多いのです。彼は特に技巧を重んじる作家であり、特に伝統を重んじる作家でもあります。彼は小説の中に現在の政治に関する描写と現在の政治に対する批判をなんとしてでも出すまいとしています。これが彼の小説執筆の姿勢なのです。しかし一人の知識人として社会で生きるときには、一人の激烈な批判者でありまして、政治に対しいささかもひるむことのない闘士なのです。彼はスイスの新聞の単独インタビューを受けたときに堂々とこう言ってのけたのです――トルコは過去の歴史において、百万のアルメニア人とクルド人を殺してきた。彼のこのような言い方にトルコ政府は強い不満を抱き、国家を誹謗、侮辱した罪で彼を裁判所に引き出しました。その後、国際世論の強い圧力を受けて（当時のトルコはEUに加盟したかったのです）、トルコ政府は彼を赦免しました。トルコ大使館でシンポが開かれた際に、ある新聞記者がトルコ大使館の公使に質問したのです。あなた方は現在のパムクという作家にどのような対応をしているのか？　彼の受賞にどのような対応をしているのか？　去年の訴訟にどのような対応をしているのか？　大使館の公使が次のように答えたことを私ははっきり覚えています。「私たちがここでシンポを開いていることが、大変明確に私たちの態度を表しております。パムクは私たちトルコ人の誇りであり、またトルコ国家の誇りであります」。その場にいた多くの作家は、トルコ政府は大変度量が広いところを見た、と大いなる感慨を禁じえませんでした。自分の民族の醜悪さを暴露した作家を仲間外れにすることなく、パムクがトルコに偉大な光栄をもたらした作家であると、認めているのです。この点は国家の、民族の度量の広さを示しています。たとえパムクを認めずとも、トルコがアルメニア人とクルド人を虐殺した事実は存在します。私が申し上げたいのは、一人の作家として、自分と政治との関わり、自分の作品と政治との関わりへの対応の仕方には、さまざまな方法があるということです。

現在の小説で、直接政治に関わり、現実政治を主な内容とするものも、たくさんございます。たとえば腐敗批判の小説、法律をテーマに描く小説、これらの小説は社会的政治的現実を主な内容として描くものです。このような小説は厖大な読者を擁しており、関係部門から主旋律だとして称讃されております。このような作家は読者の心の中で高い地位を得ているのです。しかしそのようには書かない作家も大勢おります。それは「人それぞれ志ありて、無理強いならず」なのです。私個人としては、直接現在の政治的現実を描きたいとは思いません。私はやはり歴史の現実を描く方を好みまして、やはり現在の暮らしを基礎として、象徴性を帯びた小説を書くことをより好むのです。小説、それは結局は芸術ですので、ニュース報道の機能を持つべきではなく、事件を報道するリポートになってはいけないのであり、小説はやはりフィクションであるべきで、現実生活とはある程度の距離を保つべきであり、象徴性を帯びて、人間の感情奥深くにある秘密と人間の本質とを詳細に真剣に分析できるのです。当然のこと、私も文学が政治の外で独立してはいられないことは承知しております。まずは、一人の作家として、一人の公民としては、お月さまで暮らすわけにはまいりませんで、やはり特定の国家、特定の社会環境において暮らしていかねばなりません。一人の人間として、生活環境の制約を受け、この社会に管理されることは避けられません。個人的生活は政治と直接的あるいは間接的に関係を持たないわけにはいきません。現在の状況を直接反映できる人もいるでしょうし、大変激しい態度で現実の状況にコミットしていき、賛美したり批判したりが可能な人もいることでしょう。しかし私たちはやはり遠方まで視野に収めるべきであり、お手軽な成功を焦ってはならないと思います。やや超俗的で、やや暇潰しの、政治から遠く離れた文学作品を書く人の存在を許すべきなのです。

このように申しますと、私が大変超俗的であるかのように聞こえますが、創作活動において、常に冷静な態度を保てるわけではないのです。自らの二十余年の創作過程を振り返りますと、大変激烈な態度で、政治にコミットした作品が多いことがわかります。たとえば一九八七年に書いた例の長篇『天堂狂想歌』です。この小説は最初は実際に起きた事件からインスピレーションを得たのでした。ご存じの方もおられるでしょうが、一九八七年に、山東省ではニンニクの芽事件が起きています。山東省南部のニンニク産地として有名なある県で、幹部たちの官僚主義と地元保護主義そして汚職腐敗のため、最後にもたらされた結果とは、農民が苦労して生産した数千トンのニンニクの芽が売り出せず、その結果腐ってしまったのです。憤激した農民は県政府に行き県長に会い、民衆の父母である県長に陳情しようとしました。説明を求めたところ県長は雲隠れして、警察署の警官を繰り出し群衆を追い払おうとし、自らの安全のため、自宅の壁に鉄条網を張り巡らしたのです。その結果騒ぎは激化し、農民は腐ったニンニクの芽で県政府の正門を塞いでしまいました。怒りのあまり理性を失った農民はさらに県庁に突入し、県長の事務室を焼き払い、事務室の設備を破壊しました。最後に、多くの農民が逮捕され投獄され、現地の役人も行政処分あるいは党規による処分を受けたのでした。私はこの報道を読んで、血が煮えくり返る思いがしたのです。それというのも、私は都会で暮らしているものの、本質的には農民なのです。私の身体にはやはり農民の血が流れているのです。あらゆる農村、あらゆる農民のことは私と密接な関係にあるのです。疑問の余地なく私は農民の立場に立っており、私の感情の分銅は農民側に置かれているのです。そのような状況において、私はひと月で、この長篇小説を書き上げました。この小説は、官僚主義に対し猛烈な攻撃を行っています。小説では軍事学校の政治教官、マルクス・レーニン主義の教官を描いておりまして、私の化身と見なしても結構です。彼は義憤に燃えて多くの言葉を語ります。「一つの政党、一つの政府が、もしも人民のための福利をはからず、人民の頭上にあぐらをかいて威張り散らすお代官様になったとしたら、人民には代官を倒す権利がある」と言うのです。このとき、裁判官は彼に黙れと命じます。「自分の言葉に責任を負うんだぞ」と言うのです。この軍事学校の政治教官が、法廷で義憤に燃えて発言するこの演説は、まさに私の心の声だったと思います。実際に、作家自身が自ら語っていたのです。私は農村について、農民について熟知していますので、ニンニクの芽事件が起きた県都での調査はまったく行いませんでした。この事件を私が熟知している村に移植し、私の叔父やお爺さん、村人たちを小説の中に投じて描いたのです。義憤に燃えて政治にコミットした作品ですが、私の深い農村生活体験と農民に対する理解および彼らの情念に対する共感により、この小説は支えられており、この小説が鮮やかかな個性を備えた多くの人物を創り出し、比較的正確に農民心理をも描き出し、そしてかなり感動的に農村生活の雰囲気を組み立てているため、浅薄な政治的読み物とならずにすんでおります。つまり、私自身は、小説は政治から離れるべし、少なくとも政治とは一定の距離を保つべしと大変明確に理解しておりますが、現実においては、さまざまな状況が出現するため、自分自身をコントロールできなくなり、自分自身を抑えきれなくなり、社会における不公平な現象に対し、暗黒政治に対し、猛烈な攻撃を行ってしまうのです。

その後、『酒国』という小説でも、政治に対し鋭い批判を行いました。この小説は、腐敗現象に対する私の深い憎悪の念を表現しており、ポスト文革期文学の中でも早期の反腐敗小説なのですが、なぜか「主旋律」の部類には入らないのです。この小説はその後の「主旋律」反腐敗小説よりも多少は優れていると思います。『酒国』は写実の方法を用いることなく、物語を寓話化して、象徴として書いております。その中の事件・人物は、実際にはすべて象徴と見なすことができます。このような曲筆した描き方をしたのですが、骨の部分はやはり私の社会的腐敗現象に対する、腐敗官僚に対する、深い怒りを表現しているのです。『酒国』のような小説は、作家の良識と政治、文学との間の関係を比較的正確に処理していると思います。もしもひたすら糾弾し、批判し、小説によってスローガンを叫ぶのであれば、鬱憤晴らしにはよいでしょうが、実際には力はないのです。多くのことはたちまち古臭くなり、芸術だけが、人物だけが、永遠の時に相対することができるのです。一九八七年の冬、私が『十三歩』という小説を書いたのは、当時の社会で「メスは髭剃りナイフに及ばず、ミサイルは卵売りに及ばず」という言い方が流行していたからです。当時の教員はやはり弱者グループでして、教員の給料と待遇は低かったのです。多くの人が教員の待遇改善を呼び掛けていました。私の家にも教員をしている者がおりましたので、この小説は実は教員に替わって発言したのです。今になって、この小説を再読しますと、このこと自体はあまりに古びています。教員はとっくに弱者グループではなく、今では大変お金持ちの階層となっています。小学校の教員であろうが、中学・高校の教員、あるいは大学の教員であろうがそうです。もちろん西北地区には確かに今でも大変貧しい農村の代理教員がおられます。しかし北京、上海、深圳などのような大都市では、多くの中学・高校教員がお金儲けの方法を持っていることは、私にもわかっております。彼らはもはや家庭教師のアルバイトをする必要はなくなりました。数人で夏期講習会を開けばお金儲けできるのです。参考書を編んで売り出すこともできます。大学教員は、さらに金持ち階級となりました。社会科学の人も、文学の人も、教員をしながら、本を書いたり編纂したりするのです。自然科学の人は、さまざまな基金を申請することもできますし、他人に入れ知恵をしたり、研究プロジェクトの代理立案も可能です。

要するに、現在の教員階層は、すでに貧困階層ではなくなったのです。教員という集団は、すでに弱者集団ではなくなったのです。私の『十三歩』では、教員を弱者集団として描いており、このことはすでに過去のものとなりました。幸いにも『十三歩』では大量の文体的実験を行っておりまして、中国語叙述におけるさまざまな視点を実験しているのです。このため、この小説もその事自体が陳腐なものとなっても自らの価値にはいささかの変化も生じてはおりません。

つまり、文学と政治との関係は、確かにほどけぬ乱麻の如きものだと思います。作家の政治との関係は、実は離れたいと思いながら、離れようがないのです。たとえ現実遊離の作品を完璧に書いたとしても、政治の影響はなおも残るのです。私が申したいのは、作家は常に、作品を相対的にやや超越的に書くべし、意識すべし、なのです。たとえ政治を描く場合でも、直接的に政治事件を描かない方がよいのでして、事件を象徴化して、人物を典型化すべきなのです。作品を象徴で満たし、あなたの人物が典型となったとき、その作品は真の文学作品となるのです。さもなければ、政治色が特に強い例の小説群は、たちまち時代遅れとなり、価値は大きく下落してしまうのです。

第三点として、現実に貼り付くことと現実を超えることとの関係について簡単にお話ししましょう。時間の関係で、以下の幾つかの重要な関係については、簡単にお話しするしかないのですが、将来皆さんと詳しく議論する機会もあることでしょう。

現実に貼り付くとは、現在多くの人が唱えている有名なスローガンです。第一線で働くアマチュア創作者にとっては、現実に貼り付くという問題は存在しません。仮に工場で働いていれば、女工さん、工員さんであるわけでして、労働者文学を書くのに、さらに何に貼り付けというのでしょうか。すでに現実の中にいるのですから、これ以上貼り付きようがないのです。このようなスローガンは、功成り名を遂げた、衣食足りている、象牙の塔の中の職業作家に対するものなのです。

私ども一群の作家は、一九八〇年代から執筆を始めました。二十余年の個人的奮闘により、それなりの成果をあげまして、それなりの名声を得られ、衣食に不自由のない小康状態の暮らしを送っていますね。それでは、このような状況において、私どもはいかにして執筆における旺盛な生命力を維持するのでしょうか。いかにして自らの作品における濃厚な現実の息吹を維持するのでしょうか。いかにして正確に今のこの時代を理解するのでしょうか。いかにして庶民と密な関係を保てるのでしょうか。これ即ち現実に貼り付く、今の暮らし、とりわけ底層社会を熟知せよという問題に確実に向き合うことなのです。ただし、それは実際にはなかなか難しいことでございます。なぜなら意識的に現実に貼り付こうとしても、結局は貼り付きがたく、結局は皮一枚の隙間が残ってしまうのです。功利的人為的貼り付きは、常に真の現実の、あのいっそう親しみの持てる確かな体験には及びません。たとえば私が鉱山労働者に関する小説を書くために、炭鉱に入って石炭を掘ることはもちろん可能です。しかし意識はせぬにしても自分が作家であるということを覚えているでしょう。たとえ顔が真っ黒になり、身に着けた服も炭塵まみれとなっても、意識はせぬにしても自分の身分を覚えていることでしょう。私が体験する感情とは必ずしも真実の感情ではないのです。ですから、このような体験は部分的に問題を解決できるとしても、炭坑の中で滝のような汗を流しながら働いている出稼ぎの若者が真に体験していることとは異なるのだと思います。これもまた仕方のないことでして、誰にも自分の限界があるのです。私どもはいかにして問題を解くのか？　私たちこの一群の作家はいかにして自らの作品において可能な限りの生命力を維持するのか。ならば、常に自身に言い聞かせるのです――自分の身分と地位を正さねばならない、と。結局は「人類の精神のエンジニア」と気取るのではなく、結局はインテリと気取るのではなく、自分は一般人より一段優れているなどと考えるのではなく、作家という職業を低く見て、それはたいして神聖ではなく、それほど厳粛なものではない、と自覚するべきなのです。自分は特別待遇されるべきだ、などと考えてはならないのです。これについて、魯迅が絶妙に風刺しています。「かつてハイネは最も高貴なのが詩人であり、最も公平なのが神様だと考えていた――詩人は死後、神様の許へと行き、神様を囲んで座ると、神様はキャンデーを下さる」〔一九三〇年四月一日『萌芽月刊』に発表した「左翼作家連盟に対する意見」の中の言葉（『二心集』収録）〕。死後必ずしも神様の許に行けるとは限りません。偉大な作家というものは、天国行きなどという過分の望みは抱くことなく、むしろ地獄行きの覚悟を決めておくべきなのです。基本を忘れるな、とは常套句です。社会現実における自らの地位を正し、自己らを神聖化をせず、自らの過去の出自を忘れず、心底から庶民と一体となる――こうしてこそ自らの小説の真実性と生命力を保てるのです。それで問題を根本的に解決できるわけではありませんが、ともかくも少しは良くなるのです。いわゆる「現実を体験する」とは、本質的に偽りでありまして、本質的に腐っています。しかしこれが中国の国情でありまして、みな臭いのであり、誰も胸を張って他人を責める資格はなく、比較的やりすぎぬようにするのがせいぜいでして、できるだけ良心に背かないようにするのがせいぜいなのです。

材料を一人占めしたら、いかにして書くか？　最も大事なことは小説の重要な任務とは典型的人物の造型であることを肝に銘じることです。小説を写実のレベルから象徴のレベルへと引き上げることを忘れてはならず、もう一つ狭い功利主義や狭い道徳主義を超越することも忘れてはなりません。目を社会問題に釘付けにして、人間を忘れてはなりません。言い換えれば、社会問題に注目するのは結構だが、創作とは社会問題を反映することばかりではないのであり、しかもその問題とは造型する人物の生存環境であるべきなのです。もちろん、小説が社会問題を解決できるなどと期待するのはご法度です。今年の夏、私は上海大学での討論会でこのような話をしました。「文学を天に代わって不義を討つ道具にしてはなりませんし、作家を人民の苦しみを代弁する英雄にしてはなりません」。私ども一群の作家、批評家は庶民のことを考えようと訴えておりまして、これは確かにその通りです。庶民の暮らしを知ろう、これもその通りです。弱者集団のことを考えよう、これもなおのことその通りです。しかし、創作において、苦しみを描き、罪悪を描くというレベルに留まることはできませんで、さらに高い段階へと昇華すべきなのです。事件を通じて人を描くのです。私たちのいわゆる現実に貼り付く、の最終的な目的は現実を超えることなのです。文学作品は現実の単純な反映には満足できず、現実の象徴性を描き出さねばならず、平凡な暮らしに隠された哲理を明らかにしなくてはなりません。小説に現在備わっている読書価値のみならず、永遠の読書価値を備えさせねばなりません。それにはつまり、文学の芸術性を強調し、文学の政治性を薄めるべきなのです。現在の社会問題に関心を寄せるべきですが、永遠の問題にさらに関心を寄せるべきなのです。永遠の問題とは何か？　それは人間の問題――生、死であり、私たちはどこから来て、どこへ行くのかという問題でございます。

第四の関係は、作家の思想と作品の思想性との関係です。

二〇〇三年に、私は長篇小説『四十一炮』のあとがきにこのように書きました。「私はこれまで思想がないのを誇りとしてきた──特に小説を書くときには」。この言葉は多くの人により勝手に解釈されまして、猛烈な批判を受けました。考えることのない人はありえませんし、考えることのない作家もありえず、考えのない小説もありえません。私がこのような極端な話をするのは、他人の説の受け売りをする思想に反対するためであり、深刻ぶって大衆の受けを狙うような思想に反対するためであり、贅沢な車に乗りながら質素な田園生活を唱える似非思想に反対するためであり、うわべは深刻そうでも、実は他人の物真似の思想に反対するためなのです。作家の考えとはどれほど単純で、素朴であっても、自分自身のものであるべきでして、それでこそ価値があるのです。もしも自分のものでなく、他人の考えであれば、それは偽りの考えであり、物真似の思想なのでありまして、そんなことでしたら思想などない方がよいのです。

創作過程においては、まずはいわゆる思想があり、然るのちにこの思想を表現する物語を作るべきなのでしょうか、それとも現実の中から思想の萌芽を発見したのち、総合的に精練し、人物の行動を通じて、文学的方法で表現するべきなのでしょうか。疑問の余地なく、後者が正しいのです。テーマ先行が、私たちの文学創作を何十年もの間支配し続け、幾代もの作家の才能を空費させ、大量の文学的価値なきゴミを生産してきたのです。今日に至っては、テーマ先行を二度と許してはなりません。つまりまずは考えがあり、そのあとに物語を作るということを認めてはならないのです。つまり、作家はまず現実に感動し、人物イメージに感動し、豊かな現実から新しい考えの萌芽を発見し、その後これを精練し高品質化するのです。文学創作において、このような新しい考えを発見できる作家もおりますし、発見できない作家もおります。文学の歴史において、ほとんどの作家は、実は自らの作品のうちで表現された考えを意識していないのです。すべての作家は自分の時代による制限と彼自身の力量による制限を受けております。彼はしばしば自分の小説の中に描かれたものの真の意義を意識してはおりません。多くの小説、多くの芸術作品は、そのイメージが思想よりも大きいのです。つまり、ある作家の作品の中に包含される思想は作家の思想よりも大きいのです。一冊の偉大な小説は、実に常にその時代を超えているのです。やはり『紅楼夢』を例に挙げましょう。私が思いますに、曹雪芹は執筆中に、四大家族の間の政治闘争などを表現しようとは決して思っていなかった、自らの小説により封建主義の挽歌を唱おうとは決して思っていなかった、賈宝玉のような人物を通じて資産階級民主思想の萌芽を表現しようとはさらに思ってはいなかったのです。ところがこれらの点が、のちの批評家により指摘され、のちの読者により読み取られたのです。私が考えますに曹雪芹が『紅楼夢』を書いたのは、もっぱら過去の地位も財産もある暮らしに対する未練と哀惜のためなのです。彼の真の目的は、おそらくこの階級を呪う――封建社会の滅亡を願うためではなく、「子孫の繁栄」こそが彼の心底からの願望だったのです。彼の希望とはいつの日かわが一族が復興できることだったのです。この点から申しますと、高鶚〔一七五八～一八一五年ころ。彼を『紅楼夢』続篇の作者とする説もある〕続篇四〇回は、基本的に曹雪芹の本意に合致しているのです。曹雪芹を民主主義者と想像してはいけませんし、共産主義者はさらにいけません。彼は時代の制約を受けており、自分の一族の失われた栄華と富貴を、深く悲しんでいたに違いないのです。さらに蒲松齢を例に挙げますと、彼は科挙の試験に失敗した人です。自らの小説において、科挙制度を嘲笑しています。私が思いますに、蒲松齢は心中では、やはり科挙や功名に対し根深い執着を持っているのです。彼は逝去少し前に、監生〔隋唐~清末の最高学府である国子監の学生のことだが、清代には寄付金を納めることによりその名義を取得でき、国子監で学ぶ必要はなかった〕の服装で、画描きに肖像画を書かせております。当時、肖像画を描くことは、今の写真を撮るような容易なことはなく、大事業でした。画描きに筆料を払った上に、部屋と食事を提供しなくてはなりません。監生でもまずまず名誉なことでして、その称号はお金で買ってもよし、長いこと秀才〔高級官僚選抜試験である科挙の予備段階試験合格者のこと〕の資格を持ちながら、科挙に合格しませんと、お役所側も申し訳ないとばかりに、監生の称号をご褒美に与えるのもよしなのです。それは本来は何と言うことでもないのですが、この御老体はありがたいことと思ったのです。彼の多くの小説では結末に至って、主人公が好成績で合格しておりまして、もしも本人が合格しなければ、子や孫が好成績で合格するのです。進士〔科挙最終段階試験の合格者〕に好成績で合格し、外に出れば軽裘肥馬《けいきゅうひば》〔軽やかな皮衣に肥えた馬のこと、富貴な人の服装乗物をいう〕、家に帰れば妻と妾たちに囲まれる。これがあの時代の読書人の最高の理想であり、蒲さんが内心奥深くで憧れていた暮らしだったのだろうと思います。もしも皇帝が、そなたを状元〔科挙最終段階試験である進士の首席合格者〕にしてやるから、『聊斎』を焼き捨てよ、と言ったら、蒲さんは躊躇することはなかっただろうと思います。現在の私たちから見れば、もしも彼が状元になっていたら、進士になっていたら、たとえ挙人〔科挙本試験第一段階の合格者〕でもこれになっていたら、『聊斎』はきっと存在しなかったことでしょう。彼は空しくもあふれんばかりの才能を持っていましたが、挙人になれなかったばかりに、塾の教師という業余、オンドルに座していると、外では寒風が吹き荒れ、硯の墨は凍る、落ちぶれたみじめな老秀才は、内心奥深くは悲哀の極みでありますが、彼にはどうしようもなく、あふれんばかりの不満を溜め込んでもいたことでしょう。彼はひどく矛盾した人格の持ち主でした。不遇の才人にして、暗黒なる科挙制度の弊害を深く憎悪するいっぽうで、どうにも時代的制約から抜け出せず、科挙制度のラッキーボーイたちを心底から羨んでいるのです。私が思いますにまさにこのひどい矛盾が彼の作品に二重性を与え、作品に永遠の価値を与えているのです。もしも彼が徹底した科挙制度批判者であったならば、その作品の芸術的価値は却って損なわれてしまった、と思うのです。当然のことながら、もしも彼が科挙制度を断固擁護する、制度の受益者であったならば、その作品には何の価値もなくなるのです。そこで私は、作家の思想的矛盾、作家の思想的レベル、作家の思想的境界は、その作品の芸術的表現力、芸術的価値とは、正比例の関係にあるわけではないと思うのです。ですから、作家の思想的水準が高くなればなるほど、彼の作品の芸術的価値が高くなる、と言うわけではないのです。

偉大な小説は、みな思想がイメージよりも大きいのです。一つには思想が小説中の人物イメージよりも大きく、もう一つには小説中の思想が作家の思想よりも大きいのです。二重の「大きさ」が備わっている作品、それは必ずや名作なのだと思います。私たちは小説中の多くの人物の行動から、新時代の兆しを見るのであり、新思想の芽生えを見るのです。私たちは小説全体から、その作家自身の思想を超えるものを見るのです。そのようなわけで、この視点からお話ししますと、現在多くの人が作家に思想なしと批判しますが、それは必ずしもそれほど正確ではありません。つまり、作家は必ずしもまず哲学者となり、まず思想家となってのち、初めて創作できるというわけではないのです。魯迅の思想にはもちろん大変な深みがあり、魯迅は偉大な思想家でありますが、魯迅のこのような偉大な思想はその小説とはあまりつり合っていないのです。魯迅の後期の雑文中の思想は鋭く、問題の奥深くまで見透しており、彼の前期の小説の思想的水準を超えているに違いありません。しかしさまざまな原因で、魯迅は自らの後期の思想性につり合う小説を書きませんでした。逆に多くの作家が、思想は特に先進的でもなく、特に深いわけでもなく、また苦心して「思想家」の役割を演じているわけでもないのに、彼の作品には却って大変な価値があるのです。沈従文の思想は先進的で深いでしょうか。張愛玲の思想は先進的でしょうか。深いでしょうか。二人は小説創作面において、やはり輝かしい成果をあげているのではないでしょうか。

第五点では、作家の人格と作品との間の関係を簡単にお話いたしましょう。

これも現在多くの批評家が繰り返し話題にしておりますし、多くの作家も語りたがる話題であり、また多くの人がこれを棍棒として他人を叩いている問題でございます。文学創作というマラソンにおいて、実際に作家同士の競争が存在します。みなが書いている中で、結局誰がより遠くまで行けるのか。結局誰がより良い作品を書けるのか。結局誰が創作の生命力をより長く維持できるのか。流行の言い方ではこうなのです――最後に勝敗を決めるのは作家の人格である。この見方は悪くはないのですが、私には他の見方がございます。

第一に、人格高潔な作家が、高尚な小説を書けるとは限りません。

第二に、高尚な小説とは何でしょうか。すべての人に認められた基準などございません。イギリスの作家ローレンスの『チャタレー夫人の恋人』は、出版されると発禁となって、盗を教え淫を教え、低俗、下品な小説と言われました。しかし社会主義者のバーナード・ショーはこれを高尚な小説と認めたのです。彼はこの小説を成人となる女性の教科書とすべきだと言ったのです。両者の評価はまったく天地の差がございます。高尚な小説とは何でしょうか。まさに仁者は仁を見、智者は智を見る、見方は人さまざまなのです。『金瓶梅』を含めて、今に至るまでなおも禁書です。削除部分のない版本は、今も書店で公開販売できないのです。完本を印刷したこともあるものの、それは高級幹部の読書用でして、高級幹部は思考水準が高いので、読んでも間違いは犯さないとのことなのです（聴衆笑）。『金瓶梅』に対する評価はこれまで大変対立しております。偉大な慈悲の書と考える人がいるかと思えば、洪水猛獣のように恐ろしいと考える人もおります。そのため、多くの文学作品は相当長い歴史の検証を経て、ようやく相対的な評価が下されるのです。多くの場合、何年かが過ぎると、当時は大流行した本も、結局は忘れられてしまうのです。当時は大糞の如くに臭い、あるいは批評家から大糞の如くに臭いと悪評された本が、次第にやはりとても良いと見なされるようになり、毒草から香り高き花へと変わっていくのです。

第三に、偉大な作品を書いた多くの作家は、一分のすきもない人格であったわけではありません。人に完璧な人はなく、金に純金なしでして、毎日他人に人格批判を行い、兵を興して罪を問うているような人でも、静かな夜に手を胸に当て反省すれば、自分が傷一つなき白玉であるとは言えないことでしょう。ドストエフスキーは偉大な『カラマーゾフの兄弟』を書き、『罪と罰』を書き、『地下室の手記』を書き、『悪霊』を書きまして、彼の文学的成果を疑う人はほとんどいないことでしょう。しかし、彼の奥さんが書いた伝記によれば、彼の人格には多くの欠陥がありまして、博打好きであり、鬱病を患っていたらしく、その上、性格が非常に悪く、典型的な病的人格の持ち主だったのです。『ユリシーズ』を書いたジョイス、彼と付き合いのあった多くの書店の社長や出版社の編集者は、ときに彼を骨髄に撤するほど恨みましたが、それでも彼は偉大な作品を書き上げました。ときには、作家の人格とその作品との間の質的関係に等号を引くことはできないのです。プーシキン、ユゴー、そしてトルストイを含めて、道徳面では、みなすきのある人格でして、大変あくどい場合もあったのです。ロシアでは数年前にプーシキン日記が公開されましたが、この人の女性関係は混乱しており、この内面の暗闇、性観念の卑劣さ、どれを取っても彼の高尚で美しい詩歌と結び付かないのです。トルストイと彼の荘園の女奴隷との関係は高尚な、道徳的な関係とは言えないのではないでしょうか。しかし以上のことは、彼らが千古に輝きわたる傑作を書いたことには影響などしないのです。

作家の中には品性高尚にして、人柄も善良、道徳的には完全無欠、私生活も非の打ちどころがないものの、芸術的才能がなく、想像力がなく、基本的な生活体験に乏しく、独自の心理的体験もないという人もおり、だから彼は永遠に凡庸な作家なのです。私たちは高尚な目的を抱き、高尚な作品を書こうとすると、却ってしばしばお説教調のものを書いてしまうことがあります。逆に、人格面では傷があり、生涯に失敗を経験したことがある作家が、却って久しく読み継がれる、不朽の名作を書くことがあります。作家の人格と作品の質との関係を、正比例の関係とする理解は、実は科学的ではないのです。この問題は具体的な状況において具体的に対処すべきだ、と考える次第です。もちろん、私たちはどの作家も高尚な人格を備え、道徳的にして、善良でもあり、才能にあふれ、偉大な作品を書ける、完璧な人であることを望みます。しかしこのような人は確かにめったにおりません。このようであることを要求するのは可能ですが、具体的な人、具体的な作品に関しては、具体的に分析すべきなのです。特に作家の人格に対する判断を作家の作品に対する判断にゆだねることはできません――それはまったく別々のことなのです。その作家の作品とその作家の人格とを繋げて対処してはなりませんが、作品中の人物を作家と等号で結ぶことはさらにしてはならぬことでありまして、これは批評の最も基本的な常識なのですが、我らが少数の批評家は、おそらくある作家に対する嫌悪と怨恨とを捨てきれず、常識違犯を恐れず、無理矢理に作品中の人物の考えを作家の頭上に据え置くのです。もちろんどう書こうが、筆を持つ者の自由というわけです。

第六の点では、文学創作のプロセスにおける、継承と革新との関係について簡単にお話いたしましょう。

胡錦濤主席は先週の文代〔共産党の基本路線を堅持するための文学・芸術関係諸団体の総連合である全国中国文学芸術界連合会の全国代表大会のこと〕の席上でこの問題について講演しました。「理想を抱き、志を抱くすべての文芸工作者は、必ずや大いなる力を発揮して革新的精神を発揚し、積極的に文芸の新天地を開拓し、文化的発展を推進せねばならず、その基礎は継承にあり、鍵は革新にあるのです。継承と革新とは世々代々続く民族文化の重要なる両輪であります。古今東西、世に聞こえた文学・芸術の巨匠に親しまれる伝奇の作は、どれも巧みに継承し勇ましく革新したことの結果なのです。巧みな継承がなければ、革新の基礎はなく、巧みな革新がなければ、継承の活力が欠けるのです。継承の基礎の上に立つ革新は、多くの場合、最上の継承であります。広範な文芸工作者は必ずや創作の激情を奮起させ、独創能力を燃えたたせるべきなのです」。私はなぜ胡錦濤主席のこの言葉を読み上げたのでしょうか？　このたびの作家協会代表大会における、みなに共通していた感覚とはこういうものでした――歴代の作協代表大会で指導者が話した中で、革新にこれほど高い地位が与えられたことはなかった。私たちはこれまで普通は継承を重視してきており、革新を取り上げることは比較的少なかったのです。それが今では革新を極めて重要な位置に置いておりまして、これは一つの新たな変化であり、新たな変化を示唆しているのだと思います。つまり、私たちは民族の優秀な文化的伝統、文学的伝統を継承していますが、継承自体は目的ではないのです。継承の目的はやはりこの基礎の上に立って、この時代の文学作品あるいは文芸作品を創造することなのです。継承の目的はやはり革新であり、新しいものを生み出さねばならないのです。もしも新しいものが生み出されなければ、私たちは永遠に我らが先祖のクローンなのです。ですから、今回の作協代表大会では、革新をかくも高く掲げており、確かにさまざまな芸術形式や、さまざまな探求に対し、政策面での保証を与えているのだと思います。考えますに、たとえ失敗した革新であっても、凡庸な継承よりも価値があるのです。

第七の点としては、個性的な創作と文学の大衆性との関係について簡単にお話ししましょう。

文学の創作とは、確かにやや特殊な労働でございます。それは高度に個性的なものなのです。私自身が多くの創作談や講演で繰り返し述べましたように、個性的創作を続けることは作家にとって最も根本的なことであります。もしも作家が個性化を忘れ、作品の個性追求を忘れたら、その作家にはたいした価値はございません。個性に富む芸術作品は、実際には作家の個性的労働の産物なのです。作家が精練する独自の現実の芸術的表現なのです。個性のない作品には価値はございません。私たちがこれほど多くの作家、これほど多くの詩人、これほど多くの美術家、これほど多くの音楽家を必要とするのは、一人一人の作品が異なっているからなのです。なぜ異なっているのか？　それは個人の性格、個人の暮らしの蓄積、受けた教育の程度が、人によって異なっているからなのです。しかもある人が人生において求めるものや、考えることが、他の人と異なっているからなのです。芸術家は高度に自我を重視し、高度に個性を重視してこそ、その創作には価値があるのです。このように申しますと、またもやこのように問われることでしょう――自己表現とは、個人を描いて、社会を描かない。私たちのスローガンはこれまで人民を唱い上げろ、人民を描け、自己注視、自己表現はより少なく、でした。明るい社会生活を描け、陽の光と生花を描け、個人の魂の奥底の暗黒面は描くな、ましてや醜悪な、病的な考えなど描いてはならない。このようなスローガンは全体的に申しまして間違ってはおりません。しかし私が思いますに、作家がもしも自我から出発しなければ、実際には作家は創作に手を付けられないのです。私の考えとはつまり、作家の創作とは個人から出発せねばならず、そこには一種の宿命的なものがあるのです。

もしもこの作家の個人的体験が、個人的生活が、個人的苦痛が、社会的現実全体と、広範な大衆と一致しているとするなら。それならばこのような個人から出発する創作は、一種の普遍性を、一種の大衆性を獲得できるのであり、一種の人民性を獲得できるのです。もしも彼の苦悩が彼一人のものだとしたら、あるいはちっぽけな集団のものだとしたら、その作品の価値は大いに割り引かねばなりません。彼の作品の普遍性も、きっと大いに割り引かれることになるのでしょう。作家が執筆を開始したのちでも、当然この社会を理解するよう、社会的現実を十分に了解し、社会の脈動を把握し、庶民の心理や願望を理解し、可能な限り自分自身の考えや、個人的苦悩を、社会と、大多数の人と、一体化させるべく努めてよいのです。しかし根本的に申しまして、これは解決のしようがございません。沈従文は解放〔一九四九年の人民共和国建国のこと〕後、華北大学にいたときに、身も心も入れ替えようとして、新しい小説を一篇書きましたが、描き出された人物は「死んで」おりまして、その時代に融合できず、ひっそり生きることしかできませんでした。老舎〔ラオショー、ろうしゃ。一八九九～一九六六。北京の貧しい満州旗人の家に生まれ、成人後はロンドン、シンガポール、ニューヨークで中国語教師などを勤めるいっぽうで、純粋の北京語と特異な諷刺を特徴とする小説『駱駝祥子』などを書いた。一九四九年周恩来の要請を受け帰国、戯曲家に転じて『茶館』（一九五七）などを書いたが、文化大革命で迫害されて死亡〕、曹禺たちは、融合したかのようですが、実際には表面的なことにすぎませんでした。彼らの筆は過去を描くときだけ精彩を放ち、同時代を描こうとすると、たちまちしぼんで味気ないものになってしまったのです。なぜならその時代とは彼らの時代ではなかったからであり、無理矢理に同化しようともそうはいかなかったからであります。

文学創作とはこのように残酷なものです。もしもあなたの苦悩が、喜びが、感性が時代と響き合うことがなければ、個人から出発した作品は反響を呼び起こすことはできません。私が一九八〇年代に書いた『赤い高粱』は、当時は大きな反響を呼び起こしましたが、もしもこの小説を二〇〇六年に出版したとしたら、何の反応もないのかもしれません。一九八七年に、『赤い高粱』は映画化されまして、同じく大騒ぎを引き起こしましたが、この映画も今日上映したとしたら、やはり反響を呼び起こすことはないのかもしれません。なぜ小説と映画の『赤い高粱』は八〇年代にはあのように大きな反響を呼び起こせたのでしょうか。考えますに、この作品がちょうど当時の社会的ニーズに合っていたからなのです。この作品が表現する思想、この映画が強調する情念、それは当時の庶民の心理的状態に一致していたのです。なぜなら八〇年代半ばには、思想解放運動は始まってはいたものの、なおもタブーが多かったからなのです。解放後数十年の間に人々の個性は強い圧迫を受けており、真に縄が解かれたわけではなく、『赤い高粱』のような轟然と個性を賛美し、烈火の如く情念を唱い上げる作品は、まさに当時の庶民の長きにわたって抑圧されてきた怒りを吐露したい、という心理に合致したのです。このため、「進め！若き娘よ」〔映画『紅いコーリャン』の挿入歌、趙季平作曲、張芸謀作詞〕のような聞き苦しい歌が、一時期には全国で唱われたのです。実は庶民は自我を吐露していたのです。歌を唱うときに、彼らは自らの心のうちで長らく抑圧されてきた多くの情念を放出していたのです。これは一種の歴史の偶然であり、このような偶然に行き会った作家は、誰でも「棚ぼた」だったのであります。

第九の点としては、民族文学と世界文学との関係について簡単にお話ししましょう。

本来は、第八の点がありまして、民族文学の伝統の継承と西側文学を学ぶこととの関係をお話しするつもりでしたが、この問題はすでに多々触れていますし、司会者が私に下さった時間はすでに使い果たしていますので、もう繰り返さず、第八を飛ばして第九に入りたいと思います。私たちは現在では中国的特色のある、中国的気概のある、中国的風格のある作品を書くべきだと特に強調いたします。私たちの中国文学は、世界文学の一構成部分であり、また世界文学から独立した林なのです。思いますにこれは私たちすべての作家が直面している重大な課題なのです。即ち、どのようにすれば私たちの小説は鮮明な中国的特色、中国的気概を表現しつつ、世界各国の読者に受け入れられるのでしょうか。思いますに、私たちは特殊性と普遍性との間で、適切な処理を行うしかないのです。私たちは現実の環境を描くときに、私たちの生活習慣を描くときに、人物を造型し、人物の心理を描き出すときに、小説言語の追求と小説スタイルの追求において、すべて私たちの民族的伝統のぶ厚い文化的土壌から、栄養を汲み取るべきなのです。もちろん、小説の根本的任務は人間を描くこと、これを忘れてはなりません。私たちは人類の魂の奥深くを明示せねばならず、私たちは人類の魂の感情の共通性を明示せねばなりません。つまり人間性の中のあるものは民族性を備えており、あるものは超民族的なのです。母性愛、父性愛、男女の愛のようなものです。表現方法に奥ゆかしいとか、激しいとか、大げさであるとかあれこれの違いはありますが、本質的には共通しているのです。私たちが普遍的恒久的な人間性を描いてのみ、私たちの作品は世界に向かって歩み出せるのであり、世界文学の一角を占めることができるのです。これは即ち私が先ほどお話ししました第一の関係——文学の階級性と人間性との関係なのです。赤い経典ももとよりご立派なのですが、私たちの赤い経典が階級性により人間性のあまたの真実を隠蔽してしまった結果、その作品群は狭隘な作品となってしまったのであり、世界文学という大きな範疇には入れなかったのであります。私たちは現在、世界的文学創作の条件を備えておりますが、民族性と世界性との関係をよくよく処理しなくてはならず、つまり特に特殊性と普遍性との関係に注意しなくてはなりません。私が思いますに、実際に最も本質的なことは、常に人間を忘れてはならないということです。人間理解、人間探求、人間表現を最重要の任務としなくてはならないのです。人間に対する理解が深くなり、正しくなり、人間表現が豊かにして多彩になり、独自の表現手段を採用すれば、あなたの文学は世界に向かって歩み出すパスポートを得られるのです。

最後に、市場経済における、文学創作と文芸批評との関係について、簡単にお話ししたいと思います。私が思いますに、文学の健全な発展には、健全な文芸批評の助けが必要です。もしも創作のみで、批評がなければ、文学は不完全なのです。これは私の一貫した考え方です。市場経済においては、疑問の余地なく、文芸批評は大変複雑なものに変じています。一部の批評家の振る舞いは、文芸批評の倫理の最低線を突き破っており、文芸批評の恥となっております。多くの批評文が、あれこれの原因により、文芸批評としての公平性という品格を失っています。このような批評は文学の健全な発展に対する助けとならないだけでなく、健全な文学に対する害毒となっているのです。作家は健全で正常な文芸批評に対しては大いに敬意を払い続けるべきであり、まじめな批評は自分に対する援助だと考えるべきであり、良心的批評家を敢えて苦言を呈してくれる友人と考えるべきです。たとえ厳しい意見であり、酷評であっても、受け入れなければなりません。作家は自らの胸襟を広げ、自らの視界を開かなくてはなりません。今日のことを、歴史の中に置いて比較できなくてはいけません。目の前のことを、未来思考の視点で考えられなくてはいけません。こうしてこそ、多くのことを見通し、多くのことを理解し、何に真の価値があり、何がバブルなのかの見分けがつくのです。

私はこれまでの文学創作の過程で、多くの鋭い批判を受けました。とても冷静には対応できないときもありました。激しい反論を行ったこともございます。私が思いますに歳をとるにつれて、文学的批評、そして非文学的批評に対し、冷静に対応すべきです。我らが批評家が市場経済が彼らに与える影響を排除し、個人的利害関係が彼らに及ぼす妨害を排除して、真の文学の心をもって、作家の作品を批評して下さることを私も希望しております。道理をわきまえた弁証法的な態度で作家の作品に向かうのです。作家の作品と作家とを区別して、作家にではなく、作品に向かっていただきたいのであり、伝記執筆は別にしていただきたいのです。そのようなわけで、作家と批評家という二つのグループは、仇《かたき》同士でもあり、友人同士でもあるのです。論争、激烈な論争だってあるべきなのですが、このような激烈な論争のために、怨恨が生じることがあってはなりませんし、怨恨のために、文学に対し共有されるべき誠実さと客観的公正な評価基準が損なわれるようなことがあってはなりません。

すでに司会者からいただいた時間を超えてしまったので、これで終わりにいたします。無味乾燥としたお話で申し訳ございません。

質問　体制内の作家で長期にわたり作品を書かず、出勤もせず、所属先が給料を止めると、街で物乞いをする、過激な行動をとる。洪峰〔ホン・フォン、こうほう。一九五九〜。一九八〇年代に余華、蘇童、格非らと共にアヴァンギャルド派として活躍した〕という作家についてどうお考えでしょうか。

莫言　私も今日はきっとこの問題がまず質問されるだろうと思っていました。洪峰さんは私の同期生で、友人でもあります。一九八八年から一九九一年まで、私たちは魯迅文学院の学生でした。思いますに、洪峰さんの評価は客観的にすべきでして、彼は大変個性的な作家なのです。一九八〇年代には、彼の作品はなかなか前衛的でして、ポスト文革文学の歴史において彼はそれなりの地位を与えられるべきなのです。洪峰の物乞いには、社会的、歴史的に複雑な原因がございます。私は韓寒〔ハン・ハン、かんかん。一九八二〜。「八〇後」世代の代表的作家、中国版『ライ麦畑でつかまえて』ともいうべき小説『三重門』、特異な社会批判のロード小説『1988』などのベストセラーを発表するかたわら、ネットによる社会批評で好評を博している〕さんが洪峰さんや彼と同様の体制内作家を批判して「囲われものの愛人」と書いているのを読んだことがあります。韓寒という若者は話が辛辣で、ウィットに富み、お洒落です。その話には道理がないわけではなく、洪峰さんも彼のことを「子供は正直」だからと申しております。思いますに洪峰さんが街で物乞いをした主な原因は、そもそも二千元の給料のためではなく、実は体制内の公正を追及するためだったのです。政府が作家を囲うという制度は当然のことながら批判の対象となりえるわけでして、国から給料を受け取り、国の労働保険、医療保険の恩恵を受け、国から提供された住宅に住み、本を書けば印税をもらうというのは、社会全体としては、確かに不合理なのです。しかしこのような「囲われもの」は、作家だけではありません。画家、音楽家、俳優、教授、一部の役人、みな同じではないでしょうか。国家資源を独占している多くの団体も、遙かに社会的平均値を超える独占的利潤を得ているのではないでしょうか。これは実に巨大なグループです。洪峰が物乞いをしたとき、彼が考えていたのは、自分と同じような作家は、全国にたくさんいるのに、どうして他の人は出勤せずとも給料が支払われているのに、自分には出勤しないと給料が支払われないのか――こういうことではなかったかと私は思うのです。吉林省の作家は勤務せずとも給料が出て、上海の作家も勤務せずとも給料が出るのに、なぜ自分は勤務しないと給料が出ないのか？　これは現実的問題であり、また歴史的に形成された問題でもあると、私は思うのです。私は新聞社で仕事をしており、理論的には「囲われもの」作家ではございませんが、社内では任に耐えるデスクではなく、また任に耐える記者でもございません。新聞社で多少の仕事はしているとはいえ、ほとんどの時間は、自宅での創作活動に当てております。私はこの問題の不合理性を考えまして、上司に自分から諸手当とボーナスを辞退したいと申し出まして、毎月の基本給だけを受け取ることにして、去年は二千元ちょっと、今年は三千元に増えております。職業作家が政府に囲われていながら、印税を受け取るというのは、農民から見れば不合理でありまして、労働者から見てもやはり不合理なのですが、それではどのようにこの問題を処理すればよいのでしょうか。私が思いますにそれは歴史の発展と共に次第に解決されることでしょう。今では多くの省や市では、もはや職業作家奨励は行われておりませんで、生首は切らずとも、亡くなった方の後任を取ることはいたしません。品のよくない言い方をしますと、死ねば死ぬほど少なくなるのです。これらの作家が自然消滅したのち、囲われもの作家の制度も終わるのでしょうか。これは長いプロセスなので、皆さん辛抱強くお待ち下さい。あと数十年、長くとも五〇年が過ぎれば、今生きている職業作家は、幾人も残っておりません。そうだとすれば、時間をかけて、この不合理な現象は歴史により淘汰されるのです。

司会　本日午後の読者のご要望を見ますと大変積極的でして、質問が大変多いようです。私はここで順番に、莫言先生に読んで差し上げて、先生にお答えいただこうと思います。もちろん、残りの二〇分ほどではすべてにご回答いただくわけにはまいりません。多くの問題は答えられません。まず、二人の読者がこう書いています――閉会したばかりの作家代表大会で鉄凝〔ティエ・ニン、てつぎょう。一九五七～。七五年保定の高校を卒業後、河北省博野県の農村に〝下放〟、七九年保定に帰り、地元の文学芸術界連合会（文連）の文芸誌編集者になる。鄧小平理論をまじめに学び中国共産党の文芸政策を自覚的に堅持する点などが評価され、八四年河北省文連の専業作家となり、九六年河北省作家協会主席、二〇〇六年中国作家協会主席となった。代表作に『大浴女』がある〕が作家協会主席に選ばれました。彼女は前の二代の主席と比べてずっと若い方です。選ばれたのは若いからでしょうか。それとも女性だからでしょうか。莫言先生のお話をうかがいたいものです。

それから、もう一つの質問は――莫言先生、ある文芸批評家が言うには、今の作家は余華を除いて、みな眠り込んでいる。これについてはどうお考えでしょうか。

それではまず最初の問題にお答えいただきましょう。

莫言　今日の洪峰さんと鉄凝さんの問題は避けては通れないと思っていましたが、ご質問にはすべて率直にお答えいたしましょう。鉄凝さんは今回の大会で作協の新主席に当選しました。私が個人的に聞いたところでは、ほとんどの作家も賛意を表明していました。その日には八四五人が投票し、鉄凝さんには七九五票が入り、反対は五〇票でした。もしも鉄凝さんが主席になるべきという話がなければ、彼女は八〇〇以上得票したと、私は理解しています。彼女は優秀な作家ですし、人間関係も大変よいのです。彼女を主席にさせようとしたために、彼女は五〇票を失ったのです。鉄凝さんは過去数十年の創作において、多くの傑作を書いております。私が思いますに、主席は誰かが務めなくてはなりません。鉄凝さんが務めないとしたら、誰が務めるのでしょうか。誰が主席になれば、全員が心から従うのでしょうか。巴金さんが亡くなってから、そのような人は二度と選ばれてはいないだろうと思うのです。これは致し方ないことであり、作協がこのような民衆団体であることは言うまでもないことでして、党と国家もそうなのです。誰が毛主席よりも偉いことでしょうか。しかし毛主席が亡くなったのちも、私たちはなおも主席が必要なのです。そうでしょう？　ですからこれは仕方のないことなのです。私が考えますに、鉄凝さんが当選したことも大きな変化なのでしょう。なぜなら茅盾、巴金のときには、作協主席というのは象徴的な名誉称号にすぎません。巴金さんはその当時ずっと病気でしたし、高齢でしたので、職を務めませんでした。鉄凝さんは働き盛りですので、彼女の就任は主席という職を実態あるものに変えるかもしれません。彼女は巴金さんよりも作家たちのためにより多くのことができるに違いありません。次のご質問は何でしたっけ。

司会　ある文芸批評家が言うには、今の作家は余華を除いて、みな眠り込んでいる。これについてはどうお考えでしょうか。

莫言　余華を除いて、みな眠り込んでいる。そうでしょうか？　余華さんも私の友人です。この評論家が何を根拠に、作家はみな眠り込んでいるが、余華さんは寝ていない、と言っているのか、私は存じません。余華さんは確かに以前眠れない時期がありまして、毎晩夜中の三時に目が覚めてしまうのです。このため彼は大変辛い思いをしていました。しばらくして私はこう言ってやりました——僕は毎晩夜中の二時に目が覚めてしまうんだから、君は気にすることはない。この言葉に彼は大変リラックスできました。その意味では、余華の他に、莫言も寝ていないんですよ。

司会　質問を続けるとしまして、莫言先生、あなたの作品の中で、どれが世界文学に迫っている、あるいは中国作家のどの作品が世界文学の仲間入りをしていると思いますか？　これが次の問題です。さらにもう一つ質問があります。あなたの『転生夢現』は、章回体で執筆されていると同時に魔術的リアリズムの特色も持っています。ご自分の作品創作における民族性と世界性との結合をどのように評価していますか。以上二つの質問です。

莫言　多くの評論家、そして読者の一部も、中国現代文学の話になると深刻な表情となりまして、私たちが一九八〇年代から現在に至るまで基本的に価値のないゴミばかり書いてきたと考えるのです。二十数年間の創作に対し比較的客観的な評価をできる評論家も少数ながらおります。思いますに八〇年代から現在まで、輝かしい創作実績を積んできたと言うべきです。私たちは八〇年代初期に、西側に対し模倣と学習を行いましたが、この模倣と学習の時期にあっても、私たちはやはり多くの優秀な、世界文学の森に入ってもまったく恥ずかしくない作品を生み出しております。たとえば王蒙さん、張潔さん、陳忠実さん、史鉄生さん、残雪〔ツァン・シュエ、ざんせつ。一九五三～。長沙生まれの作家、代表作に『黄泥街』（一九八六）など〕さん、韓少功さん、格非さん、阿来さん、畢飛宇〔ピー・フェイユイ、ひつひう。一九六四～。江蘇省出身の作家、代表作に『推拿』など〕さん、余華さん、蘇童さん、王安憶さんたちの作品などでして……これには多くの若手作家の作品も含まれます……、これは大変長いリストになりますので、一々列挙はいたしません。これらの作品は、世界の多くの優秀な作品に十分に匹敵していると思います。私自身の中篇小説の『赤い高粱』、「透明な人参」、『爆発』など、長篇小説の『天堂狂想歌』、『酒国』、『豊乳肥臀』などは、すでに外国語の翻訳が十数点ございますが、自作がすでに世界文学の水準に達しているとは言いかねまして、世界の多くの読者に歓迎されているとしか申せません。もちろんこれは私の見方にすぎません。人は同時代人には厳しいもの、我らが現代文学が真珠であるのかゴミであるのか、私が決めることでもなく、評論家が決めることでもなく、五〇年後を待つことといたしましょう。『転生夢現』の創作に関しては、それは確かに私が長期間温めてきたことの結果でございます。私は多くの講演でお話ししてきましたが、一九八〇年代には、私は魔術的リアリズムを最も熱心に学んだ作家の一人でした。私は西側の作家から多くの有益なことを学びました。私の初期の作品には明らかに魔術的リアリズムの痕跡が残されておりまして、このことに関して、私はこれまでも包み隠さず認めております。ただし私は一九八七年の時点で、「高炉二基、マルケス・フォークナーから遠ざかるべし」を書いておりまして、私たちは氷であり、マルケスとフォークナーは灼熱の高炉なのだから、近寄りすぎると、自分が蒸発してしまう、と考えたのです。私たちは彼らから遠ざかりながらも、彼らの力を借りて、私たちの頭の中の文学に関する多くの規則戒律を撃ち破らねばなりません。然るのち私たちは彼らから遠ざかり、自らの道を歩むのです。二一世紀に入ると、『白檀の刑』を起点として、私は意識的に民間文学に接近し始めまして、我らが伝統文学に学び、我らが民間の暮らしから文学の題材を汲み取り、民間に文学的資源を求めるように心がけております。私は『白檀の刑』のあとがきでも「急ピッチで撤退」という言い方をしております。多くの方がこれは宣言である、スローガンであるとお考えです。もちろん一部の方は私のこのような言い方に反感を示し、冷笑し皮肉を言っておりますが、それは彼らのご自由です。いわゆる「急ピッチで撤退」の私の本意とは、西側文学から少し離れ、翻訳調から少し離れ、ファッションから少し離れ、我らが民間文化に近寄り、私たち自身の人生感悟に近付き、我らが文学伝統に向かって進軍しようというものなのです。私が思いますに、この撤退とは、一見撤退のようですが、実は前進であり、中国的特色を有し、個性的特色を有する文学作品に向かって大きく足を踏み出すことなのです！

司会　それでは次の質問です――知識分子《インテリ》は社会の良心であり、作家はインテリの中堅であるべきです。あなたはネットユーザーとの交流で次のように述べています――作家とは彼が見たことだけを書き、事物に含まれている内容を描き出し、作品発表後の結果に対して、作家は逃げてはならない。あなたは知識分子は社会の良心とお考えですが、この両者は矛盾してはいませんか。

莫言　知識分子の定義については、一通りではないと思うのです。「文革」前には、中学生はミニ知識分子と見なされまして、高校生ともなれば大知識分子でした。大学生は、スーパー知識分子となるのです。「文革」後に基準が高くなり、大卒以上の学歴を持つ人だけが、知識分子と呼ばれるようになったのです。しかし私が考えている知識分子とは、特殊なグループを指しています。そのグループとは以下のようなものです。

第一、強い社会的責任感を持っていること――天下を以て己《おの》が任となす、というような。理想と正義のためにわが身を犠牲にする勇気を持っていること。

第二、科学的思考の頭脳を持ち、社会問題を分析し、問題の本質を見つける能力を持っていること。

第三、独立した人格を持ち、独立思考を行い、体制と対立姿勢を持ち続けること。

これがフランス、ヨーロッパの知識分子《インテリ》から受けた印象です。我らが中国では、このような知識分子は少ないように思います。王朔の言葉を借りれば、うちらのところにゃ「知道分子（知ってる連中）」は仰山おるけど、知識分子《インテリ》は少ししかおらんのです。私たちのこのような環境が、このような知識分子の存在をあまり許容しないのです。思いますに知識分子の最も重要な点は、定見を保持することです。知識分子には独立思考が必要なのです。全社会が一つ思想であれと要求してはならず、そしていわゆる知識分子にこの思想を解釈させて、異なる意見を持つ多くの人の存在を許すべきなのです。このような異なる意見を持ち、社会と政府に対し冷静な批判と助言を述べられる人、それこそが知識分子です。このような意味から申しますと、自分は知識分子ではないと思うのです――他の作家について言う資格はございませんが。私は一人の小説書きにすぎません。自分が見たもの、聞いたもの、感じたものを、作品で述べる、そして読者に私の作品から何かしらのものを読み取っていただくのです。ですから、知識分子イコール作家という見方に賛成したことはございません。

司会　次の質問にまいりましょう――莫言先生、あなたは一九八〇年代に名を挙げた作家です。この世代の作家は皆さん西側作家の手法から技法的影響を受けておりまして、多くの秀作を書きました。ところが現在の中国作家は、新基軸の創作において停滞気味です。中国作家の創作における実験、探求についてあなたの意見や考えをお聞かせ下さい、よろしいでしょうか。

莫言　西側に学び、西側の影響を受けたことについては、先ほど簡単に触れました。一九八〇年代以前には、私たちの文学創作には、規則戒律がとても多くございました。一九七六年の「四人組」粉砕後、新時期に入りました。主な仕事は、タブーを一つ一つ破ることだったと思います。たとえば愛情くべからずに対しては、劉心武〔リウ・シンウー、りゅうしんぶ。一九四二〜。一九六一年北京師範専科学校中文系卒業後に中学教員となり、短篇小説「クラス担任」（原題「班主任」、一九七七）で文化大革命（一九六六〜七六）による教育荒廃振りを中学三年の教室を舞台に描いた〕さんの「愛情の位置」が愛情を描きました。警察現場の暗黒面は描くべからずに対しては、王亜平〔ワン・ヤーピン、おうあへい。生没年不詳。長篇小説に『刑事隊長』（原題『刑警隊長』）などがある。「神聖なる使命」（原題「神聖的使命」）は一九七九年一月刊行の傷痕文学作家たちの短篇集『神聖的使命』（上海文芸出版社）に収録され、同年同名で峨眉電影制片廠製作、毛玉勤監督により映画化上演されて話題を呼んだ〕さんの『神聖なる使命』が警察現場を描いており、タブー破りだったのです。社会は作家に対し一定のタブーを作りますが、真に創作に影響を与えるのはやはり作家の内面奥深くに根を張っているものなのです。西側文学は作家の内面奥深くに根を張っている規則戒律の粉砕に巨大な力を発揮しました。私自身は当時西側の本を読み、机を叩いて立ち上がったものです。アイヤー、小説ってこう書けばよかったんだ！　どうしてもっと早く気付かなかったんだ？　早く気付いていれば、僕だって誰々さんになれたじゃないか。このプロセスは、どれほど非難を受けようとも、疑問視されようとも、どうしても必要だった、と思います。もしもこのような西側文学に学び、これを参照する段階がなければ、今日のような文学的局面もないのです。文学作品の新たな創造については、文学創作の魂のありかが、やはりすべての芸術的労働が追求する最高の目標です。私の考えは、胡錦濤総書記がお話しになっていることと完全に一致しています。ですから私という人間は、たまにデタラメを申しますが、重要な問題ではやはり共産党中央から離れることはないのですよ。

司会　次の質問です——莫言先生、私は余暇に六〇万字の長篇小説を書きました、現代青年の文学的歩みを書いております。自分ではこの作品は大変個性的であり、とても良く書けていると思うのですが、現代の文芸出版についてはまったく知りませんで、とても孤立無援の思いがしています。莫言先生に助けてはいただけませんか。

もう一つの質問は——莫言先生、最近はどんな本を読んでいますか。先生の読書には強い目的性がありますか。それとも暇潰しのためですか。

莫言　余暇に六〇万字以上の本を書いたとは、そのガッツには実に感銘を覚えます。と申しますのも、余暇の創作の厳しさは私にはわかっているからです。そこでアドバイス、その作品をまずネットに貼り付けてみてはいかがでしょうか。ネットに貼り付けて、広範な読者にまず読んでもらうのです。ネットの読者は大変見る目があると思います。もしも真に優秀でしたら、ネットで広まっていくことでしょう。ネットで広まってから、出版社を探して本を出すのです。あるいは海天出版社に送って、海天出版社の編集者たちに見てもらってはいかがでしょうか。この町の出版社にはご当地作家育成の責任があり、義務もあると思うのです。編集者たちに送って見てもらい、曠昕さんという社長を訪ねて「莫言さんから会いに行くようにと言われました」と言ってみてはいかがでしょうか。

司会　次の問題です――ある読者はあなたが最近どのような本を読んでいますかとお尋ねです。

莫言　私の読書はこれまでもかなり雑でして、しかも読みも浅いものです。こんな悪い読み方は、真似しないで下さい。私はよく逆読みしまして、最後の一頁から最初に向かって読むわけで、面白いと思ったら、最初に戻って読み出すのです。この間にはパムクの『わたしの名は紅《あか》』を読んでおり、この二、三日は、こちらに来る前には戯曲集を読んでおりまして、これはソ連の一九三〇年代の例の作家ブルガーコフが書いたもので、先ほど取り上げた作家です。この中の一作が「逃亡」でして、私は興味深く読みました。余計なことですが、ついでにブルガーコフという作家についてお話ししますと、彼は超階級的立場にある作家でした。スターリン統治期には、大変有名でした。スターリンはこの作家にとても関心を寄せており、彼の問題に対し何度も指示を出しているのです。この作家が書いた『逃亡』とは、白匪軍の高級将校を描いており、彼らは敗戦後に、イスタンブールへ逃げて行きます。彼の筆は主に白匪軍の高級将校がトルコ亡命中に祖国ロシアに寄せる心情を描いております。思いますに、それは赤軍の兵士が祖国に寄せる心情よりもさらに深刻でありまして、さらに印象深いものがあるのです。このような作品がソ連時期に、なんと何十回も上演が許可されているのです。しかし、上演当日から、両派は非常に激しく争いました。作家を罵倒する側は、ブルガーコフは白匪の手先、白匪の孝行息子だと言いました。ゴーリキーを中心とする、賛美する側は、良心的作家だと言うのです。彼が人間の真の状況を描いていたからです。

司会　すでに予定の時間は過ぎておりますが、フロアーの皆さんは莫言先生にもっと質問したいと、大変盛り上がっております。読者の皆さんから出された質問に対し、なるべく公平でありたいと思います。そこでここからは、莫言先生にお手元の質問の中から、ご自分が最も関心を寄せている話題を一つ選んでいただきたいと思います。

莫言　いえいえ、やはり順番に見ていきましょう――こういうご質問ですね。「映画『紅いコーリャン』に対し、どのようなご意見をお持ちでしょうか」。

『紅いコーリャン』は当時の環境にあって、やはりよく撮れていると思います。一九八七年に撮られた、中国の当時の映画の中で、『紅いコーリャン』はやはり別格でして、大きな視覚的衝撃を与えるものでした。私が満足しているかどうかですが、小説が映画に改編されると、これまではすべて芸術的側面が犠牲にされ、選択されてきたと思います。なぜなら数十万字の長篇が九〇分の映画に製作されるのですから、必ずや大量のものが失われるのです。優秀な監督はかすを取り除き、精華を取り入れますが、ダメ監督は精華を棄てて、かすを練り上げるのでしょう。張芸謀さんは優れた監督だと思います。

もう一つ質問にお答えいたしましょう。「文学創作において、私はあなたの追っかけです。あなたの想像力は、現代中国文壇ではこれを越えられる人は非常に少ないのです」。とんでもございません。この方の質問は、「あなたの作品の多くの部分が言葉の修飾、景物描写に力を入れすぎており、主客転倒の印象を与えております。この問題についてどのようにお考えでしょうか」。

小説で景物描写が、人物描写を食ってしまってはなりません。あなたのお考えに賛成です。ただし景物描写を、どのようにその作品に有機的に組み込んでいくのか、しかも景物描写のための描写ではなく――これは大変重要な問題です。作家は景物描写の過程で情感を込めなくてはならず、そのためにあらゆる感覚を動員するのです――聴覚、視覚、嗅覚、触覚そして連想まで動員して景物描写を行うのです。そのときの環境における人物のそのときの心情に密着して、景物に対する描写を行うのです。たとえば『静かなドン』から、私はよく例を挙げるのですが、グリゴーリーが自分の愛人アクシーニヤを埋葬したのちに、ショーロホフは景物描写を配置しますが、それは天空の太陽なのです。彼は次のように書いています――天空には一輪の黒い太陽がグルグルと回っていた。この描写は、主人公の運命と密接に関係しており、あってもなくてもいいような文章ではありえないのです。この一節の描写は、極度の絶望と失意で、苦悩が極点に達したグリゴーリーの心情を大変正確に暗示しております。このような景物描写は、不要ではないだけでなく、小説における画龍点睛なのです。私の作品にこのような点睛の筆が欠けているのは確かでして、多くの景物描写は確かに長すぎますので、あなたの批判はごもっともかと思います。

言葉の修飾に関して、言葉の修飾に対する作家の偏愛は、自分の眉毛や顔に対する女性の感覚と同様でございます。作家にはこのような趣向がありまして、それは作家の責任でもあるのです。女性が自分の顔を美しく飾るべきであるように、作家も自分の言葉をより滑らかに、より正確に、より優美に修飾せねばなりません。しかし私の修飾はやりすぎなのでしょうか。女性の厚化粧のようなのでしょうか。今後創作の際に、適度にするよう、注意いたしましょう。お化粧しても、人に嫌がられてはいけませんので。皆さん、ありがとうございました。

中国13

文学と青年

二〇〇七年六月　深圳

革命的文学と純粋なる文学には共に文学的意義があるものの、後者であった沈従文は長期にわたり正統的文学史から無視されていた。彼の文学は伝統的に道徳的に許されない事柄を共感あふれる筆致と濃厚な地方色・人情味で描くため、八〇年代以後は非常に高い地位を得ている――本講演では莫言の沈従文への深い共感が語られている。

深圳に来る前に、海天出版社『花季雨季』雑誌社の陳社長が演題は何かとお尋ねになったので、私はこう答えました。「共産主義青年団委員会企画の講演だったら、『文学と青年』にしましょうか」。この演題は確かにとても大きく、しかも多くの大人物が話してきたことですから、身のほど知らずの私は、自分から面倒を背負いこんでしまったわけです。

昨日、深圳の街角で見かけた車の後部に標語が書かれており、それは「天下の文章を書いて、若き君子になろう」という標語でしたが、この若き君子とはどんな君子なのでしょうか。

孔子様もおっしゃいました。「質、文に勝てば則ち野《や》。文、質に勝てば則ち史《し》。文質彬彬《ひんぴん》として、然る後《のち》に君子」（『論語』「雍也篇」。訓読は吉川幸次郎著『論語』（朝日新聞社）による）。文飾ありてまた質朴、つまり文飾と質朴との比率がそれなりのバランスを得て、ようやく君子になれるのでしょう。これは一つのスローガン、広告です。このようなスローガン、広告は、深圳という土地でこそ見られるものです。私は多くの土地を訪ねておりまして、毎日数多くの車を見ており、車の後部には各種の広告がありまして、洗剤の販売あり、レストランの客引きあり、各種の商品を宣伝していますが、後部に「天下の文章を書いて、若き君子になろう」というような広告を掲げた車は見たことがありません。お酒の広告でしたら、「孔府家酒を飲んで、天下の文章を書こう」というのがありまして、このコピーは私の友人によるご自慢の揮毫なのですが、実は名酒を飲んだとて、美文を書けるわけでもなく、酔ってデタラメを言うだけなのです。深圳のスローガンは、まずは天下の文章を書き、そののちに若き君子になるわけでして、これは共青団〔中国共産党の青年組織、中国共産主義青年団の略称〕のスローガンになってもおかしくありません。新時代の共青団は、雷鋒に学んで良いことをしようの企画を立てて若者を動員するだけではなく、新たな意味における青年の家となるべきであり、広範な青年層を団結して、科学、文化を学び、友と知り合い、共に進歩して行く組織であるべきです。当然のことながら、文化の中味を学ぶ方面では、文学鑑賞、文学学習、さらには文学創作の内容を含むべきです。私は最後にこの話題を文学まで引っ張っていきますし、文学と青年にまでも引っ張っていきましょう。

五・四運動〔一九一九年五月四日北京の反日学生デモをきっかけに、全国的に広がった民族主義的運動を五・四運動と称し、この前後に急成長した近代文学を五・四新文学と称する〕以来、文学は確かに青年と密接な関係にあり、文学も革命と緊密な関係にあり、文学、革命のスローガン、あるいは概念もまた、李大釗〔リー・

ターチャオ、りたいしょう。一八八九～一九二七。思想家・政治家、北京大学教授、陳独秀らと一九二一年中国共産党を創設した〕、陳独秀〔チェン・トゥシウ、ちんどくしゅう。一八七九～一九四二。思想家・政治家、北京大学文科学長、雑誌『新青年』を創刊して文学革命を唱え、一九二一年中国共産党初代総書記となった〕、魯迅、郭沫若、瞿秋白〔チュイ・チウパイ、くしゅうはく。一八九九～一九三五。ロシア文学者、政治家、一九二七年共産党総書記となる〕の名前と繋がっているのです。当時は、偉大な雑誌『新青年』があり、それは文芸誌であると共に革命刊行物でもありました。あの時代の人、あるいはあの時代の文学青年たち、彼らは文語文の息の根を止めようとしただけでなく、文学という武器を用いて、文学を突破口として、封建主義の息の根も止め、旧中国の運命をも一変させようとしたのです。そのため、当時の文学者は、大多数が革命家でしたが、文学と青年は、常に革命と結び付いていたわけではなく、革命の大波が巻き起こる中でも、やはり書斎にこもって『紅楼夢』を研究し、四書五経を研究する者もおり、やはり若い男女の悩ましき愛情のために悲しみ涙を流す者もおり、やはり『青春の歌』〔楊沫による一九五八年出版の小説〕に描かれる余永沢《ユィヨンツォー》のように革命から逃避して書斎にこもって、古書の山に埋もれて学問研究に励む者もいたのです。数十年が過ぎ、革命が勝利したのち、余永沢のような人も、社会への貢献は盧嘉川《ルーチアチュアン》、江華《チアンホワ》、林道静《リンタオチン》〔三人共『青春の歌』の登場人物〕に劣らぬことを、歴史が証明しています。余永沢のモデルである例の老先生は、晩年の作品で一時は洛陽の紙価を高め、現代青年に熱い崇拝を受けたとのことですが、盧嘉川のような革命モデルたちは、どこへ行ったのでしょうか。このような意味でも、革命の潮流にあっても、文学にも多くのタイプが必要であり、青年にも多くのタイプが必要なのです。

革命的文学も当然革命の大潮流の中でこのような積極的な推進・煽動宣伝作用として働きまして、ラッパ、それが響きわたるラッパであれ、行進曲であれ、烈火であれ、青年の熱血を燃え上がらせまして、これにより多くの青年が日常の瑣事を投げ棄て、心地良い暮らしを投げ棄て、革命の激流に身を投じるのです。しかしなお純粋で、人の魂を研究し、人の情感を描く作品は存在し、しかも多くの人に感動を与えるのです。革命の渦中に加わることなく、純粋なる文学の側に立つ多くの青年がいるのです。歳月が過ぎると、この二種類の青年には実は共に価値があり、革命的青年はもちろん学ぶに値するいっぽうで、一心に学問に励んだ青年にも社会的な意義があることが、歴史により証明されるのです。もしもすべての人が革命に行ってしまったら、学問は中断されてしまいますし、すべての人が学問をしていたら、私たちの社会には革命的な変革が生まれなくなってしまいます。これは人は革命から逃避せよと言っているのではなく、文学はどのような時代にあっても、常に多様な姿で現れるのであり、革命時代にあっては革命の文学もあり、花鳥風月の文学もあり、世態人情を表す文学もあるのです。革命文学を書いた蔣光慈〔チアン・クアンツー、しょうこうじ。一九〇一～三一。蔣光赤とも称した。主な作品に一九二七年の上海労働者武装蜂起を描く『サンキュロット』（同年作）など〕にも価値があり、愛情小説を書いた張恨水〔チャン・ヘンシュイ、ちょうこんすい。一八九五～一九六七。中華民国期の流行作家、代表作は『啼笑因縁』〕にも価値がありまして、抗日戦争が終わって、毛主席が重慶まで談判に出かけたときには張恨水に会って、服を作りなさい、と毛織物の服地を送ったとのことです。

文学史的意義から考えますに、革命的文学は一般に質的には粗雑ですが、粗雑ながらも文学史において地位を占めております。文学的意義から考えますに、やはり歴史を背景として、人物の魂を描き、典型的人物を作り出した作品がより長く伝えられております。この点で魯迅さんは最も優れておりまして、私たちの輝かしきお手本となっております。魯迅は五四文学革命の主将でありまして、社会批判、旧封建主義批判、旧文人批判に全力をあげました――槍を投げるがの如く、烈火の如くに。ところが魯迅はひとたび文学創作に戻りますと、すぐにスローガンふうの、宣伝ふうの、時事ニュース劇ふうの簡明さを棄てまして、ただちに人の心と正面から向き合い、魂を直視しました。彼は歴史・革命を背景として描き、その着眼点は、常に革命の潮流の中にある人物をめぐるものであり、革命における人間の姿、革命において魂に生じる変化、革命の大潮流における人間の運命の変遷を描いております。たとえば『阿Q正伝』、この中篇小説は革命を表現して、弁髪切りを描き、革命党を描き、阿Qが県城に行って「革命」に参加し、財物を奪うのを描いております〔「阿Q正伝」において、阿Qは県城では空き巣の手伝いをしただけであり、故郷の村では辛亥革命後に「革命」党に参加しようとして許されず、強盗団の一員という冤罪で処刑されている〕。しかし魯迅はこれらのことを主要面としては描いておらず、人物の幾度かの対話を通じて、このような「革命」を歴史的背景の中に置いて、さまざまなディテールにより、阿Qの魂の奥底を描いております。その後、一つの魂の描写を通じて、無数の人の魂に対し警告するのです。今に至るまで、阿Qと言えば、私たちはただちに一人一人の内面奥深くに、小さな阿Qをかくまっているかのように考えるのでありまして、いわゆる「阿Q主義」は我らが国民性の重要な構成部分なのです。毛沢東主席ものちにこうおっしゃいました――人は多少は阿Q精神が必要で、まったく阿Q精神なしでは生きていけない。魯迅がこのように深刻な魂を描き、このような文学における永遠の典型的人物を創作できたのは、第一に、彼が革命家の情熱と鋭敏さとを持っていたからです。第二に、彼は文学の法則を会得しており、当時の他の作家たちのように、表面的な、革命を絵解きするような作品を書かなかったからです。ですから、真の文学はやはり人生を直視し、人の内面世界の奥深くまで入り込み、典型的人物、典型的イメージを創り出すことを自らの最高基準とすべきなのです。

文学と青年に関しては、他の二つの角度から話し始めることも可能です。文学と青年、その基層的意味は文学を熱愛している青年と、創作を試みる青年とを指すのであり、このような青年を文学青年と略称します。その当時は、私も文学青年でして、文学青年とは疑いもなく文学の読者であり、それはすべての作家が通るべき道でもあり、文学青年から育ってこなかった作家はおらず、初めから作家になっていた作家はおらず、皆さん文学を熱愛し、文学を学びそして文学に酔い痴れるというプロセスを経てきたのです。各時代の文学青年には、それぞれの運命とその結果とがございます。一九三〇年代の文学青年ですと、蕭紅のようになった人もいれば、張愛玲のようになった人、沈従文のようになった人もおり、丁玲〔ティンリン、ていれい。一九〇四〜八六。湖南省出身の女性作家〕のようになった人もおります。ただ今、挙げたのは作家となった人々ですが、作家とならなかった人々、一九三〇年代に文学を熱愛していた青年は、数千万に上るに違いありません。大多数の人は文学に感化されて、あるいはその他の原因により延安に赴き革命に参加し、職業革命家となったのでしょう。文学的意義から申しますと、張愛玲・沈従文が長期にわたり正統的文学史から無視されたのは、彼らは文学的成果を残したものの、色合いがグレーでして、延安にも行かなかったし、共産党にも参加せず、当然のことながら共産党が指導したすべての革命運動にも参加しなかったからでございます。彼らの文学的成果はかなり大きいにもかかわらず、私たちのこの革命文学史から排除されていたのです。八〇年代から、これらの忘れられた作家たちがあらためて発掘され始め、しかも広大な読者と広大な文学青年の胸のうちで非常に高い地位を得まして、その地位とはかつて文学の教科書で非常に輝いていた作家よりも高くなったほどなのです。たとえば張愛玲の地位は以前には、とても丁玲とは比べものになりませんでしたね。八〇年代以後になりますと、文学青年や一般読者の胸のうちで張愛玲の地位は、早々に丁玲を超え、蕭紅を含めて、すべてに極めて大きな変化が生じました。沈従文の文学的地位は八〇年代から一直線で上昇し続けており、近現代文学史において、作家を挙げるとなると、魯迅、郭沫若、茅盾、巴金、老舎、曹禺が思い浮かび、沈従文はまったくこのリストには入らなかったのですが、八〇年代から現在まで、沈従文は魯迅と肩を並べるようになっております。多くの作家、多くの文学青年が中国現代作家の誰が好きか、誰の本を読んだかと問われて、魯迅と沈従文を挙げることが最も多い、魯迅よりも沈従文が多く挙げられることさえあるという状況を私は見ております。魯迅は私たちのお手本でありましたが、大きく誤解されており、長期にわたり棍棒代わりに使われておりましたが、実は、魯迅を棍棒代わりにする人たちこそ、魯迅が深く憎んだ人たちだったのです。しかし沈従文の文学観は、現在の社会にさらにピッタリ寄りそい、息が合うのでして、それというのも沈従文には特に鮮明な愛憎がないからなのです。それに加えて、沈従文は伝統的道徳が許さなかった、あるいは憎み、批判した多くの事物を、同情的な筆致で描いております。

彼のエッセーや小説を読みますと、濃厚なローカルカラーと人情味にあふれていることに気付かされるのです。解放当初の文学青年たちが、文学の道へと進んでいく方法は私たちと大差なく、やはり文学を熱愛したのち、創作を試み、それから広く投稿してようやく発表でき、それから一歩一歩と文学の道へと進んでいったのです。これらの文学青年の運命は、大部分五〇年代に激変しまして、当時の有名な青年作家の半数以上が誤って右派〔反革命分子〕にされてしまいました。彼らは何十年も書かず、七〇年代末に至り、右派から名誉回復されたのち、ようやく再び筆を執って、作家に返り咲いたのです。これらの人々は、のちに作家協会や文化部門の指導者となりました。解放初期の文学青年は、幸運であり、また不幸であったと言えます。

さらに一九六〇年代、七〇年代の文学青年たちがおります。そのころ、私は新疆にまいりまして、大量の上海の知識青年に出会いました。彼らはおそらく一九六四、一九六三年ころに、映画を見まして、彼らの言葉を使えば、「文学の毒に当たって、上海を離れ新疆に来た」のでした。この人たちは当時文学を熱愛しており、いつも映画を見、小説を読み、革命に憧れ、天地を切り拓くに事業に踏み出すことに憧れ、厳しい環境に赴いて自らを鍛錬しようという、ロマンティックな思いを抱いて、裕福で安逸な暮らしの上海を離れ、新疆のゴビ砂漠へと出かけたのです。当然のこと、これは半分冗談で申しているのですが、彼らはこの選択を後悔してはおりません——ゴビ砂漠に次々とオアシスを建設して、緑の大地を目にし、完成したビル・用水路を目にすることができ、大量の綿花や食料を収穫できたのですから、彼らの心は大いに慰められたことでしょう。ですから、この文学青年たちは、文学の益を受けたのか、それとも害を受けたのか決めがたいのです。

私たち一九五〇年代あるいは六〇年代初頭生まれの作家は、その前の文学青年とは異なりまして、中国社会の非常に不正常な時期に成長しており、大躍進政策、三年の困難、飢饉、文化大革命を経験しており、社会不安の中で育っているのです。八〇年代初期、社会がようやく正常化し始め、乱世が治まると、文学も蘇り、私たちは筆を執って創作の試みを始めました。思いますに当時の創作は強い功利心に基づくものでして、多くの青年が私と同様に、文学を手掛かりに自分の運命を変えよう、自分の社会的地位を変えよう、自分の貧しい暮らしを変えようと考えていたのです――もちろん文学に対する溺愛と憧れも持っていましたが。私たちの世代の作家には、作家協会や機関の指導者となった者もいれば、九〇年代初期に文学を棄てて、実業界に進み大金持ちとなった者ももちろんおりますが、やはりそれは少数派です。指導者にならず、なおも文学創作の道を堅持している者も偉力は衰えております――次々と若い作家が、長江の大波のように押し寄せて、私たちを岸辺に押しやるからなのです。長江では後ろから来る波が前の波を押して、前の波は砂浜で死ぬのですが、もちろん砂浜での死も一種の再生でありまして、砂に染み込んで帰っていくのです。

私たちの世代の文学青年は、文学への見方が五〇年代、六〇年代の方たちとは異なっており、私たちが創作を始めた当初の数年は、思想解放の運動と重なっており、一九八〇年代初頭には、二〇年来の西側文学の重要作の多くが大変盛んに中国語に翻訳されておりました。私たちこの世代の者は、文化大革命前に学校に入りましたが、ほとんどがじかに原文を読むことはできませんで、突如として一度にこんなに多くの外国文学作品の翻訳が出たので、読んでいると実際に眩暈がしたものです。文学的栄養吸収に関しては、私たちは五〇年代のロシア文学の深い影響を受けた作家よりも広範囲にいきわたり、文学手法はさらに大胆で、先駆的にして、アヴァンギャルドであるのかもしれません。小説の基調にも五〇年代作家とは異なり、あのような昂揚に、向上、そして光明ギラギラではございません。私たちの世代の作品においては、灰色が主な色調となっており、ほとんどの者が辺鄙な農村、社会低層の平凡な小人物の現実状況を描いており、作家協会は主旋律作品を描けと号令を掛けますが、八〇年代に文壇に向かった作家たちを振り返ってみますとその作品の大部分は主旋律の基準に合わないものでありまして、数名の作家だけが主旋律的なものを書いたものの、彼らが描いた主旋律は、やはり『青春の歌』、『延安を守れ』〔杜鵬程による一九五四年出版の小説〕、『林海雪原』とは大きく異なっているのです。時代が変われば、創作の主体も変わるのです——つまり各世代の作家の成長する時代、生活環境、受けた教育の背景が異なるので、描き出す作品基調も大きく異なるという状況が出現するのです。私たちの世代は、漠然としたスローガンにはもはや信頼を置かず、先輩作家が信仰していた多くのものに対し、大きなクエスチョンマークを書きましたが、それも私たちの作品が多くの批判を受けた重要な原因であるのです。しばしば奇妙で、荒唐無稽で、デフォルメされたものを描く——これも私たちが体験した一〇年の「文革」、社会現実が残した悪夢のような記憶と関わりがあるのでしょう。

最近の文学青年たちと言えば、一九九〇年代から現在までの人たちですが、彼らは七〇年代、八〇年代生まれの、一段と若い書き手でありまして、彼らが受けた教育、彼らが生きてきた環境は、私たちとは、大いに異なっており、彼らの人間の見方はいっそう人間の本性と本質、真善美、忠誠、友情、愛情への志向性が強いのです。人類の最も基本的な感情的要素にこそ、彼らは関心を寄せており、私たちよりも一段高等でありまして、彼らはこのような視点から人間を観察し、分析したのち、文学作品を書くのです。彼らは私たち世代の作家と比べて、あの五〇年代作家と比べて、いっそう幅広い特性、真に全人類に向きあうものを持っております。

この世代の作家の暮らしは、物質的にも精神的にも、私たちの世代とはすでに大きく異なっています。私の娘は八〇年代生まれでして、思い出せ昔の苦しみ、感謝せよ今日の幸せ〔鄧小平が一九七八年六月に全軍政治工作会議での講話で語った言葉〕と私が申しますと、娘の方は逆に当時のいわゆる苦しみを、実は大変ロマンティックな暮らしの状況と感じるわけでして、私たちが娘たちの幸福と思うことが、彼らとしてみれば大変なプレッシャーになっているのです。「あなたたちは食べるにも困らず、着るにも困らず、毎日鞄を背負って学校に行ってるけど、父さんのころは、卒業もしないうちに小学校に行けなくなって、毎日牛を連れ出しては放牧していたんだ」と私が申しますと、娘は「学校なんて誰も行きたくないから、私だって牛飼いしたい」と言うのです。そのようなわけで、時代が変わると、私たちの苦楽、善悪、美醜の観念など多くのことが異なってくるのです。そのようなわけで、それぞれの時代、それぞれの世代は、自らのものである文学を生み出さなくてはならないのです。ネット出現以後、文学は大衆的行為に変じ、文学創作は大衆的行為に変じ、皆がもの書きとなり、作家となったのです。かつて、雑誌はこんなに多くなかったし、作品発表の場もこんなに多くなかったのですが、今ではネットがその可能性を提供してくれまして、皆がそれぞれもの書きであり、また文学の読者であり、読者と作者が同じプラットホームで切磋琢磨し合っているかのようです。素人芸のように、今日はノッテルからちょっと書くけど、明日ノラなかったら書かない、ということが多くの人に許されるようになったのです。文学創作は大衆的行為に変じるべきであり、大軍勢で文学をやり、大軍勢で天下の文章を書くべきであり、文学的素養がある、天賦の才能がある若者が、最後に偉大な作家となる——このような可能性がさらに大きくなるのです。書き方が上手か下手かについては、主観的基準ではなく、客観的基準で判断すべきでして、いわゆる客観的基準とは、それぞれの時代がそれぞれの時代の作家を持つべし、各世代は自らのスポークスマンを持つべしなのです——それというのも年齢の差と、異なる成育環境により、各世代の思考様式が形成されているからです。私たちの世代の作家は愛情を描きません——それは私たちが経験不足であり、心変わり、暗い心の時代を経験して来たからなのです。ですから、筆を執ったときには、あのロマンティックな純真さを失っていたのです。新世代の若手作家の筆にかかると、愛情については自由自在、死ぬの生きるのと大騒ぎ、古典的愛情とモダンな愛情が確かに出現しまして、アニメふうの超クールな青年イメージ、少年イメージも出現しまして、これは半分バーチャルな世界で発生することであり、現実生活とは巨大な距離で隔てられているのです。新しい文学青年と新しい文学の中の青年は、奔放な想像力の産物であり、リアルな現実からの超越であり、理想と使命とは、この超越のうちに含まれておりますので、結局は文学は存在し続けることとなり、新世代の青年さらには少年の参入は、文学は永遠なりの理由となるのです。

最後に例の車の後部の広告に戻ることにいたしましょう。「天下の文章を書いて、若き君子になろう」。この若き君子とは、いったいどのような意味なのでしょうか。現在という時代において、若き君子とは何か、なぜ天下の文章を書くと若き君子になれるか、を一人一人で考えるのもよいでしょうし、いつの日かこの車を探し当て、車にスローガンを書いている人に、あなたは若き君子をどのように定義するのか、尋ねてみたいと希望いたします。私の胸の中の若き君子とは先人の業績を受け継ぎ未来への道を開く新人にして、彼らは文学の理想と希望とを代表するだけでなく、社会の理想と希望をも代表しなくてはならないのです。

中国14

東北アジア時代の主人公

二〇〇七年八月八日　韓国大学生訪中団

莫言はシルクロードを旅してきた韓国の学生訪問団を北京で迎えて、東北アジアの青年は東北アジアの時代の主人公であり、アジア振興のために宇宙意識を確立すべし、人類意識と宗教的博愛感情を抱くべし、本国文化と共に世界各国の文化を学ぶべし、偉大なる人道主義の情念をもって共同の繁栄・進歩・幸福のために自らの力を捧げるべし、と熱く語りかけている。

学生の皆さん、こんにちは。

まずは皆さんが栄光ルート沿いの長征を終えたことに対し、お祝い申し上げます。西安―蘭州―武威―敦煌―トルファン―ウルムチから北京にいらしたのですから。

西安は歴史と文化の都でありまして、そこで皆さんは秦の始皇帝の勇猛威厳なる兵馬俑をご覧になり、大雁塔の荘厳さと大唐芙蓉園〔西安市南部の曲江開発区に、唐代皇族の庭園を模して建築されたテーマパーク、二〇〇五年開園〕の壮麗さをご覧になったに違いありません。西安は漢代唐代の中華の中心であり、アジアで最も文化的影響力を持っていた都市でした。当時、西安の街頭を往き来していたのは、西域各国の濃い眉毛に窪んだ眼窩のアラブ人であり、日本から来た僧侶であり、もちろん高麗国から来た商人と学者もおりました。しかも、皆さんが事前にご存じの通り、盛唐期の有名な将軍の高仙芝〔?～七五五。高句麗出身の唐の武将で、西域経営に功績を立てたが、七五一年、タラス河畔の戦でアッバース軍に大敗し、安史の乱の討伐中に讒言を受けて玄宗帝の命により処刑された〕は高麗国の人でした。彼もまさに西安から、軍旅の生涯を歩み始めたのでして、しかもその後の歳月において、常人には想像しがたい苦難に耐え、多くの軍事史上の奇跡を創り出したのです。彼は唐王朝のために国土を切り拓き、国境の守りを固め、世界的にナポレオン、ハンニバルと並び称される名将となったのです。彼が指揮した葱嶺〔パミール高原の古称、不周山とも称された〕越えの長駆急襲作戦は、今に至るまで軍事史家により繰り返し研究参照されており、彼の山地行軍体験は空前絶後のものでした。

蘭州は果物の都です。八月の蘭州には、街中に果物があふれます。皆さんもきっとこの街でさまざまな美味しい果物を召し上がったに違いありません。蘭州では二つの山が向かい合い、中華民族の母なる河が街の中を流れています。河辺の有名な母なる黄河の彫刻には、皆さんもきっと注目なさったに違いありません。皆さんのカメラにはこの彫刻の写真が残されているのではないでしょうか。蘭州は果物で有名であるほか、拉麺《ラーミエン》ではさらに有名でありまして、中国各地の都市で蘭州手延べ麺を見かけるだけでなく、日本の東京や、北海道の札幌、韓国のソウルでも蘭州の拉麺を食べることができます。札幌には「ラーメン横丁」と呼ばれる有名な通りがあります。もちろん、ここの拉麺はすでに蘭州の拉麺とは大きく異なっています。蘭州人の気持ちにおいて、拉麺は単なる食品ではなく、一つの文化なのです。蘭州拉麺食堂の職人さんたちの実演を見ていますと、確かにユニークな芸術的演技を鑑賞しているように思えてくるのです。

敦煌の莫高窟は、世界的に著名な文化遺産です。一群の洞窟の中にはさまざまな彫像があり、今の人々に絢爛たる仏教文化を見せてくれるだけでなく、当時の俗世の暮らしも教えてくれるのです。これらのイメージを創り出した人々は、崇高なる宗教的情熱に基づいていたと同時に、そのイメージに世俗的願望を寄せていたのです。あの羽衣を翻して天を舞う「飛天」、そして反りかえって琵琶を弾く舞姫、すべては人民の偉大なる想像力を凝結させた芸術であり、また人民の幸せな暮らしへの憧憬と希望なのです。このようなイメージから、私たちは当時のアジア文化の交流が大変輝いていた状況を想像できるのです。一九八〇年代初めに、蘭州の歌舞劇団が、『シルクロードの花吹雪』〔原題「絲路花雨」〕という舞踊劇を上演しまして、中国で大きな反響を呼び起こしております。この舞踊劇の最高の振付は反弾琵琶〔琵琶を背負うように掲げて弾く振り〕です。私は一昨年お国を訪問した際に、ある晩ソウル大学の数名の教授が、彼らの女子学生たちに頼んで私のために舞踊を演じてもらいましたところ、鼓を打って舞い、衣裳をたなびかせ、腰をしなやかに揺らしていたので、私は思わず敦煌壁画の中の多くの像を思い出しました。

トルファンに関しては、皆さんはこのような中国の大変有名な歌をきっとお聞きになったことがあるでしょう――「トルファンの葡萄は熟し／アナルハン〔ウイグル族の娘の名〕の心はうっとり……」。あの土地は世界一の葡萄と乾し葡萄の名産地であり、世界一の美しい愛の舞台でもある、そのわけはお下げ髪がとっても多く、踊れば浮き雲のようにグルグルと回る美しい娘たちとたくましくも勇敢な若者たちがいるからです。

ウルムチはウイグル語で「美しい牧場《まきば》」という意味です。二十数年前に、私はこの美しい街を訪ねたことがありまして、そのシシカバブは忘れられません。もちろん、ウルムチ、新疆の印象は食物だけではございませんで、さらに忘れがたいのはあの輝かしき文化です。

そのようなわけで、皆さんがこのたび歩いたルートは、辺境開拓防衛の軍事ルートであるだけでなく、輝かしき経済交流、文化交流ルートでもあるのです。これこそが有名なシルクロードなのです。当時の風景を想像してみましょう。長い隊列のラクダは、背に絹と陶器を載せており、一路西方へと向かいまして、中央アジアの各国へと、東北アジアの財貨と文化を送り、そして中央アジアの財貨と文化を持ち帰るのです。私たちが今日食べているスイカ、私たちが奏でる胡琴、琵琶などの楽器は、すべてあの時代が残してくれた文化的成果なのです。

皆さんは、遙々と万里を走破して、北京にやって来ました。道中の多くは現代的な交通手段の助けを借りたとは言え、やはり長旅に苦しんだことでしょう。中国には『西遊記』という有名な神魔小説がありまして、それは唐代の僧侶の玄奘と三者の半神半人の弟子たちが長安から出発し、皆さんが歩いたルートに沿ってインドまでお経を取りに行く物語です。皆さんが西安でご覧になった大雁塔こそ、取経の旅から帰った唐の玄奘のために建てられたものなのです。皆さんのこのたびの旅行も、一つの『西遊記』だと思います。唐代の玄奘は仏教経典を取ってきまして、中国と東北アジアの国々における仏教の隆盛に大きな貢献しており、皆さんのこのたびの西遊も、やはり大きい収穫だったに違いないと思います。

この収穫は皆さんの生涯における、宝物となることでしょう。

古代中国の聖賢は、人はその生涯において、万巻の書を読み、万里の道を歩むべし、と提唱しております。読書と旅、それは人生における重要なプロセスです。皆さんの旅行は、大変有意義な文化考察でありまして、これにより視野が広がり、経歴も豊かになり、素養が深まったことでしょう。そのため、大山《テサン》文化財団〔生命保険会社の出資により設立。民族文化の育成と韓国文学のグローバル化を志向する文化事業を行う財団〕が組織したこのたびの活動は、深く広い見識に富んだ初めての事業であります。思いますに、皆さんはこの旅により、もう一つ極めて大きな収穫を得ておりまして、それはまさに皆さんの中国理解が深まった点、皆さんと中国の若者との友情が促進された点でございます。未来の東北アジアは、東北アジアの若者のものであります。皆さんはまさに東北アジアの輝かしき未来のため、意欲的に準備中なのです。

大山財団の責任者は、この講演で東北アジア時代の主人公のイメージを話して欲しいとご希望です。これは極めて大きな課題でありまして、本を一冊書いて論じるべきことです。時間に限りがございますので、今日は私の拙い考えを簡単に数点お話ししましょう。

まず第一に、二一世紀とは必ずやアジア勃興の世紀となるでしょうし、勃興するアジアの版図において、我らが東北アジアは注目を集めるステージなのです。東北アジアの青年は、アジア振興と、各々の祖国振興の重責とを背負っております。この重責を完遂するためには、東北アジアの若者は宇宙意識を確立すべきだと思うのです。広大な宇宙において、私たちが生きている地球は、微小なること一片の塵ほどにすぎません。しかしまさにこの塵ほどに微小なる青い星に、生命存在の必要条件が備わっておりまして、これは宇宙の奇跡なのです。そして地球における数多くの生命の中でも、人間だけが意識を持ち、自然を改造し、自らを改善する能力を持っているのです。私たちが人間としてこの地球で暮らせることは、誠に偉大な偶然であり喩えようのない幸運なのです。私たちの身体を構成しているのはありふれた元素であることを思い出して下さい。キム・ヒソン〔金喜善、韓国の女優で中国でも人気が高い〕であろうが、ペ・ヨンジュンであろうが、鞏俐《コンリー》であろうが、張芸謀であろうが、私たちと同じ元素から構成されているのです。このような雑談をいたしますのも、若者の皆さんに知っていただきたいことがあるからなのです――地球は宇宙におけるラッキーボーイであり、人類も地球における幸運なる種であるということを。私たちは我らが共同の郷里を愛護しなくてはなりません。地球に発生するいかなる災難も、すべて全人類の災難であり、私たち一人一人に密接に関わることなのです。

第二に、東北アジアの時代の主人公は、必ずや人類意識を抱き、必ずや宗教的博愛感情を抱く人でなければなりません。無論私たちの祖国を熱愛しなくてはなりませんが、祖国への熱愛と人類への熱愛とは矛盾しません。私たちは狭い民族主義的感情を警戒し防止し、怨恨を消去し、友好と平和と発展を求めなくてはなりません。皆さんの韓国の国父である金九《キムグ》さんはこうおっしゃいました。「私が望む民族の利益とは、武力で世界を征服し経済活動を支配することではなく、文化と愛とにより世界を感化し、その後に我ら自身がさらに美しく暮らし、全人類が睦まじく麗しい環境で暮らすようにすることである」。これはほぼ百年前に語られた言葉ですが、あたかも今日の言葉のようでございます。

第三に、東北アジアの時代の主人公は、必ずや広い文化教養を備えていなければなりません。私たちは本国の文化を熟知しているべきですが、可能な限り多くの世界各国の文化を理解すべきなのです。私たちは本国の優秀な文化的伝統を継承すべきですが、外来文化もよく学ばねばなりません。中国史における漢王朝と唐王朝とが、絢爛たる文化を創造した原因は、当時の中国人が、広く、開かれた心を持っていたからなのです。彼らは外の文化によく学び、外の文化を自らが発展するための栄養としたのです。私たちは唐の玄奘が天竺から取経してきた精神に学び、東北アジア時代の大文化創造のために努めるべきなのです。

皆さん、私たちが生きている時代は、進歩と退歩とが同時に存在している時代です。文明と野蛮とが殺し合いをしている時代です。積極的建設の時代であり、狂気的破壊の時代でもあるのです。富める者が贅沢をつくす時代であり、貧しい者が衣食も足りない時代なのです。失望の時代であり、希望に満ちた時代でもあるのです。我らが東北アジアの青年は、自らの見識高き眼力と寛容なる精神とにより、自らの目の前の問題に向かい合うべきです。私たちは愛の心により敵意を克服すべきであり、科学的精神により野蛮と退歩とに対抗し、偉大なる人道主義の情念で、人類に対する陰謀に対抗し、共同の繁栄・進歩・幸福のために自らの力を捧げるべきなのです。

中国15

私の文学経験

二〇〇七年一二月九日　山東理工大学

会場の山東理工大学は山東省中部の淄博市にあり、清朝の作家蒲松齢の故郷でもある。莫言は蒲を世界で誉れ高い短篇小説の大家であると絶讃し、彼は自分の文学の師であると告白して、科挙に落第し続け、貧乏暮らしをしながら自らの文学世界を築いていった蒲松齢とその時代を熱弁する。そして作家デビュー当初は外国文学に学んでいた自分が、やがて蒲松齢文学に回帰したとも語っている。

先生方、学生の皆さん、今晩は。

山東理工大学にまいりまして学生の皆さんにお会いできたことを、大変嬉しくまた光栄に存じます。淄博《ツーボー》〔しはく。山東省中部にある市、高密と済南市との中間に位置する〕に来て講義すると思うと、とても不安になりました——淄博には淄川があり、淄川には蒲松齢がいたからです。蒲松齢は中国の著名な文学者であるばかりでなく、全世界で誉れ高い短篇小説の大家です。三百余年前、蒲松齢先生が短篇小説を書いていたとき、チェーホフ、モーパッサン、O・ヘンリーらのちに短篇小説で名を馳せる作家たちは、誰も生まれていませんでした。蒲松齢のような偉大な作家は、淄博の誇りであるだけでなく、山東の誇りでもあり、中国の誇りでもあります。このような小説を書ける人は、とても大きな魂を持ち、とても豊かな想像力を持っているに違いありません。そのようなわけで、私は淄川に来て小説を語るのはリスクが大きいと思ったのです。

来てしまったからにはお断りしなくはならないことがございまして、私自身の創作は実に取り上げるに値しません。先ほど司会の学生さんが私の作品の題名を紹介して下さいましたが、私がこれまで書いてきた字数を加算すれば蒲松齢の何倍にもなるとは言うものの、私のこれだけ多くの作品を束にしても、蒲松齢さんの一篇の短篇小説ほどの価値もないのです。

今年の上半期に、淄博市で「蒲松齢短篇小説賞」が授与され、賞の対象は全世界の中国語で書かれた短篇小説でして、私の「月光斬」〔二〇〇四年『人民文学』第一〇期掲載〕が大変光栄にも受賞いたしました。主催者の『文芸報』と我らが淄博市が授賞式にお招き下さりましたが、あいにく私はスイスに行かねばならず出席できませんでした。欠席のお詫びに、私は感激と喜びの気持ちを戯れ歌二首に書きました。そのうちの一首が「空しく有す天地経営の才、いかんせんサクラチル、腹は不平で満ちるも漏らすところもなく、独り南窓に座して聊斎を著す」でして、第二首は「サクラチルとは幸いなり、姑息の官界より一人消え、聊斎一書永久《とわ》に伝わり、幾千の進士〔科挙最終試験の及第者〕は灰燼と化す」でして、淄博市では私ども受賞作家の題辞を壁に刻んだとのこと、字は下手くそですが、言わんとするところは、悪くありません。

私の言わんとするところは、蒲松齢先生は進士にはなれなかったものの、人類に対する貢献は進士たちに比べて遙かに大きいということです。彼の科挙受験は失敗で、済南に受験に行くこと十数回、すべて落第でした。しかし彼の創作を歴史の大河において考察すれば、もしも彼が郷試〔省単位で行われた科挙の一次試験〕に合格して、その後北京に行き会試〔科挙の最終試験〕に合格して進士になっていれば、『聊斎志異』が書かれることはなく、中国文学史、世界文学史から偉大なる作品が欠けることになる、ということに気付くのです。『聊斎志異』の影響は中国のみならず全世界に及び、多くの翻訳がなされております。『聊斎志異』は三百年間にわたり読み継がれてきただけでなく、さらに三百年後にもなおも読み継がれていることでしょう――『聊斎志異』という作品は永久《とわ》に不滅であり、永遠に伝わることでしょう。しかし蒲松齢と同時代で、蒲松齢の前後に進士となった人は大勢おりますが、もちろんその中には傑出した人もいるものの、大多数は歴史の変遷と共に灰燼と化していったと思う次第です。進士については、故郷の人や子孫というごく少数の人を除けばほとんど知られていませんが、蒲松齢を知らない者はいないのです。

小説家たるもの、自らの職業に対しある種の崇敬の念を抱くべきであり、厳粛で荘厳な事業と見なして文学をするべきであり、文学を自らの心の声を自由に表現し、広大な庶民を励まし呼び掛ける事業と考えるべきなのです。私たちは目の前の多くの一時の栄華に惑わされてはならず、やはり視線を遠くに向けねばならず、人類に対し価値あることをなさねばなりません。今では数多くの作家がおりますが、蒲松齢のような業績をあげられる者は少ない、それは個人の才能の問題と関わるのです。毎年大量の作品が発表されまして、私も絶え間なく書き続けておりますが、これらの作品のうちいったいどれほどが後世に伝わるのか、それは実に未知数なのです。とは言え蒲松齢のような偉大な才能がないから創作を放棄するということもならず、やはり書き続けるべきでしょう――蒲松齢を目標として、お手本として自らを励ますのです。

私の文学経験は、複雑といえば複雑ですが、簡単といえば簡単なのです。最初は自覚せずに蒲松齢さんと同じ道を歩いておりましたが、その後は自覚的に蒲松齢さんを自らのお手本として創作するようになりました。この二年間にわたり中央テレビ局の一〇チャンネルで「百家講壇」という番組が続いておりまして、我らが山東大学の馬瑞芳《マールイファン》先生が登場して『聊斎志異』についてお話ししており、『聊斎志異』研究の専門家ですので、精彩を放っております。彼女の解説により蒲松齢と『聊斎志異』はさらに多くの人に理解されて、『聊斎志異』の読み直しブームが巻き起こったのです。私は馬先生のご指導の下『聊斎志異』の多くの章を読み直しました。振り返って自分自身の文学の道をまとめてみたところ、自らの文学創作体験をまとめてみたところ、最初から無自覚ながら蒲松齢先生に学んだ道を歩いていたことに気付いたのです。

蒲松齢先生の創作材料は主に民間から来ております。大変広く伝わる物語に、彼は村はずれの大木の下に土瓶と茶碗、刻み煙草に煙草用籠容器、煙管《キセル》を並べて、行き交う旅人を招き、お茶と煙草を勧めまして、その替わりに物語を一つ聞かせてもらった、というものがございます。馬瑞芳先生の考証によればそれは不可能であった、なぜなら蒲松齢の一生はほとんど「赤貧洗うが如し」で形容でき、ほとんどの時間を故郷から遠く離れた土地で読み書きを教えており、彼の生涯にはそもそも村はずれでのんびり座って行き交う旅人を接待する暇などなく、そんなにたくさんのお茶を入れて旅人に飲ませることもできず、刻み煙草を買うお金もなかったということです。私が思いますに、そのことは蒲松齢作品の来源が民間ではないと説明するものではないのでして、彼は故郷で成長するとき、その後よその土地で塾の教師となったとき、常に芸術家の目で現実を観察し、芸術家の耳で暮らしの中の小説と関わる声を捉えていたのです。彼は小説に心を寄せる者として、私たちの故郷に伝わる多くの奇譚逸話、狐の話、幽霊の話を自らの小説の素材へと変成していたのです。

私は創作を始めたばかりのころ、回り道をいたしまして、当時は左翼文学思想の影響を受けていたので、小説とは宣伝の道具であるべきだ、小説は党の政策に沿っているべきだ、小説は多くの政治的任務を負わねばならない、それにはあらゆる手段を尽くして自分がよく知らない題材を探し出し、政治的任務に沿った嘘の作り話をしなくてはならない、と考えておりました。

一九八四年、私は解放軍芸術学院文学部に合格しまして、この学院で多くの啓発と教育を受け、次第に悟りを得たのです――実は小説は政治とそれほど密接な関係を持ってはならない、と。小説にはもとより社会的役割があり、当然のことながら宣伝激励の効果がありますが、作家は創作の際にはこれを自らの目的としてはいけないのです。作家は創作の際には人物から出発し、感覚から出発して、自ら最も熟知する現実を描くべきであり、自らの心に最も大きな関心を引き起こす現実を描くべきなのです。つまり他人に感動を与える、自分の作品で他人を感動させたいのなら、まず自らを感動させるべきであり、読者を落涙させたいのなら、自分が作家として執筆し構想している最中にまず自分が落涙するようでなければならないのです。

この点に関しては蒲松齢先生が三百年前にすでに実践しておりまして、彼の最優秀の章には多くの個人的鬱屈が語られております。多くの作品では幽霊や狐が語られているようですが、実はみな人間の現実を描いているのです。一見すると書かれていることは、存在するはずのない妖怪幽鬼の物語などでして、人間のこととはあまり関係がないようですが、これらの物語は実は人間の暮らし、人間の数多くの迫真の人物イメージをモデルとして描かれているのです。このこともその後多くの批評家と研究者が繰り返し研究し高く評価してきたことでして、彼は実は幽霊や狐の物語を借りて自らの個人的な鬱屈を表現しているのです。作家は必ずや感動を覚えたのちに表現すべきであり、新作を書くために無理に感興をもよおすべきではなく、必ずや作品においては自らの最も真実なる感情を注ぎ込むべきなのです。蒲松齢がこのように見事な小説を書けたのは、これほど多くの迫真の忘れがたき典型的人物イメージを作り出せたのは、執筆の際に自らのこの上なく真摯な、内面奥深くの感情を登場人物たちに注ぎ込んだからなのです。このような真摯な感情がいったん人物に付与されると、まるで神仙が指で触れた石を金と成し、気を吹きかけて仙と成すが如くなのです。

蒲松齢の一生で、最も心労となったものは、科挙試験の失敗です。このコンプレックスは彼に終生の恨み、辛み、鬱屈を抱かせました。晩年に至るも、彼はこの問題を忘れることはありませんでした。これほどの人、あのような才人でしたから、万巻の書を読み、政治的見識に富み、民間の暮らしの知恵にも書籍の知識にも、何にでも通じていたのです。彼の才能と学問は当時の多くの科挙及第の進士たちを超えていましたが、彼はまさに永遠に合格できず、幾度となく合格必至でありながら、結局は巡り合わせが悪く、落第したのです。思いますに、宿命という圧力、不遇の才人の憤懣が変じて創作の巨大な原動力となったのです。

馬先生の研究によれば、蒲松齢は生涯長期にわたりよその土地で塾の教師や知事の幕僚をしており、夢の中ではありますが恋人も持っていました。馬先生の考証によれば、この夢の中の恋人とは彼の友人のお妾さんで、顧青霞という名前でした。蒲松齢の詩の多くは顧青霞に捧げるものです。顧青霞は多才多芸でして、詩も作れ画も描け、さらに歌舞も上手で、大変美しかったのですが、美人薄命でありまして、詩も作れ画も描け、さらに歌舞も上手で、大変美しかったのですが、美人薄命でありまして、大変不幸でした。蒲先生は彼女を大変慕って大変同情しておりました。しかし礼儀・道徳に阻まれまして、すべてを深く心に包み隠さねばなりませんでした。馬先生は蒲松齢小説の中の多くの人物が顧青霞をモデルとして作られたのかもしれないとおっしゃいます。これも私たちが『聊斎志異』を読解する際の鍵であり、私たちが蒲松齢先生を平常の人と見なす理由であろうと思うのです。

蒲先生は現在の作家たちが遠く及ばない豊かな想像力を持っていましたが、凡人の一面も持っており、一通りの情欲を備え、喜怒哀楽もありました。彼の情欲と喜怒哀楽とは共に小説創作の原動力となりましたが、彼が偉大な点は、このような平凡な感情に溺れることなく、そのような感情を昇華し、自分の個人的現実と広範な民衆の現実とを結合していることです。個人的な科挙落第体験を科挙制度に対する風刺と批判とに変えましたが、彼のような批判は説教ふうではなく、自らのあらゆる思想、社会的不公正に対する批判をまずは人物イメージと結び付けたのです。つまり彼は常に人物から出発し、執筆の際には常に人を第一として、生き生きとした小説人物イメージの作成を彼の最高の目的としたのです。

これは私が多くの回り道をしたのち、振り返って蒲松齢を研究しようやくたどり着いた考えでございます。今、一九八〇年代の作品群がなぜそれなりの成功を収めたのか、多くの好評価を得られたのか、を振り返ってみますと、私が無意識に蒲松齢先生が一途に実践なさった創作の道に従っていたからなのです――現実から出発し、個人的感覚から出発するが、人生を広大な社会的現実の中に溶け込ませねばならず、個人の感情を広大な群衆が受け入れるような普遍的感情にまで昇華させるということです。

蒲松齢先生から学ぶべき第二の点は、古典的文献から創作の栄養を汲み取ることです。蒲先生は四書五経であろうが、諸子百家であろうが、中国の昔の本をすべて熟知していました。現在の私たちは先生ほどの深みに達することはできませんが、やはり可能な限り古典を読むべきであり、それというのも古典は歴史の検証を経ており、時間の淘汰を経ておりますので、伝承されてきたことにはそれなりの道理があるのです。古典を読むとは、実は祖先の肩の上に立つことでありまして、祖先の肩の上に立つことにより一つの高みに到達できるのです。もしも私たちが古典をまじめに学び研究しなければ、もしもまったく自分の潜在意識に頼り、直感に頼っていれば、多くの余計な道を歩かねばならず、もしも古典の基礎の上に立って登り始めれば、相当な高みを起点とすることになるでしょう。この二点は私がのちに蒲松齢を読み返していたときに繰り返し考えていたことなのです。

私の創作の時代は、もちろん蒲先生のあの時代とは大いに異なっています。蒲松齢が大量に読書していたとしても、現代作家のように西側小説を大量に読むことはありえませんで、これが私たちの世代の作家がなんとか創作できる理由かと思います。私たちは曹雪芹と蒲松齢と比べて中国の外から来た文学により多く接触できまして、翻訳を通じてアメリカの小説も、ロシアの小説も、日本の小説も、韓国の小説も読めるのです。つまり私たちの視野は二人の時代よりも広く、私たちが読める文学作品は彼らの時代よりも広範囲に違いありません。蒲松齢のあの年代、曹雪芹のあの時代においては、中国の小説が全世界の小説の高みに位置していたことは疑いの余地もありませんが、最近この百余年の間に西側の小説は次第に中国の小説を超えていきました。西側作家は文学的技巧に関する探求において中国の作家を後方に引き離してしまっており、特に一九五〇年代から七〇年代の約三〇年の間に、中国の小説家は小説の技巧面において基本的に探求をやめておりました。一九八〇年代に国の門戸が大きく開かれ、大量の作品が翻訳されるようになってからは、私たちはびっくり仰天したのです。私たちはカフカの作品を読んだラテンアメリカの作家のように、驚嘆したのです――実は小説とはこんなふうに書けるんだ。

もちろん私は蒲松齢の小説には西側現代小説のような技巧がないと言っているのではございませんで、実はたくさんあるのですが、彼は西側作家ほど遙かには進んでおりません、西側作家が小説技巧面の探求では我らが古典作家よりもさらに遙かにまで進んでいるのは、彼らの考え方がいっそう開放的であり、彼らは小説の決まりに対しいっそう激しくぶつかっていったからです。一九八〇年代から中国現代小説の発展が始まっておりその極めて大きな原動力の来源は西側文学の読書でした。今振り返って考えますに、私の三〇年近い創作の道は実はゆっくりとした自分探しの過程でして、最初は大量に他人を模倣し、無自覚的に無意識的に他の作家を模倣していました。その後もしも永遠に模倣の段階に留まっていては、トップにはなれないと意識するようになったのです。自分の作風を鮮明に打ち出せる作品を書かなくてはならないのです。私が思いますに、この鮮明な作風とは基本的に内容と形式の方面から解釈できまして、一つは自分自身のシリーズ作品に属する人物イメージの造型であり、もう一つは自分自身に属する自分自身の刻印が鮮明に打たれた言語を用いることであり、その他に他人が使ったことのない構造の小説であるべきですし、小説における人物造型、小説の言語と小説の構造を全面的に革新できれば、必ずや大変優れた作家となれることでしょう。もしもこの数点を達成できなくても、多くの小説を書くことができ、生き生きとした物語を数多く書けますが、それでも優秀な作家の水準に比べてかなり劣ってしまいます。

私の出世作は中篇小説「透明な人参」と言えまして、この作品は一九八四年に書いたものですが、執筆前に夢で啓示を受けたのです。早朝人参畑の夢を見まして、高密には丸くて大きくて特に鮮やかな赤い色をした人参があり、人参畑には赤い服を着た少女が漁のやすを持ち、人参を刺して顔を出したばかりの太陽に向かって歩いていくのです。それは輝かしき画面でして、目覚めたあとも映画の画面のように私の頭の中に長いこと浮かんで消えることがありませんでした。そこでこの夢の画面を基礎として、自分の少年時代の経験を混ぜ合わせたのです。もちろん書いているときには、小説の主人公の黒ん子〔原文は「黒孩《ヘイハイ》」、色黒の少年という意味〕はすでに私ではなく、私の感覚を書き込んだだけでありまして、彼は実際にはすでに独立した人物に変わっておりました。この子供は最初から最後までひと言も話さず、沈黙において、このような極めて豊かな感受性と想像力において、彼はあらゆる子供とは異なり、今の言葉で申しますと、この子は多くの超能力を備えているのです。彼には髪の毛が地面に落ちる音が聞こえますし、数百メートル離れていても魚が水中で吐く泡の音が聞こえますし、数十キロも遠くの鉄橋を汽車が走り去るときの振動を感じられるのです。

このような小説を書き始めた当初はまったく自信はありませんでした。小説にこのような人物を書いてもよいのだろうか。それというのも現実生活には基本的にこのような人は存在しないからです。このときにも蒲松齢が大変激励して下さいました。ご先祖様が人に変身する狐を書けたのなら、蝗が、鳥が、牡丹が、菊花も人に変わりえると書けるのなら、私にどうしてこのような超能力の男の子を書けないことがあるだろうか。どうして彼には髪の毛が地面に落ちる音が聞こえると書けないことがあるだろうか。この小説は発表後に大きな反響を呼び起こしました――それは一九八五年のことでございます。

一九八五年も中国新時期文学の黄金時代でありまして、佳作の中篇小説が登場しました――王安憶の『小鮑荘』〔『現代中国文学選集7』（徳間書店、一九八九）に佐伯慶子訳が収録されている〕、何立偉〔ホー・リーウェイ、かりつい。一九五四～。湖南省長沙生まれの作家〕の『白色鳥』、劉索拉〔リウ・スオラー、りゅうさくら。一九五五～〕の『君にはほかの選択はない』〔新谷雅樹訳、新潮社、一九九七〕などです。なぜこの時期が黄金時代かと申しますと、この時期には中国の若い世代の作家はすでに小説を文化大革命を告発するための政治的道具と見なすというような創作状態から抜け出しており、自らの言語、自らの物語の作風とタイプに注意を払い、小説の固定された様式に対し各自で反逆していたからです。劉索拉のこの小説は大変モダンな小説です。王安憶の『小鮑荘』も、大雨が何カ月も続くなど、魔術的リアリズムの痕跡を留めております。私のこの「透明な人参」は童話的色彩を帯びており、現実には絶対に見られない黒ん子のイメージを造型しました。私自身が創作の勇気を持てたことについてはやはり我らが開祖様の蒲松齢先生に感謝しなくてはなりません。

続けて私はシリーズものの小説を書いておりまして、一九八五年は私の創作の高潮期となったのです。当時は昼間は講義を聞き、朝は教練があり、行進訓練があり、整列訓練があり、さまざまな運動がありました。授業の合間と夜の時間に創作しまして、その一年でおよそ四、五作の中篇と十数作の短篇を書きました。その間には中篇『爆発』も書きました。『爆発』の中に父親が息子にビンタを張るという物語を書きました。一発のビンタのために千字書いたのです。当時王蒙さんは『人民文学』の主編で、王蒙さんはこの小説を読んでこうおっしゃいました――莫言は大胆だ。その後彼は別の人にこう言いました。「私も二〇歳若かったら完全に彼の好敵手になれるだろう」。私に言わせれば――二〇歳若くなくても完全に私の好敵手になれる。王蒙さんは言語面の感性的能力と誇張的修辞能力において少しも私に劣ることはなく、今に至るまでなおもこの種の強烈な言語能力を備えているのです。彼なら一発のビンタのために三千字は書けるでしょう。

次のよく知られた作品は『赤い高粱』となるはずです。『赤い高粱』を書いたのは一九八五年の年末でした。私は以前記憶違いをしており、『赤い高粱』執筆時間を一九八四年と言っておりました。今年上海華東師範大学の博士が『莫言伝記』を書きまして、彼は多くの研究作業をした結果、『赤い高粱』は一九八五年執筆であることを証明したのです。彼は莫言が『赤い高粱』の執筆時期を一九八四年に繰り上げたのはマルケスの影響という嫌疑を避けるためだったと申しております。それは多くの評論家が、『赤い高粱』冒頭の一句がマルケスの有名な小説『百年の孤独』の第一句と似ていると指摘しているからなのです。『赤い高粱』の第一句は次の通りです。「一九三七年旧暦八月一四日、盗賊のせがれである私の父は、于司令の一隊とともに胶莱河の橋までゲリラ戦に出かけた」（莫言作『赤い高粱』の実際の書き出しは以下の通りである。「一九三九年旧暦八月九日、わたしの父――盗賊のせがれはまだ十四歳になったばかり。父は、伝奇的な英雄として後の世に名をとどろかす余占鰲《ユイチャンアオ》司令の遊撃隊とともに……」（井口晃訳、岩波現代文庫））。そしてマルケスの『百年の孤独』の第一句は次の通りです。「長い歳月がすぎて銃殺隊の前に立つはめとなったとき、おそらくアウレリャーノ・ブエンディーア大佐は、父親に連れられて初めて氷を見にいった、遠い昔のあの午後を思い出したにちがいない」（鼓直訳、新潮社）。多くの人がこの二つの文章は大変似ている、少なくとも語気が似ていると考えております。そこでこの博士はこう言うのです――莫言が『赤い高粱』執筆を一九八四年に繰り上げたのは、一九八四年の時点ではマルケスの『百年の孤独』はまだ中国語に翻訳されておらず、彼は一年繰り上げて、『赤い高粱』が『百年の孤独』の影響を受けたという嫌疑を避けたのだ。その後考えてみましたが、潜在意識で確かにこのような考え方をしていたのかもしれませんが、それでも私は今でも『赤い高粱』は『百年の孤独』の影響を受けてはいないと申します――『赤い高粱』を書き終えたのちに『百年の孤独』を読んだのですから。文学史においてこのような事件は数多くございます――多くの人がこの小説はあの小説の影響を受けたと考えるのですが、作家は永遠に認めない。なかなか多くの作家は私のように率直――影響を受けたのなら受けた、受けていないのなら受けていない——とは限りません。マルケス本人もそうなのです。マルケスはよくわけのわからぬ小説が自分に大きな影響を与えた、と言いますが、これは目眩ましなのです。実際には本当に影響を受けた小説については、彼は語らず、却って別の小説が自分に極めて大きな影響を与えたと言うのです。それはちょうど私が昔は蒲松齢の私の小説創作に与えた影響を認めようとはしなかったように——私はいつもソ連のある作家と日本のある作家のことを話していましたが、実際には最大の影響を受けたのは蒲松齢なのです。私の先生は誰か？　開祖の蒲松齢でございます。

『赤い高粱』という小説は書き方が過去の抗日戦争を描く小説の書き方と大変異なっていますので、発表後大きな反響を呼び起こしたのは大変正常なことです。それから一九八六年は現代文学の当たり年でして、その時期には文学はなおもホットな話題でした。小説一作を発表した人が、一気に有名になれたのです。当時は多くの作家が短篇小説一作、中篇小説一作で巨大な名声を得ていました。今では多くの若い作家が続けて何作も中篇長篇を書いていますが、知名度は当時の私たちのようにパッと高まるということはありませんで、時代が異なり、人々の関心も異なりまして、それぞれの作品にはそれぞれの運命があるのでしょう。もしも小説『赤い高粱』シリーズを二〇〇六年に発表したとしますと、この小説は鳴かず飛ばずの作品に変じることでしょう。

この小説が生み出した衝撃力は基本的に三つの方面に由来するものです。第一の方面はこの小説が描く「私のお爺さん」——もちろん引用符付きでして、私の本当のお爺さんは大工であり、大変まじめな農民でした——小説の中のお爺さんは匪賊であり、強盗であり、略奪殺人し、至るところで人さらいをするのです。小説の中の「私のお爺さん」はそんな匪賊ですが、抗日戦争に加わり、抗日の英雄となります。かつての小説あるいは映画においては、我らが抗日の英雄は必ずや八路軍と新四軍〔どちらも日中戦争期の中共軍の名称〕であり、国民党の軍隊でさえその抗日振りは描けず、一九八〇年代に至りようやく国民党が前線正面の戦場で五〇パーセント以上の日本軍と戦ったことが認められたのです。我らが八〇年代以前の抗日戦争関係の文学では、抗日の英雄は八路軍と新四軍であったのです。『赤い高粱』は抗日する匪賊グループを描き、しかも大変悲壮にも、みなが壮烈な死を遂げており、戦い方も大変残酷なのです。これがこの小説が注目された第一の点だと思います。第二はこの小説の言語は確かに過去の伝統的な戦争描写の小説とは異なっていたことだと思います。自分にももちろん西瓜売りのお婆ちゃん、蜜ほど甘いと自画自賛という傾向は少しはありまして、「私のお爺さん」というような語りの視点は私が発明したものと考えておりますが、このように一度語られますと安易な手法となります。「私のお爺さん」で書けるなら、自分は「私の母方のお婆さん」で、自分は「私の伯父さん」で、自分は「私のお婆さん」「私の叔母さん」でとなんでもよいわけでして、『赤い高粱』のあとからは「私の母方の祖父」やら「私の母方の祖母」、「私の伯父さん」「私の伯母さん」やらの小説が大量に現れました。

私が当時このような一人称を使った理由は語りやすさを確保したかったからでして、のちの世代の子孫から先祖の物語を書くには、さもなければ全知全能の三人称を使う——「彼」あるいは「彼ら」で書くかなのです。一人称を使うとなると、明らかに大変不便です。私が自分のお婆さんの物語を語るのにどうして一人称で書けるものでしょうか。三人称で書くとよそよそしくて真実味に欠け、しかも語りにおいても不便ですし、しかも古めかしき過去というような物語しか語れず、歴史的物語と現在の状況とを繋ぎ合わせることが難しくなるのです。「私のお爺さん」「私のお婆さん」のような人称、このような語りの角度を用いることは、一度に歴史と現実との間の壁に穴を開けることと等しく、語り手は巨大なる便宜を得ることができまして、ちょっと脱線して風景を語り、激しい文体を使って、談論風発したり、ときに歴史に入り込んで、あたかも自分の目で見てきた事実であるかのように歴史的事件を描写したりすることができるのです。当時の状況を目撃できるだけでなく、先祖の魂奥深くまで入ることもできます。自分の「お爺さんお婆さん」たちがどのように抗日戦争を戦ったかを描けるだけでなく、「お爺さんお婆さん」たちの内面奥深くまで入っていき、彼らの心のうちのさまざまな考え方を描けるのです。このような語りの視角も、当時注目を集め評論家の好評を博した重要な原因です。もちろんそこでは多くの超現実的な描写が用いられ、また多くの悪ふざけするいたずら小僧ふうの心情も生まれています。のちに映画で姜文〔チアン・ウェン、きょうぶん。男優、監督、一九六三〜〕が演じた「私のお爺さん」というイメージはやはり小説の一部の精神を伝えています。『赤い高粱』という小説は特に映画化されたあと、影響力を増したのでした。

映画は一九八七年高密東北郷で撮影したものでして、一九八八年西ベルリン国際映画祭で金熊賞を受賞、これは中国現代映画による初めての国際的一流映画祭でのグランプリ受賞でして、『人民日報』が一頁全面を使って、「赤い高粱、西への旅」〔原文『紅高粱西』〕という見出しで報道したことを覚えています。当時の私は故郷の購買販売協同組合の倉庫で、新しい小説を書いているところで、私の従弟がその新聞を持って来て私にこう言ったのです――『赤い高粱』がもう受賞したよ。その後、私は高密から北京に戻ったところ、夜に汽車から下りると、駅前広場で若者たちが、輪タクを漕ぎながら、「進め！若き娘よ」を高らかに唱っているのです。一九八八年から一九八九年にかけての二年間、この歌は全国各地で唱われていました。

『赤い高粱』により私は虚名を得まして、本当に小説書きを職業とする人となってしまったのです。当時の計画では『赤い高粱』の方向で「赤い高粱一族」の各人物について書き続け、「お爺さんお婆さん」の世代を書いたら、「父」の世代を書き、「父」の世代を書き終えたら、「私たち」の世代を書くはずだったのです。「労役隊の父」という中篇も書いておりまして、私の考え方によれば――当時は進化論とは逆の反進化の観点でした――進化論は一代ごとに進化するのですが、そうではなく一代ごとに悪くなるのです。「お爺さんお婆さん」の世代と比べると、私たちの生き方は大変弱々しいと思っておりました。彼らはみな英雄、我々はどれもこれもとりわけ軟弱、とりわけ無能なのです。肉体的にも精神的にも、私たちは小人である――このような観点は、その後も他の小説でさらに展開されております。

しかしこの創作計画は突然中断されまして、その中断の原因とは、一九八七年に私ども山東省で有名な「ニンニクの芽事件」が起きたからです。我らが臨沂地区のある県で、農民が大量のニンニクを栽培し、大量のニンニクの芽を収穫したのですが、現地幹部の官僚主義、閉鎖性、その他一部官僚の腐敗行為も加わり、庶民の数百トンのニンニクの芽が腐敗してしまい、怒った農民はニンニクの芽を大通りにブチ播き、県庁の中庭に詰めかけ、県庁を包囲し、県長の事務室を破壊するなど大事件になったのです。当時の新聞も評論記事を掲載しておりまして、これは全国を騒がす事件となりました。この事件のために私が『赤い高粱一族』シリーズの創作を打ち切ったのは、現代作家として現在の状況に関心を寄せるべきだと思ったからです。私は身は首都にあっても心は高密にあり、軍服を纏っていても、芯はやはり農民なのです。農民は私と密接な関係にあり、もしも私がこのテーマで小説を書かなかったら、私は良心の呵責に耐えられないのでして、そのため私は部隊のゲストハウスにこもって、わずか三三日で、二〇万字の長篇小説を書き上げたのでした。

その後ある人が私に個人的にニンニクの芽事件が起きた場所に取材に行きましたかと尋ねましたが、私はどこにも行っておりません、私の全材料は『大衆日報』紙だけですと答えております。執筆の過程で取った方法がございまして、それはこの事件を私の故郷の村に移すということです。小説の中で描いた河、橋、家、木はみな私にとって最も親しみ深いあの村のものでして、わが家の裏手のあの河、河辺のあの槐の林、村はずれに村人が植えた黄麻《ジュート》など、みな私にとって最も親しみ深い暮らしの環境だったのです。小説の中の多くの人物もみな私にとって最も親しみ深い人々でして、その中には私の叔父や伯父がおり、私は表面だけ変え、別の名前にして、彼らをニンニクの芽事件の中に置いたのです。この小説がこれほど早く書けた理由、これほど迫真の描写ができた理由、これほど義憤にあふれている理由——この小説は怒りの「ニンニク」だと言った方もいました——は、執筆時に深い思いを抱いていたことなのです。一九八〇年代の末、農村幹部の腐敗、官僚主義は大変深刻でして、村の幹部たち、郷鎮と県の幹部の多くは、農民の利益にまったく関心を示さず、自分のお金儲けばかりを考えておりましたので、農民の暮らしは厳しく辛く、農民自身の頭の中の封建意識を含めて、農村の中には多くの暗黒にして遅れた現象が見られたのです（中国は省級・地級・県級・郷級の四層の行政区に分かれ、省級には北京などの直轄市と自治区が、地級には地区と済南などの省都や副省級市および地級市が、県級には県や現在の高密のような県級市が、郷級には莫言の故郷の村がある大欄郷（旧東浦郷）や日本の町に相当する鎮がある）。書いている間は自分が群衆の中の一分子であると感じており、自分が作家だとは考えておりませんで、当然のこと自分が庶民のために呼び掛けたり話しているとは思いませんでした。創作の過程で、自分自身が思わずのめりこんでしまい、小説中の人物となってしまったのです。この小説には解放軍軍学校の教員が出廷して彼の父親のために弁護しまして、義憤にあふれ、道理正しく厳しい言葉で興奮気味に語られるのですが、その中には次のような言葉があります。「執権党がもしも長期にわたり人民の利益をはからなければ、人民には党を倒す権利がある」。このような言葉は、実際に私自身が飛び出して語っているのです。良い小説家は自分が小説の中に顔を出すことを避けるべきなのですが、小説家が小説中の人物と融合一体化するようなときには、彼はもはや顔を出さずにはいられない、そのような状況もありえるのです。

『天堂狂想歌』を書いたのに続けて私は『赤い蝗』、『歓楽』などの小説も書きました。『歓楽』という小説は高校生をテーマとしており、数年連続して大学を受験し、とうとう彼の同級生は大学を卒業しますが、彼は依然として予備校におり、他人は彼のことを「高三学部」と称します。蝗をテーマとする小説も書いておりまして、題材は故郷のある友人に由来するものです。彼が蝗の害に関する嘘の報告を書いたのは、河縁の一帯に蝗が特に多いのを発見したからで、そのあとリポートを書いたのです。それは国務院の注意を喚起し、蝗退治に飛行機が派遣されそうになったのです。私はこの素材を使い荒唐無稽で、歴史と現実とを繋ぎ合わせた小説を書いたのです。

一九九〇年代以後は『十三歩』、『酒国』といった作品を書きました。『酒国』という小説は国内では知られておりません。この小説は外国では大変影響力がございまして、フランスの賞をいただいており、多くの外国語にも翻訳されております。『酒国』という小説は超現実的小説でして、その中には多くの妖怪幽鬼の描写が出てまいりますが、私にとっての開祖様はやはり蒲松齢でして、この妖怪も蒲松齢が書かせたものです。この小説の成功している点は、私としてはその構造だと思います。「莫言」が初めて一人の登場人物として小説に現れます。まず私は作家としてこの作品を書き、その後一人の文学を熱愛する青年が途切れることなく私と文通し、書いた小説を私に送ってきまして、彼の小説と私が執筆中の小説とは後半部で次第に融合して一体となり、このアマチュア作家の物語は、作家が書く物語と一緒になって一つの物語に変形していくのです。最後に作家自身が酒国という土地にまいります。その中には一人の特捜検事がショッキングな大事件の謎を解くプロットが織り込まれております。最後にこの特捜検事は犯人探しの側から他人に追われてあちこち隠れまわる犯人に変じてしまうのです。「莫言」は冷静に小説を書く人から最後には酒国の中に入り、飲まされて人事不省に陥ってしまいます。この小説は一九九〇年代の役人腐敗現象に対する批判が最も強い小説でして、国内の多くの評論家が縮みあがって評論執筆の度胸をなくしてしまったのは、この小説の筆鋒があまりに鋭いため、多くの話が彼らには明白に話せなかったからです。この小説中の多くのプロットは一見して、大変荒唐無稽ではありますが、荒唐無稽の中に非常に真に迫る現実が隠されているのです。

『酒国』執筆後、次の作品が『豊乳肥臀』です。この小説の書名には、若い子供の前では――数年前でも確かに私は顔を赤らめておりました。公開の場で書名を言うときには、ふつう私は『豊乳肥臀』という小説を書きましたとは言わなかったものですが、この数年は面の皮が厚くなり、社会的忍耐力がだんだん強くなってきたのに気付いてもおります。一九九六年の初頭にこの小説が出たときにはこの書名が大きな騒ぎを引き起こし、多くの御老体に中高年が小説の中味を読むことなく、書名を見ただけで雷を落としていました。当時の私はまだ軍隊勤務でしたので、彼らは告発の手紙を軍隊に送ってきました。今に至るまで私はこの小説の書名がエッチの宣伝であるとは認めておりません。この豊かな乳房に肥えた臀《しり》という言葉は、先入観による偏見を排除すれば、普通の言葉にすぎず、いかなる毀誉褒貶の描写も含んでおらず、この言葉の前半部の『豊乳』には賛美の意味が含まれ、『肥臀』には風刺の意味が含まれているはずかと思うのです。魯迅先生は「世界に文学あり、少女豊臀《ほうでん》多し」という戯れ歌を書いております。私がこの題名はまさに小説の内容に一致すると考えておりますのは、この小説の前半部は抗日戦争期の一九三八年のある戦闘から始まりまして、後半部は一九八〇～九〇年代の、改革・開放以後の現在の暮らしに至るからです。

八〇～九〇年代とは、欲望に満ちあふれた社会状況でした。我らがテレビの広告と我らが新聞の広告を見さえすればこの社会が欲望を宣伝し、欲望を強化していたことが理解できます。一時期には全中国の男性がインポテンツであり、全中国の女性が豊胸を求めていたかの如く、九〇年代は欲望氾濫の社会であります。小説の題名の中の「豊乳」とは母親のような偉大な中国女性を賛美するものであります――いかにして戦争と飢餓、病苦とさまざまな災難に耐え、頑強に生き延びてきたのかと。自分が生きるだけでなく、自分の子供たちを守り育てなくてはならず、さらに続けて自分の子供の子供も育てなくてはならないのです。このような母親は大地のように豊かで、万物を受けとめることができるのです。九〇年代の物欲あふれる社会に入ると、すべての人間が女性の肉体をめぐって旋回しているかのようでした。そのようなわけで私が書名として考えた「肥臀」自体には諷刺的意味が込められていたのです。原稿を出版社に送ったときには、編集者もこの書名に対し疑問を抱いており、こんな書名で出れば必ずや多くの面倒を引き起こし、下手するとこの本が封殺されてしまうので、『母』、『大地』のような書名に替えて下さいませんか、と言うのでしばらく考えてみましたが、それでも私が本来の書名にこだわったのは、どんな書名に替えようとも小説には相応しいとは思えなかったからなのです。その後皆さんの予言は適中し、出版されるや面倒なことになりました。すぐに続けてこの本は賞金一〇万元の大賞を受賞しました。一九九五、一九九六年には、一〇万元人民幣はやはり大きな数字でして、これも多くの人に不快感を与えたのです。

最大の論争を引き起こしたのはやはり本の内容でした。私は比較的超階級的立場と観点に立ち、私たちの過去の歴史に対し、個性的な描写を行っております。私たちはかつて戦争文学を書く、歴史文学を書く際には、常に階級的立場を鮮明にしなくてはなりませんでした。抗日戦争を描くときには、疑問の余地なく八路軍・新四軍の立場に立ち、共産党の立場に立たねばならなかったのです。軍事思想を語る際には毛沢東の軍事思想を主張せねばならなかったのです。作家はかろうじて物語を語る人にすぎず、作家の考え、作家の歴史に対する判断、作家の個人的観点が歴史小説や戦争小説の中に登場することは許されなかったのです。『赤い高粱』から私はこのように反逆を始めていたのだと思います――つまり小説において階級意識を薄めたい、人間を自分の描写の究極的な目的としたい、この階級あの階級の立場に立つというのではなく、全人類の立場に立ちたいということです。共産党を人間として描くだけでなく、国民党も人間として描きたい、善人を人間として描くだけでなく、悪人も人間として描きたいのです。今年の九月、山東省図書館で講演しまして、当時の創作を次のような言葉で簡単に総括いたしました――善人を悪人として描き、悪人を善人として描き、自分を罪人として描く。

善人を悪人として描く、この一句の意味とは、私たちが善人を描くときには善人をパターン化してはならないということです。善人も人間であり、英雄の身にもゴロツキの気風があり、ゴロツキの身にも大侠客の気風があることを認識すべきなのです。いかに偉大な人物であれ、その身には凡人の一面もあるのです。先ほど開祖蒲松齢先生のお話をしましたが、彼は疑いの余地もなく偉大な文学者ではありますが、彼にももろもろの情欲があり、また世間の名声利益の縄できつく縛られており、多くの思うようにならぬ個人的事情があり、しかもその思うようにならぬことどもは彼の創作において発露されるに至っており、しかも彼のこの種の思うようにならぬこと、個人的な考え感情も彼の作品を制約しており、彼の作品に歴史的限界性を与えてもいるのです。

悪人を善人として描くというには悪人の身にも人間性が残っていることを巧みに発見するというこ

とでして、この点は特に重要であると考えております。最近大きな論争を巻き起こしているアン・リー〔李安監督〕の『ラスト、コーション』〔原題『色・戒』。日中戦争下の上海を舞台とする女性スパイをめぐる張愛玲による短篇小説の映画化作品、二〇〇七年製作〕を見ましたが、多くの新聞が長々とアン・リーを批判して、彼が漢奸〔民族を裏切った者〕のお先棒を担いだと述べております。私はこれらの記事を読んでから特に張愛玲の小説を探し出して読み直しましたし、『ラスト、コーション』のDVDを買って見てみました。アン・リーさんは素晴らしい映画を撮ったと思いましたし、もはやそのような政治的観念で芸術作品を評論すべきではないとも思ったのです。中国人は漢奸となると激怒し、漢奸と言えば映画に出てくる礼帽を斜めに被って長衫《チャンシャン》〔ちょうさん、ひとえの長い中国服〕を纏い、タバコをくわえ、腰にモーゼル拳銃を挿し、髪を真ん中で分け、毛唐を見ればペコペコし、庶民を見れば威張り散らす連中を思い出すのです。実は漢奸にもいろいろおります。漢奸は人類の一構成部分ではないのでしょうか。漢奸も人類の構成部分であるのなら、小説家や映画監督、芸術家がそれを描くことを許すべきなのです。漢奸を描くときには漢奸を人間として描かねばなりません。私たちは周作人を漢奸と呼びますが、周作人とはそんなに単純な漢奸なのでしょうか。周作人は「五・四運動」期には、「新文学運動」で功績を挙げており、義憤に燃えて声を挙げるという一面も持っています。彼が漢奸になるには複雑な原因があります。汪精衛〔ワン・チンウェイ、おうせいえい。名は兆銘。一八八三〜一九四四〕は漢奸の大親分ですが、本当に汪精衛は悪いところだらけの人間なのでしょうか。彼はかつては孫文〔スン・ウェン、そんぶん。一八六六〜一九二五〕が最も信頼していた人の一人であり、汪精衛も当時は熱血の青年だったのですよ！　北京什《シー》刹海《チャーハイ》〔北京西城区にある湖、別名は前海〕の銀錠橋に爆弾を埋め、当時の摂政王、即ち宣統帝〔清朝最後の皇帝、名は溥儀、在位は一九〇八～一九一二。一九〇六～六七〕のお父さんを暗殺しようとしたのです。監獄でも悲憤慷慨の詩を書き、いささかも死を恐れず、もしもこのときに死んでいれば、必ずや英雄となっていたことでしょう。彼は「民国一の美丈夫」と称され、演説の才能は莫言の一万倍もありました。このような人がなぜ漢奸となったのか、その原因は大変複雑ですが、決して死を恐れてのことではなく、またお金のためでもありません。そののち張愛玲と結婚した例の胡蘭成〔フー・ランチョン、こらんせい。一九〇六～八一〕も同様で、これも素晴らしい文学者で、その文字の影響力、人間の感情を把握し魂を解剖する点も並みの作家では及びません。こういった漢奸はみな魅力的であり、単純ではなく、どの点から見ても個性が輝いているのです。私が思いますに、漢奸と言えども人間でして、しかも多くが大変厚みのある人間ですので、作家や映画芸術家にはこのような人間を描く権利があるのです。

アン・リーさんはとても巧みに解釈したと思います――易〔『ラスト、コーション』中の汪精衛政府の特務機関員〕氏は確かに人殺しをやり放題のスパイの親分ですが、王佳芝〔抗日組織の女性スパイ〕は彼を助けます、しかし最後に彼は恩を仇《あだ》で返して彼女を殺してしまいますが、彼女を殺さずにすんだでしょうか――おそらく殺さずにはすまなかった。張愛玲の小説は本当の事件に取材しておりまして、それは当時の汪精衛政府のスパイの親分丁默村〔ティン・モーツン、ていもくそん。一九〇一～四七〕と国民党側の中統〔中統局は国民党情報機関の一つ〕系スパイの鄭苹如《チョンピンルー》のようです。鄭苹如は美しく情熱的な若い娘で、当時の上海の『良友』雑誌の表紙に載ったことがあり、彼女の兄は国民党の空軍パイロットで、のちに日本人との空中戦で戦死しており、彼女のボーイフレンドも国民党の空軍パイロットで、やはり日本軍機との空中戦で戦死しております。私はこの小説を読み映画をじっくり見まして、アン・リーの演出には大変深みがあると考えております。見終わったあとは何日も、精神的に大変落ち込みまして、最後にこのような結論に達したのです――いかに偉大で高尚な目的のためであろうが、暗殺とは正しいものではなく、暗殺という方法で政治問題と社会問題とを解決することはできず、暗殺という手段で自らの目的を達成しようとする政党は卑怯である、これこそがアン・リーさんの『ラスト、コーション』を見たあとに得た結論なのです。

最後の一つは自分自身を罪人として描くことでして、これはこの数年繰り返し考えてきた問題です。一九八〇年代に始まったあの「傷痕文学」とは、実は「苦情訴え文学」なのです。八〇年代以後、我らが中国文学は同じテーマを続けて来ており、それは苦しみを描いて、苦難を訴えようというものです。最近数年の小説に至るまで、常に苦難描写と苦難の語りをテーマとしてきたのです。なぜなら苦難の叙事は人々の涙を誘い、読者に感動を与えられるからです。多くの批評家はこのような苦難の叙事に不満でして、私たちは外部的原因で創り出された苦難に対する訴えに留まっており人間の魂を深刻に描いてはいないと考えております。即ち私たちは世界の優秀な文学――たとえばロシア文学と比べてドストエフスキーのような魂に対する拷問が最も欠けている、と言うのです。私たちはしばしば情け容赦なく他人を批評し、批判しますが、私たちの間には一人として正面から情け容赦なく自らを解剖できる人はおりません。魯迅先生はもちろん成し遂げました――自分自身を解剖し、自己批判をすることができたのです。私たち現代作家は確かにこの点が欠けています。私は最近こう悟ったのです——罪人に対するが如く自らに対する、即ち自らを罪人として描く、あらゆる責任を他人に押し付けてはならないということです。私たちは文化大革命といえば、指導者を恨み、他人を恨みますが、実は私たち一人一人にも責任があるのです。実は当時の統治者たちの立場に置かれたとしたら、誰がよりよく対応できたでしょうか。他人の迫害を受けた多くの人が、実は他人を迫害しようとしたが、成功しなかった人なのです。〝四人組〟粉砕後に、血と涙で訴え出た人も、実は彼らを迫害した人と本質的には変わることはなかったのです。

私は最高人民検察院の機関紙で一〇年働きまして、大量の汚職、腐敗、貪官汚吏の事件に接してきました。このような事件を見まして、犯人にインタビューしまして、常に心のうちで秘かに自問しておりました——もしも自分が彼と同じような立場にいたら、もしも自分が彼と同じような状況に遭遇したら彼よりもよりよく対応できたろうか、清廉潔白でありえただろうか、まったく悪に染まらずすんだろうか。その後に私が到達した結論は大変危ういものでした——自分でも自信がない。あのような立場に立てば自分でも汚職官僚になり、同じような罪を犯した可能性が高いのです。作家はその立場と観点から自らを解剖して初めて、人のことを察せられるのでして、自分から出発して初めて自分が描こうとする人物の身上を察せられるのでして、ある特殊な環境下におけるそういった人がどのように考えるかがわかるのです。もしも自分に対する批判が甘ければ、自分を犯人として分析できなければ、真に魂に触れる作品は書けそうになく、ありきたりの苦難の叙事に留まるばかりなのです。

『豊乳肥臀』を書き終えて、すぐに『白檀の刑』を書きました。『白檀の刑』という小説は二一世紀に入って最初の私の長篇でして、私が多くのお褒めに与かりました小説でございます。この小説は技術的に少しばかりの新基軸がございまして戯曲と小説を結合しているのです。淄博にはどのような地方劇があるのか存じませんが、私ども高密には「茂腔《マオチアン》」がございます。会場には高密の同郷の学生さんもおられるでしょうが、その方たちは私ども高密の茂腔のことはご存じです。私ども高密には茂腔劇団もございまして、数年前には全中国で、全世界でただ一つの茂腔劇団だったのですが、その後膠州にも一つできましたので、二つとなっております。これは小さな地方劇でして、特に有名な劇目もございませんが、私どもは小さいころから茂腔を聞いて育っております。『白檀の刑』を研究する方の中には茂腔のＤＶＤやＶＣＤの資料を見たいとお望みの方もいますが、ご覧になるとひどく失望なさるのでして、こんなつまらない歌の芝居にどうしてあなたは感動するのかと言います。それは故郷の訛りだからと私は答えます。茂腔はわが故郷の一つの構成要素でありまして、わが故郷に声があるとすれば、そのメロディーとは茂腔なのです。その昔故郷を離れて兵隊になりまして、初めて帰省した際に、汽車を下りてすぐに聞こえて来たのが駅前広場のすみの油条《ヨウティアオ》〔ゆじょう。練って塩を加え発酵させた小麦粉を約三〇センチ長さのひも状にして揚げた食品〕売りの小さなお店から聞こえて来た歌声でして、女形《おやま》の老け役の泣き叫ぶかのような哀切のメロディーでして、たちまち目頭が熱くなったのは、それが故郷の声だったからです。この小説では私は茂腔に対し大幅な改編を加えまして、小説の中のこのお芝居に仮面を被るだの、猫の皮を着て舞台に立って唱うなどの多くの材料を付け足し、さらに多くの節回しを考案し、小説中の歌詞もすべて私が編んで作ったのです。『白檀の刑』という小説の材料は一九〇〇年にドイツが膠済鉄道を敷設したときに高密で発生した事件です。農民のリーダーは、常にドイツ人に喧嘩を売り、ドイツ人が昼間に鉄道を作ると、夜に壊しまして、最後には仰天した袁世凱が、これを鎮圧し、彼を殺します。現在の私たちがこの事件自体を見直しますと、それには二重性があり、鉄道自体にも二重性があります、結局鉄道は山東半島に何をもたらしたのでしょうか。思いますに、確かにそれは進歩的意義を有しており、我らが中国の二〇世紀初頭のあの閉塞した状況において、山東半島を横断する鉄道が出現したことは、我らが大地を揺り動かしただけでなく、我らが魂をも揺り動かしたのであり、中国の外ではすでに天地をひっくり返すような科学技術革命が発生していたことを私たちに教えてくれたのです。ですから汽車は近代的交通輸送の道具というよりも、巨大なる象徴なのです。そのため私は鉄道をめぐって、汽車をめぐって、大きな小説が書けると思いました、これも私が『白檀の刑』を書いていたときに考えた問題群です。もちろん『白檀の刑』の中には残酷な刑罰があるため大きな論争を引き起こしまして、この小説を読むと驚いて幾晩も眠れないと言う多くの女性がおり、もちろんこの小説は特によくできていると言う女性もおり、私が、あなたの最もお気に入りの場面はどこですかと尋ねますと、酷刑を描いた部分が一番好きだとのこと、ですからこのような女性はきっと特別に芯の強い女性だろうと思います。

『白檀の刑』執筆後は続けて『四十一炮』を書いており、『四十一炮』は実際には一九九〇年代農村の荒唐無稽なる変化を描いておりまして、ある屠畜村の人々は肉の中に水を注入します。その中では肉をよく食べる子供が象徴的に描かれ、それが肉小僧なのです。彼が故郷を離れたのち庶民は彼を神格化し、神に変えてしまいます。この小説は少年視点の小説でして、少年視点の小説は『四十一炮』において最も集中的に現われており、多くの人が私は少年視点に秀でていると考えております。そこで私はいっそ『四十一炮』という小説において少年視点の極致を極めようと思ったのです。

これに続くのが二〇〇六年一月に出版した『転生夢現』〔原題『生死疲労』〕でして、この小説は土地改革〔一九四六年から五二年の建国前後に共産党が実施した農民の土地所有制政策を指す。このとき地主・富農の土地は無償没収されて貧農・雇農に分配された〕中に誤って殺された地主を描いており、この地主は実際にはたいした罪はないのですが、のちに銃殺されてしまいます。この地主は悔しい思いを抱き、自分は生涯苦労してすべて勤労により富みを得たのに――現在の自営業者と同様なのですが――どうして自分を銃殺するのか、というわけです。その後彼は閻魔大王の許に行き訴え出て、上訴します。多くの評論家はこの小説も西側の魔術的リアリズムに学んだものと考えております。私が山東省図書館で講演をして、昼に馬瑞芳先生と食事をしたところ、馬先生はこう言いました――「莫言さんあなたの『転生夢現』はやはり蒲先生に学んだものなのでしょう」。

蒲松齢の『聊斎志異』の中に「席方平」という小説がありまして、一九六〇年代には私たちの中学の教科書の教材となっておりまして、それはある人が父親の無実を訴え、地獄で閻魔大王と不撓《ふとう》不屈の闘いを行うものです。閻魔大王は彼に多くの恐るべき酷刑を施し――鋸で縦に真っ二つに切る刑も含めて――、彼を富貴の家に転生させますが、彼は死んでも屈せず、あくまでも説明を求め、ついに二郎神〔道教における農耕や狩猟の神様〕に出会い、その後父親の冤罪を晴らすのです。私のこの小説は冒頭から地獄で無実を訴える人を描いております。確かに執筆中にはこのような方法で我らが開祖の蒲松齢先生へのリスペクトを表そうとしました。北京の評論家は気付きませんでしたが、馬先生は気付きまして、一目で気付いた馬先生は私が蒲松齢先生に学んだとおっしゃったのです。我らが山東省のある作家が神がかりになった振りをして人をたぶらかすと私を批判したので、私は戯れ歌を書いたことがあるのです。「神がかりは洋物借りに勝り、幽鬼を装うはクールを装うに勝る。わが師は誰ぞと人問わば、淄川蒲松齢翁とぞ応えん」。

今日我らが淄博山東理工大におきまして、当然のこと蒲松齢を避けてお話はできません。これは淄博に来たので淄川人のご機嫌うかがいをしましょう、そこで何かにつけて蒲松齢の話をしましょうというわけではないのでして、明々白々の、隠そうとも隠しようのない事実でありまして、馬先生でしたらこの冒頭第一章はどこから来たのか、一目でお気付きのことなのです。昨年のノーベル文学賞受賞者のトルコの作家オルハン・パムク、彼の小説『わたしの名は紅《あか》』の冒頭も私のこの『転生夢現』によく似ています。これは彼とは無関係でして、私のこの小説は二〇〇六年一月に出版されており、彼の『わたしの名は紅』は五月にようやく刊行されたのです。私が本当に学んだのは蒲松齢ですと申したい。蒲松齢について触れるたびに、私の思いは千々に乱れ、千々に乱れる結果として言葉もとりとめないものになってしまうのです。

思いますにこの人は私にとってとても重大な意味を持っておりまして、一九八七年に最初に台湾に行ったとき、講演原稿を書いてというので、私は短文の「蒲松齢に学ぶ」を書き、蒲松齢の『聊斎志異』の中の多くの物語はその昔家《うち》の老人たちが彼に語ったことだと述べました。これは私のデタラメです。私が当時農村で人民公社の社員として働いていたとき、いつも村人たちが妖怪や狐、幽霊、化け物の話をしておりました。このときには私はまだ『聊斎志異』を読んでおらず、のちに『聊斎』を読んで多くの話を『聊斎』の中に発見したのでした。当時は二つの可能性を推測しました。一つは私どもの村の知識分子が『聊斎』を読んでその物語を私たちに語って聞かせたことで、もう一つは確かに数百年前に私どもの村の者あるいは周囲の村の者がその物語を蒲松齢に語り、その後蒲松齢が本に書いたということです。しかし前者の方が可能性が高い、つまり後世の人が蒲松齢の小説を読んで、その中味を話したのです。

蒲松齢は小説の材料の面で巨大な革新を成し遂げただけではなく、純粋な文学的技巧においても私たちが学ぶべき点を多く備えていると思います。私は今年蒲松齢を読み返しまして、蒲松齢が細部の描写において確かに非凡な功績を残していることを発見したのです。彼はある地方で天から龍が降りてきて、庶民の家の前庭に降り立ったことを書いています。龍は身体はとても長く、その身体は太陽に照らされて、次第に臭みを発するため、多くの蝿が引き寄せられて、龍の身体の上を這い回ります。蒲松齢が言うにはこの龍が突然すべての鱗を開き、すべての蝿が開いた鱗の下に入ると、突然鱗を閉じ、この開閉によりすべての鱗の下に入った蝿は圧死するのです。このディテール描写はあたかも彼がその目で見てきたかのようでして、このディテール描写によりこの虚構の事件は大変な信憑性を帯びてくるのです。天から龍が降りてくるなどありえないと皆さんは考えますが、この鱗が開閉して蝿が圧死するというディテール描写により、私たちはこの物語を蒲松齢がその目で見たことのように感じてしまうのです。

たとえば彼の筆による「黄英」では、ある人が死後に菊花となりますが、この人は生前に特に酒を愛飲したので、この菊花は酒をかけられないと開花せず、しかも花が開くときに、馥郁たる酒の香りを放つ――このようなディテール描写はこの人の生来の愛飲振りに大変合致しております。彼は白秋蓮という女性も描いておりまして、彼女は長江の白鰱魚の化け物で、科挙受験生に連れ添って北方に着いたのちは、毎年長江から数桶の水を運んでもらい、この水を飲んでようやく生きながらえます、この水がないと死にそうになってしまいますが、これも私たち現代科学の真実性に大変符合しており、故郷の水だけが彼女の命の頼りとなるというディテール描写は、この人物の本性によく符合していると思います。『聊斎』には一篇だけわが故郷の高密を舞台とする小説がございまして、その主人公は阿細《アーシー》と申しまして、彼女は鼠の化け物なのです、この鼠の化け物は家業を起こす才能に富んでおり、ある特徴、嗜好、つまり食糧の貯蔵でありまして、これも鼠の天性に一致し、この鼠は人間に化けたものの、食糧貯蔵の習性は残していたのだと私たちは思うのです。まさにあまたの暮らしの中の常識的、経験的なディテールが蒲松齢のあまたの虚構の狐、幽霊、妖怪の小説に豊かな人間の暮らしの息吹を与え、これほど迫真の物語に仕立て上げ、これほど大きな説得力を与えているのであり、これこそが開祖様の蒲松齢がディテール描写の面において私たち現代作家に残して下さった貴くも彼に学ぶべき財産なのです。

今日の話は長くなってしまったので、これからは皆さんの質問にお答えいたします。この学生さんの質問はこれまで私が一番満足している作品と一番不満の作品はどれですか、です。一番満足している作品が答えやすいのは、先ほど触れた作品にはだいたい満足しているからです、最も満足している作品を言うとなると、先ほど取り上げた『転生夢現』のような小説を含めて確かに未だ書いておりませんで、人が死後、豚に変身したり、犬に変身したり、牛に変身したり、ロバに変身したりしますが、実は皆さんもちょっと考えますとおわかりになるように、これこそ蒲松齢の物語なのです。来年には開祖様の蒲松齢とはあまり似ていない物語を書き始めたいと思っております、もちろん文学において、魂に対する、文学に対する誠実な態度、人に対する熱愛においてはやはり永遠に彼に学ぶべきであり、ディテール描写において、技巧において、人物パターンにおいては違いがあるべきです。最も不満な作品といえば、『紅樹林』（原題『紅樹林』）という長篇小説を最も不満に思っております、私は一九九九年に軍隊から検察日報社に転職し、当時の上司が私に検察官をテーマとするテレビドラマを書くように命じましたので、職業的任務として完成することになったのです。私にはこの方面の生活体験がないので、執筆に際してはできる限りの調査をしましたが、やはり早馬で花見するようなもの、検察官の心理まではとても描けず、また描くものも南方の暮らしであり、広西省の砂浜の植物である樹木だったのです。赤い高粱でしたらお手のものですが、紅樹林《マングローブ》となるとそうはいかず、そのあと多くの人から、どう読んだって高粱畑にいるような感じと言われてしまい、私も、正直言って、紅樹林を高粱と思って書いたんだ、と答えたものでして、そのようなわけでこの作品は成功せざる作品だと思うのです。

第二の問題は『赤い高粱』がその後映画化されて、大賞を受賞しましたが、この映画のハイライトは何か、ですね。先ほど小説の映画化問題についてお話ししましたが、この小説の映画化、この小説の大賞は時間に関わる問題だと思うのです。もしもこの映画が現在撮られたら、大きな賞をいただくことはないのでしょうが、この小説は一九八七年に撮られ、一九八八年に上映されまして、あの当時の全世界の中国映画に対する見方は現在とはまったく異なっていたのです。以前は中国映画はブルガリア、ルーマニア、アルバニアのような国でしか上映されず、ソ連のナントカ賞を受賞することはあるだろうくらいに考えられていたのでして、西側では我らが映画、我らが文学作品はみな政治的であり、真の芸術ではないと考えていました。『赤い高粱』は世界に対しまったく新しい中国イメージを提供した、政治宣伝の痕跡を残さない芸術作品を彼らの鑑賞に供したものと私は考えております。他にもそれは庶民の間に大反響を引き起こしました、受賞は外来の要因でありまして、最も重要な深層の原因とは、一九八〇年代末の時点では、中国の改革・開放は一〇年足らず、当時の私たちの考えは十数年前と比べてずっと解放されてはおりましたが、実際にはまだまだ不十分で、中国の庶民はなおも長期にわたる集団化社会制度のうちにあり、個性は圧迫され、誰も自由に個人の意見を言うことが憚られ、誰もが家で言うことと外で言うこととは実際にはまったく異なる二つの言語体系に属し、まだ誰も自由に個性を表現することができなかったのです。当時は長髪やラッパズボンも、世論の責めを受けねばならず、鄧麗君（テレサ・テン）のような歌は退廃的メロディーでポルノ歌曲だと厳しく禁止されていたのでして、軍隊では鄧麗君の歌を聞こうものなら処罰されたものです。このような時代において『赤い高粱』のような個性を称讃し、大声で叫ぶ映画が出現したのですから、必ずやみんなの心のうちに共感を掻き立て、強烈な共感ともなったのです。この作品が当時あのような大きな影響力を持ったのは時宜を得たからなのです。

第三の問題は、今の若者が作家になるにはどのような努力が必要か、ですね。

まずは本当の暮らしをしてから、文学の方面に進んでいくことです。今日では選択肢はいよいよ多くなり、一人一人の才能には一定の方向があります。ある人は美術の方面、あるいは音楽、エンジニアリングの方面を得意としており、必ずしも文学の方面を得意とはしていないかもしれず、誰でもまずは自分が文学的素質を持っているかどうかを見きわめて、それから大いなる賭に出るとよいでしょう。もしもよき文学的素養を備えていると確信しているのなら、さあ書こうと思っているのなら、常套句を申しましょう――まずは自分が熟知している現実から書き始めるしかなく、その後に自分が熟知している現実描写を基礎として次々と陣地を拡大していくのです。執筆前に先ほどお話ししましたように、まずは数十部から百部の古典文学作品の熟読もお勧めします――先人がどれほどの文学的高みに到達しているのかを知ってこそ、その高みから登り始めることができるのであり、仮に他人の作品がどれほどの高みに達しているかを知ることなく、目隠しされたままで執筆すれば、当然ながら書ける作品は、成功率の低いものとなることでしょう。要するに文学には金科玉条などはなく、秘訣などもなく、ひたすら自らゆっくり悟るしかないのだと思います。よく言われることは、ゆっくり悟るとは障子紙のよう、一篇の短文とか、一行の文によりサッと障子紙を突き破ると、サッと掌握し、文学とはいかに書くべきかを理解するのです。私が思いますに、最も大事なことは書いているときに語感を把握することでして、書き初めは模倣でも構いません――九五パーセントの作家が模倣から始めているのであり、魯迅も含めてみな模倣から始めており、蒲松齢先生だってお手本がまったくなかったわけではなく、彼にもあったのであり、彼も我らが唐宋伝奇から多くの栄養を吸収しており、彼の『聊斎』の中の多くの物語は過去の伝奇から着想したものなのです。

この学生さんの質問は――あなたの作品はセックスと暴力だと言う人がいますが、あなたはこの問題をどのように見ていますか。

私の小説はセックスを描き、暴力を描いておりますが、私の特色がセックスと暴力というのは、一面的な評価だと思います――私の小説には豊かな現実が描かれているからです。中国のこのような環境にあって、私たち現代の作家は創作の際にセックスと暴力を避けては通れません。私たちはかつて暴力にあふれた時代を過ごしており、この暴力とは人の肉体に対する侵犯を指すだけでなく、人間同士の殺し合いを指すだけでなく、魂の暴力、言葉の暴力も指すのです。思いますに文化大革命とは社会的動乱でありまして、社会全体が動乱の最中にあり、本物の肉体的暴力が存在しており、それは批判闘争やら武装闘争でありまして、すべて存在していたのですが、最大の暴力はやはり魂の暴力であり、言葉の暴力なのだと思います。「文革」期の新聞社説を読みますと、私たちの多くの指導者の講話を含めて、当時の芸術作品を含めて、すべて攻撃的暴力言語で充満していたのです。そのようなわけで私たちが作品の中で暴力描写を行うのは、実は現実により決められている、あるいは私たちの個人的現実体験により決められているのだと思います。

このセックスの問題ですが、中国では数千年来特に近代になってからセックスに対する叙述はタブーにさえなっております、中国にはこのような長い封建制度があるのです。封建制度の最大の特色は女性に対する迫害です。この迫害は肉体面だけでなく、精神面も含めます。つまり私たちはみなセックス問題に対する認識において、実際に大変多くの封建的痕跡を残しておりますので、このようなものに対して描写を行うことは、思想解放の一段階だと思います。『赤い高粱』の中にもこのようなセックス描写があると思いますが、『赤い高粱』の中のセックス描写は人物造型と直接的な関係がありまして、このような描写がなければ、このような人物は成立しないのです。私は再び映画『ラスト、コーション』の話題に入り込んでしまいましたが、削除されたあとこの映画を見て、削除は正しくない、物語は男を逃がすという結末まで進めていこうとするのですから、中間のそのセックスシーンがないと、とても納得がいかないのです。

こちらの学生さんの質問は——あなたの作品では酷刑が描かれており、たとえば『白檀の刑』では凌遅の極刑が二〇頁以上も書かれており、このような描写にはどのように対応すればよいのでしょうか、そして熱血的な高密人として、私はあなたの故郷に対する深い愛情に感動しています。

酷刑描写と暴力描写とは同じ問題でして、やはりもしこの酷刑描写が小説の不可欠な部分であるのなら、それを残すべきだと思うのです。一部の読者を刺激し、一部の読者に読むに忍びがたい思いをさせ、多くの人に悪夢を見させるにせよ、やはりそれを残すべきなのです。この小説が最大の論争を巻き起こしたのはやはり酷刑問題だったと思います。これは必要と私はずっと考えており、小説でこんな描写をしているのは、この小説が首切り人を第一の主人公としたことと関係があるのです。それというのも魯迅先生がご自分の小説でこのような観客文化を批判しておられまして、彼の「薬」、「阿Q正伝」の中ではこのような処刑場面を描いており、そこでは多くの人がそれを囲んで見ているのです。魯迅によれば医学を棄てて文学に進んだのも、日本である映画を見たからでして、日本人が中国人を処刑しており、一群の中国人がぼんやりとした表情で囲んで見ていたので、彼は医学で肉体を直すよりも、魂を直す方がよいと感じたのです。彼は見物人文化を批判したのです。中国の封建的社会におけるこのような見物人文化は、実は三者一体で演出されるものです、一つは首切り役人、一つは殺される罪人、一つは見物人です。この三者の一つでも欠いたら成り立たず、首切り役人と処刑される側は演者でして、彼らが巧みに演じるほどに、彼らを取り囲んでいる観衆はいっそう満足します、この大勢の庶民のほとんどは、実は善良なる人々なのです。それなのになぜ、このようなときに、彼ら一人一人がとてつもない楽しみとしてこれを見に来るのか、文化大革命期のことを話しますと、私のような歳の者にはみなわかっているのです――私たちは銃殺刑をしようとすると、だいたい吊し上げ大会をやり、見せしめパレードをやり、自動車を使って全県各町村で街頭引き回しをやるのです。その目的は封建社会と同じでして、庶民に警告するため、あるいは庶民を脅すため、罪を犯すな、犯せばこんな罰を受けるというわけです。封建時代の刑法の特徴とは罪が重ければ重いほど、罪人は簡単には死ねないことでして、刑の執行過程をできる限り伸ばして、その過程で罪人に最大限の苦痛をなめさせるのです。

現代社会が文明期に入りますと、死刑制度改革の力も次第に大きくなります。かつては絞首刑でして、アメリカはイラクでサダムを絞首刑に処しましたが、中国では当然のことながらこの絞首刑はとっくに廃止されており、現在は注射でして、注射するときには五人の死刑執行人が同時に五個の注射器を持ち、すべての注射器に毒薬が入っているわけではなく、一つだけに入っており、他の四本は蒸留水で、この五人の執行人が死刑を受ける者に注射するので、誰の注射が毒薬だったのか、誰もわからないのです。現在ではこのような方法で執行人の心理的プレッシャーを和らげようとしています。それも首切り役人が特殊な職業であるからでして、『白檀の刑』という本はこのような特殊な職業を、特殊な人物を主要人物として描いており、そのような酷刑の数々なくして、人物の心理の動きを描くのは難しいと思います。この作品により私も多くの問題を考えまして、この『白檀の刑』はもちろん歴史に取材した小説ですが、この歴史に取材した小説は現代性と同時代性とを備えてもいるのです。この小説を書くべく刺激を与えたもう一つの重要な原因は一九八〇年代初期に名誉回復された張志新の事件です。張志新は先覚者でして、すべての人が文化大革命をしていたときに、彼女は立ち上がって林彪さらには毛主席の多くの誤りを批判したのです。彼女を銃殺するとき、死刑執行人が彼女の喉を切るように命じられたのは、彼女に声を出させないためでした。数年後に、彼女が革命烈士として名誉回復されたのち、メスで彼女の喉を切断した人は、どのような思いを抱いたことでしょうか。彼は罪の意識を抱いたのか、どのような方法で自己弁護したのか、思いますに自分とは関係ないと言った可能性が一番高いことでしょう。自分は命令の実行部隊、上がこうしろと言ったんだ、しかも革命の名において、人民の名において、プロレタリア階級独裁の名において、正々堂々と。それは私に『白檀の刑』の中の首切り役人の心境を連想させるのです。社会において、このような特殊な階層、このような特殊な人物である彼の心のうちの考え方は、一般の人とは異なっています。私は本書を書くとき魯迅先生が切り拓いた見物人文化という道を、さらに前進したい、つまりこの三者一体のうちの欠けている一角を補いたいとも思っておりました。もちろん私が補ったものが成功であったかどうかは、歴史の審判を待つしかありません。

もう一つ質問があります――『転生夢現』の理解の仕方についてお話し下さい。

生死疲労とは仏典にある言葉です――「生死疲労、貪欲より起こり、少欲無為なれば、身心自在」。つまり、人の苦痛とは、仏教が説く六道輪廻でありまして、畜生道、餓鬼道、天道、人間道などの類なのです。この六道において人は絶えず生まれ絶えず死に、大変苦痛な状態にいるのです。もしもこの状態から脱け出そうとするなら、少欲であるべきでして、欲が多ければ、苦痛も多くなり、欲望を持たねば、身心は自在となるのです。これは仏典にある言葉なのです。これを書名に使ったのは、小説の主人公が、畜生道にあって絶えず転生し、ロバになったかと思えば、牛になり、豚になり、犬になるからです。まだ多くの質問が残っていますが、時間がございません。

皆さんありがとうございました。

中国16

仏光は普《あまね》く照らす

二〇〇八年四月　二一世紀アジア文化発展展望フォーラム

アジアの経済振興後には東方文化の復興が続き、その中心は仏教であると語りながら、大清国の袁世凱の軍隊に従い朝鮮に駐屯した祖父の弟が全州金山寺で僧侶となったこと、莫言自身も愛知県知立市の称念寺を三回訪れて住職と深い友情を結んでいることを披露している。本書の編者・訳者は称念寺を参詣し、莫言揮毫の石碑などを調査している。近隣の菓子舗謹製の「莫言饅頭」は絶品である。

梗概　真のアジアの勃興は、経済発展速度において示されるだけでなく、アジア文化の再度の輝きにおいて示されるべきであり、世界文明に対しさらに大きい影響力を発揮すべきなのです。いわゆるアジアの勃興は、経済振興に先導されて、これと共に出現する東方文化の復興であるべきなのです。

私が思いますに、いわゆる文化の復興とは、当然伝統の復活、伝統の継承の意味も含んでいるのです。ただし単に昔の人の創造を保存したり複製するのでしたら、辛うじて先人に恥じずと言えるだけでして、後世に恥じることになるでしょう。思いますに、アジアの文化的勃興とは、一つの国家、一つの民族の文化的復興とは、保存と継承よりも、さらに重要なのはイノベーションなのです。あるいは伝統復活の本意とはイノベーションの準備と言えるでしょう。伝統継承の最上の方法は、伝統を基礎として、私たち自身の発明創造を加えることなのです。

私たちがいわゆる「民族の伝統」と見なしている多くのものは、実は私たちの祖先が伝統に反して創造したものでして、しかも外の文化から借りてきた可能性が高いのです。純血の民族伝統とは実は存在しないのです。私たちが今日言うところのいわゆる「中華民族の伝統」、「大韓民族の伝統」、「大和民族の伝統」とは、その源流はみな複雑に入り組んでいるのです。今日は異端に見える創造も、数年後には、伝統となって、我らが子孫から崇められている可能性が大いにあるのです。私たちは伝統継承の後世であり、それと同時に伝統創造の祖先でもあるのです。そして新しい伝統を創造できなければ、私たちは落第祖先なのです。

現在および今後数年間に、アジア文化は世界にいかなる影響を与えるのでしょうか？　アジア各国間の文化にはいかなる相互影響が働くのでしょうか？　アジア各国の人民は十分なる交流の基礎の上にそれぞれの国家と民族のものであり、しかも鮮明な東方芸術の情緒を備えた新しいものを創造するのでしょうか？　我らがアジア文化は共通する遺伝子を持つのでしょうか。持つとしたら、その遺伝子とは何なのでしょうか？

儒教の学説は東アジア地域では悠久の伝播の歴史とぶ厚い基盤を有しており、我らが東アジア地域の文化的遺伝子と言えるでしょう。仏教がインドから中国に伝わり、そして中国から東アジア各国へと伝播しました。アジアを見渡しますと、寺院が林立しているだけでなく、香煙が絶えることなく、しかも、一種の世界観と人生観となっており、仏教の影響は、すでに多くの家々に深く浸透し、あたかも遺伝子のように人々の魂に染み込んでいると申せます。アジアの文化は仏教とは切り離せないのです。アジアの未来の文化建設、アジア各国の文化交流、アジアの新時代の人たちの魂の成長は、やはり安寧調和した仏の光に覆われて進むに違いありません。

「二一世紀はアジア勃興の世紀たらん」という言い方が広まってすでに数十年経ち、今では、二一世紀に入り八年目を迎え、この言い方はなおも盛んに行われております。アジアは勃興しつつある、それともすでに勃興したのでしょうか。私たちの目の前に広がるものを見ますと、アジアはすでに勃興せりと言うのは、明らかに未だ誇張でございますが、アジアは勃興しつつあると言うのは、争えない事実なのです。

この数十年来、中国、インド、ベトナム、マレーシアという人口が多く、経済は立ち遅れていたアジアの国が、前後して多方面の改革を行い、巨大な活力を示して、驚くべき急速な発展を創り出し、世界の注目を集めております。至るところ建設中、商品は山積み、市場の潜在力は無限で、これまでこの国々を目に入れようとしなかった西側の強国も、何百年も見せてきた偉そうな態度を改め、投資にやって来る、提携にやって来るはめとなり、自分の製品の販路を求め、お金儲けをするためにお出ましなのです。中国、インドなど発展が遅れた国と比べて、日本、韓国など数十年前に豊かになった国は、金融危機のような試練を体験したのち、勢いを取り戻し、生気に満ちております。まとめてみますと、私のような一般庶民の目でも、次のことが読み取れるのです――経済的にも、政治的にも、アジア、特に東アジア地域は、確かにすでに世界の天秤の浮沈を決める重要な分銅となっており、西側強国が世界の運命を決める時代は、二度と戻っては来ないのです。

しかし、アジアの真の勃興は、経済的発展速度においてのみ現れているのではいけません、アジア文化の再度の輝きを現し、それと共に世界文明に対しいよいよ大きな影響を与えなければなりません。近代以来、アジア地域特に東アジア地域の各国は、西側から来た巨大な影響を受けてきました。西側の民主思想、科学精神、実証的態度は、すべて東アジア諸国における維新と変革において巨大な推進力となりましたが、強大な西側文化の全面的侵入後の東方文明の衰弱と没落は、東方各国の知識人と正義の士が深刻に憂慮する問題ともなりました。このため、いわゆるアジアの勃興とは、経済振興に先導されて、その後に出現する東方文化の復興であるべきなのです。

思いますに、いわゆる文化復興には、当然伝統の復活、伝統の継承の意味が含まれております。開祖様が創造した多くの輝かしきものが、もしも伝承されずに途絶えてしまったら、それは私たちの後世に対する犯罪でありますが、ただの復古、ただの古人の創造物の保存であれば、私たちは辛うじて先人に恥じずとは言えますが、後世には恥じるところが残るでしょう。思いますに、アジア文化の勃興、一つの国、一つの民族の文化的復興において、保存・継承の他に、さらに重要なのはイノベーションなのです。あるいは伝統復活の本意とはイノベーションのための準備とも言えまして、伝統継承の最良の方法は、伝統を基礎として、これに私たち自身の発明創造を加えることなのです。

去年の九月、私は中国作家代表団に付いて韓国ソウルの坡村を訪ねまして、韓国文化界で名声を誇る「創作と批評」出版社を訪ねました。同社のオフィスの目立つ位置に大変大きな磁気ディスクが置かれており、ディスクには「法古創新〔古《いにしえ》に法《のっと》り新《あたら》しきを創《つく》る〕」という四つの大きな字が刻まれておりました。「創」の字には旧字体が使われており、左が「井」の字、右は「刅」の字でして、最初はそれは異体字かと思っていましたが、その後辞書をパラパラと捲っていると、これこそが「創」の字の正字であることがわかったのです。古にのっとることは古式に拘泥することではなく、ましてやクローンでもなく、先人のお手本を参考することにより、私たちの聡明な知恵を表現し時代精神を反映する新作品を創造し表現することなのです。

今年の三月一三日、私はフランスの建築設計の大家で、中国国家大劇院の設計をしたポール・アンドリューさんと対談しました。彼が言うには、北京にいた八年間、暇な時間に私の小説のさまざまなフランス語訳を読んでおり、私の小説を愛読する主な理由は私の小説から本当の中国の特色や、音、色、匂いが感じられるからで、それはみな中国のものであり、中国の村と中国の家々に入り込んだように感じられるからとのことです。このようによく知らないものの、完全に理解できる現実により、彼は新鮮な審美的体験ができ、しかも創造のインスピレーションが刺激されたのです。斬新な設計スタイルで次々と激しい論争を巻き起こす現代建築の大家が、私のあの泥臭い作品群から創造のインスピレーションを得ていたとは想像もできませんでした。もちろん、その後私にもわかりました——私のような泥臭い中国作家が、国家大劇院の前に立ち、水面の倒影を見て震え出すように、芸術には実は泥臭いもバター臭いもなく、最も泥臭いものが最もバター臭いのかもしれず、これも哲学で申します「両極端は一致する」

ということなのでしょうか。

ポール・アンドリューさんと私は伝統と現代との関係について討論しました。彼が言うには、私たちがいわゆる「民族の伝統」と見なしている多くのものは、実は私たちの祖先が伝統に反して創造したものでして、しかも外の文化から借りて来た可能性が高いのです。純血の民族伝統とは実は存在しないのです。私たちが今日言うところのいわゆる「中華民族の伝統」、「大韓民族の伝統」、「大和民族の伝統」とは、その源流はみな複雑に入り組んでいるのです。今日は異端に見える創造も、数年後には、伝統となって、私たちの子孫から崇められている可能性が大いにあるのです。私たちは伝統継承の後世であり、それと同時に伝統創造の祖先でもあるのです。そして新しい伝統を創造できなければ、私たちは落第祖先なのです。

自慢話と誤解されるのを恐れることなく私がポール・アンドリューさんとの対談を引用したのは、次の三点を説明したいと思ったからです。第一、本来いわゆる純粋な文化伝統というものはない。第二、古に法る根本的な目的はやはりイノベーションである。第三、文化的繁栄は必ずや交流の状況において実現できる。

それでは、現在および今後数年間に、アジア文化は世界にどのような影響を与えるのでしょうか？アジア各国間において文化にはいかなる相互影響が働くのでしょうか？　アジア各国の人民は十分なる交流の基礎の上にそれぞれの国家と民族のものであり、しかも鮮明な東方芸術の情緒を備えた新しいものを創造するのでしょうか？　我らがアジア文化は共通する遺伝子を持つのでしょうか？　持つとしたら、その遺伝子とは何なのでしょうか？　さらに多くの問題を並べることができますが、すでに並んだ問題に答えるだけで、私はすでに答えに窮しているのです。我らがアジア文化の遺伝子問題についてのみ、浅薄ながら自分の考えを述べるのが関の山なのです。

儒教の学説は東アジア地域では悠久の伝播の歴史とぶ厚い基盤を有しており、我らが東アジア地域の文化的遺伝子と言えるでしょう。仏教がインドから中国に伝わり、そして中国から東アジア各国へと伝播しました。アジアを見渡しますと、寺院が林立しているだけでなく、香煙も絶えることなく、しかも、一種の世界観と人生観となっており、仏教の影響は、すでに多くの家々に深く浸透し、あたかも遺伝子のように人々の魂に染み込んでいると申せます。そのようなわけで、アジアの文化は仏教とは切り離せないと思うのです。アジアの未来の文化建設、アジア各国の文化交流、アジアの新時代の人たちの魂の鋳造と成長は、やはり安寧調和した仏の光に覆われて進むに違いありません〔三一七頁最終段落とほぼ同文だが原文に合わせて再掲した〕。

私がこの角度から考え始めた原因は、第一に、去年九月と一一月の二度にわたり韓国全州にまいりまして、韓国の学生たちにある高叔祖〔父方の祖父の弟、という意味〕の物語を話したことです。彼は一八七〇年ころに生まれました。若いときに大清国の袁世凱の軍隊に従い朝鮮に駐屯しました。その後彼は部隊から抜け出し、全州金山寺まで流れ着き僧侶となり、一九三〇年代に各地を転々として帰国しました。還俗したものの、晩年まで「高麗和尚」の称号で呼ばれていたのです。彼は一九五〇年代に私の故郷で水稲を植えようとしました。成功しませんでしたが、先祖代々畑を作ってきた農民たちを大いに啓発し視野を広げさせたのでした。彼は帰国帰郷後も独身を貫きました。九〇歳を過ぎて病に苦しむことなく天寿をまっとうしたのです。彼の気高さと非凡さは私たちに深い印象を残しております。韓国で彼の物語を語ったとき、目の前に彼が金山寺で修行している情景が途切れなく浮かんでくると感じておりましたし、さらに、二〇〇五年五月に、私が初めて韓国ソウルにまいりまして、夜にソウル大学の数人の教授と彼らの二人の女弟子と食事をしたことも思い出しておりました。食事が終わると、その二人の女学生は、一人が鼓を打ち、一人が朗々と唱い、上演形式は韓国人民が伝統と見なしている「パンソリ」、あの激しい鼓の音と響き渡る歌声は、民族の激動する悲しい歴史を表現しております。そして私は一九六〇年代まで生きていた祖父の弟のことを思い出したのです――河の堤で一人大きな声で独唱していた光景を。教授と女学生とに別れを告げるとき、朗々と唱った女学生から、私に一冊の画集と一幅の画が贈られました。画集の中味は学生さんのお父上の蔡元植さんが金粉で書いた経文図会《きょうもんずえ》と数人の高僧が漢字で書いた古典詩でして、画は達磨大師の「一葦渡江《いちいとこう》」〔六朝時代にインドから広州に渡来した達磨が、南京から北上する際に、一枚の芦の葉に乗って長江を渡った、と言う伝説がある〕の図でした。

私は日本には七回まいりまして、愛知県知立市の称念寺を三回訪れ、住職と深い友情を結び、住職を通して多くの日本の普通の庶民と知り合い、日本の民間の素朴な暮らしを実感しました。

私と韓国・日本との交流は、仏教との密接な関係を持っておりまして、私の最新の長篇小説『転生夢現』も仏教と、日本・韓国と関係がございます。

私がこのような理論性に乏しい個人的物語をお話ししました本意は、新しい世界において、我らがアジア文化交流は私たちに共通の文化遺伝子の上に立てられるべき、ということでございます。我らがアジア文化の発展とイノベーションも、私たちに共通の文化遺伝子によるべきなのです。私たちは仏の栄光に普く照らされながら、安寧調和の社会環境を作り出し、真と美が備わった完全な人文の壮観を発明創造し、寛容にして博大なる道徳的心情を陶冶し、然るのちにはアジアの光り輝く文化が全地球を照らし出すことでしょう。

中国17

私はなぜ書くのか

二〇〇八年六月一三日　紹興文理学院

魯迅の故郷の紹興で莫言は、魯迅の時代は今の時代とは異なり、魯迅・沈従文のような作家はあの時代の産物であって、どの時代でも魯迅が生まれるわけではなく、そもそも今は魯迅のように書くことを許す時代なのか、と述べながら、自分は三〇年来「善人を悪人として描く」「悪人を善人として描く」という発想を守ってきたが、今後は自らを罪人として書きたい、と語っている。

先生方、学生の皆さん、今晩は！

紹興文理学院にうかがい皆さんとお会いできて大変嬉しく存じますし、ただ今の司会者の巧みな優れた開会のお言葉に大変感謝いたします。私はたいした人物ではなく、中国作家の中でも最も醜い作家の一人です。もちろん、前外務大臣の李肇星の言葉を借りれば――ある記者が大臣は容貌が醜いと言ったとき、彼がこう答えたのです――李大臣はこう言いました。「君の言葉に僕の母さんは同意しない」。その昔多くの人が私のことを醜いと言うので、私が家に帰って母親にそれを話しますと、母はこう言いました。「わたしにゃそうは見えんけど」。それで私は大いに自信をつけたものです。

紹興に来るのは、これが二回目です。一二年前にも来たことがありますが、毎度紹興に来るたびに聖地に参拝するような感じがするのは、紹興には偉大なる魯迅がいるからです。彼の銅像は紹興に立っているだけでなく、上海、北京にもありますが、紹興は彼の故郷なのです。紹興には魯迅という偉大な文学者の他にも、王羲之《おうぎし》〔東晋の書家、三〇七？～三六五？〕のような書聖、蔡元培〔ツァイ・ユアンペイ、さいげんばい。一八六八～一九四〇。清末の革命家、中華民国期には教育部（日本の文科省に相当）部長、北京大学学長などを務める〕先生のような偉大な教育者、徐錫麟〔シュイ・シーリン、じょしゃくりん。一八七三～一九〇七〕、秋瑾〔チウ・チン、しゅうきん。一八七五～一九〇七〕のような革命家がおります。総じて、紹興は確かに偉人を輩出する地だと言えるでしょう。紹興文理学院にも龍が隠れ虎が臥《ふ》しており、将来にも魯迅のような偉大な人物、王羲之のような素晴らしい芸術家が現れることでしょう――もちろん、私たちは徐錫麟や秋瑾のような人が再び現れては欲しくありません、武を用いるに地なしであるからです。私たちはすでに偉大な社会主義の時代に入っており、造反は必要ないからです。

二〇〇五年に、私は北京魯迅博物館で講演を行いました。私に言わせれば魯迅博物館で小説について語るなど孔子様の門前で『三字経』をそらんじるようなもの、関羽様の馬前で大刀を振るうようなもの、実に身のほど知らずでありまして、恥をかくのも自業自得と言うべきなのです。魯迅の故郷の紹興に来てまたもや小説創作の話をするのも、同様に自業自得です。ところが私は厚かましいのが取り柄という人ですので、肝を太くして講演にまいりました。今晩はここまで話したところで、背後に視線を感じました――こんなに鋭く私を見ているのは、まさに魯迅先生なのでしょう。私たち中国人はこの方の眼差しの下ですでに数十年も過ごしてきまして、みんな慣れているので、魯迅先生が見るに任せて、私はお話を続けます。

先月末にトルコの作家パムクさんもこの場に立って講演したとうかがっております。五月二七日の夜、私は北京で彼と彼のガールフレンドのキラン・デサイさんを夕食にお招きしました。そのとき彼は興奮してこう言っておりました。「僕は明日紹興に行くんだ、紹興文理学院で講義をするんだ」。私は尋ねました。「あなたの演題は何ですか」。彼は答えました。「詰まるところ私たちは誰か？」。私は言いました。「その演題はすでにいろんなところで話したのではないのですか？」。彼は答えました。「作家が大学の先生のように毎日題名を替える必要があるだろうか。同じ演題で世界中を講演して回ったっていいさ」。私が話したいことは多くの場合すでに話しているので、元々私は来るつもりはなかったのですが、パムクさんがこんな調子なら、私も構わないだろうと思い直したのです。

パムクさんの「私は誰のために書くのか」の講演原稿を私は幾つもの雑誌で読みましたので、彼がおおよそ何を言ったかはわかっています。彼が最後に出す結論ふうの言い方は、最終的には彼の心のうちの理想の読者のために書くというものです。多くの作家は「私は農民のために書く」、「私は労働者のために書く」、あるいは誰々のために書くと言いますが、こうしたスローガンは一見正しいようですが――もちろん私もこれらの作家の創作目的の誠実さを疑いはしませんが、実際には多くの言い方は推敲に耐えられないのです。たとえば昔の私も農民のために書くと申しましたが、その後調べてみたところ、このスローガンは実際には作家の独りよがりでした。

私の故郷は山東省の高密でして、高密人が書く小説に高密人は熱い読書の情熱を持つのが道理なのですが、事実は高密の農民で私の小説を読む人は大変少なく、私の村の人も含めて皆さん読んでいません。私が帰省するたびに彼らはこう尋ねるのです。「あんたはどこの新聞社の記者なんだい?」。私は答えます。「『解放軍報』にいます」。彼らは記者とは最もすごい人で、途方もない権力を持っていると思い込んでいるのです。その後私は軍隊を離れたときに、なぜ『検察日報』の記者となることを選んだかと申しますと、これも故郷のお年寄りや村人のこの潜在意識の影響を受けたのです――帰ったら偉そうに僕は『検察日報』の記者なんだと言えるようになるためなのです。皆さんはこう応じるのです。「アイヤー、この子も偉くなったもんだ」。さらに年配の老人はこう聞くことでしょう。「今は何等級なんじゃ?」。うちらの県長と同じくらいさと僕は答えます。「そんな官職なら立派なもんじゃ」。ですから作家ですと言っても、私の故郷の農民の心のうちではちっとも偉くはないのです。私たちはうぬぼれてはならず、作家はとってもすごい、とっても荘厳、とっても神聖などと思ってはならないのです。

ですから私は「農民のために話し、農民のために書く」といったスローガンは一見威勢がよさそうですが、大変空しい、と申すのです。農民は、私たちの読者ではないのです。それでは言い方を変えてみましょう――農民のために創作するのは農民のために訴えたいから、農民の低い社会的地位と農民が受けている不公平な待遇のために訴えたいから、私たちの小説あるいはその他のスタイルの文学作品を通じて農民の運命を変えたいから。これも実は空論だと思います。作家の小説から生まれた政策など一つとしてないのですから、作家が自分の小説で社会問題を解決しようという考えは、大変無邪気であり、かなり幼稚なのです。

パムクさんのお話はかなり着実で、かなり率直です。彼も初期にはトルコという民族のために書く、トルコという国のために書く、トルコの広大な下層庶民のために書かねばならないと言っておりましたが、のちにこのような考えは大変無邪気であることを発見し、最後にはこんな結論に至ったのです――理想の読者のために創作する。彼の本を読む人はみな彼がお仕えする対象となるのです。

今日の講演の題名は「私はなぜ書くのか」でして、実際にはパムクさんの「私は誰のために書くのか」と大変重複しています。もちろん「私はなぜ書くのか」は「私は誰のために書くのか」よりも含むものがやや多うございます。私の個人的な経験によりますと、一人の作家において創作開始以来、創作終了までの、この長い執筆過程で、創作目的が一切不変ということはないのでありまして、創作開始時に確定し、その後は変化なしということはないのでして、作家自身の創作経験が豊かになり、社会が変化し、作家その人が各方面でだんだん変化するに従い変化するのです。書き始めのころの作家は筆を執って小説あるいは詩歌を書いていますが、その後、書こうにも書けなくなるまでの間には、幾度もの変化と発展を経験するのです。

もちろん魯迅先生のような偉大な作家は、書き始めと同時に大変高尚な目標を確立します。私が本日魯迅先生の旧居を参観した際に見つけた一枚の図版は、このような説明をしておりました――彼が日本で医学を学んだとき、映画を見ており、この映画は日露戦争中に、日本人が中国人たちを捕まえて、ロシア人のためにスパイをしていると疑い、群衆の前で彼らを処刑したことを描いていた。その周りを多くの物見高い中国人が囲んでいる、それは魯迅が批判した「観衆」なのです。これに魯迅先生は激しいショックを受けて、こう考えたのです。「私が医学を学べば、病気の体は治療できるものの、治療したからといって何の役に立つのか？　やはり豚や犬のように殺され、たとえ殺されなくとも精神が麻痺した観衆に変じることだろう」（魯迅は第一創作集『吶喊』の「自序」で仙台医学専門学校で日露戦争報道の幻灯を見て退学したときの心境を次のように書いている。「この学年の終わりを待たずに、私が早くも東京に出てしまったのは、あのとき以来、私には医学は大切なことではない、およそ愚弱な国民は、たとえ体格がいかに健全だろうが、なんの意味もない見せしめの材料かその観客にしかなれないのであり、どれほど病死しようが必ずしも不幸と考えなくともよい、と思ったからである」（藤井訳、光文社新古典文庫））。彼は人の肉体を治療するよりも、人の魂を治療した方がよい、と思うようになり、医学を棄てて文学を学ぶことを誓ったのです。

私が思いますに、魯迅のこのような厳粛な目的が、彼の一生の創作を決定したのであり、その後の彼の作品はみなこの目的をめぐって進行したのです。思いますにこの目的も時代の産物なのです。私たちが今日魯迅先生のような高尚で、荘厳なる創作目的を生み出せないのは、すべて我らが覚悟が低いからというわけではなく、これもまた社会の客観的条件により作り出されたものなのです。魯迅が生きていたあの時代には、文学は革命と密接に結ばれていたのです。あの魯迅の時代の多くの作家は、文学者である他に、革命家・思想家でもありました。文学が社会変革の道具であり、社会革命の前衛的作用を果たしていたのです。そのため魯迅たちの小説は極めて大きな革命的意義を帯びました。さらに啓蒙主義もあり、彼は民族性の奥深くに隠された病を見つけようとし、中国人の魂の奥深くに存在する深刻な問題を見つけようとし、彼の作品がこれらの麻痺した魂を揺さ振り、国人の覚悟を呼び覚ますことを願って、ついに社会変革という一つの目的に到達したのです。このように大変明確で大変高大なる目的は、今日の作家を大変感服させますが、私たちにはそうしなさいと言われても、大変難しいのは確かです。

今では多くの人――一般読者から評論家に至るまで――現代文学に対しては、多数がやはり大変な不満を表わになさります。多くの評論家によれば、現代作家はロクでもない、特に魯迅ら近代作家と比べると、現代作家には学問もなく、ビジョンもなく、思想性も才能もなく、当然のこと志もなく、鼠のように視野が狭く、浅はかで、功利的で、魯迅の世代の作家が身に着けていた香り高き教養にも欠けているというわけです。

中国の多くの評論家がこのように考えているだけでなく、海外のシノロジストの中にもこのように中国の作家を批判する人たちがおります。最近中国で大変有名になったドイツのシノロジストのクービンさんは、私の親しい友人ですが、彼によれば中国の現代作家は外国語がわからないので、魯迅たち近代作家とは比べようもない、とりわけ外国語がダメなこと、外国語のわからぬ者は良い作家にはなりようがないとお考えです。

私が彼のこの観点にすべて賛成しているわけではないのは、外国語がわからないものの多くの素晴らしい小説を書けた作家の例を数多く挙げることができるからです。沈従文は外国語は一つもできず、中国語ができただけでしたが、近代文学において、魯迅の次に来るのはおそらく沈従文でしょう。クービンさんは言葉は厳しく、それなりの道理はありますが、しかし全面的に、というわけではありません。私たち作家が厚かましくも書いていられる理由の一つがこれでして、私たちは外国語がわからないものの、沈従文も外国語がわからなかった、沈従文は私たちの「矢を防ぐ盾」でありまして、それゆえに私たちは相変わらず書くことができる、しかも傑作を書ける可能性があるのです。

総じて申しますと、魯迅の時代は今のこの時代とは確かに異なります。魯迅――あるいは魯迅の時代の、今から見ますと大変傑出した作家たち――が生まれ出た所以は、彼ら個人の天賦の才能を別とすれば、当時の社会環境と密接な関係があるのです。まさにエンゲルスが言った通りなのです――社会が偉大な人物を必要とするときには、自ずと偉大な人物が生まれる。社会的需要は百校の大学が育成する人材よりも重要なのかもしれず、大学は必ずしも育成できないのですが、いったん社会的需要が生じれば、自然と人物は生み出されるのです。魯迅、沈従文のような作家たちはあの時代の産物でして、どの時代でも、魯迅が生まれるわけではないのです。

それにしても、私たちは現在なおも魯迅のような作家を必要としているのでしょうか。この問題は文学院の学生さんが論文のテーマとして展開し、研究、討論なさるとよいでしょう。私たちは認めるべきなのです――この時代には魯迅は生まれない、これが正しいということを。それは私たち今の作家がまったく阿呆で無能だからではない、そもそも私たちに魯迅のように書くことを許す時代なのでしょうか？

一・一日三食が餃子という幸せな暮らしのために書く

私の最初の文学志望の動機は魯迅とは実に雲泥の差がございます。魯迅先生は国家を基準とし、民族を基準とし、当時の中国の「鉄の部屋」に幾つか穴を開けて、幾筋かの光明が差し込むようにして社会変革を促そうとしました。しかし今では私たちにはそのような必要はなく、今は「鉄の部屋」はなく、解放区の空は天気晴朗、太陽いっぱい風光明媚、穴を開けるところもなく、農村で地球に穴を開けるだけなのです。

当時の私は農民でして、毎年畑でたくさんの穴を掘っていました。私は早くに小学校をやめておりまして、ほとんど勉強をしておりません。自分の読書体験は幾つかのエッセーでパラパラと触れたことがございます。当時は本が少なかったので、どの村にも数冊しかありませんで、たとえば張さんの家に不揃いの『三国志演義』があり、李叔父さんの家には『西遊記』の二、三巻があるかもしれず、それから誰々さん家《ち》にも何とかの本が数冊あるといった具合です。当時の私はこれらの本を読み終わると、世界中の本はすべて読んだつもりになりました。兵隊になってから、私は自分が浅はかで、井の中の蛙、見上げて見える空の狭さにようやく気付いたのです。

私の隣人の一人は――山東大学の学生で、中国文学を学んでいたのですが、右派にされてしまったので、彼は毎日私と一緒に働いておりました。労働の間に、右派の本性改めがたく、いつも彼が済南の大学にいたころに知った作家の話をしておりました。そのうちにある作家の話になりますと――赤い傑作を書いていた作家です――彼の暮らしは大変腐敗しており、毎日三食餃子ばかり食べている、朝、昼、晩と毎度餃子を食べていると言うのです。一九六〇年代七〇年代の農村では、毎年春節〔旧正月〕の大晦日の夜にしか餃子は食べられず、その餃子も皮の色で二種類に分かれ、一つは白い上等な小麦粉、もう一つは黒い粗挽きの小麦粉です。私はこう思ったものです。「毎日三食餃子を食ってる金持ちなんているものか、それじゃあ毛主席よりもいい暮らしじゃないか」。私たちはいつも幻想を抱いており、飢えてお腹がグーグー鳴るとこう考えました。「毛主席は何食ってんだ?」。きっと毎朝油条《ヨウティアオ》を二本食ってんだろう、と言う者もいれば、きっと白菜と三枚肉の煮込みだろう、と言う者もおりました。もっとも毛主席が毎日三食餃子を食べているなど想像もできませんでしたが、この隣人はなんと済南のある作家は毎日三食餃子を食べていると言うので、私は尋ねました。「僕が作家になったら、毎日三食餃子を食えるの?」。彼は答えました。「当たり前さ、一冊本が書けたら、出版後は原稿料がたんまり出るんで、毎日三食餃子を食うなんてお安いご用さ」。

そのとき、私は文学の夢を見始めたのです。そのようなわけで私がなぜ書くのかと言えば、最大の理由は最初は毎日三食餃子を食べる幸せな暮らしを送るために書こうと思ったということなのです。これは魯迅の中国人の麻痺した魂を救うためと比べると、その差はなんと大きいことでしょうか。魯迅は私のような低俗な発想をしたことはないでしょう——それは彼の出身とも関係がありまして、私は今日の参観の際に、魯迅の家がお金持ちであることを知ったのです、お爺さんは進士、家にはとてもたくさんの部屋がある、かつて大変豊かな暮らしを送ったことがある、お金持ちの暮らしを理解している、私たちのように低俗なものではないのです。

二．人とは異なる小説を書くための創作

ゆっくりと、私のこの発想に変化が生じました。祖国の改革・開放に伴い、社会はゆっくりと進歩し、農村も改革されました。お腹グーグー、食料不足の状況は根本的に改まり、飢餓状態の解決から毎年上等な白い小麦粉を食べるまで、毎日三食餃子を食べるのもゆっくりと特に贅沢なことではなくなっていきました。このとき、私の文学創作の観念にも自ずと変化が生じたのです。

一九八二年私は将校に抜擢され、毎月何十元もの給料となりました。一九八四年私は解放軍芸術学院文学部に合格しております。その時期の創作目的は、もはやそれほど低俗ではなくなりました。

現在振り返りますと、一九八四、八五、八六の数年は中国文学および各種の芸術が黄金時代を迎えていたと言えまして、当時の考え方は大変解放的でして、文芸界だけでなく、現在の音楽界や美術界の特に有名な人の中にはあの時代に頭角を現した方も多く、それには映画監督たちも含まれます。八〇年代中期は大変良い時代だったと言うべきでしょう。そのときには、自分も短篇小説の二、三篇を発表する程度の創作では満足してはいませんでした。

「軍芸」の環境は徹底的に私の当初の文学観念を変えました。一九八四、八五年には大変受けて大変流行した小説が多くございます。そういった小説に私は満足せず、皆さんが言うほど良いとは思わず、少なくとも自分が最も好む小説ではありませんでした。では私が最も好む小説とは何か？　私の心のうちにも正確な考えはありませんでしたが、ともかくも大変受けて大変流行した小説とは異なる作品を書

かなくてはと思いました。これが当時の私が寝ても覚めても考えていたことなのです。

その後果たせるかな良い夢を見まして、夢には秋の原野に、人参畑があり——私たちの故郷には大きな人参がありまして、その皮は私たちが今おりますこの大講堂の背面のスローガンと同様に鮮やかな赤でした。太陽は昇り始めたばかりで——太陽も鮮やかな赤で——太陽の下を一人の赤い服を着たグラマーな少女がいて、手にやすを持ち、この人参畑にやって来て、魚取り用のやすで人参を刺すと太陽に向かって去って行きました。

夢から覚めると私はルームメートの同級生たちに話しました。「夢を見たんだ、とても美しい夢を」。ある同級生はこう言いました。「すっごくフロイト的だね」。私はこれを小説に書けないだろうかと言いました。ある学生が書けるんだったらもちろん結構なことと言いました。同級生たちは私を大いに激励してくれました。そこでこの夢の世界を基礎として、個人的体験も少し足して、書いたのが「透明な人参」という作品でして、これは私のデビュー作となったのです。本日ご来場の中には私の昔の同級生がいますので、ここまでお話しすれば、きっと同じ寝室で勉強していたようす、それから私の小説が発表された前後の声援を思い出しておられることでしょう——ルームメートたちは私を盛り立てようとして、討論会を開きみんなで小説を褒めてくれたのです。

「透明な人参」という小説の発表は、私にとって確かに一つの転換でした——それ以前に私が書いていた多くの小説は実際には大変「革命」的なもの、テーマ先行の小説でしたので。当時の私は小説は我らの政策に加勢できれば、ある政治運動に協力できれば大変光栄、素晴らしいことだと思っていました。解放軍刊行物の編集者がそっと私に教えてくれました。「我々は整党運動に協力する一連の小説をただちに掲載するんだが、もしも君の小説を整党の読み物に変えられるなら、君はすぐに有名になるよ」。私も本当にその方向に向かって努力しました、それは文化大革命期に、〝四人組〟といかに闘うか、いかに毛主席の革命路線を堅持するかという小説でした。これらの小説は発表できましたし、当時の何かの賞をいただいたかもしれません。しかし「透明な人参」を書き終えたあと、これらの小説を読み返すと、これらの小説には偽りという根本的欠陥があると思ったのです。一九八〇年代よりも前、「文革」前後には、私たちは革命的リアリズムの旗を可能な限り高く掲げておりましたが、実際には、このリアリズムはまったくの偽りであり、空虚なリアリズムであり、真のリアリズムではないと私は考えております。当時はまぎれもなく大多数の庶民がグーグーとお腹を空かせていたというのに、私たちは自らは良い暮らしをしていると考えていたのです。当時の中国人の生活水準は世界的に明らかに大変低いというのに、私たちは全世界の三分の二の人が自分たちよりずっと厳しい塗炭の苦しみの暮らしを送っている、彼らを解放せねばならないと考えていたのです――彼らを救おう、彼らを塗炭の苦しみから救い出してあげよう、と。このようにして私たちのこのリアリズムは本質的に偽りであり、前提が偽りなのだから、この種の小説も偽りに違いないと確信したのです。

「透明な人参」の創作過程で、リアリズムというのは実は大変幅の広いものであり、鏡のように現実を反映するのではなく、現実で生じた事件をそのまま作品の中に持ち込めばリアリズムになるわけではないことを知ったのです。リアリズムは実際には大胆な虚構を許し、大胆な誇張を許し、魔術を許すのです。

一九八〇年代はまさに私たちの世代が西側文学を猛勉強した時代でした。「文革」前後、あるいは一九七〇年代、六〇年代、五〇年代のこの三〇年の間、中国人の読書範囲は大変狭かったのです。中国の自らの作家が書いた赤い傑作の他には、ソ連の小説も読めましたし、もちろん東欧やベトナムの幾つかの小説も読めましたが、総じて申しますと社会主義陣営のものでした、もちろん幾つかの古典も読めました——トルストイの小説、フランスの批判的リアリズムの小説です。しかしこの数十年の間の、西側のモダニズム小説、フランスのヌーヴォー・ロマン、アメリカの意識の流れ〔ジェイムズ・ジョイス、フォークナーらが用いた内的独白の手法〕、とりわけ六〇年代になってからのラテンアメリカの文学ブームや魔術的リアリズムを、私たちは基本的に知りませんでした。

八〇年代初期の思想解放により、三〇年来蓄積されてきた西側作品が一夜のうちにすべて中国にやって来たかのようでした。そのときの私は、本当に突然野菜畑に入った飢えた牛のように、白菜でもよし、人参でもよし、どれを食べたらよいのかわからずに、どの本も大変面白かったのです。このような狂ったような読書も一種の猛勉強でして、それによる大変積極的な作用が小説の書き方、技法には数限りないということを知らしめしたのです。小説の書き方は大変多く、かつて私たちが小説には書けないと思っていた素材が、実際には最高級の小説の材料だったのです。

かつて自分にとって一番の心配は書ける物語が見つからないことだと思っておりまして、ない知恵をしぼって編み出そうと、新聞紙面を探したり、中央指導部の公文書を探したりしたものですが、あちこち探し回るのは間違いだったのです。「透明な人参」を書き終えたあと、ようやく気付いたのです——

これまでの現実体験の中に実は多くの小説の素材があることに。村のご近所や、自分がある場所で働いた経験や、河の中の魚、自分が放牧した牛や羊たちだって、どれも堂々と小説に書けるのです。しかも私の数十年の農村暮らしで、家《うち》のお爺さんお婆さん、近所の大爺さん大婆さんが話してくれたさまざまな物語は、すべて創作の貴重な資源となるのです。妖怪幽鬼の物語では、イタチはパッと女性に変じ、狐はフッとハンサムな若者に変じ、大木はサッと霊験を呈し、どこやらにスーッと首吊り幽霊が出るのです。ある日突然歴史物語が始まり、どこぞの橋で戦闘が起こり、戦闘中に銃撃を続けたため、一丁の銃は過熱して、あとで見ると銃身が二センチも伸びていたというのです。こういう話は大変大げさで、大変不思議ですが、そのときにはすべて私の目の前にやって来るのです。

　私が解放軍芸術学院にいた二年の間には、講義を聞きながら――軍隊なので体操長距離走もして――、さらにさまざまな共産党や共産主義青年団の活動にも参加しなくてはならず、それほど忙しい状況でも、七〇から八〇万字の小説を書きました。まさに「透明な人参」という小説が記憶の水門を開き、宝の蔵を見つけてくれたのです。かつてはいつも小説の素材を探していましたが、今では小説が犬のように私のお尻を追いかけてくるような感じがするのです。しばしば一篇の小説の執筆中に、別の小説が突然飛び出して来ますので、そんなときにはたくさんの小説が列を作って私に書いてもらおうと待っているかのように感じる次第です。

　もちろんこんな過程は長くは続きませんでした。二、三年書くと、突然しばらくの間、書くものがなくなったような気がしまして、こういうものには飽きたという気にもなりました。このときの私は再び新しい変化を求めたのです——「透明な人参」はやはり児童小説だと思うからです。当時の私は三十数歳の人でしたが、やはり児童の視点、児童の感覚で書いておりまして、この小説は童話的色彩を多分に帯びているのです。小説の中の子供には髪の毛が落ちる音が聞こえる、子供は真冬というのに半ズボン一枚しか着ておらず、上半身裸でも寒さを感じない、手で真っ赤に焼けた鉄の錐をつかんで平然と遠くまで運ぶ……このようなことは極端な誇張でございます。

三．自己証明のための創作

「透明な人参」とその後のシリーズ作を書き終えたあと、一九八五年の年末になりますと、あることがきっかけで、小説『赤い高粱』を書きました。

解放軍芸術学院は総政治部の管理下にある学校でして、解放軍総政治部文化部は軍事文学創作シンポジウムを開いたのです。シンポでは軍隊の多くの老世代作家がたいそう心配して言いました——ソ連の軍事文学と中国の軍事文学とを比較すると、ソ連の国家防衛戦争は四年の戦いにすぎないが、国家防衛戦争に関する小説は尽きることがなく書かれており、しかも佳作が多く、国家防衛戦争を描く作家はすでに五代目が出て来ており、一代また一代と作家はみな国家防衛戦争を描いている、ところがわが中国共産党が指導した革命戦争は二八年の長きにわたったというのに——これにはベトナムに対する自衛反撃戦は加えておりません——なぜソ連のように多くの上質な軍事小説が書かれないのか？　最終的結論は文化大革命が一群の老作家たちを停滞させたというものでした。彼らがたいそう心配している原因の一つは戦争体験を持つ老作家集団が、大変豊かな現実体験を持ち、多くの素材を持ちながら、「文革」による遅れのために、彼らは書きたいものの実力が伴わないということでした。然るに私たちこの一群の若手作家は、才能も経験も経歴も技巧もありますが、戦争体験がなかったのです。このため中国の軍事文学の前途は大変心配であり、前途は大変暗いと彼らは考えていたのです。

そのとき立ち上がって発言した一人が私でして、赤ちゃん牛は虎をも恐れず、でした。私はこう申しました――ソ連の第五世代の国家防衛戦争を描いた作家の多くは国家防衛戦争に参加してはおりません。私たちは皆さん先輩作家のように抗日戦争や解放戦争に参加してはいませんが、皆さんの作品から多くの戦争体験を学んでおり、身近の老人の口から多くの戦争に関する伝説を聞いており、このような資料により自らの戦争経験の不足を補うことはまったく可能であり、想像力により実体験の不足を補うことはまったく可能であります。例を挙げますと、たとえば私は人を殺したことはなく、あなた方のように戦場で敵と取っ組み合いの白兵戦をしたり、この手で敵を殺したこともありませんが、子供のころには家で何羽も鶏を絞めており、鶏を絞める経験を人を殺すことに移植することはまったく可能であります。

私のこのような言い方に対し、そのときは多くの年配の方は不満でして、そっと「この人は何と言う名前だ」と聞く人もおりました。私は席に戻るとじっとこらえて必ず戦争に関わる小説を書かなくてはと興奮を覚えておりました――それが『赤い高粱』なのです。

ただ今私は、個人的経験で戦争経験がないという不足の点を補うと申しました。小説『赤い高粱』の中にはこのような場面の描写があります――遊撃隊の戦士が大刀で敵の頭を切り落とすと、頭を切り落とされた敵の首の皮がガバッと剥がれ落ちるという描写です。その後のある年私は西安の臨潼〔西安市東部の区、秦始皇の兵馬俑、華清池などがある〕療養院で一人の元紅軍兵士に会ったところ、彼は大変な文学好きで、この小説を読んだことがありました。彼は私にこう尋ねました。「あなたの『赤い高粱』には鬼畜のような日本軍が頭を切り落とされ、首の皮がガバッと剥がれ落ちる場面がありますが、どうして知っているのですか」。私は答えました。「鶏を絞めるときに見ていたのが、まさにそんなようすでした」。彼はそれは人を殺すのと同じことかねと言います。私は答えました。「同じかどうか僕にもわからないのですが、あなたが同じと言うのでしたらきっと同じなんですよ。たとえ同じでなくとも構いません――私の読者の中にあなたのような昔の革命家、あなたのような殺人経験の持ち主は大変少ないからです。真に迫り、どんなディテールも生き生きとしており、私がこの目で見たかのようであればよいのです」。私のこの細かい描写が生み出す説得力が読者の信頼を十分に得られれば、読者に私を長期にわたり革命戦争に参戦し、多くの戦功を立てた老軍人と考えてもらえるかもしれません。そのようなわけで私のことを六〇代だと思った人もいて、会ったらまだ三〇そこそこだったので驚いた、ということもございます。

つまり、『赤い高粱』という作品創作の目的は、戦争体験のない者でも完璧に戦争を描ける、という自分の意見を証明することでした。ここには、多くのことは実体験の必要はない、という屁理屈があります。かつては常に作家には現実体験が必要だと強調され、常に芸術・小説に対する現実の決定的影響が強調されていましたが、私には度を越えていると感じられたのです。もちろん、基本的なことを申しますと、現実がなければ確かに文学もございません。一人の作家の現実体験の豊かさが、彼の創作の成果の大小を決めます。しかし私が思いますにそれを強調しすぎますと、却って反動が生じます。ある意味では、戦争体験のない人が描く戦争の方がさらに個性的であるかもしれない――それが彼自身に属するものであり、彼の個人的体験であり、個人的体験に基づいて拡張された想像であるからです。恋愛したことのない人が、愛情を描くとさらに美しいものになりえるのと、同じ道理です。一般に恋愛のベテランに愛情が書けないのは、すでに真の感情を失っており、いわゆる男女の恋の本質とは何か、本質とはどんなものか、わかっているからです。恋愛をしたことのない人こそ愛を限りなく美しく想像できるのです。

『赤い高粱』が名声を得ますと、この小説に関する解読が増えていきました。元々書いていたときには思いもよらなかったのですが、人が言うものですから、私も釣られて言い出したのです。その後は『赤い高粱』創作の目的は大変複雑なものとなるのです――自分でも戦争小説が書けることを証明するためだけでなく、先祖の偉業を顕彰するため、新しい語りの視点を創造するため、歴史と現在との境を破るため……それは執筆の際には思いもよらぬことでして、執筆の際には面白くなるように、流れがスムーズになるように、と書いていたのです。

『赤い高粱』の冒頭で「僕のお爺さん」、「僕のお婆さん」と書いたところ、のちに一部の評論家からこれは莫言の発明創造だと言われました。実はこれは当時の苦肉の策でして、もしも一人称で祖先の物語を書いたらとても不自然でして、とても書けません——私は「僕のお爺さん」、「僕のお婆さん」にはなれないのです。もしも三人称で祖先の物語を書くとなれば明らかに古めかしく、阿呆らしく見えてしまいますが、「僕のお爺さん」、「僕のお婆さん」という書き方なら、大変自由になると思ったのです。個人の思いを語ろうとするときに、私は飛躍するのです。「僕のお爺さん」、「僕のお婆さん」と書こうとするとき、私は「僕のお爺さん」、「僕のお婆さん」本人に変わって、その内面世界に入っていけるように感じたのです。しかも当時の私の現実と私が描く歴史の現実とを結合すると、歴史と現実との間の障害が完全になくなり、歴史と現実との間を大変自由に出入りできるようになったのです。私たちが現在しばしば見かける東北地方の二人転〔女形《おやま》と道化が踊りながら唱う演芸〕のように、舞台の上で演じるいっぽう、舞台の下の観衆とふざけ合って、大変自由なのです。『赤い高粱』の語りの視点と東北の二人転の語りの角度とは実に同じなのです。飛び込み飛び出し、舞台に出入りし、歴史と現実は、すべて融合しているのです。

四．農民と技術のために書く

一九八七年になりますと、私の創作目的にもう一度変化が生じており、この時期には私は本当に農民のために語り、農民のために書きたかったのです。

一九八七年に、山東省南部のある県でニンニクの芽事件が起きて、全国を震撼させました。その地方はニンニクを生産し、農民が大量のニンニクの芽を収穫したのですが、官僚主義と腐敗役人、政府部門の努力不足、そして外地の商人を入れないという閉鎖性のため、農民が苦労して植えた数千トンのニンニクの芽をすべて腐らせてしまったのです。憤激した農民はニンニクの芽を手押し車や荷車に載せて県城に向かい、県政府を包囲し、腐ったニンニクの芽で道路を塞ぎ、県長との面会を要求しました。県長は恐れて会わず、ある場所に雲隠れしてしまったので、農民は県庁に突入し、建物に放火し、県長の事務室の電話を破壊したので、ついに大変大きな事件となったのです――建国以後、農民がこれほど大胆に反抗したことはありません。

当時の私は故郷で休暇を過ごしており、『大衆日報』でこのニュースを読みました。このとき心の中に農民の本性が呼び覚まされるのを感じました。当時の私はすでに北京で仕事をしており、また解放軍の将校でもあり、もう農村から離れており、農業で暮らしていたわけではないのですが、自分は本質的には、やはり骨の髄まで農民なのだと思ったものです。この事件は私の故郷で起きた、村落の事なのです。この「ニンニクの芽事件」では、その後騒ぎの先頭に立った多くの農民が逮捕され、刑を下されております――もちろん一部の役人も解職されました。このとき私は農民のために語るべきだと思いました。そこで「ニンニクの芽事件」を材料として農民のために不平を鳴らし、農民のために訴えたのです。

当時は激昂しており、私はこの報道を読んで、血が煮えくり返る思いであったと言ってもよく、この小説の執筆に費やした時間は大変短く、ひと月と三日でした。その後多くの読者――わずかながら「ニンニクの芽事件」が起きた県の読者も含まれます——が私に手紙を下さいまして、こうお尋ねになりました。「あなたはひそかに私たちの県まで調査に来ましたか？　あなたが書いているあの『四叔《スーシュー》〔父の兄弟で四番目の男子の愛称〕』は私の父さんです」。当時の高密県の副県長の一人は私の友人でして、ちょうどその県で職務代行をしており、彼は帰ってくると当地の一部の官僚の私に対する見方をこっそり教えてくれました。「莫言がこの県に来ようものなら、奴の足の骨を折ってやる」。友人が決して行ってはならんぞと言うので、私はどうして行かなくっちゃならないんだ、行きやしないよ、それに彼らの県を描いたわけではなく、天堂県を書いたんだから——それは虚構の県名です。

なぜこの小説はそれほど早く書けたのか、しかもご当地の農民が自分たちの心理を描いていると思ったのか——実はこのことからは天下の農民の境遇と運命とは同じようなものということがわかります。私は実際には自分が二十数年も暮らした村をモデルにして描いたのです。わが家の住居、家の裏にある槐の林、槐の林の裏にある河、河の上流にある小さな石橋、村はずれの小さな廟、村の南に果てしなく広がる黄麻の畑……すべて私の村の環境を描いたものなのでして、しかも小説に描かれた主な人物はすべて私の親戚なのです。小説の主人公は実際に私の四叔でして、彼はもちろんニンニクの芽を売りには行きませんが、甜菜《てんさい》を売りに行きました。彼は甜菜を満載した荷車を引いて、ルンルン気分で甜菜を売ってそのお金で息子に嫁をもらおうと思っていましたが、人民公社の共産党書記の車に轢かれて死んでしまいました。人は轢死し、荷車を引いていた牛も衝突されて死んでしまいました——それはお腹に子牛を孕んだ雌牛でした。荷車も粉々に壊れてしまいました。最後はこの荷車、妊娠中の雌牛に加えて私の四叔の人命に対し、三三〇〇元の賠償金が支払われました。

　四叔の不幸な死に対し痛恨の極みを覚えていたとき、四叔の息子の一人はなんと人民公社の中庭でテレビを見ていたのです。息子たちが死者の遺体を公社の中庭に置いて、あんたらが問題解決できなけりゃ、火葬はせん、埋葬もせんと話していたからです。こんな非常時に、テレビではちょうどドラマ『霍元甲《フォユアンチア》』〔一八六八～一九一〇、天津付近出身の清末の武術家で、一九〇九年に上海精武体操学校を創設した〕を放送中で、四叔の息子の一人はなんと父の死体をほったらかして、中に入って興味津々で『霍元甲』を見ていたのです。これには私も寒々とした思いをいたしました。何を争っているんだ、せいぜい三三〇〇から一万三〇〇〇まで吊り上げるだけのこと、一万三〇〇〇に吊り上げたら、四叔の息子たちは、喧嘩を始めるかもしれない。三三〇〇なら分けやすいけど、一万三〇〇〇だと欲が出るからです。しかもどうにもできない、それというのも、この公社の書記もまた私の遠い親戚だからで、この親戚は私の父を訪ねてきて、最後はナアナアで終わらせました。

　しかし私は内心では大きな怒りを覚えまして、執筆に際しては現実の中で自分が長い長い間溜め込んできた、沈痛な思いを小説の中に書き込んだのです。この小説はテーマ先行の小説と言うべきでしょうが、完璧に現実に生じた事実をモデルとした小説でもあるのです。それが単純な説教ふうの作品とはならなかった理由は、自分が熟知している場所を描き、人物形象の際には身内の者を描いたからだろうと思います。つまりこの小説がなんとか成り立ちえた理由は、幾人かの個性的なしっかりした人物を創り出したことが最も重要であり、事件自体に制約されなかったことです。もしも事件にのみ基づいて書いてしまい、小説の基本的任務が人物形象にあることを忘れていたら、この小説も成功作とはならなかったことでしょう。

これもけがの功名だろうと思います。つまりこの段階では私は農民のために語ろうとしておりまして、この段階はおよそ二、三年続きました。何作もの小説を書いて、農民のために不平を申し立て、当時の農村における農民のさまざまな不公平な境遇を描いたのです――たとえば各種の「苛酷な雑税」、農民の食糧販売、綿花販売の困難さなどをテーマとする小説です。

『天堂狂想歌』を書き終えたあと、私はこれも確かな道ではなく、小説というのはやはりこのように書くものではないことを知ったのです。小説によりある社会問題を解決しようというのは、先ほど申しましたように、大変無邪気で幼稚な考え方なのです。この時期には特に小説の技巧に凝っていましたので、私は小説家というのは小説の文体において貢献すべきだと考えまして、小説の文学的言語、構造、物語論について大いに勉強いたしました。馬原らの作家は、この方面において大きな成功例を蓄積しておりました。

『天堂狂想歌』のあとには、私は技巧的実験の時期に入ります。その時期はおよそ一九八八年でして、学生さんの多くがご存じない小説『十三歩』は、高校を舞台として、教員と学生を描いたのです。主に小説に対するさまざまな語りの角度からの実験を行っています。この小説で私は中国語の中のあらゆる人称代名詞を実験にかけたのです――私、あなた、彼、私たち、あなたたち、彼らでして、各種の語りの角度を絶え間なく変換させせました。私自身としてはこれは真の実験小説だと考えております。同時に、すべての中国語人称を実験したのちに、この小説の構造も自然と生まれてきたことに、気付いてもおります。

もちろんこれにより一つ大きな問題が生じました——即ち小説を読むのが大変難しくなったことです。ある年フランスにまいりますと、一人のフランスの読者がこう申しました。「この小説のフランス語訳を読むときには、五色の筆で符号を付けましたが、それでもよくわかりません、どういうことなのか、何を言いたいのか解説して下さいませんか」。私の答は「去年文集を出すために、私も『十三歩』を読み返しまして、六色の筆で符号を付けましたが、やはりわかりません、自分でも何を書いたのか忘れてしまいました」。

このような創作は技巧を主な創作目的とするものでございます。私はなぜこの小説を書かねばならなかったのでしょうか。技巧の実験を進めたかったからなのです。しかしこれも正しい道ではないようです。読者は結局は物語を読みたいのですから、やはり小説の人物、人物の運命により読者を感化し、読者の感情面での共感を呼び起こすべきなのです——あのような技巧を読みたいのはごく少数の作家、ごく少数の文学読者だけなのです。そのようなわけでこのような小説は疑いの余地もなく自滅いたします——誰がこの小説を買うでしょうか、読むでしょうか。しかもこのような技巧的実験はたちまち見かけ倒しとなり、さらに変化を求めても、一人の作家にどれほどのバラエティを求められるでしょうか。

このとき私はこのような書き方も良くないことを知ったのです。続けて書いた小説では、前の『天堂狂想歌』と『十三歩』の二つの目的を結合しました。いっぽうで、社会に存在する暗黒面、腐敗現象を激しく批判し、大胆に諷刺し、皮肉の対象とし、悪ふざけのような嘲笑を浴びせます。もういっぽうでは、大胆な小説技巧の実験を進める——主に小説の中で技巧や構造をもてあそび、さまざまな文体のパロディと実験を行うのです。これが一九八九年に書き始めた『酒国』なのです。今でも苦手だという方が多いのは、この小説が極端な事件を描いているからです。

小説は実際には探偵小説の様式で書き出されており、検察院の特捜検事が秘密の任務を命じられて、幹部たちが嬰児を食べている事件の調査のため炭坑に行くことが描かれます。大衆の通報によれば、ある炭坑の所長、共産党委員会書記たちは腐敗を極め、驚くべき料理「嬰児の丸焼き」を発明したと言うのです。その秘密捜査を検察院はこの特捜検事に依頼します。検事は炭坑に赴き任務執行中に、知らぬ間にこの食人宴席に参加してしまい、しかも美人局にはめられ、最後には彼は追う者から追われる者に変じてしまうのです。冒頭では、彼は毎日他人を調査し、他人を追いかけていましたが、あとになると他人が彼を追っているのです。これは小説の一つの筋でして、この筋は作者の語り、つまり私がこの小説を書いております。

もう一つの筋はこの小説を書いている作者がアマチュア文学青年と遣り取りする手紙です。この文学青年は自分が書いた小説をこの作者に次々と送って来まして、しかも面白くて、荒唐無稽なたくさんの手紙を付けてくるのです。この作者はアマチュア文学青年と手紙を遣り取りし、しかもそれも『酒国』の中に書き込んでしまうのです。最後にはアマチュア作家が書いた小説と作者本人が描く特捜検事が解決する「嬰児の丸焼き」事件の二つの物語は一体化いたします。結末では作家莫言本人も作者に招かれて酒国という土地に行きまして、ご当地に着くや、その場で酔い潰されて、その後は二度と目が覚めないのです。

この「嬰児の丸焼き」のディテールを、多くの好意を抱いていない西側書評家は真実の事件と見なしましたが、実は象徴なのです。小説の中で私もはっきり説明しました――この特捜検事が運ばれて来た「嬰児の丸焼き」に気付くと、怒りのあまりに、ピストルを発射しテーブルの上のこの料理を粉々にしてしまいます。このとき彼はそれがシェフたちが超高度な料理技術を用いて作った料理であることに気付きます、嬰児の頭は南瓜に彫刻したものであり、二本の腕は二本の蓮根、目は葡萄、耳は木耳《キクラゲ》であり、実際は完璧な人形のような料理なのです。

『酒国』を書く前に私はある文章を読んでおりまして、それはある人が南方に戻ったあと、東北地方での経験を回想した回想録です。彼の職位は宣伝部副部長で、実際には宴会係でした。彼は政治的問題のある家の出身で、「文革」前の大卒者、専攻は中国文学で、「文革」期間にはある炭坑の小学校教師に配属されました。当時は大学生というのは大変希少価値がありまして、大卒者が小学校で教えるというのは大器小用でした。大学で「右派」として批判されたため、彼には奥さんのなり手もなく、やがて自殺を考えました――薬では苦しいし、他の方法では見た目が悪く、面倒でもあり、いっそ酒を飲んで、肉を食べて、急性アルコール中毒死したら大変ラッキーと思ったのです。ところが白酒《パイチウ》〔五〇度から六〇度の蒸留酒〕五瓶〔ひと瓶は五〇〇ＣＣ〕を飲んでも、大変醒めており、何のこともなかった――給料二カ月分のお酒を買ったというのに。

このニュースが次第に広まり、当地の炭坑の共産党委員会の知ることとなり、彼は党委員会宣伝部へと配置換えになり、もっぱら宴会係となったのです。上級機関から人が来ると、彼に酒席の相手をさせるのです。彼は中国文学専攻でしたので、たくさんの唐詩宋詞を暗記しており、ちょっとした戯れ歌や酒を勧める詩はサラリと書けるので大変便利、酒席で臨機応変にちょっとしたものを大量に書きまして、酒量も底なしでしたので、すぐに当地の有名人となったのです。何人もの綺麗な娘さんがお嫁さんになりたいと押し掛け、宣伝部副部長に抜擢されもしました。このような人物も『酒国』の中の重要人物へと変身させたのです。

このような『酒国』という小説には、実際には二つの目的がありました。一つは小説により社会の中の暗黒面や不公正な現象を批判し、暴露することで、もう一つは小説技巧の実験を継続することです。先ほど検事物小説が主軸で、これに作者とアマチュア作家との文通を組み合わせ、アマチュア作家が書く小説と作者が書く小説を最後に作品の一部分としたとお話ししました。しかもこのアマチュア作家の手紙は毎回当時流行の作家を模倣しておりまして、最初の小説は魯迅の「薬」の文体を模倣し、二篇目の小説は王朔さんの悪ふざけの文体を模倣し、三篇目の小説は張愛玲の文体を模倣したのかもしれません。『酒国』は大変複雑な実験的テクストだと思うのです。

この小説を書いたあと、多くの雑誌に当たってみましたが誰も掲載してくれませんでした。余華さんは親友で、私の同期生であり、同じ宿舎の学友です。彼は当時はまだ北京には転勤しておらず、浙江省嘉興市で『烟雨楼』の編集者をしていたので、私はぶ厚いコピーを持ち帰ってもらい浙江省の有名雑誌まで届けてもらいました。あるベテラン編集者が言うには、「こんな小説を家《うち》で出せるわけないだろう」でした。数年が経ち、社会がさらに一歩発展し、開放されまして、『酒国』のような小説も発表されたのでございます。

五．物語の語りのために書く

『酒国』を書き終えたあと、私は再び大量の中短篇小説を書きました。中短篇小説を書く目的は物語を語るためです。一九九〇年に私はマレーシアを訪問して、台湾の大変著名な作家張大春〔チャン・ターチュン、ちょうだいしゅん。一九五七〜〕さんと朱天心〔チュー・ティエンシン、しゅてんしん。一九五八〜〕さんに会いました。私たちは一緒に会議に参加し、当時は台湾海峡両岸関係はなおも緊張しており、大陸と台湾の統一も未完でしたが、私たち作家はすでに一つになって一緒に話し合い、さまざまな政治的笑い話をして、さまざまなエピソードを話し合いました。政治的笑い話に関しては、台湾の作家の方が大陸の作家よりも上手でしたが、荒唐無稽な妖怪幽鬼の物語は私の方が上手でした。

その後張大春が君が話した物語を、一篇五千字で二〇篇書いてみないか、そうしたら僕が台湾で出版社を探して発表し、アメリカドルで原稿料を君に払ってもらおうと言いました。私は夏休みを使って毎日一篇、全部で十数篇書いたのですが、この小説群はまったくの物語、完璧な物語でして、何の技巧も使いませんでした。これも大きな訓練だったと思います。

これらの小説を書く目的とは他人に物語を語ってあげるためでした。『三言二拍』〔馮夢龍の『喩世明言』、凌濛初の『初刻拍案驚奇』など明末に編纂された五種の口語体短篇小説集の総称〕から蒲松齢に至るまで、講談師の振りをして他人に語り物を聞かせているのです。この時期の短篇小説の創作実験で、作家は自ら講談師と任じていれば、大変居心地が良いものだと実感いたしました。作家が創作に際し周りを聴衆に囲まれていると想像すれば、口で他人に話を聞かせているようなものとなりますが、自分は口が話したことを筆で記録しているにすぎないことになります、これは斬新な創作理念であるに違いないでしょう。一九九〇年代ともなりますと、私たちは西側のことをほぼ学び終えており、さまざまな創作技巧も百以上ものバラエティにあふれており、物語を語るという小説の最も基本的な目的に戻るべきだと思ったのです。

六．革命歴史小説執筆様式変革のために書く

一九九五年に私は長篇『豊乳肥臀』を書きました。一〇年前にはこの題目を口にすると自分でも顔を赤らめたものですが、今では社会が発展し、多くの学生さんの前でも、この題目を平然と言えるようになりました。皆さんも大変なことという感覚はお持ちにならないと思います。しかし当時はとんでもないことでして、小説が発表されるや、まさにこの題目のために、私は多くの批判を受けたのです。大勢の人が軍隊に告訴の手紙を書き、さらには公安部に告訴の手紙を書く人までいたのは、これは刑事事件

である、作家があろうことかこんな書名で本を出すなんてというわけです。もちろん本の内容はさらに彼らの不満を高じさせまして、『豊乳肥臀』という本は私の創作において大変重要な作品であり、元々は八〇年代中期に『赤い高粱』の方向に沿って、故郷の歴史のため、家族のために記念碑を立てるために、このような歴史的伝奇物語を書こうと思ったのですが、その後私は先ほど話した多くの作品により中断されたのです。

一九九五年に私の母が亡くなるまで、私は長い間書くことはなかったものの、繰り返し私の母のような世代の中国女性が受けた極めて大きな苦難について考えておりました。彼女たちは一九二〇年代生まれ、時はすでに中華民国でして、国はとっくに今後は纏足《てんそく》は許さないと明文をもって禁じていたにもかかわらず、彼女たちはなおも自主的に、秘かに、法に反して自らの自然の足を縛り付けて身体障害を生じさせ、しかも互いに競い合って、小さく縛れば縛るほど名誉だと思っていたのです。その後このような封建的家庭で戦争、飢餓、病苦そして絶えることのない子育てを耐え忍んだのです。解放後は、一九六〇年代の大飢餓と重い肉体労働に遭遇し、その後は絶え間ない動乱の社会、大躍進運動と文化大革命で、真に平安な日々はほとんどありませんでした。まずは一九二〇年代、三〇年代の国共内戦、その後は抗日戦争で、鬼畜のような日本軍が来ましたし、山東は再び国共内戦の主戦場となり、以後も還郷団〔国共内戦期に共産党統治区となった解放区から逃亡した地主らが国民党軍と共に帰郷する際に作った武装集団〕やら、土地改革やらで、極「左」をやった地方なのです。一九四七年には、多くの村にはほとんど人影がありませんでした。お爺さんが私に言ったことには、一九四七年には私たちの村の多くの人がヨーロッパ人のように話をしていたと言うのです――もちろんこれは彼の言葉そのままではありません――ひそひそ話し、中国人のように大声でやかましいことはない、人は恐ろしさのあまり声も小さくなったのです。

私は想像してみるのです――母のような世代の人はどうして生き延びることができたのか？　いったいどのような力が彼女たちの命を支えていたのか？　そのことは実に長い時間をかけて考え直すべきことなのです。去年私は韓国で講演した際に、このテーマで母の経歴についてお話ししました。「文革」期間中は、父は村の幹部だったため、迫害されたので、神経がひどく張りつめ、しばしば生きるの死ぬのと言っておりました。すると母はこう慰めるのです。「やっぱり頑張ろうよ、この世に越えられない山はなし、渡れない河もなし、さ」。その後のわが家はいよいよ貧しくなり、母は絶え間なくさまざまな病気にかかり、胃痛かと思えば、頭痛といった具合で、当時の私は突然予感したのです――母は自殺するかもしれない。私は畑仕事から帰るたびに、中庭に入るや「母さん、母さん、母さん！」と呼んでいました。母の返事が聞こえると、私の心の中で「ストン」と石が落ちたかのように安堵したものでした。ある日私が何度呼んでも、家の中から返事がないので、すぐに家中の部屋を探しました――牛小屋もトイレも。いくら探しても見つからないので、そのときはまずいまずい、きっと母さんに何か起こったんだと思いました。私が中庭で大泣きしそうになったとき、母が外から戻ってきて、こう言いました。「どうしたんだい？」。こんな思いを母に話すわけにもいきませんが、やがて母も私の気持を察して、こう言いました。「安心しな、閻魔様がお呼びでない限り、逝ったりはしないからね。もしも逝っちまったら、お前たちはどうやって暮らすんだい？　どんなに苦しくたって、人は生きなきゃならん」。この考え方は大変素朴で、大言壮語の正反対ですが、私は一生涯忘れられません。これこそ母の息子に対する厳かな約束なのです。母は生きていたって何の楽しみもなく、粗衣粗食で、日々あのようなきつい肉体労働をして、さらに胃潰瘍や頭痛などさまざまな病の苦しみに耐え、家の出身階級は悪く、私のようなろくでなしで、災の種となってばかりの息子がおり、誠にお先真っ暗でした。こんなときに母は、絶対に自殺なんかしない、閻魔様がお呼びでない限り、自分から逝ったりはしない、と言ったのです。このことは生涯忘れられません。

母が一九九五年に亡くなりますと、必ずや母に贈る小説を書こうと思いました。当初の考え方は比較的簡単でして、母の一生の体験を書かなくてはと思っていました。しかし筆を執るや物語はドンドン大きくなって、事実と虚構とが相半ばする高密東北郷を背景として書き込んで、高密東北郷百年の歴史を書いたのです。百年前の一面の荒れ地から、どのようにして次第に人が住むようになり、最後には大きく発展した中小都市になったのかを書いたのです。この家族は代々鍛冶屋をしており、母は一生涯絶え間なく出産し続け、全部で八人の娘と一人の息子を産みます。

彼女はなぜこんなに多くの娘を産んだのか？　皆さんはすでにおわかりでしょうが、中国人が男尊女卑だからです。女性が嫁いで出産できないと、その女性はあらゆる人から一人前ではないとして差別されます。女性が子供を産めたとしても、女の子しか産めなかったとしたら、やはり立場がなく、みなからバカにされ、家の舅と姑から嫌われ、夫に殴られるのです。私が小説で描いたこの母は実は当時の中国の多くの母親像の縮図なのです。

当然のことながら多くの読者――多くの批評家も含みますが――は受け入れがたく感じます。私が私たちの頭の中の偉大な母のイメージを破ったからです――この母は九人の子供を産んだものの、そのために七人の男性と関係したのです。それはこの代々鍛治屋の家の息子は大変虚弱な男性で、彼には生殖能力がなく、いつも妻を殴るばかりだからです。そこでこの女性は生きるために、他の男性に頼んで出産するしかないのです。小説がこのように展開しますと、私たちが考えている伝統的な偉大なる母のイメージにはまったく反することになります。多くの人がここで創り出されたのは母ではなく、汚らしい淫婦であると考えるのですが、この描写はまさに中国封建制度に対する最も重たい告訴であると私は考えております――なぜなら中国の封建制度は生きたいと願う女性をこのような状況に追いやるからです。

この母は恥を忍んで責めを負うのです。彼女の娘たちのある者は国民党員の嫁となり、ある者は共産党員の嫁となり、ある者は日本軍の手先の嫁となります。彼女の娘と婿との間ではしばしば命懸けの争いが生じますが、娘たちは子供を産むとすべて母の許に送り込んできます、母は国民党員の嫁となった娘が送り込んで来る子供を今日受け取ったかと思うと、明日には共産党遊撃隊の嫁となった娘が子供を送り込んできて、しばらくすると日本軍の手先の嫁となった娘も子供を送り込んでくるのです。彼女は国民党の子供も、共産党の子供も、日本軍の手先の子供も、みな等しく大事に育てるのです。彼女にとってはみな可愛い子供たちであり、その父親が誰であろうと、その母親がどのような階級的立場に立っていようが、一つの命としては、一人の母としては、すべて同じことなのです。

当然のことながら、この小説で私がちょっと自慢したいことは最後にこのような男の子を創造したことです。この男の子は母がスウェーデンの宣教師と結ばれて生まれた子供なのです。「莫言がなんと『豊乳肥臀』でスウェーデンの宣教師を描いたのは、ノーベル賞が欲しいからだろう」と皮肉る人もおります。私は大変無念に存じます――一九〇〇年の高密伝道には確かにスウェーデンの宣教師がいたのですから、私としては仕方のないことなのです。執筆時によく考えて、この宣教師をノルウェーかデンマークなどに替えてしまうべきだったと思います。

この母は最後に宣教師と結ばれてこの男の子を産みます。生理学的に申しますと、混血児となり、背は高く身体は大きく、金髪で覆われた頭、青い目、白い肌をしており、大変ハンサムで美しいのです。しかしあのような家庭環境にあり、あのような社会環境で育つので、この男の子は病的で、いつまでも大きくなれない大人の赤ちゃんでして、一生涯母の乳房から離れられず、オッパイを十数歳まで吸い続けるのです。小学校に上がっても、授業の間の体操の際に、母は運動場まで来てお乳をあげねばならず、ついに全校の笑いものとなってしまうのです。校長自身が出て来て母と交渉します。「お宅の息子に授乳しないわけにはいかないのでしょうか」。母は答えます。「家《うち》の息子は他のものを食べると過敏症となって、他のものを食べてもみな吐いてしまい、ただ母のお乳を飲んでようやく生きられるのです」。

もちろんこれは象徴的な一節でして、私の故郷には七、八歳までお乳を飲んでいた男の子たちがおりますが、私が十数歳までと描いたのは、確かに大げさです。思いますに多くの中国人は見た目は大きくなったようでも、実は精神的には断乳できていないのです。主人公の「オッパイコンプレックス」は実は一つの象徴でして、私たちはみなときには自分が必要としないものに後ろ髪を引かれたり、あるいはあるものを過度に愛したときには、病的状態や反対方向に向かってしまうのです。

この小説は一九九〇年代半ばまで書かれておりまして、後半部分には多くのブラックユーモアと諷刺が込められています。なぜこの小説を『豊乳肥臀』と呼ぶのか――それは小説の中味がこの題名でないと合わないからです。この小説の題名について、私は前の二文字は賛美で、後ろの二文字は諷刺だと考えておりまして、ちょうどこの小説全体の作風と一致するのです。この作品について一九九〇年代には、良いと言う人はほとんどおりませんで、皆さん罵倒していたかと思います。そこには一つ重要な問題がございまして、多くの老世代の作家と評論家にとって受け入れ難かったのは、この小説が階級的観点を曖昧にしていたことかと思います。この小説を書くとき私には大変明確な目的がありました。なぜ書くのか？　即ち私たちの過去の歴史小説と革命歴史小説の書き方を変えるためなのです。

私たちの過去の革命歴史小説は、良くないとは言えませんが、ある特徴がございまして、それは階級的立場が大変鮮明であるという点です。現在赤い経典やその当時の映画を振り返って見ますと、善人は善人、悪人は悪人でして、絶対的に区別されております。善人には何の欠点もなく、あったとしてもせいぜいせっかち、がむしゃらでして、道徳的な欠点は絶対にありえず、性格的欠点に限定されているのです。ところがいったん悪人を描き始めるや、必ずや骨の髄から悪く、容姿が醜いだけでなく、道徳的にも腐敗しており、頭に瘡蓋、足元からは膿を流し、徹底的に悪い奴と言えるのです。実際に、現実や歴史において本当にこんな具合なのでしょうか。私はまったく逆なのだと思います。

私は長年農村におりまして、村には八路軍だった者もおれば、国民党だった者もおります。八路軍だった二人の者は、満面痘痕で、国民党の兵士だった二人の者は濃い眉に大きい目の端整な顔立ちで、映画とは正反対でした。つまり悪人とは私たちの過去の作品が描いているようなものではないのです。しかも当時の人が結局八路軍に入るか、解放軍に入るかそれとも国民党の軍隊に入るか、それはときには個人の意志では決められませんでした。多くの貧乏のどん底にあった家では子供は国民党に捕まって兵隊にさせられたか他人の身替わりで兵隊になったのです。家にお金がなく、お金持ちの家の者が兵隊にならなくてはならないが、なりたくないと、貧乏人にお金をあげて、貧しい子供が身替わりで兵隊になるのです。このような貧困家庭出身の人が、国民党の部隊に入ったのは、やはりどうしようもないことでしたが、その後に歴史的反革命分子とされてしまったのです。しかし大変豊かな家の子供のある者は、新思想の薫陶よろしきを得て、むしろ共産党の軍隊に参加したのです。このような例は多数ございます。

もしも階級分析の視点から歴史を見ますと、歴史を単純化してしまいます。歴史教科書を書くのでしたらよろしいのです――もちろん毛主席の「中国社会各階級の分析」〔毛沢東が一九二五年に発表した論文〕を指導綱領として書くのは、よろしいのですが、これで私たちの小説執筆を指導し、文学創作を進めようとしますと、できあがってくる小説は千篇一律となることと思います。ですからやはり感情的方法を用いて小説を書き、歴史を感情化、個性化すべきだと思います。このような指導的考えにより、『豊乳肥臀』では善人と悪人とを描き、八路軍の遊撃隊長と国民党さらには日本の手先といった人物を描いたので、かつての革命歴史小説とは大いに異なっているのです。

やや伝統的な老世代の読者と批評家は受け入れがたく感じまして、こう言いました。「あなたは国民党のために記念碑を立てるつもりか？　どうして国民党を共産党よりも美化して書いているんだ？」。当時は国民党はなおも大変悪かったのですが、今では国民党と共産党とは握手して和解しました。歴史は発展しつつあり、国民党主席は共産党総書記と並び人民大会堂で赤い絨毯を踏みながら握手して和解したのです。陳水扁の民進党が台湾で執権党となったとき、私たちは国民党の政権獲得を期待したのです。その昔私たちは断固として国民党を消滅し、国民党を打倒し、国民党を一人残らず殺しつくすことが喜びだったのです。わずか数十年が過ぎただけで、共産党と国民党とは親密な友人同士となったのです。私が思いますに、階級的視点から小説を書いたら、その小説は必ずや命が短くなることでしょう。簡単に申しますと、私たちが考える善人と悪人とをどちらも人として描きますと、その小説は、第一に、やっと現実に本当に符合するのです。第二に、やっと文学の原則に本当に符合するのです。第三に、やっとやや長い生命力を持てるのです。

七．魯迅が切り拓いた道を進んで探求する

二一世紀に入って書いた重要な小説が、『白檀の刑』でした。『白檀の刑』とは講談調の小説です。このときの私は一九九〇年代に書いた短篇の感覚を発揮したのです。このような方法とこのような感覚を

使って書くべきだと思い、講談師になったつもりでこのような小説を書いたのです。この小説を書くときに民間の戯曲も借りたのは、私の故郷には「茂腔《マオチアン》」と呼ばれる小人数による地方劇があるからでした。もちろん小説では「猫腔《マオチアン》」と改めております。この小説は小説化した戯曲、あるいは戯曲化した小説というべきなのです。その中の多くの人物は実は役柄で類型化しておりまして、花臉〔元老・大臣・宰相などの役柄〕、花旦〔若い女性の役柄〕、老生〔中高年男性の役柄〕、小丑〔三枚目の役柄〕がおり、戯曲構造となっており、多くの言葉が韻を踏んでおりまして、すべて芝居の台詞なのです。このような小説は、戯曲化した言語なので、魯迅小説ほどには言語にこだわってはおりません。その中に多くの語弊があるのは、講談師の言葉には多くの誇張と重複があるからでして、その存在は許されているのです。これがこの小説の創作目的の一つです。

なぜ『白檀の刑』を書いたのか？　講談師という身分を復活したかったことと、他に魯迅に学びたかったからなのです。私は少年時代に魯迅の「薬」と「阿Q正伝」を読みまして、魯迅がそのような観衆を大変憎んでいることを知りました。魯迅の最大の発見とはこのような観衆心理です。しかし魯迅も首切り役人の心理は描いていないと思うのです。中国の長い歴史は実に大芝居でありまして、この舞台では絶え間なく人が殺され人を殺しています。それよりも多くの人は、殺されたり殺したりすることなく、現場を囲んで見世物を楽しんでいます。ですから当時の中国ではどんな死刑でも庶民が狂喜する喜劇であり、この殺人場面を見物するのはすべて善良なる庶民であり、見ているときには驚き恐れておりますが、このような見世物があると彼らはやはり見に来るのです。

現在に至るも、このような心理はなおも存在しております。「文革」期にはしばしば人民裁判大会、大衆大会が開催されまして、私も参加しました。私たちは取り囲んで見ており、当局側の目的は一殺百戒、庶民に罪を犯さぬように警告することなのですが、庶民はこれを芝居替わりに見ているのです。魯迅の小説にはこのような描写が多いのですが、観客と受刑者を描くだけでは、このお芝居は不完全なのでして、三つうちの一つを欠いておりますので、私は『白檀の刑』の中で首切り役人のイメージを作り出したのです。

首切り役人と罪人とは共演関係にあると思います。彼ら二人は演技し、観衆が観客なのです。罪人がいよいよ勇敢に振る舞い、死を恐れぬ度胸を示し、意気軒昂、茶碗酒をグイッと飲みほし、「二〇年経てば再び男一匹」と高らかに叫ぶと、観衆はようやくいいぞと叫び、満足するのです。このときには罪人がいったいどんな罪を犯したかは重要ではなく、殺人犯か強盗犯かも重要ではないのです。彼が許されざる極悪非道の罪人であろうとも、死に臨んで男らしく振る舞い、死を恐れぬ度胸を示せば、観衆はこれはたいした男だと思い、彼のために拍手喝采するのです。たとえ無実の罪だとしても、刑を受けるこのときに、力が抜けて、恐ろしさで腰が抜けてしまい、意識朦朧となってしまえば、看客のすべてはみな納得せず、みな満足できず、すべての人が彼を軽蔑するのです。このとき首切り役人も、つまらん奴だと興ざめします。首切り役人が「好漢」とめぐり遭って、素晴らしいと思うのは、好敵手に出会った、死をも恐れぬ好男子とめぐり遭ったということであり、「兄貴、スッパリやっておくんなせえ」というのは、私たちがこれまでよく見て来た場面です。『聊斎志異』でも首を刎ねられる人が首切り役人にこう申しております。「スッパリやっとくれ」。首切り役人が「承知した、昔、酒をご馳走になりながら、お返しもしておらん、今日という日にゃこの刀、切れ味良く念入りに研いできましたぜ」と答えて一刀のもと切りつけると、首は宙を舞いながら一声「お見事」と叫ぶのです。つまりすべては病態化しているのです。

私たちは罪人の心理と観客の心理を分析してきましたが、それでは殺人者——首切り役人の心理とはいったいどんなものなのでしょうか。このような人の社会的地位は大変低いのです。昔の北京の菜市口付近には一軒の肉屋がありましたが、やがて誰も肉を買いに来なくなったのは刑場のすぐそばだったからということです。首切り役人という職業は非常に賤業だったのです。一九九〇年代には『合法殺人家族』〔著者はBernard Lecherbonnier〕というフランス小説の翻訳が出ており、その家族の子孫の多くが自らの出自を認めておりますが、彼らはどのように生きてきたのでしょうか。このような職業に従事していることについてどのような方法で自分を納得させてきたのでしょうか。これについて、私は『白檀の刑』で多くの分析を行いました。彼はこのように考えます。「自分が人を殺すのではない、皇帝が殺す、国が殺す、法が殺すのであって、自分は執行人にすぎない、皇帝に替わって仕事を完成させるのだ」。のちに、彼はこうも申します。「自分は職人にすぎない、一つの職を完成させるのだ」。

封建社会においては、人が最も重い罪、極悪非道の大罪を犯した場合、最も長い時間を要する方法で痛めつけることになります。死に至る時間を延ばせば延ばすほど、懲罰の力は十分だと思われるのです。一刀で殺す、銃弾一発で銃殺するというのでは、甘すぎる、たっぷり時間をかけて殺し、楽に死なせはしないようにしてこそ、巨大なショックを与えられ、庶民により強い恐怖を覚えさせられるのです。ところが庶民は却ってこれを素晴らしい大舞台だと思うのです。

小説『白檀の刑』では五日連続で男を杭に打ち付けまして、もしも首切り役人が五日以内に彼を死なせたら、首切り役人の首を刎ね、男を活かす時間が長ければ長いほど、報賞も多くなるのです。首切り役人は男に極刑を加えるいっぽうで、朝鮮人参のスープを飲ませて彼の命を永らえさせ、庶民に彼がどのような拷問に耐えているかを見せるのです。「お前は皇帝に叛くのか、朝廷に反旗を翻すのか、そんなことをすればこうなるんだ」――封建社会がこのような刑罰を与える発想とはこのようなものでして、だからこそ楽な死に方はさせないのです。首切り役人が生身を切り刻む仕事をしっかりすれば、切り取るのは五百切れでしょうか？　首切り役人が三千切れを切り取ってもこの男は死なないのです。多くの野史に凌遅や腰斬など残酷な刑罰に関する描写がございます。

当然のこと、私の『白檀の刑』が完成したのちには、実に大勢の人が強く抗議してきまして、この小説を読んだらショックで何日も眠れなかったと言うのです。こう言うのは、過半が男性ですが、一部の女性読者は逆に手紙を下さいまして十分に堪能したと書いていました。そのようなわけで、ときには女性の神経は男性よりも頑丈で女性だけが恐がるのではないようです。以上まとめますと、自分は魯迅が切り拓いた一本の道に沿って前進し前に向かって歩み探求したいのです。

当然のこと、創作途中にも私たちの現在に起きていることも考えております。この物語が描くのは清末民初のことですが、私は「文革」期の張志新を思い出し、また蘇州の林昭のことも思い出しておりました。張志新は監獄でさんざん痛めつけられます――若い学生さんの中には張志新を知らない方も多いでしょうが、ネットで調べてみて下さい――彼女は「文革」が最も荒れ狂っていたときに文化大革命への疑問を公開した革命烈士です。彼女は林彪や毛主席の多くのやり方に賛同できず、過ちだと考えたのです。疑問の余地なく、それは当時は極めて深刻な反革命となり、しかも彼女は死に至ろうとも自らの意見を変えようとせず、その後さまざまな拷問を受けたのです。最後に銃殺されるときには、当局側にとってまずいことを叫ばないように、と喉を切られてしまいました。これが我らがプロレタリア階級独裁の社会主義国家で実際に生じたことなのです。もちろん〝四人組〟粉砕後には、張志新は名誉回復されまして、革命烈士に追認されました。

私の故郷から近いところに、当時東北地方で働いていた山東人がおりまして、公安系統の人でして、老後に故郷に戻って余生を送っておりましたが、彼はまさに張志新事件の関係者の一人で、張志新の死刑が執行されたとき、執行した一人でした。その後私は彼と知り合いましたので、尋ねてみました。「いったいどんな人が張志新の喉を切ったのでしょうか」。彼は言葉を濁しておりました。今では張志新は名誉回復しましたので、尋ねてみました。「張志新の喉を切った人はどんな気持ちでしょうか。懺悔しているでしょうか。人生で大きな罪を犯してしまったと思っているでしょうか」。彼は答えました。「そんなことはない、これはすべて革命の名で行われたことなのでして、張志新の喉を切ったのも反革命の言葉を叫ぶのを防止するためでした。あなたも切らない、私も切らないとしても、誰かが切らなくてはならんのです」。

ですから首切り役人はこんな気持ちなのです――あんたも殺さず、俺も殺さないとしても、結局は誰かが殺す。俺の方があんたより上手に殺すんだから、俺が殺した方がいいだろう。ですからこのような人は自分に懺悔することを許さないのです。しかも私が思いますに、たとえ彼が懺悔しようとしても、彼が懺悔することを他の人は許すでしょうか。私たちは張志新の喉を切った公安のスタッフが懺悔に来ることを許すでしょうか。彼が懺悔の文書を発表することを許すでしょうか。彼が歴史の真相を披露することを許すでしょうか。

北京大学の才媛であった林昭は、最後には、銃殺されてしまいましたが、彼女が銃殺される際に、ひとつのゴムボールを発明する人がおり、これを彼女の口に押しこんだのです。話をしようとすると、このゴムボールが膨脹し、何か叫ぼうとすればするほど、ボールはさらに膨脹して、最後には、口全体に広がるのです。これは科学者が発明したものではなく、我らが天才的なる獄卒たちが発明したのです。

ですから、私たちの現実の中で――私たちの時代と私は申しているのではなく、過去のあの封建制度の下でと私たちは申しているのですが――多くの天才的獄卒と天才的奴隷がおりまして、主人が彼に目配せして、暗示を与えるや、大変素晴らしい働きを見せ、自らの聡明なる才知を発揮して、主人が彼に与えた命令を完璧にやり遂げるのです。こういうような罪人を痛めつけよ、あるいは罪人と判断される誰々を痛めつけよ、と言いさえすれば、あの天才的獄卒たちと天才的奴隷たちは、自らの聡明なる才知を発揮して、多くの酷刑を考え出すのです。

歴史を思い出し、この方面の調査をしますと、驚きのあまり身の毛のよだつ思いがいたします。ですから、ゴムボールを発明した獄卒やその他の人たちが、今も健在だとしたら、懺悔できるでしょうか。自分の発明がどれほど残忍非道であったか認めるでしょうか。特許を申請するでしょうか。すべてに何とも言えないと思います。

現代女性革命烈士の身に生じた痛ましい体験は、『白檀の刑』創作時の私のインスピレーションを刺激しまして、魯迅先生が描いた観衆文化、観衆心理を現代中国において継続的に展開する可能性に思いを至らせました。この小説を書き始めたときには、目的はやや単純で、講談師の身分を回復しようというようなものでしたが、書いているうちにさらに複雑な目的が加わったのです。

『白檀の刑』という小説は一部の好評を得ましたが、当然のこと批判の声も終始強烈でした。それも大変正常なことと思います。私も自ら弁明しました――これらの残酷な場面の描写は当然のこと議論に値しますが、削除せよと言われても惜しくてそうもいきません。もしもこのような残酷な場面がなければ、この小説も成立しなくなると思うのです。この小説の第一の主人公は首切り役人なので、もしもこのように書かなければ、この人物の豊かなイメージを打ち立てられないのです。このように書けば一部の読者は驚いて逃げ出すでしょうが、やはりこの人物を創り出すこと、それは文学にとって、試みるに値するのです。

仮に将来再びこのような題材を扱うとしたら、このように微に入り細をうがった描写をするかどうか――私も真剣に考えなくてはなりません。と申しますのも、『赤い高粱』の中で、日本の侵略者が中国人の皮を剥ぐという描写をしているからです。そのときにもこのような批判がありまして、当時は自然主義的描写と呼ばれました。その後『白檀の刑』となりますと、この種の批判はさらに激しくなりました。執筆中にはこの問題についてそれほど深刻には考えていませんでしたが、やがて話題にする人が多くなったので、私もこの問題について多々考え直してみまして、将来書くときには何か別の方法に取り替えて、生き生きとした人物を創り出し、過激な場面の描写は避けたいと思っております。

『白檀の刑』を書き終えますと、私はさらに『四十一炮』と『転生夢現』を書きました。『四十一炮』を書いていたときは、自分の児童の視点をまとめてみたいと考えておりました。と申しますのも私が書いた多くの小説、特に中短篇には大量の児童の視点があるからです。『四十一炮』こそは私が児童の視点を用いて書いた長篇小説なのです。

『転生夢現』を書くことは我らが民族的伝統と民族文化からさらに小説の資源を掘り出そうということなのです。私は章回体でこの小説を書きましたが、もちろんこれは取るに足りない技法でして、誰でも章回体を使うことはできるのです。もちろん、私にとってこれは一つの記号でありまして、このような章回体を使って我らが中国史上の長篇章回体小説に対する回想あるいは敬意を呼び起こそうと思ったのです。もちろん、一部の評論家はこの章回体は簡単すぎると考えました。この小説は章回体を使わずともやはり成立しますし、章回体を使ったからといって素晴らしい発明創造をしたとは言えません――これは確かに発明創造ではなく、私の中国古典小説に対するリスペクトなのです。

八．わが魂を照らし出す

一九七〇年代末の改革・開放から現在までの三〇年間に、中国の各方面で巨大な変化が生じており、中国の小説創作も長きにわたって紆余曲折を経てきました。この過程で、多くの成功の体験もあれば、また多くの失敗の教訓もあり、私個人にとっても同様でして、それはなぜ私個人が執筆において絶え間なく変化しているのかを説明するものでもあります。仮に学生の皆さんがこうお尋ねになったとします――もしも今新しい小説を書くとしたら、なぜ創作するのか？　あるいは今後はどのような目的で書き続けるのか？　私は簡単に二言三言でまとめます。ある方面からお話ししますと、私の創作過程はこの一句にまとめられます――私は始めの方の段階では善人を悪人として描き、悪人を善人として描きました。先ほどお話ししました『豊乳肥臀』のときにはすでにまあまあ十分にこのような意図を語っております。

「善人を悪人として描く」とは実は善人と悪人とをどちらも人間として描くことなのです。善人にも実は多くの悪いところがありまして、あるときは多くの道徳的な問題を起こすことがあり、暗い考えを抱くことがあるのです。悪人もまったく人間性を失っているわけではなく、たとえば極悪非道な強盗でも、あるときは慈悲の心を見せることがあるのです。「善人を悪人として描く」、「悪人を善人として描く」は私がこれまで三〇年来の創作で遵守してきた基本的発想なのです。

では、続けますと自ら罪を清算せねばならないと考えており、自らを罪人として書かねばならないと考えております、これも魯迅先生に学んだことなのです。もちろん、今の中国では多くの評論家と大学教授が中国の作家を批判して自己反省を欠いている、自己解剖による懺悔の意識を欠いていると言っております。つまり、私たちは他人を批判し、拡大鏡で他人の弱点と欠点とを探し出し、道徳的高みに立って絶えず他人に問いかけ、他人に懺悔せよと迫ることはできますが、なぜ私たちは自らに向かって問いかけないのでしょうか。私たちは自分の魂に対し真剣な、容赦ない解剖をする勇気を持っているのでしょうか。

昔、魯迅先生は私たちに輝かしいお手本を打ち立てて下さっており、彼は手ごころを加えることなく自己解剖をいたしました。現代作家は魯迅たちの世代の作家たちのように、勇敢に自らの魂奥深くの最も暗い、最も醜いところを、容赦なく解剖し批判できるでしょうか。思いますに努力によってこの点まではは達成できる、徹底的にするか否かにかかわらず、この考えを持っていることは、この考えを持たないよりもやはりよいのです。ですから、簡単に申しますと、私は一見偉そうにして、俗に言う格好づけで、この場に立ちデタラメを申しておりますが、実は、自分が歩いて来た道を手ごころを加えることなく振り返ってみますと、確かに自分が犯してきた多くの過ちを発見します、しかも許されない過ちもあり、道徳的に問題のあることをしてきたのです。今後の創作において、もちろんルソーのように『告白』を書くことはできませんが、これを精神として、境地として、絶えず自分の魂を照らし出しますと、私の今後の創作において新生面が開けてきまして、私の過去の作品とは異なる作品が書けるかもしれません。ですから、次の一歩とは自らを罪人として描くことなのです。

私のお話はここまでとして、これからは皆さんとの交流の時間に入りたいと思います。ありがとうございました。

学生　莫言さん、こんにちは！　創作にはインスピレーションが必要でして、インスピレーションはしばしば普通ではない体験からやってきます。たとえば先ほど殺人を書こうとするなら、鶏を絞めることを参考にしたとおっしゃいました。他にも母上の苦しみ、偉大な母性愛があなたに母に関する小説を書かせたともおっしゃいました。もしも現実においてこのような特別な体験がなければ、つまり、現実においてはしばしばとりわけ平板な時間がありますが、そういうときにはインスピレーションも湧かないのでしょうか。そのときにはどのように小説を書くべきなのでしょうか。こういう方面で深く刻み込まれている体験をお持ちでしたらお話ししていただけませんか。

莫言　私が思いますに誰もが実際に暮らしており、それも平板な暮らしのようでありますが、真剣に考えますと、平板な暮らしの中でも平板ではないディテールが多くあるはずなのです。ご来場の学生さんは皆さん物心ついたときから二〇代まで生きてきたのですから、この長い時間の中で、きっと多くのことに感動し、苦しみ、忘れえぬ体験をしてきたことでしょうが、それはすべて小説の出発点に変わりえるのです。もしも本当に感動し、苦しみ、怒り、驚いたことを思い出せなかったら、どうするのか。そのときは他の人の本を読むとよいでしょう――他人の小説から類似した内容を見つけられるでしょうから。あるいは歴史的資料を読み、漫画や映画を見る、つまり他のところから外部の事物がインスピレーションを呼び起こし、インスピレーションを刺激するものがありはしないかと探してみるのです。

私のインスピレーションの生まれ方はさまざまです。たとえば先ほどお話ししました『天堂狂想歌』の創作インスピレーションは、実は外部で生じた事件に触発されたものです。もちろん執筆中には自分の過去の記憶を動員できます。

全体的に申しまして、それは実は技術的問題なのです。いったんこの技術を手に入れたら、この平板さの中にも実は多くの貴重なものが含まれていることがわかるでしょう。この技術はゆっくり探すとよいのでして、私もすぐにはお話しできません。小説を書くことが何かの技術を学ぶのと同じようなときがありまして、障子紙一枚を被せられているようなものなのですが、いったんこの紙を破ると、大変はっきりするのです。どうにもならないときには、まず歴史史料を読み、さまざまな材料を読みまして、そうしますとある日突然明らかになることでしょう。

学生 莫言さんこんにちは！　素晴らしい講演を拝聴しまして、中国のこの百年の歴史、特に最近五〇年の歴史を思い返しておりました。莫言さんは独自の視点で創作なさって高い評価を得ておりまして、ほかでもなくパムクが言っています、あなたは現代中国において彼がかなり尊敬する作家です。ただし、中国作家にはなおも見果てぬ夢がありまして、それはノーベル文学賞です。この問題に関して、どうすれば中国作家はノーベル文学賞を取れると思いますか。

莫言 賞を取るというのは実は記号にすぎません。私がパムクさんと知り合ったのは、彼の受賞以前ですが、彼は受賞しようがしまいが実際には変わりがないと思います。ところが一般の方は、受賞後の彼には、ただちに身分の変化が生じて、頭に光輪をいただくようになったと見えるようですが、人に変化はなく、性格も相変わらずなのです。

彼はとても面白い人でありまして、規律をまったく守ろうとしませんで、少なくとも私のようにホスト側の手配にすべてお任せするというようなことはありません。北京におられたときには、社会科学院が二三日の午前に彼の作品をめぐるシンポを開こうとしました。中国の作家でしたら、多くの人が興味津々で集まり、研究論文を書きましたと言えば、きっと大喜びして、お行儀よく報告に耳を傾けることでしょう。ところがパムクさんは違っておりまして、真っ先に発言して、二〇分話すと、「私は目の前で他人から褒められたり貶められたりする習慣がないもので」と言って、さっさと帰ろうとするのです。これはホスト側にも思いもよらぬことでした。数年前にこの会場で日本のノーベル文学賞受賞者の大江健三郎さんに関するシンポが開かれたときには、大江さんは大変まじめに筆を執って、絶えず耳を傾け、絶えずメモを取り、しかも多くの人たちが貴重な時間を使ってもっぱら彼の研究を行ったことに対し、大変長い文章を書いて、深い感謝の気持ちを表明しておられます。パムクさんはさっさと帰ってしまったのは、そういうことはどうでもよいのでしょう。多くの人は性格も大きく異なっており、私はパムクさんをあっぱれであり、とても面白いと思います。

その後、ある日彼と夕食をご一緒したところ、何人もの記者も来ましたので、彼にこう申しました。「文学は語らず、食事について語りましょう」。しかしいろいろ話すうちにやはり話題は文学へと転じていきました。
実はノーベル文学賞受賞者はそれほどすごいことではございませんで、皆さんが神さまのように思うことはなく、作家は賞をもらったにすぎないのです。ですから、私たち中国の作家も、中国の読者もこのことをあまり大げさに考えてはならないのです。良い作家は賞をもらわずとも、良い作家なのです。良い作品を書いたことのない作家は、たとえ受賞したとしても、彼の作品が良くなることはないのです。私にとっては、やはりさまざまな手段で自分の小説を書き上げるべきであり、皆さんにとっては、私が次の作品を良く書けるかどうか、監督すべきなのです。他のことに構うことはありません。

学生 講演を拝聴できましてとても嬉しいです。ただ今、講演を拝聴しまして、もの書きはあるいは作家がものを書くというのは、きっと心の声を書くこと、文は人なりに成りきること、かと思いました。先ほど「文革」期の時代についてのお話をうかがいましたが、その時代はどんな状況であったかを考えたのち、新聞・雑誌に何を発表するのかをお考えになるのでしょう。そこで一つ疑問を抱いた次第です――つまりあのような大時代を背景として、あのような背景に適応して書いた場合には、創作の真髄と最終的に矛盾が生じませんか。この両者の関係をどのように処理なさっているのでしょうか。

莫言 「文革」期の社会環境についてお話し下さいました。「文革」期の話になりますと、確かに話題が多くなりますが、私たちの「文革」研究はすでに達しているべき高さには未だ達しておりません。「文革」の表面的現象は確かに二言三言で要約できますが、私に最大の刺激を与えたのは「文革」期の私たち社会全体に包含された二組の言語体系なのです。一組は私たちが社会的に公の場で話す言葉でして、大言壮語でありまして、革命の言葉、コンクールの言葉、お世辞言葉なのです。もう一組は人間の本当の言葉でありまして、家の中でヒソヒソと話されます。この二組の言語は二つの道徳観念を代表しているのです。

子供のころに特に印象深かったのは、家族が公の場で話すことと家に帰ってから話すこととはまったく異なっていたことです。いったいどちらが正しいのか？　素朴な感情により、私には家で話すことが正しいものだとわかっていました。しかしあの環境に迫られて、誰もが自衛のために、社会状況に合わせ心にもない嘘やデタラメを話さざるをえなかったのです。

思いますに、これは「文革」期特有の現象ではなく、数十年来続いてきたことでして、五、六〇年代には始まっておりまして、たとえば五〇年代の「大躍進」時期の「新記録」、延々続くデタラメなどです。今に至るまで続いており、この二組の言語体系はなおも存在しているのです。多くの人が公の場で話しているのは本当の言葉ではなく、家で話している言葉とは異なります。多くの人が公の場では本心を語らず、家で話す言葉と異なっているのは、いつか自分に悪い影響があるのではないかと心配しているからなのです。家で話すことと社会的公共的場で話すことが一致するときにこそ、その社会は真の文明、進歩の状態に入っているのです。皆さんは西側と中国とは異なっていると思いますか。西側でも実際にはこのようなものでして、多くの言葉は公には話せないのだと、私は思います。

作家としては、人類社会に存在するに二組の言語体系に対しどのように対応すべきなのでしょうか。

思いますに、作家にはやはり自由があり、普段は自宅ですから話せない話を書き出し、小説に書き込めるのです。これも作家という職業が人を大いに魅了する一面なのです。

学生　莫言先生、前回パムク教授が私たちにおっしゃったのは「想像は人類に解放の力を与える」でしたので、先生には「想像は中国作家に新創作の力をもたらしますか」とお尋ねしたいと思います。

莫言　五月二七日に彼と食事をしたときにも、私たちはもっぱら想像の問題について話し合いました。作家の創作とは何に依拠するのか、あるいは創作にとって何が最も重要なのか？　経験なのか想像なのか？　私が思いますにこの両者は共に実は大変重要なのです。経験のない人には必ずやきちんとした小説は書けず、人生の経験が屈折し、複雑で、豊かであればあるほど、その人の創作材料は多くなり、頭の中には多くの生き生きとした人物イメージが蓄積され、多くの暮らしの常識と経験が存在するのです。ただしこれだけで想像力がなかったとしたら、偉大な良き文学作品を書き上げることはできません。そのときのパムクさんは、こう言いました。「作家には一種の才能があり、自分の物語を他人の物語に変えられるし、逆に他人の物語を自分の物語に変えられる」。そこで私は尋ねました。「他人の物語を自分の物語に変える、あるいは自分の物語を他人の物語に変える場合、何に依拠して変換するのか。どのように他人の物語を自分の物語に変えるのか、そこにはどのような変換のメカニズムが働いているのか。想像力はそこで機能しているのか」。彼は答えました。「そうだ、想像力がその中で機能しているのだ」。つまり、他人の物語を自分の物語に変えるには、自らの経験を基礎としていなければならないのです。私はさらに尋ねました。「そもそも個人的経験の方が重要なのかそれとも想像力の方が重要なのか」。もちろんこれは人によって異なりまして、経験型の作家はより実に富むものを書けますし、想像力豊かな作家はより虚に富むもの、天馬《てんば》空を行くが如くに書けるのです。

私は彼の小説を例に挙げました。「あなたの個人的経験がどのようなものかは存じませんが、あなたの小説からどのディテールが想像か、どのディテールが真実かを見分けることができます」。彼には『雪』という長篇小説がありまして、その中にはあるディテール描写がございます――人々が劇場に集まると、舞台では芝居が演じられ、突然騒ぎが起こり、銃を発砲する人がおり、劇場の中のブリキの煙突を壊します。このブリキの煙突はストーブに繋がっており、ストーブではなおも石炭が燃えています。そのときの彼の描写とは以下のようなものです――濃い煙が薬缶の蒸気がその口から吹き出すかのように、この銃弾貫通の穴から吹き出した。私はこう申しました。「パムクさん、このディテールはあなたの想像です、あなたは銃弾がブリキの煙突に穴を開ける場面を見たことがない」。彼は答えました。「確かに見たことはない、だが薬缶で湯を湧かし、沸騰したあとに蒸気が薬缶の口から吹き出すようすは見たことがある」。

もう一つのディテール描写が、『雪』にございます。スポットライトが照らす中、ヒューヒューと吹雪く中、地面から激しく舞い上がる雪もあるという描写です。「この一節は真実で、あなたが見たことのあるものです」と私は言いました。「確かにその通り」と彼は答えました。私たちの経験では、雪が降るのを見たことのない人、あるいは暴風雪を観察したことのない人は、雪は空から降ってくるものと想像します——フワフワと舞い降りると。これに対し、確実に真剣に観察した人、しかも折よくそのような情景を体験したことのある人だけが、雪が降るとき、下に落ちる雪もあれば、上に吹き上げていく雪もあることを知っているのです。

ですから、一見真実とは思えないこのディテールは、まさに観察により得たものでして、本当に存在し、見たことがあるのです。しかし前者の皆さんには真実と思えることは、まさに作家個人の体験に基づいて想像を拡大させたものなのです。このような関係にありますので、作家の経験と想像はどちらもおろそかにはできません、柔軟に用いるように心がけねばなりません。よろしいでしょうか。

学生　莫言先生こんにちは！　大学統一入試の前は、作文は入試で高得点を取るためでしたが、今は日誌を書いて、気持ちや考えを記録したりしています。ときどき知りたくなるのは、大学生というのは、何のために書くのかということです。他に、先生は高名な作家として、小説執筆を主としていますが、思想家へのトランジションはありえるでしょうか。どのような思想をお持ちでしょうか。参考にさせて下さい。お願いします。

莫言　ご質問ありがとう。入試前の高三でしたら、入試で高得点を取るために作文していたというのは、間違いなく正しいことです。そのときの一篇の作文が人の運命を決めることもあろうかと思います。私は高校で話をするときには、最初にこう申します。「大学入試は大変悪い制度です」。生徒さん方は大喜びして拍手しますが、私は続けて「大学入試がなければもっと悪いことになります」と言うので、生徒さんは「エーッ！」となります。これこそ現実であることを私たちは認めねばなりません――大学入試制度がなければ確かにもっと悪いことになり、労働者農民の子供が頭角を現すチャンスはさらに少なくなるのです。何と言おうと、大学入試はやはり相対的に公正に機能しています。そのようなわけで高校三年生で、作文は高得点を取るためというのは、間違いなく正しい目標なのです。

あなたが今、書きものをしているのは、第一に気持ちを記録するため、第二に考えを記録するためです。それは大変結構だと思います。今ではブログがありまして、多くの人がブログに書いています。私はたまに他の方のブログを読むことがありますが、実に皆さん技術的に成熟しており、とても生き生きと書いており、言葉も機知に富みユーモアたっぷりです。つまり私たちは真に大衆的創作の時期に入っているのです。かつてマルクスは共産主義時代に至れば誰もが自由に自分の職業を選べると申しましたが、私はネット時代に入るのは、半分共産主義時代に入るようなものでして、誰もが作家になれるのです。ネットも発表の場であり、ブログも発表の場でありまして、しかもこのような創作過程は皆さんにとってても良き鍛錬となります。二〇年後に現在の作品を読み返すと、多くの感想を抱くことでしょう。これはとても良いことだと思います。

作家の中の思想家であります魯迅――彼はもちろん比べようもない存在でして、まさにそのために、現代における不動の崇高なる地位を確立しているのです。現代作家と近代作家を比べると、誰もが魯迅のように深い思想を持っているわけではありません。沈従文などは、文学的業績は魯迅と比べられるとしても、思想的業績、思想面での貢献はと言えば魯迅に遠く及びません。張愛玲にはいったい思想があったのか、これも言いにくいことです。近代作家の中で魯迅は抜群の存在なのです。思いますに、現代作家の中には思想を持つ作家は多くおります。史鉄生などは、深く思考している方だと思いますが、彼には固有の問題がありまして、身体条件が彼をはなはだしく思辨をめぐらす状態に入らせるため、彼の人生は大きな困難に直面し、生死を目前にした思考には確かに身体健康な作家よりも深く、思想上にも多くの新しい発見があるのです。もちろん、他にも多くの作家が思いをめぐらしておりますが、思想的才能がある作家が必ずや最高の小説を書くとは限らない、と私は考えております。逆に、良い小説を書く人も必ずしも深い思索家であるとは限りません。文学創作に存在する現象は、多くの場合、イメージが思想よりも大きいからなのです。

ここで曹雪芹の『紅楼夢』についてお話ししましょう。それは本当に後世の『紅楼夢』研究者が研究するように複雑なのでしょうか。曹雪芹が『紅楼夢』を書いた目的は本当に封建社会のために挽歌を唱うためだったのでしょうか。本当に男女平等、女性解放を追求していたのでしょうか。本当に賈宝玉を資本主義的民主思想持つ新人物としたのでしょうか。毛主席はこれは政治小説だとおっしゃいました。私には後世の多くの研究が曹雪芹本来の執筆意図を遙かに超えていると思えるのです。これこそイメージが思想よりも大きいということです。

成功した小説の、その重要な特徴とはイメージが思想よりも大きいことなのです。その多義性、多様な解釈の可能性は時間の変化に従い絶えず成長いたします。書かれたときには死んでおり、変化しない小説もありますが、時間の変化に従い絶えず変化し、成長し、生きている小説もあります。このため、作家が多く思考することはもちろん悪いことではありませんが、この面の才能がなくとも、この面の素質を持ち合わせぬとも、構いません、書いていけるのです。

学生　莫言さんこんにちは！　あなたの身辺には「二基の灼熱した高炉」があって、一つはマルケスの『百年の孤独』、もう一つはフォークナーの『響きと怒り』で、どちらも西側の名作です。私の質問は、これら西側の名作を読む過程で、作品の言語が翻訳により失われたという感じを受けなかったか、ということです。

莫言　マルケスの『百年の孤独』とフォークナーの『響きと怒り』は確かに私の大変お気に入りの作品です。しかし大変率直に申しまして、『百年の孤独』は去年六月に初めて読み終えたのです。それというのも去年六月に日本から招聘状を受け取りまして、日本で国際ペン大会を開き、マルケスも参加するかもしれない、と言うので私も参加しますと返事したのです。私はマルケスから大きな影響を受けたと言われていますが、私は『百年の孤独』を読み終えていなかったので、これでは老先生に対し申し訳ありませんので、去年六月に二週間かけて始めから終わりまで、一行も漏らさず、まじめに『百年の孤独』を読んだのです。読み終えてこんな結論を得ております――どれほどの大作家であろうと、どれほどの有名な作品であろうと、傷はあるもの。私は『百年の孤独』の第一六章から二〇章には無駄話が多く、この小説は第一八章までに圧縮するのが最上であることを発見したのです。最後の二章では全人物と小説の内容との間には関係がなく、彼は作品を無理に引き伸ばしたのだと思います。

フォークナーの『響きと怒り』は私は今に至るまで読み終えておらず、最初の五、六頁を読んだだけです。なぜなら私は小説の中の次の描写を読んだからなのです——あの阿呆、あの白痴は雪の匂いがかげた〔平石貴樹訳『響きと怒り 上』（岩波文庫二〇〇七年一月初版）一二頁では「ボクは寒さのにおいをかぐことができた」と日本語訳されている〕。途端に私は大変リラックスした気持ちになりまして、小説とはこのように書けるんだとわかったのです。私たちは花の匂い、木の匂いをかげますが、雪にも匂いがあるとは聞いたことがありません。雪にも匂いがあってよろしいなら、他のものにも匂いがあってもよいのです。そのようなわけで、この小説を読み終えてはいないにしても、同作は私に大いに啓発を与えてくれたのです。これは双璧の名作です。

翻訳問題について実質的に私に発言権はございません——外国語がわからないからです。外国語のわかる人だけが比較的上手く語れるのですが、いかなる翻訳であろうと実に翻訳家の大変苦しい創造的労働が含まれているものと私は信じております。まずはよく対応している言葉を探さねばなりません。私の小説の日本語訳者はかなりよく探しています。私の小説『白檀の刑』の訳者は日本の仏教大学の吉田富夫教授です。皆さん私の小説は大変翻訳しづらいと考えております——大量の方言や田舎言葉が使われており、大量の押韻があり、どうやって日本語に訳すのかというわけです。その後この訳者は私に言いました——私の故郷にも地方劇があるので、あなたの小説で描かれる「猫腔《マオチアン》」という地方劇は私の故郷の地方劇に移植する、このような方法で転化したのです。私がこの本のプロモーションのため日本に行ったとき、多くの読者から言われたものです——この本を読んで強烈な印象を受けました、それは

「声」でして、「声は文字よりも大きく、いつも芝居の節回しが耳元で鳴り響いているのを感じておりました」と。そこで訳者が大変良い対応関係を見つけ、良い翻訳を成し遂げたことを知りました。翻訳によっては、単に物語を翻訳するだけで、大変よくないものもございます。『白檀の刑』という小説はその言語的味わいを移植できなかったとしたら、物語だけでは何の精彩もありません。ですから、翻訳には多くの境域があり、良い翻訳は小説の物語を翻訳するだけでなく、言語の風采や風格にもすぐれた対応を見つけて移植する、これが最上なのです。

一流の翻訳は二流の小説を一流の小説として翻訳します。たとえば私には中国では二流の小説としてしか見なされない小説があるのですが、大変高明な翻訳家に出会いまして、その人のドイツ語は素晴らしく、ドイツ語小説に翻訳したところ、その結果私のこの二流の中国語小説が一流のドイツ語小説となったのです。もちろんまったく逆の現象も存在しており、本来は一流だった中国語小説も、下手くそな翻訳家に出会えば、二流の外国語小説に翻訳されてしまいますし、酷い場合にはあらすじだけの三流小説になってしまうこともあるのです。これは大変悲惨なことです。

もちろん言語の問題、即ち翻訳された中国語とはいったい何語なのかということもございます。ある年上海の復旦大学の陳思和教授が大連で私たちとこの問題について専門的な議論をしたことを覚えております。私の意見は、それも中国文学言語の重要な一部である、というものです。ですから、ときどき私たちはかなり習慣的に「私はマルケスから言語的影響を受けた」、「私はフォークナーから言語的影響を受けている」と申しますが、これは実は正しくないのでして、厳密に申しますと、私たちは翻訳家の中国語の影響を受けたのです。
たとえ多くの翻訳家がマルケスの言語を翻訳する際に、中国語の中のスペイン語と対応可能なものを使って転移したとしても、私たちが読む中国語に訳されたマルケスの『百年の孤独』はマルケス独自の風格を体現してはいるものの、結局は中国語なのです。ですから、「私はマルケスの『百年の孤独』を読んで彼の言語的影響を受けた」という言い方は推敲に耐えられないのでして、中国の翻訳家の言語的影響を受けたとしか言えないのです。

学生　莫先生こんにちは！　先ほどご著書の『赤い高粱』についてお話しなさったときに、人が首を切られたあとはどうなるか知らないので、鶏が首を切られたあと皮が下にめくれていくようすを人の身体に移植したところ、けがの功名でピタリと当てはまったとおっしゃいましたが、万が一そうでなければどうなるのでしょうか。ときには豊かな想像力は確かに創作の中の不足の部分を補ってくれますが、客観的な現実と事実によっては歪曲を許容しないので、すべて主観的意識に頼っていては創作できません——それでは読者に対し誤った誘導作用が働いてしまいます。たとえば先ほどの場面で、事実は先生がお書きになったようではないかもしれないのに、私はあなたの本を読んだために、そのようなものだと思ってしまい、その後私がこのことをA君に話し、A君がBさんに話し、最後には、皆さんがそういうものだと思いますが、結果的にそれは間違いであるのです。ですから、作家として、創作の際にこのような問題——自分が書くものについて読者に対し責任を負わねばならないとお考えになったことがありますか。

莫言　私は先ほど事実上お話しましたが、何と言っても自ら戦場を経験した人はやはり少数でして、仮に間違いであっても、多くの人にはわかりません。もちろんあなたが指摘したことは大変重要な問題です。もしも誤った処方箋を書き込んだとしましょう――雄精一〇〇グラムに酢一〇〇グラムを加えて掻き混ぜこれを飲むと風邪はすぐに治る。読者がこのいい加減な方法で風邪を治すのは、確かに正しくはありません。もしもあなたが小説でレシピを書いたとしましょう――ディーゼルオイルで豚肉を炒めると、とっても美味しい。一人の読者が家に帰ってお母さんにディーゼルオイルで豚肉一〇〇グラムを炒めてもらって食べてみる、その結果は吐いたり下したり――これも確かによくないことです。

このような例ではもちろんデタラメには書けませんが、その他はみな気にしなくてよいだろうと思います。なぜなら小説は小説でして、文芸作品なのです。小説はレシピではなく、医学の教科書でもないのですから、ふつうはそのように真に受ける読者はおりません。多くの魔術的リアリズムの小説や、ブラックユーモアの小説、社会現実のディテールを激しく歪曲した小説、現実生活を極端に誇張した小説、いずれも同様です。ですから私が思いますに、あなたが言うような問題は出現しないでしょうから、ご心配なく、あなたが書く場合でも、どうぞできる限り安心してお書き下さい。カフカは朝起きたら甲虫になっていた人を描きましたが、このために自分が甲虫に変身するのではと心配する人がいたとしたら、それは大変愚かなことですが、作家にとっては関係のないことなのです。

中国18

香港浸会大学「紅楼夢文学賞」を受賞して

二〇〇八年九月

香港での文学賞受賞記念講演であるが、莫言が受賞作『転生夢現』の中の登場人物「莫言」の創作の動機を説明するという変わった語りである。「莫言」の家の近隣に一九五〇年代の農業集団化政策に従わず独立耕作を貫き通そうとした農民がおり、彼も他の子供たちと共にこの農民を敵視して投石していたが、八〇年代に人民公社が解体するころには敬意を抱くようになったと述べている。

尊敬する審査委員の皆様、ご来場の皆様。

「莫言〔言う莫《な》かれ〕」という名前の者に、大勢の方々の前で講演させるというのは、なかなか諧謔に富んでおります。三〇年前、あの「管謨業《クアンモーイエ》」と呼ばれていた者が、自らの名前の真ん中の「謨」の字を、二つに分けて「莫言」としたときには、勝手に姓を改め名を易《か》える反逆行為に含まれる意味に気付いておりませんでした。そのときの彼は、多くの大作家にペンネームがあるのだから、自分も一つ持つべきだと考えたにすぎません。この話さないという意味の新しい名前をジイーッと見ながら、彼は何年も前に両親が諄々と諭してくれたことを思い出しておりました。当時の中国大陸の政治状況は正常ではなく、階級闘争の荒波が、ひと波ごとに高まっており、人々はみな安心感を失っており、人と人との間には忠誠心も信頼感もなく、騙し合いと警戒心があるだけでした。このような社会的状況下では、多くの人が口は禍の門を体験しており、ひと言慎まなかったがために、地位も名誉も失い、一家離散、肉親死別の苦い結果を味わいかねなかったのです。そんなとき、彼はあいにく饒舌な子供でした。彼は優れた記憶力と、優れた口語表現能力そして人前で話したいという強烈な欲望を持っていたのです。彼が自分の話をする才能を発揮せんとするや、母親は忘れずに彼に注意するのでした。「余計なお喋りは絶対ダメ！」。しかし山河は改めやすく、人の本性は変えがたし。父母の視界から出ると、彼はやはり滔々とお喋りしたのです。

「紅楼夢賞」をいただいた小説『転生夢現』の中では、その無駄話が全編にわたり、嫌われ者の莫言とは、完全に彼のこととは言えないものの、基本的には彼のこととなるでしょう。

文学は現実に由来します。これは疑いもない真理ではありますが、現実とは広大無辺であり、作家たちが使えるのは、自らの経験に関わるわずかな現実です。作家は絶え間なく書き続けようとするのでしたら、百方手を尽くして自らの現実的領域を拡大し、富貴と安楽とを求めようとする欲望と闘わねばなりません。苦痛の追求は、名を成した作家の自己救済の道ですが、幸福とは常に苦痛を追求するときに期せずしてやって来るものなのです。このため、作家にとって、最も貴重なお宝とは、幸福追求時に期せずしてやって来る苦痛でありますが、これは求めても出会えるものではありません。このため、文学において成功を得んとするとき、才能と勤勉を別とすれば、より重要なのはやはり運命なのです。

一人の作家は生涯に多くの本を書くことでしょうが、本当に人々の記憶に残るのは一篇あるいは数篇でしょう。今まで、私はすでに一〇篇の長篇と百篇近い中、短篇小説を書きましたが、どの一篇が、あるいはどの数篇が歴史の試練に耐えて、かなり長く後世に伝わることでしょうか。私自身にはとても判断できません。『転生夢現』が「紅楼夢賞」をいただいたのは、審査委員の皆様が私のために、もしも私に後世に伝わる二冊の本があるとしたら、『転生夢現』はその一冊に違いない、と判断なさったことかと存じます。同書が伝わるのは「紅楼夢賞」をいただいたからであり、さらには同書にわが人生体験の中で最も重要な部分が注ぎ込まれているからなのです。私はかつてこのように申しました——同書を書くのにわずか四三日しかかけなかったものの、同書を育み構想するのには四三年もの長い期間を要した、と。一九六〇年代初頭、あの管謨業が大欄小学で勉強していたとき、毎日午前第二時限後のラジオ体操の時間、隣り村の藍という独立農民が、すでに当時は誰も使わなくなっていた木製車輪の荷車を押していました——引いているのは足の不自由な背の低いロバで、ロバを引いているのは纏足《てんそく》をした彼の妻でした。木輪車はギーギーと耳障りな音を立て、車輪は学校の前の泥道に深い轍を残しました。このことは、すべて管謨業によりしっかりと記憶されております。当時は、彼はあらゆる子供と同様に、この頑固に独立を堅持していた農民に対し反感と差別意識の思いでいっぱいでした。彼は酷いことに多くの子供たちに従い、この独立農民に向かって石さえ投げたのです。この農民は一九六六年まで頑強に抵抗しましたが、文化大革命で残酷な迫害を受け、ついに耐えきれず自殺しました。

何年ものちに、管謨業が莫言となったとき、彼はこの独立農民の生涯を一冊の本に書きたいと思うようになります、とりわけ八〇年代に人民公社が解体し、各戸に畑が分けられ、農民が実質上は独立農民に戻ったとき、彼は感慨を抱きました——この藍臉とは、自らの見識を堅持し、社会全体を敵に回しても恐れず、最後は命懸けで自らの尊厳を守り抜いた、立派な、人である、と。このような人物形象は、現代中国文学には、まだ登場しておりませんでした。しかし彼がずっと筆を執らなかったのは、この小説の構造様式を模索していたからです。二〇〇五年の夏に至り、彼はある有名な廟で、六道輪廻の壁画を見たとき、ハッと悟ったのです。彼は冤罪で殺された地主をロバ、牛、豚、犬、猿、そして最後に治療不可能な先天性の病にかかった大きな頭の赤ちゃんに転生させました。大きな頭の赤ちゃんは滔々と絶えることなく彼が畜生だったときの感覚を、動物の視点から語り続け、五十余年来の中国農村社会の変遷を見つめるのです。

こんなことを私に尋ねた方がおります——小説中の莫言と現実社会の中の莫言とはどのような関係にあるのか、と。私の答えは、小説中の莫言は作家の莫言が作り出した人物であり、作家莫言自身でもあります。実は、小説の中のあらゆる人物は、作家とこのような関係を持っているのです。

ただ今、作家の莫言に、彼の小説中のあらゆる人物とあらゆる動物を代表させて、浸会大学文学部、審査委員各位、張大朋様、ご来席の皆様に対し、心からのお礼申し上げさせる次第です。

中国19

人みな泣くときにも、泣かぬ人を許そう

二〇〇九年四月　中国文学海外広報プロジェクト立ち上げ式

文学は政治から離れられないが、良き文学は人を描くものであり、外国の読者は中国の小説から中国の現実を読もうとするものの、登場人物から読者自身の情念と思想を読むであろうと述べたのち、小学校時の思い出を語る。階級教育展示館に団体見学に行ったとき、一人の友人は泣こうともせず、冷ややかな目つきで自分たちが泣き叫ぶようすを観察していたので、担任教師に彼を密告した……。

まずは「中国文学海外広報」プロジェクトの立ち上げ、おめでとうございます。会議の議題は「中国文学の国内体験と海外広報」です。中国文学に国内体験はあるのでしょうか。遠慮なく申しますと、体験はありまして、たとえ成功体験ではなくとも、失敗の体験はあるのです。成功あるいは失敗の体験を総括するには、専門家と学者が必要でして、私にはそのような能力はなく、そのため口をはさむわけにはまいりませんので、大人しく拝聴するばかりです。

海外広報について、実は私はほとんど知りませんで、基本的に発言権はないのですが、私がこの問題について少しも発言しないとなると、私の発言は終わってしまいます。そんなふうに終わるのも実は良いことなのですが、内心少しは話さないと友人に対し面目がないとも思い、何事もまずは友人のためと

思うのですが、その結果は多くは逆効果となってしまいます、これこそ私の悲劇であり、もちろん光栄でもあるのです。

文学の海外広報において、かなめとなるのは翻訳です。政府基金の資金援助のない状況でも、翻訳は進んでいます。スポンサーなしでも翻訳家を引き寄せられるのは、いっぽうでは間違いなく文学自身の力であり、いっぽうでは社会的需要による作用力なのでしょう。ここには実は選択の芸術が含まれているのです。ある翻訳家がAさんを選んでBさんを選ばないのは、彼がAさんの小説が好きだからで、Aさんの小説が彼の審美的要求を満足させるからです。もちろん、Bさんの小説が実は素晴らしければ、自ずと別の翻訳家が選択することでしょう。つまり、長い時間、海外における中国文学の紹介は受動的であり、選択されてきたのです。

最近、国が資金を出して、海外に中国の文学を送り出すようになり、すでに幾つもの専門グループができて、海外に推薦する図書目録を選び出したとのことです。ついに他人の選択から自分の選択に変わったわけです。いかなる選択にも片寄りはつきものです。魯迅先生はこう言いました。「選んだ本からわかるのは、往々にして作者の特色ではなく、選者の眼光である」（『且介亭雑文二集』「「題未定」草」の一節で、一九三六年一月に発表された）。ある人による選択とは必ずや彼自身の審美的偏向に影響されるものでして、あるグループの選択も必ずやある価値観に影響されますので、グループが多ければ多いほど眼光も多くなり、眼光が多ければ多いほど発見も多くなり、発見が多ければ多いほど海外の読者により全面的に中国文学の面貌を理解してもらえるのです。幾つかの報道によれば私は外国語に訳されることが最も多い中国の現代作家であり、海外での知名度がかなり高い中国の現代作家であるとのことですが、このような事実が形成されるには複雑な原因があろうかと思います。これは歴史的誤りである可能性が大いにございます。現代中国には私より優秀な作家がたくさんいらっしゃることはよく承知しておりまして、私が西側の翻訳家に推薦した作家の数は二〇人を下らず――ここでそのリストをご披露しますと自慢話になってしまいますね――、彼らの作品が早いとこ翻訳されて、私のようなポンコツを早いとこご用済みにしてくれることを願っております。北京師範大学中国文学海外広報センターの成立により、選択のプラットホームが一つ増え、選択の眼光が一つ増えたのでありまして、見識高き皆様が、砂金をさらうかのように、真の傑作を精選し、真の大家を紹介して下さることを切望する次第です。

文学作品が外国語に翻訳され、海外で出版されることこそ、実際の伝播の真の始まりです。本が読まれ、感想が寄せられ、正しく読まれ、誤読され、ある読者には愛読書となり、ある読者にはゴミ扱いされ、ある国では洛陽の紙価を高め、ある国では無視される――作家にとってこのような情景を想像することは喜びであると共に、致し方ないことでございます。ことわざにも言う通り、「子も大きくなれば、親に従わず」でして、本も翻訳されれば、それ独自の冒険を始めるのでして、人が自らの運命をたどるのと同様、本も自分自身の運命を持っているのです。一九三〇年代に魯迅を風刺して、彼の『吶喊』〔一九二三年刊行の魯迅の第一創作集で、「故郷」「阿Q正伝」などを収める〕を持ってバルコニーで大便をすると申した者がおります。魯迅は答えました――『吶喊』の紙は堅すぎて、貴殿の臀部を傷付ける恐れがあるので、出版社に次回増刷時には、柔らかい紙を使うよう提案しましょう。

私のような作家は、もちろん魯迅のような度量は備えておりません。他人が私の小説をトイレットペーパー替わりに使うと聞けば、口には出さずとも、胸のうちでは不愉快なことでしょう。他人が自分の小説を褒めてくれたと聞けば、口に出すのは憚られるものの、胸のうちではご機嫌でしょう。俗物の私を、お笑い下さい。しかし私も胸のうちではわかってはおるのです——過度の賛美と過度の悪評には胸のうちで警戒を怠ってはならない。私は一人の作者として、根本的に西側読者の私の小説に対する解釈に干渉できませんが、やはり一縷の希望を抱いており、読者が純粋に文学と芸術の角度から私の作品を解読して欲しいと願っております。ミラン・クンデラ〔一九二九〜〕は新作『出会い』が台湾で出版されたとき、特に台湾の読者に一通の手紙を書いて、こう述べています。「私の小説のすべての物語はヨーロッパ、即ち台湾人にはあまり理解できない政治的社会的状況を舞台としています。それにもかかわらずあなた方の言語で出版されることをいっそう幸運だと思っているのは、小説家の最も深い意図は歴史状況の描写ではないからなのです。彼にとっては、彼の小説の中に政治制度に対する批判を探し回る読者ほど困ったものはありません。小説家が引き寄せられるのは人であり、人の謎であり、そしてその人の予期しえぬ状態における行為と、今に至るまで未知であった一面が浮上することなのです。これこそ小説家が彼の小説が舞台とする国から遠く離れた地方でしばしば最良の理解者を得ることの理由なのです」。

ミラン・クンデラの前に私が似たようなことを話していたとはとても言えません——確かに似たようなことを話していたとしても。ミラン・クンデラが私の胸のうちの言葉を語ってくれたとはとても言えなくても、ミラン・クンデラの言葉に同感するとは言えます。ご来場の皆様の中にはミラン・クンデラの言葉に共感を覚えぬばかりか、ミラン・クンデラという人が嫌いな方がおられることを知ってはいても、海外読者による作品解読に対するミラン・クンデラの期待に私は同感するのです。

何度も申しましたように、文学は政治から離れることはできませんが、良き文学は政治よりも大きいに違いないのです。良き文学が政治よりも大きくなれることの最も重要な原因は、まさに良き文学は人を描くことにあるのでして、人の感情、人の運命、人の魂の中の善美、醜悪、このようなものだけが、読者の共感を引き出せるのです。政治問題は作者の創作インスピレーションを刺激することはできますが、作者の最終的関心はこの特殊な環境にいる人にあるのです。一部の外国の読者は中国の作家の小説から中国社会の政治、経済などの現実を読もうと思っていることを私は存じておりますが、これは彼らの自由であって、私たちに干渉する権利はありません。しかし私もこのように信じております——文学の目で私たちの作品を読もうとする多くの読者がいるに違いなく、もしも私たちの作品が良く書けていれば、このような海外の読者たちは私たちの小説の中の状況を忘れて、私たちの小説の登場人物から、彼自身の情念と思想とを読むであろうことを。

紹介推薦は選択であり、翻訳は選択であり、読書も選択であります。たとえ作者である私が読者に対し自らの希望を抱いていたとしても、希望にしかすぎません。他人の選択に対する尊重は、社会的進歩の一つの表現なのです。

私の講演はまもなく終わりますが、最後に選択に関する小さな物語をお話ししましょう。

新年に、私は帰郷して父に会ってきました。父が話すには、私の小学校時代の友人が、凍っている河に飛び込んで子豚を救おうとして、溺れ死んでしまったと言うのです。この友だちの死を私が大変辛い思いで聞いたのは、私が彼を傷付けたことがあるからです。それは一九六四年の春のこと、学校で人民公社役場での階級教育展示館への団体見学に出かけたところ、展示館に入るなり、一人の生徒が泣き出したので、すべての生徒が一緒になって大声で泣きました。足を踏みならして泣く生徒もいれば、胸を叩いて泣く生徒もおりました。私は泣いて流した涙がもったいなくて拭こうとせず、先生たちに見て欲しいと思っていました。このとき、ふと振り向くと、その友だちが大きく目を見開いて、泣こうともせず、冷ややかな目つきで私たちを観察しているのを見たのです。そのときの私は、とても怒りました――みんなが満面の涙で、天に届かんばかりの泣き声を挙げているのに、こいつはなんで涙も流さず泣き声も立てないんだ？　見学終了後、私はこの友だちの態度を先生に報告しました。先生は学級会議を開いて、この生徒に対する批判会を行いました。君はなぜ泣かないんだ。君の階級的感情はどこにいってしまったんだ。もしも君が地主や富農の家の出身であれば、泣かないのもわかるが、君は貧農の家の出身なんだ！（ひと言補いますと、数人の出身家庭の良くない生徒〔地主や富農の家の出身の生徒を指す〕が最も大声で泣きました）。私たちがどんなに質問しようとも、この生徒はひと言も発言しませんでした。それからまもなくしてこの生徒は退学しました。私は今もなおみなが泣いていたのになぜ彼は泣かなかったのかわかりません。その後の私は自分の密告行為を後悔し続け、先生にその気持を話しました。そのことを報告に来た生徒は、少なくとも二〇人はいた、と先生は言いました。だからこれは密告ではなく、自覚なのだ。先生はこうも言いました——実は、多くの生徒は泣くに泣けなくて、こっそり顔に唾を付けて涙を流している振りをしていたんだ。

この泣かない人こそ作家の人物モデルなのです。私の小説『転生夢現』で描いたあの独立農民の藍臉のように、すべての人が人民公社に参加しても、彼だけが自営を堅持し、いかなる脅し、利益誘導、肉体的打撃、精神的苦痛を加えようとも、彼を変えることはできませんでした。この二人の人物、泣かない人と独立農民は、共に政治的に包囲されても、政治に勝利し、彼らを罵り、殴り、顔に唾を吐きかけた人々に対し勝利したのです。

文学は多くのことを人々に語りかけます、私が自分の文学を通じて読者に語りかけたいことは、人みな泣くときにも、泣かぬ人を許そう、ということなのです。

中国20

読書とは己を読むこと

二〇〇九年一二月一七日　人民文学出版社外国文学賞授賞式

ドイツの小説『マリーエンバートの悲歌』は、少女に恋した晩年のゲーテを描く小説で、作者のマルティン・ヴァルザーはその中国語訳により中国で文学賞を受賞した。莫言はヴァルザーの受賞を祝して講演し、「作家のいかなる伝記も信じてはいけませんし、それが自伝であればなおのことです。作家のあらゆる秘密、特に魂の秘密は、すべて彼の作品の中にあるのです」と語っている。

クリスマスが目前に迫り、マルティン・ヴァルザー〔一九二七～〕さんが中国にいらっしゃいました。彼はちょっとメーキャップをすると、サンタクロースとなります。ヴァルザー翁の典型的な言い回しを使いますと、サンタクロースになりたい人は必ずしもサンタクロースにはなれず、サンタクロースになりたくない人が、むしろ知らず知らずにサンタクロースになってしまう、のです。このサンタクロースが私たちに持ってきてくれたプレゼントが、彼の新著『マリーエンバートの悲歌』なのです。今年の外国文学賞はこの小説に与えられますが、それは「サンタクロース」へのお返しのプレゼントなのです。

マルティン・ヴァルザーさんは中国の読者にもよく知られている現代ドイツの作家でして、彼の『ほとばしり出る泉』、『逃亡する馬』、『ある批評家の死』などの小説は、早くから中国語に訳されており、読者に広く影響を与えております。この情報が発達した時代において、私たちはヴァルザーさんの文学的成果を理解するだけでなく、ドイツ文壇における彼の崇高なる地位とドイツの社会現実に対し発揮する彼の極めて大きな影響力をも理解しております。マルティン・ヴァルザーさんはおそらく非文学的方法でドイツ社会に影響を与えているとは思いもよらないでしょうが、彼の文学はドイツないしはさらに広範なる人類の暮らしに影響を及ぼしたのです。

先ほどの講演でマルティン・ヴァルザーさんがおっしゃっていたように、「文学が私たちのある国に対する最初の印象を決める」のです。中国の読者のドイツに対する最初の印象も、ギュンター・グラス、マルティン・ヴァルザー、レンツ〔一九二六〜二〇一四。名はジークフリート〕、ベル〔一九一七〜八五。名はハインリヒ、一九七二年ノーベル文学賞受賞〕など現代ドイツの作家の作品に基づいているのです。たとえ現在のネット情報がより直観的で正確にドイツ各方面の現実を見せてくれようとも、私たちが見るドイツが私たちが文学を通じて想像するドイツとは異なるとしても、私たちはやはり文学から得た印象を留めておきたいといっそう願うのです。それというのも、このような印象は感情的色彩を伴い、情念的共感を基礎として打ち立てられており、私たちと作家とが共同して創造したものであるからなのです。

私はフランクフルト・ブックフェアでこのような話をしたことがございます——作家には国籍があるが、文学には国境はない。文学は政治から離脱できませんが、良き文学は政治よりも大きいのです。マルティン・ヴァルザーさんは先ほどの講演でこうおっしゃっております。「小説の役割は社会批判よりも大きい。小説には思いがけなく現実批判が登場するが、しばしば社会批判とは異なるものに変じている」。私が思いますに、初めに作家が創作への衝動に駆り立てられるのは、しばしば社会現実の中で発生する事件によるのではなく、その事件の中の人、その事件の中の人の体験と反応、その人々によりこれらの事件の中で表現される豊かな意味と独自の個性によるのです。それはまさに私たちがヴァルザー翁の『ほとばしり出る泉』でして、母親がナチスに入党するという事件は文学を構成してはおりませんが、母親が彼女独自の方法でナチスに入党することと、ナチス入党という事件における表現こそが、真の文学なのです。事件はたちまち古臭くなってしまいますが、人物は永遠に生き生きとしているのです。

ヴァルザー翁は先ほどおっしゃっいました。「小説を書く人は登場人物を借りて自分の体験を語る。彼が小説を発表するのは、他人が同様の現実的体験を持っているかどうか知りたいからで、自分が独りぼっちであるかどうかを知りたいからだ。読者が彼の本を読むときには読者自身の現実を読んでいる」。この言葉は平凡に聞こえますが、作家という職業の秘密をほとんどすべてさらけ出しているのです。作家は自分の作品で、さまざまな人物を描きますが、登場人物の性格と作家の性格とは大きく異なっており、登場人物の小説中のできごとの体験は直接的には作家の体験ではありませんが、作家には自分をフィクションのできごとの中でフィクションの人物とする能力があるのです。彼は強大な想像力、豊かな現実体験を借り、人間性に対する深い理解を借りて、他人の身になって考える能力を獲得するので、フロベールはお色気たっぷりの若奥さまボバリー夫人を描けましたし、トルストイは純真なる娘ナターシャ〔『戦争と平和』のヒロインの一人〕を描けたのです。そして、ゲーテではないヴァルザーさんも、ゲーテを生き生きと描けるのです。

『マリーエンバートの悲歌』の男性主人公は晩年のゲーテであって、ヴァルザーさんではなく、もちろん莫言でもありません。しかし私はこの本を読みながら、わがごとの如く感動したのです。ゲーテのような大文学を書いてはおりませんし、ゲーテのような高貴な身分でもありませんし、ゲーテのような広い知識を持っておりませんが、この小説の中のゲーテの心理と行動の多くが、私のような普通の中国作家でも理解できて心から笑えるのです。ゲーテの若々しい魂と日ごとに衰えていく肉体との間の矛盾、そしてこれにより引き起こされる精神的苦痛は、まさに現在の私たちが耐えていることなのです。本の中のゲーテのように鏡に向かって自らの肉体を繁々と見つめることはしないまでも、私たちはおそらく似たような滑稽な行いをしたことがあるでしょう。もちろん、この著書が私たちに語っているのは老いらくの恋物語だけではなく、苦境に置かれた人間であり、このような苦境における精神的苦痛であり、あがきであり、格闘であり、その後の昇華であります。これは真の人の文学であり、読者に深い精神的啓発をもたらす文学なのです。私たちはゲーテではありませんが、ゲーテを理解しました。マルティン・ヴァルザーのゲーテの姿から自らの姿を見たのです。荒唐無稽な恋愛により偉大な作家となることはできないにしても、私たちはこのような人物の姿から、人間性の大いなる秘密を見て、人はどのような方法により、荒唐無稽を不朽に変えられるのかを見るのです。またこのような作品の読書を通じて、自らを理解し、他人を理解するのです。

この数年、中国作家と外国作家との交流は日増しに増えています。このような交流は理解と友情の厚みを増していきます。それでも最高の交流は互いの著書を読み合うことだと思うのです。暮らしの中の作家がみな正装しているとは限りませんが、やはり服を着ています。しかし作品の中の作家は、『マリーエンバートの悲歌』の中のゲーテと同様に、一糸纏わぬ全裸なのです。作家のいかなる伝記も信じてはいけませんし、それが自伝であればなおのことです。作家のあらゆる秘密、特に魂の秘密は、すべて彼の作品の中にあるのです。このため、私はこのように申しましょう――ヴァルザー翁と直接交流はできないものの、私は彼の本を読み、すでに彼のすべてを知っているかの如くに感じている、と。

最後に、マルティン・ヴァルザーさんの二〇〇九年度人民文学出版社外国文学賞受賞をお祝いし、サンタクロースにはなりたくないのに知らぬ間にサンタクロースにならされていたマルティン・ヴァルザーさんが私たちに届けて下さった幸運と幸福に感謝いたしましょう。

中国21

壊滅の中での省察

二〇一二年一月一日

『文藝春秋』東日本大震災一周年特集号に寄稿したエッセーである。日本の温泉の楽しみを語り、「何千年来、大地が動き山が揺れるたびに、壁は倒れ家は傾き、人々は塗炭の苦しみをなめてきたが、それと共に常に温泉が湧き出して、生命が復活し、町は栄えてきた」と日本人を激励し、「これからは、ゆっくりとした時代に入り、ゆっくり、さらにゆっくりとすべきなのだ」と提言している。

私は日本への好感を隠したことはない。現在の中国で自分は日本が好きだと言うとネットの「怒れる若者」から怒声を浴びる危険があるのだが、それでも私は好きだと言っている。私は日本の美しい環境が好き、日本の健康的な飲み物食べ物が好き、日本の温泉が好き、日本人のきめ細かいまじめな仕事振りと人に対する礼儀正しさが好きなのだ。もちろん、どの国にも悪い一面はあるもので、日本にも悪い一面はある。どんなに偉大な民族の中にも阿呆がいるように、日本人の中にも阿呆がいるが、今回はこの問題については書くつもりはない。もしも数ある日本の好きなものから最も好きなものを一つ選べと言われたら、私は迷うことなく、温泉、と答えるだろう。

私は早くからテレビで日本の温泉に関する番組を見ていた。それは北海道で撮影したもので、露天の温泉で、猿の群れが降る雪を頭に受けながら温泉に浸かっているのだ。その当時の中国人にはお風呂自体がかなりの贅沢で、日本にこんなに豊かな地熱資源があるのを見て、思わず温泉を楽しむ猿たちが羨ましくなった。その後、川端康成の『伊豆の踊子』を読んで、日本の温泉文化への理解が少し深まり、日本の温泉をこの身で体験してみたいという思いがますます募ってきたものだ。

一九九九年一〇月、自作の小説『豊乳肥臀』日本語版刊行の際に、私はついに日本の国土に足を踏み入れることとなり、友人の案内で伊豆半島を訪ね、聖地巡礼のように川端康成が『伊豆の踊子』を書いたときに滞在した湯本館に泊まり、川端が泊まっていた部屋で記念写真を撮った。宿泊中には、私はしばしば夜明けに一人で温泉に行き、温泉に浸かり、山あいを流れる賑やかな渓流の音に耳を傾けながら、胸のうちで川端作品の温泉をめぐる描写を思い出しては、この文学の先達がお風呂の中で手足を伸ばし目を閉じて疲れを癒やしているかのように感じていた。

その後、私は幾たびも日本に行き、ほとんどそのたびごとに温泉に入った――箱根、有馬、北海道……多くの温泉で私の疲れた身体を沈めてきた。一度日本の温泉をめぐる文章を書きたいものだ、と考えてきたが、今に至るもまだ書いておらず、胸のうちですまないと思っているのだが、この思いは友人に対してよりも、温泉に対してさらにすまないと思っているのだ。

日本は火山が多く地震も多く、このため温泉も多い。大自然は壊滅と同時に贈り物ももたらしてくれる。温泉こそ大自然からの日本への贈り物なのだ。何千年来、大地が動き山が揺れるたびに、壁は倒れ家は傾き、人々は塗炭の苦しみをなめてきたが、それと共に常に温泉が湧き出して、生命が復活し、町は栄えてきた。日本の文化、日本の民族精神は根本から暴虐と温柔という大自然の二面性と密接な関係を持っている。

去年の三月一一日、日本の東北での地震に際し、当初は私は気に留めていなかった――地震は日本では日常的なことであり、日本人は地震に対し豊富な経験を持ち、ふつうは重大な被害には至らないからだ。しかしこれに続く津浪に私が震え上がり悲痛な思いを抱いたのは、数多くのハリウッド映画に現れるような場面が、現実の暮らしの中に出現したからだ。大自然が残酷な様相を露わにするとき、人類はこれに対抗のしようがない。続けて原子力発電所の事故が現れて、自然災害を人災へと転化し、これによりグローバルな関心と苦痛なる反省とを引き起こしたのだ。核問題に関しては、世界中で日本人ほど複雑な思いでいる人々はいないだろう。当時のアメリカ人は正義の名の下で日本の国土に二発の原爆を投下し、基本的に何の武器も持たない平民庶民を虐殺し、壊滅させられたのは基本的に庶民の家であり、このような虐殺は、どのような原因で誘発されようが、どのような名目で進行されようが、決して許してはならない罪悪である。アインシュタインは晩年には箱を開けて悪魔を放ってしまったことを深く後悔していたという。核エネルギーの平和利用の呼び掛けは数十年来大声で叫ばれてきたが、陰では核軍備核開発競争が止んだことはなく、人々が箱から放った悪魔を再び箱に戻そうとしても、絶対に不可能なのだ。悪魔の鼻面に縄を掛けて、牛のように畑で犂を引かせたいという願いは美しいが、必ずあれやこれやの原因で、狂い牛の鼻輪の縄は取れてしまい、人類に禍をなすのだ。仮にこれが純粋な技術的要因あるいは天災が引き起こした災害であるなら、まだ許せないでもないが、もしも政府や利益集団が政治的目的や利欲に駆られまぐれ当たりでしたことだとすれば、それは許してはならない罪悪である。

二〇一〇年一二月、日本の北九州で開催された東アジア文学フォーラムで、私は「ゆったり、まったり行こう」という講演をして、人類の日ごとに膨脹する欲望を批判した。人類の病的な欲望のために、科学技術の病的な発展が引き起こされ、こうして人類の大自然に対する止まることのない狂ったような強奪が引き起こされるのだ。地球保護、環境保護はすでにグローバルな共通理解となっているが、基本的には空理空論に終始しており、どの国も自己規制できず、発展の速度を緩めることを願わず、資源に対する独占と略奪を止めようとしない。どの国もCO_2排出量の削減を唱えているが、実際には隣国を自国の洪水のはけ口とする悪事を働いている。そこで私はその講演で、個人の欲望と比べて、資本と国家の欲望はさらに恐ろしい、と語ったのだ。このたびの日本の核事故は、全世界に生々しい教訓となった。日本の核事故では、最重症の被害者は当然日本の庶民であるが、大気は環流し、海水も環流しているからには、いかなる国でも自分の国土をガラスで覆えないのは当然で、堤防で海水を止められないのも当然であり、もしも日本の核事故がさらに深刻な状態であれば、必ずや周辺国や全地球に禍をもたらしたに違いあるまい。それゆえに、日本の地震と津浪、核事故は大変悲惨な不幸ではあるが、全世界のために鳴らされた警鐘でもあり、地球人の一人一人に向かって発せられた警告でもある――地球は全人類の庭であり、いわゆる国家とは、歴史的概念であり、いわゆる国家利益とは今日の世界においては最高至上ではなく、最高至上なのは全人類の利益なのだ。この道理はとても単純で、庶民もよくわかり、政治家にはさらに明解なのだが、本当に完璧に実行しようとすると、ほとんど不可能となってしまう。

作家の責任とは、この道理をさまざまな方法で広く紹介することであり、たとえ効果があがらなくとも、声を嗄らして叫ぶべきなのだ。

日本の震災後まもなくに、私は東京に行き、拙著『蛙鳴《あめい》』日本語版の出版記念会に参加したところ、ある日本の友人が核汚染は恐くないかと聞くので、私は日本人でも恐れていないのだから、私が何を恐れようか、と答えた。もちろん放射能漏れは恐ろしいが、日本の放射能漏れが作り出す危険性に関して、私は冷静に判断している。我が国の群衆がデマを信じほとんど狂ったかのようにヨード添加塩を買い漁っていたとき、災害区にいる日本人が冷静で理性的であったことは、確かに深く考えさせられた。自分の頭で現実を分析してデマに煽られない、ということは一人の人の資質の深さを示す重要なメルクマールであり、もちろん一国の民衆を評価する重要なメルクマールでもあるのだ。この点において、日本人に全世界は学ぶべきだと私は思っている。

日本が第二次世界大戦後にすばやく立ち上がったことは、日本人の真剣な反省があったからこそであり、一面の廃虚を前にし、数多くの死者を前にして、多くの荘重な神話が崩壊し、人類がこの地球に生きることの根本的な目的は生者を幸福にし、死者を貴び、児孫の世代が可能な限り長く繁栄できるよう努めることであり、これら一切を保証するには、平和が最も根本となり、自らの民族の幸福を他民族の苦痛の上に築くいかなる行為も、恥ずかしくまたその報いを受けるものであり、この問題については、私は神の存在を信じるべきだと考えており、神とは道理であり、法則なのである。神は国と国、人と人との間の争いに反対するだけでなく、人と自然との争いにも反対し、人の悪のある限度までの存在は認めるものの、それが限度を超えれば必ずや罰するのだ。
人類の運命を考えると、私は深い絶望を覚え、人類が他の星へ移民する能力を持つ前に、地球の資源が枯渇し、人類に生存の術がなくなることを心配しているのだが、あるいは別の状況もあるだろう。資源が蕩尽され、環境が破壊された後、大部分の種は絶滅し、ごく少数の生物が新しい環境に適応して生き延び、次第に進化して知恵を備えた生物となって、新しい輪廻が始まる。――去年に発生した日本の地震津浪原発事故は、あるいは人々に節制を教えたかもしれない。私は某国某地経済の急発展を聞くと反感を覚える。人類が発明した物により人類はすでに他の種よりも遙かに高く貴ばれており、これからは、ゆっくりとした時代に入り、ゆっくり、さらにゆっくりとすべきなのだ――これはほとんど寝言であるのだが。

［日本語訳初出『文藝春秋』二〇一二年三月臨時増刊号　３・11から一年　一〇〇人の作家の言葉
特別企画　世界の作家から日本人へ］

講演原題（年月日）一覧

中国1	我与新历史主义文学思潮	一九九八年一〇月一八日
中国2	华文出版人的新角色与挑战	二〇〇一年三月二九日
中国3	城乡经验和写作者的位置	二〇〇一年三月三〇日
中国4	翻译家功德无量	二〇〇一年一〇月八日
中国5	作为老百姓写作	二〇〇一年一〇月二四日
中国6	作家和他的创造	二〇〇二年九月
中国7	文学个性化刍议	二〇〇四年八月
中国8	细节与真实	二〇〇五年四月八日
中国9	中国小说传统——从我的三部长篇小说谈起	二〇〇六年五月一四日
中国10	〔無題〕	二〇〇六年六月二六日
中国11	莫言八大关健词	二〇〇六年八月
中国12	试论当代文学创作中的十大关系	二〇〇六年一一月一九日
中国13	文学与青年	二〇〇七年六月
中国14	东北亚时代的主人公	二〇〇七年八月八日

中国15　我的文学经验　二〇〇七年一二月九日

中国16　佛光普照　二〇〇八年四月

中国17　我为什么写作　二〇〇八年六月一三日

中国18　香港浸会大学〝红楼梦文学奖〟得奖感言　二〇〇八年九月

中国19　当众人都哭时，应该允许有的人不哭　二〇〇九年四月

中国20　读书就是读自己　二〇〇九年一二月一七日

中国21　在毁滅中反思〔エッセー〕　二〇一二年一月一日

莫言文学の思想的精髄を集める――あとがき

林　敏潔

　これまでに、莫言作品は世界で四〇近い言語に翻訳されており、日本においては三〇冊以上の莫言作品が出版されています。莫言の日本における翻訳と伝播には三〇年の歴史があるのです。昨年末に私は中国の雑誌『文学評論』に論文「莫言文学の日本における受容と伝播――併せてそのノーベル賞受賞との関わりを論じる」（二〇一五年第六期）を発表しました。拙稿では日本文化界による莫言文学受容と評価の変遷を主に四段階に分けまして、莫言文学の翻訳紹介の進展を概観し、さらにその進展におけるノーベル賞受賞の要因を考察し、莫言の受賞と日本文化界との関係について論じました。これにより、莫言の受賞と日本との関わりについてはさらに多くの研究者・批評家の知るところとなれば幸いです。

　歳月を経るに従い、今では莫言作品は国際的評価を得ると同時に、莫言に対する批評・研究は百家争鳴の活況を呈しております。その実、莫言自身が自らの文学創作および理念をめぐって詳しい議論を行っておりまして、莫言講演集とは莫言文学の思想的精髄を集めたものと言えようかと思うのです。

　昨年一一月に刊行しました『莫言の思想と文学――世界と語る講演集』は、莫言が世界各国で行った講演を収録しており、この世界との対話とは中国と世界との交流のお手本でございます。ただ今、私どもが幸いにも続けて刊行できました莫言の中国における講演集『莫言の文学とその精神』は、莫言の文学と精神をさらに深くさらに具体的に、そしてさらに詳細に提示するものでございます。

本書は莫言が自らの文学体験を総括し、理想の文学を思う存分に語った多数の文学論を集めておりまして、伝統と現代とを語り、莫言作品が中国の文化的土壌に深く根付いているだけでなく、伝統中国の表現様式と巧みに融合し、伝統と現実との素晴らしい継承関係を打ち立てている点も本書からうかがえるのです。日本の読者の皆様にとって、本書は莫言文学の世界を堪能しつつ、莫言の創作体験を理解し、さらには活気と多様性に富む中国現代文学の真面目を体験し、中国文学の審美的、芸術的価値を鑑賞するための良き手引き書となることでしょう。そして中国の社会状況、歴史的変遷、人間模様、文化状況、および中国人の心、中国人の芸術的創造力をご理解いただけることでしょう。

このあとがきでも改めて著者の莫言先生とそのお嬢様で版権代理人の管笑笑様に深謝いたします。中華社会科学基金の大きなご支援に特に感謝いたします。もしも藤井省三教授の逞しいご支持がなければ、本書の刊行はあり得なかったことでしょう。心より感謝申し上げます。末筆ながら川崎通雄常務をはじめとする東方書店の全面的なご協力と朝浩之同社元編集長の誠意あふれるご援助に深く感謝いたします。

本書の刊行を通じて中日両国の民間学術交流と中日文化交流が一歩前進することを、本書が中国と世界各国との対話を深化させる一つの窓口となることを願っております。

現代中国文化の「聴き取り方」をめぐる奥深いレクチャー——あとがき

藤井　省三

昨年一一月刊行の『莫言の思想と文学』に続けて、本書にも訳者あとがきを寄せることとなり、私は感無量である。この両書はそれぞれ「世界と語る講演集」「中国と語る講演集」という副題が付されているように、莫言講演集『耳で読む』（原題『用耳朵閲読』）を中心とする彼の講演・エッセーを日本・欧米・韓国などで行ったものと、中国語圏で行った（あるいは執筆した）ものを収録している。

私は『莫言の思想と文学』のあとがきで、「世界文学の中でも最も巧みな語り手による、現代文学の「聴き取り方」をめぐる楽しいレクチャー」という感想を寄せた。本書に対しては、「中国でも最も巧みな語り手による、現代中国文化の「聴き取り方」をめぐる奥深いレクチャー」という言葉を寄せたいと思う。たとえば「中国5　庶民として書く」において、ややもすれば中国の作家が「庶民のための執筆」という発想を抱くのに対し、莫言はこの発想の背後にある作家の尊大さを諫め、「庶民として書く」という自らの謙虚な文学観を披瀝している。

「中国6　作家とその創造」においては、「魯迅は長篇小説には向かなかった」と率直に指摘してもいる。その理由は「彼があまりに思想家であり、思考が鮮明だったから〔中略〕長篇小説は曖昧なものが必要であり、バラバラなものを持っているべきであり、他人に批判される部分を持っているべき」と莫言は語るのだ。「中国17 私はなぜ書くのか」においても、魯迅のような作家は「あの時代の産物でして、〔中略〕この時代には魯迅は生まれない」云々と述べている。魯迅と莫言とでは生まれた時代が、清朝末期と人民共和国初期、と七〇年以上も懸け離れ、作家デビュー前の経歴も、官僚地主の留学体験のある息子と飢えた農民の子で小学校中退、とまったく異なる。それでも莫言にとって魯迅は最大の目標であり、あるいは越えるべきライバルでもあるのだろう。両者の系譜的関係について、私は論文「莫言が描く中国の村の希望と絶望——「花束を抱く女」等の帰郷物語と魯迅および『アンナ・カレーニナ』」（『文學界』二〇一四年五月号）で詳述した。拙稿は林敏潔教授の翻訳で「魯迅与莫言之間的帰郷故事系譜——以托爾斯泰《安娜・卡列尼娜》爲輔助線来比較」という訳題で南京大学の学術誌『揚子江評論』第五・六期（同年一〇・一二月）に連載されている。

もちろん魯迅のみが莫言に影響を与えたというわけではない。本書巻末には編集者の朝浩之氏の発案による講演集両書人名索引が付されている。この索引に並ぶ古今東西の人々は、莫言とさまざまな位相で関わりあった作家や批評家、研究者や翻訳家なのである。このように莫言が中国語圏の読者に対し行った謙虚にして率直、そして広範な語りは、日本人読者をも現代中国の文化と社会に対する新たな発見へと導くことであろう。

【中国・古代】

【日本】

人名索引

＊本書『莫言の文学とその精神―中国と語る講演集』ならびに『莫言の思想と文学―世界と語る講演集』に登場する実在人物を取り上げる（[世界] 以下が後者）。太数字は訳注がある頁。訳注に人物名が記されている小説作品などの作者も取り上げた。五十音順。

【中国・近現代】

著訳編者紹介

莫　言（モーイエン、ばくげん）

1955年生まれ。山東省高密県（現在の高密市）の人。文化大革命（1966～76）中に小学校を中退、1976年人民解放軍に入隊。1981年に創作を始め、農村の驚異的なる現実を描き出す独特の魔術的リアリズムの境地を開いた。解放軍芸術学院卒業、文芸学修士。現在北京師範大学創作センター主任、中国作家協会副主席。代表的な長篇小説『赤い高粱』『酒国』『豊乳肥臀』『白檀の刑』などには日本語訳があり、邦訳の短篇集には『透明な人参』などがある。2012年にノーベル文学賞を受賞した。

林 敏潔（リン ミンジエ）

1987年日本留学、1993年東京学芸大学卒業、1995年同大学院修士課程修了、2000年慶應義塾大学大学院博士課程修了。1995～2011年慶應義塾・早稲田・國學院・明海など各大学で教鞭を執り、2009年東京学芸大学特任教授就任。2011 年中国江蘇省特別招聘教授に就任、南京師範大学東方研究センター長・東方言語学系長となって現在に至る。応用言語博士。専攻は現代中日比較文学研究など。

藤井 省三（ふじい しょうぞう）

1952年生まれ。1982年東京大学大学院人文系研究科博士課程修了、1991年文学博士。1985年桜美林大学文学部助教授、1988年東京大学文学部助教授、1994年同教授、2005～14年日本学術会議会員に就任。専攻は現代中国語圏の文学と映画。主な著書に『中国語圏文学史』『魯迅と日本文学——漱石・鷗外から清張・春樹まで』（以上、東京大学出版会）、『村上春樹のなかの中国』(朝日新聞出版)、『中国映画　百年を描く、百年を読む』（岩波書店）など。

莫言《ばくげん》の文学《ぶんがく》とその精神《せいしん》——中国《ちゅうごく》と語《かた》る講演集《こうえんしゅう》

二〇一六年七月三〇日　初版第一刷発行

著　者●莫　言
編　者●林敏潔
訳　者●藤井省三・林敏潔
発行者●山田真史
発行所●株式会社東方書店
東京都千代田区神田神保町一―三　〒一〇一―〇〇五一
電話〇三―三二九四―一〇〇一
営業電話〇三―三九三七―〇三〇〇
編集協力●朝浩之
装　幀●EBranch 冨澤崇
組　版●小川義一
印刷・製本●音羽印刷株式会社

定価はカバーに表示してあります

Printed in Japan
ISBN978-4-497-21608-3　C0098
乱丁・落丁本はお取り替えいたします。
恐れ入りますが直接小社までお送りください。

小社ホームページ〈中国・本の情報館〉で小社出版物のご案内をしております。
http://www.toho-shoten.co.jp/